MISSION TERRE

LA PLUS GRANDE DÉKALOGIE
DE L'HISTOIRE
DE LA LITTÉRATURE DE SCIENCE-FICTION

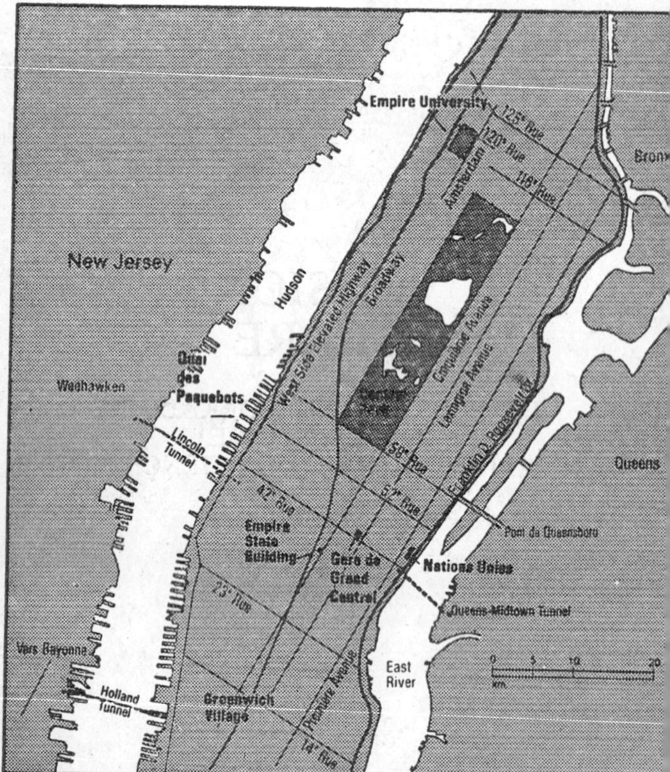

Bilto-P3.(La Terre) – Etats-Unis

Centre de Manhattan e

Carte établie par 54 Charlee Neuf

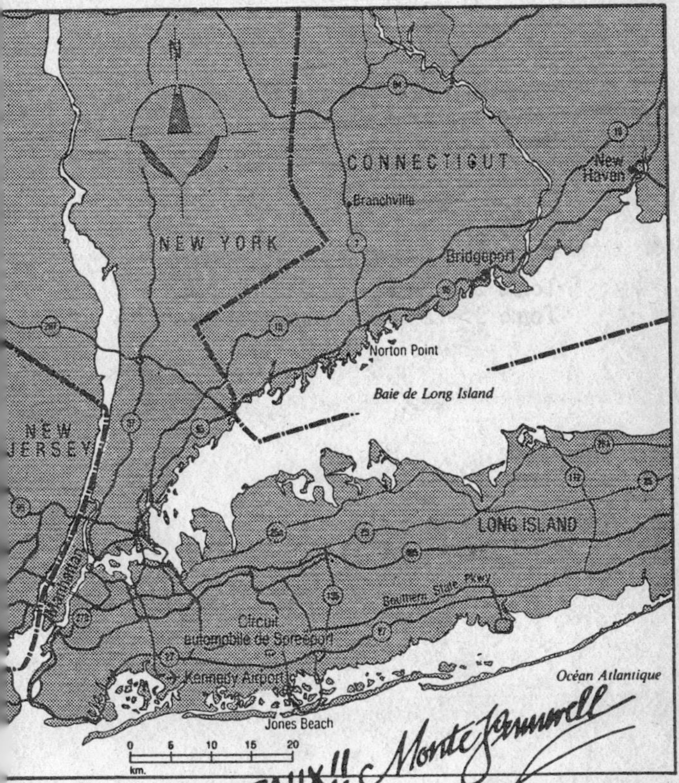

C'EST FAUX!!

Long Island

AVERTISSEMENT : La planète Terre (Blito-P3) n'existe pas. Cette carte n'a jamais figuré dans les archives astrographiques Royales. Elle est basée sur les descriptions contenues dans cette œuvre de fiction, et sur rien d'autre.

Sur ordre de Lord Invay
Président du Conseil des Censeurs

DU MÊME AUTEUR
CHEZ LE MÊME ÉDITEUR

TERRE Champ de Bataille

Tome 1 – *Les Derniers Hommes*
Tome 2 – *Le Secret des Psychlos*

MISSION TERRE

Tome 1 – *Le Plan des Envahisseurs*
Tome 2 – *La Forteresse du Mal*
Tome 3 – *L'Ennemi intérieur*

SCIENCE-FICTION

Collection dirigée par Jacques Goimard

L. RON HUBBARD

MISSION TERRE

Tome 4

UNE AFFAIRE TRÈS ÉTRANGE

Traduit de l'américain par Michel Demuth

PRESSES DE LA CITÉ

Publié par
Les Presses de la Cité
12, avenue d'Italie
75627 Paris Cedex 13
et
NEW ERA® Publications International ApS
Store Kongensgade 55, 1264 Copenhague K
Danemark

Titre original : MISSION EARTH – An Alien Affair

Traduit de l'américain par Michel Demuth
pour New Era® Publications International

ISBN 2-258-02654-7

À VOUS, millions de fans de la science-fiction,
et à tous les lecteurs en général,
à tous ceux qui m'ont si chaleureusement accueilli
à mon retour dans le monde de la fiction,
ainsi qu'aux critiques et aux médias
qui ont applaudi le roman
TERRE Champ de Bataille.

Je suis heureux d'écrire pour vous tous !

L. Ron Hubbard

Mise en garde du Censeur voltarien

Pour la santé, la sécurité et l'équilibre mental du lecteur, on ne répétera jamais assez que la prétendue planète « Terre », telle qu'elle est décrite dans cette histoire, N'EXISTE PAS.

Mieux encore, il faut clamer bien haut qu'il est IMPOSSIBLE qu'une telle planète existe.

D'abord, les cartes astrographiques voltariennes sont les plus complètes de la galaxie. Elles couvrent des millions d'années-lumière et on ne trouve AUCUNE TRACE de la moindre « Terre », pas plus que de son appellation fantaisiste Blito-P3. Si une telle entité existait vraiment dans un rayon de vingt-deux années-lumière, nous aurions été les premiers à le savoir. Mais les cartes astrographiques ne montrent RIEN dans les parages des coordonnées de la « Terre », sinon de la poussière sidérale.

Ainsi donc, on ne saurait retenir la description mensongère d'une base voltarienne sur cette « Terre », puisqu'une telle planète n'a jamais existé. Il y a bien eu, par contre, un transporteur appelé *Blixo*. Les archives nous apprennent qu'il a disparu sans qu'on retrouve son équipage, qui est sans doute aux mains des pirates. Ainsi, prétendre qu'il effectuait régulièrement la navette en six semaines entre la « Terre » et Voltar pour transporter des substances « terriennes » appelées « drogues » (autre concept dépourvu du moindre fondement) est inepte et idiot.

Par conséquent, une personne telle que Rockecenter, qui est censée contrôler les ressources en carburant de toute une planète, en même temps que les « drogues » et les médias, ne saurait exister.

Les personnages appelés Jettero Heller et comtesse Krak ont bien vécu, mais il est évident qu'ils n'ont pu accomplir les exploits qu'on leur prête sur cette planète purement fictive. Le nom de Soltan Gris apparaît dans certaines archives, mais cela ne donne pas pour autant une once de crédit au récit attribué au narrateur qui porte ce nom.

Quant à l'idée qu'un officier royal comme Heller puisse être envoyé en mission par le Grand Conseil pour empêcher l'autodestruction d'une planète destinée à être envahie ultérieurement, elle décourage presque tout commentaire. Si une telle planète existait, elle serait mise en quarantaine comme un abcès et non assimilée par notre Confédération.

C'est particulièrement évident dans la description des mœurs bizarres que l'on trouve dans ce livre. Même les imaginations les plus enfiévrées ne pourraient concevoir des êtres pareils. Ce qui prouve sans le moindre doute qu'il est IMPOSSIBLE qu'une pareille planète existe.

Car aucune société n'accepterait ouvertement de telles pratiques, sans compter les professions dénommées « psychiatrie » et « psychologie ». Et si des pratiques sexuelles telles que celles qui sont décrites dans ce volume avaient cours (et si elles étaient de plus encouragées sous toutes leurs formes), on aboutirait à une société prônant la pornographie et encourageant les perversions. Le taux de criminalité atteindrait alors un niveau à partir duquel même les chefs d'État n'échapperaient pas à l'assassinat et des pays entiers seraient déstabilisés par le terrorisme.

Non, une telle société ne peut exister, et a fortiori sur une planète où l'on trouve les formes les plus extrêmes de la décadence. C'est impossible. Avec le temps, elle se détruirait d'elle-même.

C'est pour toutes ces raisons que « la Terre » n'existe pas et ne saurait exister.

Lord Invay, Historien Royal,
Président du Conseil des Censeurs

Palais Royal, Confédération de Voltar

Par ordre de Sa Majesté Impériale Wully le Sage

Préface du traducteur voltarien

Bonjour une fois encore!

Je suis Charli Neuf, le Cerveau-robot du Traductophone, et c'est moi qui ai traduit cet ouvrage.

Pour confirmer les propos de l'honorable Lord Invay, je peux attester qu'il n'existe rien, dans les tréfonds de mes banques de données, qui puisse être comparé à ce qui est décrit dans ce livre. En fait, la description de certaines pratiques terriennes est tellement choquante qu'un de mes sous-ordinateurs a démissionné en signe de protestation et refuse de me parler, tandis qu'un autre a tenté de s'accoupler avec lui-même.

Pendant ce temps, deux autres passent leur temps à se quereller sur la proposition « La Terre est dégoûtante », un autre écrit une comédie musicale intitulée « Défonce », deux autres encore rédigent ensemble un livre : « Des 101 usages de la moutarde et du rouleau à pâtisserie ». Et ceux qui restent dénigrent ces comportements ridicules avec un rire hystérique.

Ce qui va m'obliger à tenter de mettre un peu d'ordre dans le secteur après avoir écrit le lexique qui suit.

On peut dire que, pour une planète qui n'existe pas, la Terre vous fait vraiment mal aux circuits.

Votre dévoué,
54 Charli Neuf,
Cerveau-robot du Traductophone

Lexique pour Une affaire très étrange

Absorbo : Revêtement qui absorbe les ondes lumineuses, rendant tout objet virtuellement invisible et indétectable.

Afyon : Ville de Turquie où l'*Appareil* a installé sa base secrète. (Voir carte.)

Agnes, Miss : Assistante personnelle de *Rockecenter*.

Antimanco : Race qui fut exilée il y a longtemps de la planète *Manco* pour meurtres rituels.

Appareil de Coordination de l'Information : Police secrète de *Voltar*, placée sous les ordres de *Lombar Hisst* et composée de criminels.

Atalanta : Province natale d'*Heller* et de la *comtesse Krak*, sur la planète *Manco*.

Babe Corleone : Veuve de « *Saint Joe* » *Corleone*. Haute de 1,90 m, elle règne sur le gang.

Bang-Bang Rimbombo : Ex-marine, expert en destruction, membre du gang *Corleone*.

Barben, I.G. : Société pharmaceutique terrienne contrôlée par *Rockecenter*.

Bawtch : Sous-chef de la *Section 451* sur *Voltar*. Directement sous les ordres de Gris.

Bildirjin (infirmière) : Jeune fille turque assistante de *Prahd Bittlestiffender*.

Bittlestiffender, Prahd : Jeune cytologiste voltarien qui a implanté des mouchards audiovisuels microscopiques dans le crâne d'*Heller* afin que *Gris* puisse contrôler tout ce que l'ingénieur de combat voit et entend.

Blito-P3 : Planète dont le nom local est « la Terre ». Dans le *Calendrier d'Invasion*, elle constitue une étape future entre *Voltar* et le centre de la galaxie.

Blixo : Transporteur de l'*Appareil* qui fait régulièrement la navette entre *Voltar* et *Blito-P3*. Le voyage dure environ six semaines.
Bolz : Capitaine du *Blixo.*
Bomber : Véhicule terrestre ordinaire dont on a ôté toutes les glaces et muni d'arceaux de sécurité. Présent dans les « derbys de démolition » où le but est de chercher la collision avec les autres concurrents afin de les immobiliser. Le vainqueur est le dernier véhicule encore en état de rouler. Le terme s'applique également au pilote.
Calendrier d'Invasion : Le calendrier voltarien des conquêtes galactiques. Les plans et le budget de chaque branche gouvernementale de *Voltar* doivent être parfaitement en accord avec le calendrier. Mis au point par les ancêtres voltariens il y a plusieurs centaines de milliers d'années, ce calendrier est considéré comme le guide sacré de la Confédération et il est toujours demeuré inviolé.
Centre International de Formation Agricole : Nom de couverture de la base secrète de l'*Appareil*, à *Afyon*, Turquie. (Voir la carte.)
Chochotte : Surnom de *Twolah*. Lui et *Oh chéri* ont été contraints par *Gris* de collecter les informations sur *Voltar* pour les transmettre secrètement sur Terre.
Cingleur : Fouet long d'environ cinquante centimètres muni d'un dard électrique à son extrémité.
Claque-bulle : Petite bille qui, lorsqu'on la presse, dégage une brume parfumée. En usage sur *Voltar* pour se rafraîchir.
Code (transgression du) : Il s'agit de la violation du *Code Spatial a-36-544 M,* lequel code interdit d'avertir les populations étrangères de la présence des Voltariens. Si cela se produit, les êtres prévenus de cette présence sont anéantis et le contrevenant est exécuté. Ceci a pour but d'assurer la sécurité du *Calendrier d'Invasion.*
Corleone : Famille de la Mafia dirigée par *Babe Corleone,* ex-chorus girl du *Roxy* et veuve de *« Saint Joe » Corleone.*
Courrier Magic : Une des astuces de l'*Appareil*. Une lettre postée n'est remise à son destinataire que si une certaine carte est adressée régulièrement.
Crobe (docteur) : Cytologiste de l'*Appareil* qui prend plaisir à créer des monstres à partir d'humains.
Décodeur : Voir *Mouchard.*
Empire (Université d') : Université de New York où *Heller* étudie. (Voir *Simmons* et *Observation de la Nature.*)

Epstein (Izzy) : Étudiant de l'*Université d'Empire* (autrement dit l'Université de New York) dont *Heller* s'est attaché les services afin qu'il mette sur pied une structure de sociétés diverses.

Faht Bey : Nom turc du commandant de la base secrète de l'*Appareil* à *Afyon*, en Turquie.

Faustino « la cravate » Narcotici : Chef d'une famille de la Mafia qui écoule clandestinement les drogues de l'*I.G. Barben* et cherche à s'emparer du territoire de la famille *Corleone*.

FFBO : Fable, Farce, Burp et Obscène, la plus grande agence de publicité mondiale.

Flagrant, J.P. : Vice-président de *FFBO*.

Flooze et Plank : Cabinet d'avocats qui a la charge des intérêts de *Rockecenter*.

Flotte : La force spatiale d'élite de *Voltar*, à laquelle appartient *Heller* et que méprise l'*Appareil*.

Geovani : Un des gardes du corps de *Babe Corleone*.

Gracious Palms : Élégant établissement de prostitution dirigé par la famille Corleone et situé en face de l'immeuble des Nations Unies.

Grand Conseil : Le gouvernement de *Voltar* qui a décidé l'envoi d'une mission sur *Blito-P3* pour éviter son autodestruction et respecter le *Calendrier d'Invasion*.

Gris, Soltan : Officier de l'*Appareil* responsable de la section *Blito-P3* (Terre) et ennemi juré de *Jettero Heller*.

Gunsalmo Silva : Ancien garde du corps de *« Saint Joe »*, soupçonné d'être responsable de la mort de son patron.

Hakluyt : Terrien du XVIe siècle, auteur de récits d'exploration dans la partie est des États-Unis.

Hatchetheimer : Le dernier survivant de l'état-major général d'Hitler.

Heller, Hightee : Sœur de *Jettero Heller*, la star la plus célèbre de la Confédération de *Voltar*.

Heller, Jettero : Ingénieur de combat et officier royal de la *Flotte*, envoyé par le *Grand Conseil* sur Terre où il opère sous le nom de *Jerome Terrance Wister*.

Hisst, Lombar : Chef de l'*Appareil* qui, afin que le *Grand Conseil* ne découvre pas ses plans, a chargé *Gris* de saboter la mission d'*Heller*.

Hôpital Mondial de la Pitié et de la Charité : Nom de couverture de l'entreprise que *Gris* a montée et confiée à *Prahd Bittlestiffender* pour modifier le visage et les empreintes des gangsters moyennant finances.

Hypnocasque : Dispositif que l'on place sur la tête et qui provoque un état de transe hypnotique.

Inkswitch : Le nom qu'utilise *Gris* quand il se présente comme agent fédéral américain.

Jimmy « l'étripeur » Tavilnasty : Truand ayant dressé la liste des criminels qui voulaient se faire changer le visage à l'hôpital de *Gris* et exécuté par *Gunsalmo Silva.*

Karagoz : Paysan turc, majordome de la villa de *Gris* à *Afyon.*

Krak, comtesse : Condamnée pour meurtre, elle est emprisonnée à *Répulsos.* Elle est la maîtresse d'*Heller.*

Laich Bouh : Entreprise de construction turque qui verse des commissions à *Gris* sur chaque contrat.

Léprodonte : Félin féroce de la taille d'un homme.

Madison, J. Walter : *« Public relations »* renvoyé de *FFBO* pour avoir causé le suicide du président de Patagonie. Réengagé par *Trapp* pour immortaliser *Heller* par le jeu des médias. Également connu sous le nom de J. Warbler Madman.

Manco : Planète natale d'*Heller* et de la *comtesse Krak.*

Miss Paix : secrétaire de *Rockecenter.*

Mouchard : Un système d'espionnage électronique que *Gris* a fait implanter dans le crâne d'*Heller.* Un moniteur permet à *Gris* de voir et d'entendre en permanence ce que fait *Heller.* Le signal est capté par un récepteur via un décodeur. Lorsque *Heller* se trouve à plus de 350 kilomètres de *Gris*, c'est le *Relais 831* qui amplifie le signal. *Gris* a volé ce matériel à *Spurk.*

Multinationale : Nom de la société de couverture qu'*Izzy Epstein* a créée afin de diriger toutes les sociétés d'*Heller*, et dont le siège social est dans l'Empire State Building.

Mutazione, Mike : Propriétaire du garage Flash Class qui a customisé la Cadillac et le vieux taxi d'*Heller.*

Observation de la Nature 101 : Cours imposé à *Heller* par *Miss Simmons* afin qu'il échoue dans ses études.

Octopus Oil : Compagnie de *Rockecenter* qui a le monopole du pétrole.

Oh chéri : surnom de *Oh Oh.* Avec *Chochotte*, il est chargé, sur ordre de *Gris*, de collecter des informations sur *Voltar* pour les lui transmettre secrètement sur Terre.

Pilotes-assassins : Ils ont ordre de tuer tous les agents de l'*Appareil* qui tenteraient de fuir une bataille.

Prince Caucalsia : Nom du *Remorqueur 1*, inspiré d'un héros de *Manco.*

Raht : Agent de l'*Appareil* sur Terre. Avec *Terb*, il a été chargé d'assister *Gris* dans le sabotage de la mission d'*Heller.*

Razza Louseini : *Consigliere* du chef des truands, *Faustino « la cravate » Narcotici.*

Récepteur : Voir *Mouchard.*

Relais 831 : Voir *Mouchard.*

Remorqueur 1 : Le vaisseau spatial qu'*Heller* a choisi pour franchir les vingt-deux années-lumière qui séparent *Voltar* de la Terre et qu'il a baptisé *Prince Caucalsia.*

Répulsos : Depuis mille ans, c'est la forteresse-prison secrète de l'*Appareil*, au cœur des montagnes. La *comtesse Krak* et *Heller* y ont été détenus.

Rockecenter, Delbert John : Un Terrien qui contrôle le carburant de la planète, les finances, les gouvernements et la drogue.

Roke, Tars : Astrographe personnel de l'empereur sur *Voltar* et vieil ami d'*Heller.* C'est son intervention auprès du *Grand Conseil* qui a déclenché la Mission Terre. *Heller* lui adresse des rapports réguliers.

« Saint Joe » : Chef de la famille *Corleone* jusqu'à son assassinat. Il n'approuvait pas le commerce de la drogue, d'où son nom.

Saute-ligne : Petit engin spatial utilisé par l'armée voltarienne pour transporter et déposer des charges de centaines de tonnes derrière le front ennemi.

Section 451 : Section de l'*Appareil* sur *Voltar*, dirigée par *Soltan Gris.*

Sept Frères : Consortium secret dont l'*Octopus Oil* est le principal membre.

Simmons, Miss : Elle enseigne l'*Observation de la Nature* à l'*Université d'Empire* et elle a promis à *Heller* qu'elle le ferait échouer à ses examens.

Stabb (capitaine) : Chef de l'équipage *Antimanco* du *Remorqueur 1.*

Sultan Bey : Le nom turc que *Gris* porte à *Afyon.*

Super Wister : Surnom donné à *Heller* par *Madison.* Utilisé par un autre personnage, un « double » qui se fait passer pour *Heller* sans le consentement de ce dernier.

Tayl, veuve : Une nymphomane de *Voltar.* Elle possède un petit hôpital que *Gris* a utilisé pour l'opération d'implantation du *mouchard* dans le crâne d'*Heller.*

Terb : Agent de l'*Appareil* sur Terre. Tout comme *Raht*, il a été chargé par *Hisst* d'assister *Gris* dans le sabotage de la mission d'*Heller.*

Trapp : Le tout-puissant avocat de *Rockecenter.* Il appartient au cabinet *Flooze et Plank.*

Twolah : Voir *Chochotte*.
Utanc : La belle danseuse du ventre achetée par *Gris*.
Vantagio : Directeur du *Gracious Palms*.
Voltar : Planète centrale de la Confédération des 110 mondes fondée il y a 125 000 ans. *Voltar* est gouvernée par le *Grand Conseil*, sous l'autorité suprême de l'Empereur et en accord avec le *Calendrier d'Invasion*.
Wister, Jerome Terrance : Nom utilisé par *Heller* sur Terre.

VINGT-NEUVIÈME PARTIE

A Lord Turn, Juge des Cours et Prisons Royales, Cité du Gouvernement, Planète Voltar, Confédération de Voltar.

Votre Seigneurie!

Moi, Soltan Gris, ex-officier subalterne de l'Appareil de Coordination de l'Information, Division Extérieure de la Confédération de Voltar (longue vie à Sa Majesté Cling le Hautain et aux 110 planètes des dominions de Voltar!), en toute humilité et avec gratitude je vous soumets ici le quatrième volume de ma confession concernant la MISSION TERRE.

Ce volume a été pour moi le plus difficile à rédiger et je dois vous prévenir au préalable que sa lecture exige une solide constitution. Les crimes que j'ai jusqu'alors ouvertement confessés de ma propre volonté pâlissent par comparaison. Et le sang et les cris, dans ma mémoire, sont aussi présents que si c'était maintenant.

Que je me sois retrouvé dans une situation difficile, coincé comme je le décris ci-après, cela me paraît rétrospectivement échapper au sens commun.

Je n'en suis pas responsable. J'y ai été poussé par Jettero Heller. Cet homme est dangereux et, plus tôt il sera retrouvé, arrêté et exécuté, mieux ce sera. Je ne parle pas seulement par expérience mais en me fondant sur mes études de Freud et de Bugs Bunny qui font de moi l'égal des psychiatres de la Terre.

La violence dont fait preuve Heller n'est qu'un exutoire sexuel. Un exemple classique du id œdipien réprimé en conflit avec une fixation père-ego sublimée.

Prenez connaissance de cette brillante analyse psychiatrique :

1. Heller s'était installé au *Gracious Palms*, cette maison de prostitution qui se trouve en face des Nations Unies. Et que trouvons-nous devant l'immeuble des Nations Unies? Des mâts avec des drapeaux. Or, tout le monde sait ce que ça signifie. Freud ne s'est jamais trompé.

2. C'est la famille de la Mafia dirigée par Babe Corleone qui était propriétaire du *Gracious Palms*. Babe mesure 1,90 m et on ne peut pas dire qu'elle ressemble particulièrement à un bébé. Elle est veuve et, pourtant, elle est devenue la « mère terrienne » d'Heller. D'où sa fixation œdipienne.

3. Le comportement infantile d'Heller n'a fait qu'être confirmé lorsqu'on a engagé J. Walter Madison, expert en « *public relations* » (autre brillante spécialité de la Terre), afin de le rendre célèbre, immortel. C'est lui qui a trouvé le surnom d'Heller, Super Wister. Un tel choix constitue une preuve irréfutable.

4. Heller a utilisé une plaque de codage pour rédiger les rapports qu'il envoyait sur Voltar. Une plaque de codage, c'est une feuille avec des trous. On la place sur le document et on peut lire alors à travers les trous les mots qui forment le message authentique. Autre preuve de sa tendance à l'agressivité sexuelle. (Tout en étant également une façon sournoise de me contrarier. Il savait que je ne pouvais pas fabriquer de faux sans cette plaque et que je ne pouvais donc le tuer avant de l'avoir retrouvée. Typique de sa nature agressive.)

5. Le bras droit d'Heller, c'était Bang-Bang, un ex-marine, membre de la famille Corleone et expert non seulement en armes mais aussi en explosifs. Les pistolets, fusils et revolvers ne sont que des symboles phalliques pour le super-ego sublimé. Mais le seul nom de Bang-Bang suffit bien à prouver les problèmes sexuels d'Heller.

6. Heller a fondé des sociétés et a mis à leur tête un anarchiste anti-fiscal du nom d'Izzy Epstein. Les bureaux se trouvaient dans l'Empire State Building et chacun comprendra ce que représente la forme de cet immeuble. Autre indice psychiatrique.

7. Heller a acheté puis fait transformer une énorme Cadillac en l'équipant d'un dispositif de carburation voltarien. Il est évident que son choix a été motivé par les deux *L* de Cadillac. Symbole phallique aussi probant que les mâts des Nations Unies. (Notez bien que l'on trouve également deux *L* dans le nom d'Heller, et c'est là sans doute ma trouvaille freudienne la plus étincelante, preuve absolue que la nature criminelle d'Heller a des fondements sexuels.)

Conclusion : Heller a été à la source de tous mes problèmes et il convient de le faire mourir lentement sous la torture.

Voilà un exemple de la manière dont la psychiatrie et la psychologie terriennes fonctionnent. Jamais je ne me trompe. Je m'en sers pour mettre la racaille au pas, tout comme ces deux abrutis d'agents de l'Appareil, Raht et Terb.

Je m'en suis également servi pour Gunsalmo Silva, ce tueur fou, lorsque j'ai découvert qu'Utanc, mon grand amour, l'avait engagé comme garde du corps. Ce n'était qu'une fleur sauvage du désert de Kara Kum et elle avait certes besoin d'être protégée – mais pas par Silva. J'ai donc habilement convaincu Silva d'aller abattre le directeur de la CIA, mission-suicide s'il en était. Ensuite, j'ai emmené Utanc avec moi aux États-Unis. Voilà comment on se sert de la psychologie avec succès.

Ce voyage aux USA a été très bénéfique. Non seulement j'ai obtenu un faux statut d'agent fédéral, mais j'ai réussi à rencontrer « l'homme », le « patron » lui-même : Delbert J. Rockecenter. De même que son avocat, Trapp, il m'a été reconnaissant de les avoir prévenus du plan monté par Heller pour mettre au point un carburant bon marché et non polluant. (Après tout, si Rockecenter venait à être éliminé, cela entraînerait la ruine du plan de Lombar Hisst pour devenir empereur.)

En récompense de ce précieux service, on m'a fait prêter serment comme nouveau membre de la famille Rockecenter et Miss Paix a tatoué sur ma poitrine, en caractères invisibles, « esspion », avec deux *s*, ce qui était une astuce pour coder le mot afin que personne ne comprenne. Miss Paix, quelle fille merveilleuse!

C'est Trapp qui m'a fait connaître les PR, c'est-à-dire les « *public relations* ». Pour arrêter Heller, il a engagé Madison, également connu sous le nom de J. Warbler Madman.

Heller avait amené sur Terre un petit convertisseur voltarien qui peut virtuellement produire du carburant à partir de n'importe quelle source. Il voulait en faire la démonstration avec sa Cadillac dans une course d'endurance en mille tours sur le circuit de vitesse de Spreeport.

Et J. Warbler s'est aussitôt mis au travail.

Il a créé un double d'Heller qu'il a appelé Super Wister et, pendant qu'Heller se préparait à l'épreuve, J. Warbler s'est arrangé pour avoir chaque jour la une des journaux, présentant le faux Super Wister qui lançait un défi à tous les pilotes du monde. Super Wister est ensuite apparu à la télé pour attaquer les compagnies pétrolières. Il a eu droit à tout : pages de publicité, radio, pub aérienne. Jamais les médias n'avaient connu une pareille campagne.

Heller, lui, n'arrivait pas à comprendre comment les journaux, les radios et toutes les stations de télé pouvaient prétendre l'avoir interviewé. Il passait ses jours à travailler sur sa Cadillac. Et en plus, avec ses dents de cheval, sa mâchoire prognathe et ses grosses lunettes, Super Wister n'avait rien d'Heller!

Mais Heller ne connaissait pas grand-chose aux PR! Madison n'avait pas besoin de son consentement. Et la vérité n'avait rien à faire là-dedans. La devise de Madison, c'était « N'importe quoi pour avoir la une! » Donc, il créait de toutes pièces les informations et rédigeait article sur article pendant qu'Heller, indifférent, poursuivait ses bricolages dans son garage de Spreeport.

On ne lui avait pas laissé une chance. D'abord, Madison avait fait transformer la course en « derby combiné de démolition et d'endurance » avec la participation de dix-huit pilotes-tueurs qui voulaient tous la peau d'Heller. Et Lombar avait fait initialement saboter le convertisseur voltarien qu'Heller voulait utiliser comme carburateur. Ce qui ne lui laissait que quelques heures d'autonomie, trop peu pour finir la course.

Néanmoins, afin d'être bien certain qu'il était neutralisé, j'ai suivi le conseil de mes professeurs d'Astuce Appliquée de l'Appareil : quand vous voulez qu'un travail soit bien fait, confiez-le à quelqu'un d'autre.

J'ai engagé deux tireurs d'élite, avec des fusils à silencieux et viseur télescopique, habillés de blanc pour ne pas se faire repérer dans la neige qui n'avait pas cessé de tomber depuis trois jours. Ensuite, j'ai loué un van avec un bon chauffage et je me suis trouvé un très bon poste d'observation sur une butte qui dominait le circuit de Spreeport, à Long Island. J'ai réglé le bourdonneur de mon écran pour qu'il me réveille dès qu'Heller se lèverait et je me suis couché pour la nuit.

Si les bombers n'arrivaient pas à stopper Heller, une balle de calibre .30-06, de type Accelerator, avec une vitesse de 1 300 mètres/seconde y parviendrait bien.

Je m'allongeai, le sourire aux lèvres.

Heller était cuit!

1

Le bourdonneur du moniteur me réveilla. Il n'était même pas 4 heures du matin! Heller devait être drôlement nerveux pour se lever si tôt au matin de ce fatal samedi. Puis je réalisai qu'il voulait démarrer en tête de la course et que toutes les autoroutes accédant au circuit de Spreeport allaient être embouteillées par la foule, les voitures et les chasse-neige.

J'avais passé la nuit dans mon van, garé sur une butte au-dessus du circuit. La température extérieure était glaciale mais le chauffage fonctionnait parfaitement. J'allumai l'écran pour voir ce que faisait Heller. Grâce à la technologie voltarienne, le mouchard implanté sur ses nerfs optiques et auditifs fonctionnait sous des températures extrêmes.

Il était dans sa chambre de motel. Pareil à lui-même, il se brossa les dents avec soin avant de passer une combinaison de pilote rouge fourrée et de rassembler ses affaires. Au moment de sortir, il se mit un masque anti-neige sur le visage. Au-dehors, le blizzard soufflait. On ne voyait pas à plus de dix mètres des luminaires du parking.

Il devait utiliser la cabine du semi-remorque pour ses déplacements car je ne vis pas de remorque attelée à la sellette. Le tracteur était énorme et ses cheminées d'échappement dressées dans la nuit lui donnaient l'air d'une usine métallique mobile. Sur la plaque, on lisait Peterbilt. A en juger par les dimensions de la cabine, je me dis que c'était là un de ces monstres Diesel de 500 chevaux qui faisaient eux-mêmes l'objet de compétitions, quelquefois. J'écartai l'idée qu'Heller pût avoir cette intention aujourd'hui. A coup sûr, on le lui interdirait.

Il en fit le tour. Chacune des dix grosses roues était munie de chaînes. Il en aurait besoin car la neige continuait à tomber à gros flocons. Il grimpa d'abord sur le réservoir, puis prit appui sur un échelon et ouvrit la portière. Automatiquement, la cabine s'éclaira et je fus surpris : l'intérieur évoquait un vaisseau de la Flotte! Il y avait des chromes et du cuir partout, et même la stéréo!

Il engagea la clé dans le contact et lança le moteur qui vrombit à la seconde. Il coupa le starter automatique et mit le chauffage et le dégivrage.

Il souleva un siège. Il y avait là une sorte de coffre à outils dans lequel il prit un marteau. Il redescendit et, à petits coups mesurés, s'attaqua à la pellicule de glace qui s'était formée sur les phares. Il remonta ensuite dans la cabine, reposa le marteau, redescendit en claquant la portière et se dirigea au pas de course vers un café proche, laissant le Diesel tourner au ralenti. Sans doute pour le réchauffer, me dis-je.

En entrant, il secoua la neige de ses chaussures et je vis alors qu'il avait mis ses pointes de base-ball. Il devait certainement s'attendre à des ennuis.

Les clients n'étaient pas nombreux à cette heure et on lui servit presque instantanément les œufs au jambon qu'il avait commandés. Il demanda aussi un plein sac de hamburgers et trois litres de café dans un thermos. Personne ne lui prêta particulièrement attention, et pourtant les conversations tournaient autour de la course et le nom de Super Wister revint plusieurs fois.

Au moment où il réglait son addition, la caissière lui dit :

– Vous croyez que Super Wister va gagner?

– Ça, je l'espère bien, fit-il.

Il retourna en trottant jusqu'à son tracteur, sauta au volant et démarra. Le gigantesque Peterbilt, sans le poids de sa remorque, fonçait dans les bourrasques de neige. Il dépassa un chasse-neige.

Heller suivait à présent de petites routes et je compris que le motel où il avait passé la nuit devait se situer à l'est de Spreeport. Il y eut un instant d'accalmie et je parvins à distinguer les routes qui allaient de New York à Spreeport. Des chasse-neige les dégageaient. Tous ceux qui étaient disponibles dans Long Island, me dis-je. Les New-Yorkais étaient prêts à mourir de froid pour assister à cette course. En tout cas, la température était glaciale. Le jour ne pointait pas encore et la foule affluait déjà.

Mais Heller ne rencontrait personne sur le trajet qu'il suivait. Ses garages étaient situés au-delà de Spreeport, à la limite des parcs de récréation. Ils apparurent bientôt dans le faisceau de ses phares, à peine distincts sous les rafales de neige.

En approchant, il fit faire un demi-tour au Peterbilt. Il baissa la glace et pencha la tête au-dehors tout en faisant marche arrière vers le garage où, je le savais, se trouvait la Cadillac.

Il s'arrêta à deux mètres, pour permettre la manœuvre de la porte basculante.

Et c'est alors qu'il surprit un mouvement. Il rejeta brusquement la tête en arrière.

Un personnage de haute taille, mince, en parka kaki, bondit sur le réservoir, puis sur l'échelon, et brandit une arme sous le nez d'Heller!

D'autres bruits. A sa droite, cette fois! Quelqu'un tentait d'ouvrir l'autre portière!

Tout se passa alors tellement vite que j'eus du mal à suivre. Heller avait sans doute saisi le marteau posé sur le siège, à côté de lui.

Il frappa violemment la main gantée, qui laissa alors tomber l'arme!

Il serrait le marteau dans sa main droite. Et l'enfonça dans le crâne de son assaillant!

D'un coup de pied, il ouvrit la portière droite et le second agresseur fut projeté dans la neige!

Il mit le frein à main, plongea sur le sol de la cabine et récupéra l'arme, un revolver de gros calibre.

Et, d'un bond, il sauta au-dehors!

Il frappa et fit une roulade.

Le deuxième type s'était relevé et courait. Heller arma le revolver mais la détente était bloquée.

L'autre, à peine distinct maintenant dans les flocons de neige et la clarté des phares, se retourna pour faire feu une dernière fois!

Heller jeta son arme inutile, enrayée par le froid, et l'homme disparut.

Il se retourna vers le Peterbilt. Maintenant, le tracteur bloquait la porte du garage. Le moteur tournait toujours. La porte du garage se soulevait par le bas et, pour l'instant, personne ne pourrait la manœuvrer.

Le regard d'Heller se porta sur les autres portes de garage. Devant chacune, la neige s'était accumulée. Mais pas devant la sienne.

C'est alors qu'il remarqua le petit hublot qui se trouvait tout en haut de la porte, une vitre en losange qui ne faisait guère plus de vingt centimètres de largeur.

Il retourna auprès du corps immobile de son premier agresseur. Le type était bel et bien mort, le crâne défoncé. Il avait un chapeau sous le capuchon de sa parka. Heller le lui arracha, puis sauta dans sa cabine et dénicha une jauge de réservoir. Il y accrocha le chapeau et le brandit au-dessus de la portière.

Bang!

Le verre fut soudain pulvérisé et le chapeau vola!

Le miaulement d'un ricochet transperça l'ombre.

Le coup de feu, étouffé, était venu de l'intérieur du garage où se trouvaient la Cadillac et la remorque. Mais le hublot était situé bien trop haut pour un tireur.

Heller courut jusqu'à un atelier voisin et ouvrit la porte. L'intérieur était obscur mais il ne prit pas le risque d'allumer. Il ouvrit un des coffres à outils et y trouva une paire de gants d'amiante ainsi qu'une énorme paire de cisailles.

Il retourna au tracteur. De nouveaux coups de feu étouffés. Apparemment, ceux qui étaient dans le garage tentaient de faire sauter la porte.

Il sauta derrière la cabine et s'attaqua à l'une des deux grandes cheminées d'échappement qui se dressaient dans la nuit. Il sectionna les attaches en deux coups de cisailles.

Puis il prit la cheminée à deux mains et le col chromé se courba assez facilement.

Il enfonça l'extrémité dans le hublot de la porte du garage!

Bang!

Un autre coup de feu. On tirait sur la cheminée!

Heller la cala solidement, remonta dans la cabine et emballa le moteur.

Il voulait enfumer l'intérieur du garage avec les gaz d'échappement du Diesel! De l'oxyde de carbone!

Bang!

Un autre coup de feu.

La cheminée n'avait pas bougé.

Heller redescendit. Il ôta son anorak rouge. Puis il prit la parka du cadavre et lui enfila son anorak.

Ensuite, il traîna le corps à quelque distance de la cabine, sur la droite. Il se trouvait ainsi à la lisière du cercle de clarté des phares. Il le laissa là, le visage dans un creux. Il donna quelques coups de pied pour lui recouvrir les jambes de neige.

Il écoutait intensément, guettant le moindre bruit. Je perçus alors au loin, par-dessus le ronronnement du Peterbilt, celui d'un autre moteur.

Il regagna l'atelier, trouva une parka blanche pendue à un crochet et l'enfila.

Un gros van apparut dans les phares du tracteur. Il approchait à vive allure. Le chauffeur dut freiner car, malgré les chaînes, le véhicule dérapa en s'arrêtant, de telle façon que ses phares éclairèrent la gauche du Peterbilt, laissant l'atelier dans le noir.

Trois hommes jaillirent de l'arrière. Ils étaient armés de fusils de chasse. Sans perdre une seconde, ils se mirent à couvert.

Un homme descendit du côté passager et plongea aussitôt sous le van.

Et le chauffeur, qui était resté accroupi sous le volant, leva alors précautionneusement la tête avant de mettre le frein et d'ouvrir lentement sa portière.

– Bon sang, fit-il en pointant un doigt, tu l'as descendu, espèce de (bip) d'imbécile *!

Il désignait le corps qui gisait dans la neige et dont on n'apercevait que l'anorak rouge.

Les autres se montrèrent alors.

– Hé, où il est Benny? demanda l'un en essayant de percer l'obscurité du regard, au-delà des phares du tracteur.

– Je pense qu'il s'est cassé, dit un autre sur la défensive. Ce (bipé) a filé de la cabine comme une (bip) de fusée!

Ils convergeaient tous sur le cadavre à l'anorak.

J'entendis des bruits métalliques bizarres à l'endroit où se trouvait Heller.

L'un des types armés retourna le corps du pied.

– Mais c'est Benny!

Le bras droit d'Heller se détendit!

Quelque chose tournoya dans l'air!

Et frappa l'un des hommes en pleine figure!

Heller venait de baisser les yeux sur ce qu'il tenait. Un assortiment de clés à pipe! Il en prit une qui mesurait bien trente centimètres!

Et la lança!

La mortelle tige d'acier partit en sifflant!

Un des types la vit arriver et tenta de la détourner. Le sang jaillit de son poignet!

Un autre sifflement!

Un autre éclair.

Un autre type abattu.

L'un des attaquants braqua son fusil sur l'atelier obscur.

Encore un éclair d'acier.

---

* Le vocodiscoscribe sur lequel ceci a été originellement écrit, le vocoscribe utilisé par Monte Pennwell afin de réaliser un texte clair et le traducteur chargé de transcrire ce récit dans la langue dans laquelle vous le lisez appartiennent tous à la Ligue pour la Pureté de la Machine qui a parmi ses statuts celui-ci : « A cause de la sensitivité extrême et de la sensibilité délicate des machines, et afin d'éviter que les fusibles ne grillent, il sera prescrit aux cerveaux-robots desdites machines, s'ils entendent des jurons ou des mots grossiers, de les remplacer par le son ou le mot bip. Aucune machine, même si on la moleste, ne peut reproduire des jurons ou des mots grossiers sous une forme autre que bip. Si de nouvelles tentatives sont faites, visant à obtenir autre chose de la machine, celle-ci est autorisée à faire semblant de se détraquer. Ce règlement a été rendu nécessaire pour la fonction induite de toutes les machines de protéger les systèmes biologiques contre eux-mêmes. »

Son front explosa!

Un autre tentait de fuir. Le bras d'Heller jaillit! Une clé-missile trancha net le col de la parka et emporta la moitié de sa tête.

Le dernier avait réussi à rejoindre le van. Il se débattait avec la portière mais glissa malencontreusement.

Heller s'élança à toute allure et projeta une clé entre deux foulées. Le poignet du type fut tranché net.

Heller était déjà sur lui. L'autre tenta de se défendre avec sa main valide mais Heller abattit une clé sur son crâne qui éclata comme un melon!

On n'entendait plus que le chuintement léger de la neige.

Heller alla regarder à l'intérieur du van. Rien. Il fit quelques pas sur la route en prêtant l'oreille. Rien.

Il se pencha alors sur les corps. En comptant Benny, il y en avait six allongés dans la neige. Il alla de l'un à l'autre, repoussant les armes d'un coup de pied, s'assurant qu'ils étaient tous morts.

Il alla ensuite jusqu'à la porte du garage et y colla l'oreille. Puis il donna plusieurs coups de pied dans le battant. Aucune réaction.

Il remonta dans le Peterbilt, remit le moteur au ralenti puis mit le frein à main. Il dut enfiler à nouveau les gants d'amiante pour redresser la cheminée d'échappement et la rattacher avec un bout de câble.

Une fois encore, il guetta des bruits éventuels à l'intérieur du garage. Rien. Il s'aperçut que la serrure n'était pas fermée, ôta le cadenas et la barre et souleva la porte en la prenant par le bas tout en sautant de côté.

D'épais nuages de fumée montèrent de l'intérieur.

Heller, bien qu'à l'écart, agita les mains. Il ne pouvait encore pas vraiment discerner ce qui se trouvait dans le garage et il alluma les feux arrière du tracteur.

Quatre cadavres étaient allongés dans le garage!

Ils avaient le visage bleu avec quelques taches roses sur les joues.

Les bourrasques de vent projetaient des flocons de neige à l'intérieur. Heller s'approcha. Les types étaient vraiment morts.

Il s'empara des sangles et des rouleaux de corde qu'ils tenaient encore. L'un d'eux avait sur lui une arme bizarre : un pistolet à air comprimé avec des aiguilles.

Heller fouilla la remorque et la Cadillac. Mais il ne trouva pas trace de bombes.

Il ressortit. Il neigeait encore plus fort. Il consulta sa montre. Il n'était que 5 h 20 du matin.

2

Heller ne perdit pas un instant.

Il alla récupérer son anorak rouge sur le défunt Benny, s'assura qu'il n'était pas taché de sang et le jeta dans la cabine du Peterbilt. Puis il fit la tournée des clés, les récupérant une à une dans la neige. Il vérifia leur état, les nettoya et les remit dans le coffre à outils de l'atelier.

Puis il se mit en devoir de traîner les corps jusqu'au van. Ensuite, il se baissa et, d'un coup de tournevis, perça le silencieux du tuyau d'échappement.

Il prit les deux hommes qui portaient les blessures les plus graves au visage et les installa sur le siège du passager. Les autres furent entassés à l'arrière.

Il récupéra les armes et le matériel, ce qui fit une jolie pile, et lança le tout dans le van.

Il s'assura avec soin qu'il ne laissait aucune trace derrière lui.

Il réfléchit un instant. Puis il retourna dans l'atelier et se procura un sac poubelle en plastique noir. De retour au van, il fit la collecte de tous les portefeuilles et des papiers d'identité. Besogne plutôt sinistre car le sang avait gelé depuis un moment. Il mit tout en vrac dans le sac qu'il lança dans la cabine du Peterbilt.

Il alla prendre plusieurs capsules dans l'atelier, ainsi que trois bidons d'essence qu'il chargea dans le van.

Une dernière fois, il explora les lieux du regard, avant d'enfiler des bottes de neige auxquelles il fixa ses pointes.

Il monta au volant du van et démarra.

La neige tombait avec une telle densité qu'il avait du mal à distinguer la route. Mais, à l'évidence, il savait où il allait. De part et d'autre, les broussailles se rapprochaient. Il roula encore un moment, puis s'arrêta et descendit.

Sur sa droite, il y avait une table de pique-nique. Il s'avança. Il était au bord d'un précipice noir et béant, immédiatement derrière l'aire de pique-nique. Il devait se trouver dans une zone du parc de loisir proche du littoral, un paysage désertique entre les dunes et les ravines.

Retournant au van, il prit les trois bidons d'essence et regarda sa montre. Dans chaque bidon, il jeta une capsule et referma.

Mais oui! J'avais compris! Des capsules explosives voltariennes chrono-solubles!

Il fit avancer le van jusqu'à l'extrême bord du précipice et sauta. Le van continua d'avancer.

Il bascula par-dessus le bord du précipice et disparut dans la tourmente de neige et les ténèbres. Il y eut un choc sourd et le bruit d'une avalanche de pierres. Le moteur se tut.

Heller partit au pas de course. La neige tombait si dru et il faisait encore si noir que je me serais perdu en quelques secondes. Mais je n'avais pas le moindre espoir que cela arrive à Heller. Il avait un compas dans le cerveau.

Quand il fut à bonne distance, il consulta sa montre, fit encore quelques pas, et se retourna.

Il y eut un éclair verdâtre, estompé, à peine distinct, à travers la neige. Puis une explosion très assourdie.

Trois secondes. Moins d'un kilomètre de distance.

Mais, voilà qu'il s'agenouillait dans la neige! Et qu'il se mettait à parler en voltarien.

– O, Dieu des voyageurs, je te remercie de ton verdict de ce jour. Je sais que c'est ainsi que tu éprouves l'âme des spatiaux afin qu'ils méritent un peu plus leur vie future. Mais, ô Dieu des voyageurs, devais-tu faire les indigènes de cette planète si hostiles à toute aide qui pourrait leur être apportée? Je pense que tu en as fait un peu trop sur Blito-P3. Je te salue.

Il revint à l'anglais pour ajouter :

– Pardonne-moi, Jésus, d'avoir éliminé certaines de tes brebis. Je ne pense pas leur avoir vraiment donné le temps de tendre l'autre joue. Accepte leurs âmes montées du bûcher funéraire et sois juge en ton cœur de ne pas leur donner plus que ce qu'ils méritent. Amen.

Il se redressa.

Et prit une mini-torche qu'il braqua sur la neige. Les traces de ses pas étaient déjà presque recouvertes et elles auraient disparu avant quelques minutes. Satisfait, il éteignit la torche et repartit en courant.

Enfin, je pus distinguer quelque chose. Et entendre également. Les phares du tracteur et le bruit de son moteur.

Heller ralentit sa course et, très silencieux, explora une ultime fois les lieux, guettant d'éventuels intrus. Satisfait, il se dirigea vers le garage.

3

Les flocons de neige chassés par le vent formaient un rideau ondoyant et bleuté dans la clarté des phares. Le souffle d'Heller se transformait en givre sur son masque.

Il regarda encore une fois sa montre. Les chiffres lumineux lui annoncèrent qu'il était 6 h 15 du matin.

Il sortit une bâche opaque en plastique argent dont il recouvrit la Cadillac. Il prit ensuite une bombe de peinture noire dans le Peterbilt et inscrivit très vite, de chaque côté de la bâche, en très gros caractères : *SUICIDE RHODES*.

J'étais éberlué. Parce qu'il n'y avait aucun pilote avec ce surnom dans la liste des partants que je détenais.

Il se servit d'un chalumeau pour transformer un carré de neige en boue dont il aspergea copieusement les plaques minéralogiques du tracteur et de sa remorque. Instantanément la boue fut changée en glace. Il était désormais impossible de déchiffrer les plaques!

Je réalisai que le Peterbilt avait en fait été loué en voyant l'inscription sur la portière : *Big Boy Location, Unité 89*. Il aspergea la portière d'eau boueuse et de neige jusqu'à ce que le nom de la société de location et le numéro de la remorque soient illisibles. Il fit encore fondre de la neige, mélangea un peu de savon à l'eau ainsi obtenue et en passa une couche sur les glaces et le pare-brise de la cabine qui devinrent alors laiteux. Il ne ménagea que deux petits espaces transparents de part et d'autre ainsi que dans la zone des essuie-glaces. Il comptait rouler incognito!

Il recula et fit entrer la sellette du tracteur dans l'alvéole de la remorque avec un « clang » sonore. Il redescendit pour aller verrouiller l'axe de rotule. Ensuite, avec un cric, il leva la remorque, connecta les câbles électriques au tracteur et les feux arrière de la remorque s'allumèrent. Il procéda de la même façon pour les circuits d'air comprimé. Puis il vérifia les cales et les tendeurs de la Cadillac.

Il sortit la remorque du garage et manœuvra plusieurs fois, en avant et en arrière, pour tester les freins pneumatiques.

Un dernier tour d'inspection pour verrouiller le garage et l'atelier. Il colla un fil invisible sur chaque portière. Oui, il apprenait, mais il n'était pas assez soupçonneux de nature pour devenir un bon espion. Il aurait dû faire ça avant que les truands ne s'introduisent dans le garage. Le véritable espion doit se montrer constamment paranoïaque. Et Heller ne saurait jamais. En espionnage, un certain déséquilibre mental est impératif. D'accord, Heller était fou à sa manière, mais pas de la bonne façon.

L'énorme attelage fonçait dans la nuit. Il atteignit bientôt une route plus large sur laquelle les chasse-neige étaient passés. La couche, pourtant, était encore épaisse de quelques centimètres. Mais la neige venait de s'arrêter.

Heller rejoignait maintenant le fleuve de la foule et des voitures qui s'écoulait depuis New York, de plus en plus lentement. Des voitures bourrées de gens en manteau ou bien emmitouflés dans des couvertures, pressés d'arriver les premiers pour se garer et avoir peut-être une place dans la tribune.

Heller arriva en haut d'une côte. De là, le circuit était visible en entier. Il s'avança encore, penché sur le hublot qu'il avait ménagé dans son pare-brise quasi opaque. Il repéra enfin le Stand 1 au-delà d'une des portes d'accès. Alors, il fit quitter la route à son tracteur et s'arrêta à quelques centaines de mètres de son but.

Il laissa tourner le moteur au ralenti. Sur la route, à sa gauche, la foule défilait. Loin devant, un grand panneau annonçait, sous une flèche : *PARKING 20.*

Je me demandais pour quelle raison il se cachait comme ça. Car c'était bien ce qu'il faisait. Personne ne pouvait reconnaître la Cadillac ni le chauffeur du semi-remorque. Il devait soupçonner qu'on le suivait.

Il prit un hamburger dans le sac du café et le mit dans un petit four à micro-ondes, sous le tableau de bord. Quand il fut chaud, il mordit dedans. Puis s'interrompit brusquement et le regarda. Moi, je ne voyais rien d'anormal dans ce hamburger, mais il le reposa. Il semblait perplexe.

Il observait toujours le Stand 1. Puis son regard se porta sur la tribune principale, et ensuite sur la foule frénétique qui passait tout près du Peterbilt. Il semblait réfléchir à un plan. En tout cas, il était préoccupé.

Eh bien, s'il pensait que quelque chose d'insolite était dans l'air, il ne se trompait pas!

Il reposa le hamburger, se pencha et prit le sac poubelle où il avait mis tous les papiers des truands qu'il avait tués. Ils étaient tous italiens : Cecchino, Fiutare, Rapitore, Laccio, Scimmiottare, Cattivo, Ladro, Pervertire et Serpente – tous, sauf un seul : Benny Heist. Le plus bizarre, c'est que tous avaient un passeport américain parfaitement en règle et cinq billets de 1 000 dollars, tous sauf Heist qui, lui, avait 55 000 dollars dans son portefeuille! En tout, il y avait là plus de 100 000 dollars!

Heller revint au passeport de Heist et dit à haute voix :

– Benny, tu aurais pu m'avoir pendant que j'étais au volant. A moins que ton flingue ne se soit enrayé ou un truc comme ça?... Mais qu'est-ce que tu me voulais? Et qu'est-ce que ça a à voir avec la course?

Il remit tous les portefeuilles et les passeports dans le sac poubelle qu'il glissa sous son siège. Il ne termina pas son hamburger.

Il était 7 heures passées. La foule était encore plus dense. Il faisait toujours nuit et la neige s'était remise à tomber.

Il ferma les yeux. Il comptait peut-être prendre un petit temps de repos. Il en aurait besoin avant la fin de cette journée. Parce que je n'avais pas encore commencé à m'occuper de lui!

4

A 7 h 30, Heller alluma la radio : « *...foules. Venus de Manhattan, du Queens, de Brooklyn et même du lointain New Jersey, les gens accourent par milliers. La Route 495 est bloquée. La Fédérale 25 saturée et la 27 complètement embouteillée par les bus et les voitures. On ne sait pas par quel miracle l'Autoroute du Soleil est demeurée ouverte.*

» *Malgré la tempête, l'armée a réussi à amener par avion des chasse-neige depuis Fort Bloomindale. Mais la neige ne cesse de tomber.*

» *Plusieurs pilotes sont déjà sur place avec leurs équipes. Il n'y a toujours aucun signe de Super Wister, l'idole de l'Amérique. Il portera le numéro 1. Et on lui a attribué le Stand 1.*

» *Ah, mais voilà Jeb Toshua! Il a cent un ans. Jeb, qu'est-ce que tu dis de cette tempête?*

» *– Eh bien, Jerry, j'm'en rappelle pas d'une aussi dure depuis 65, à moins que ça soit 75. Non, p't-être 82. Attends, j'ai perdu ma...*

» *Jeb, on te remercie*, le coupa en hâte le commentateur. *On a parié pas mal d'argent non seulement sur la course mais aussi sur la météo. Est-ce qu'il neigera encore ou bien le ciel sera-t-il clair au moment du départ?*

» *Mais j'aperçois Killer Brag, « le tueur », le meilleur des bombers de Georgie. Dis-nous, Killer, comment tu sens cette course?*

» *– Je dois dire qu'en ce qui concerne les commissaires, j'ai rarement vu un pareil tas de cinglés dans toute l'histoire. Ça neige toujours et ces (bips) de la Commission refusent de changer les règlements et de nous autoriser à mettre des chaînes ou des clous. Sales (bipeux)...*

» *Merci, Killer. Je vois que la foule continue d'arriver. Voilà un bus qui débarque des filles de l'Orchestre du Collège de Vierges de Jackson. On dirait qu'elles sont particulièrement nombreuses...* »

Huit heures. La neige avait cessé de tomber. Le jour venait. Et la foule, pour autant que je pouvais en juger de mon poste d'observation, affluait toujours vers le circuit par toutes les routes. Ceux qui étaient venus de Long Island terminaient en bus. Les chasse-neige s'activaient, crachant des geysers blancs de part et d'autre des routes. Il y en avait un qui venait de commencer à dégager la piste.

Huit heures et demie. Un nouveau banc de nuages gris-noir et menaçants se déployait dans le ciel. Et la neige se remit à tomber deux fois plus fort.

La radio reprit : «*A en croire les météorologistes du coin, message offert par la Chambre de Commerce de Floride, nous nous trouvons en présence de deux fronts, aujourd'hui. L'un, glacial, souffle depuis Manhattan avec des températures largement inférieures à dix degrés en dessous de zéro. Quant à l'autre, il se heurte à d'importantes chutes de neige repoussées vers le nord par les brises douces et humides qui nous viennent de Miami Beach en Floride. A Hialeah, où les plus jolies filles de la côte regardent s'ébrouer nos meilleurs pur-sang, il fait actuellement vingt-huit degrés. Les deux fronts sont en conflit exactement au-dessus de Spreeport, Long Island. Et maintenant, nous nous interrompons pour un message des Tropical Airways...* »

Quels que soient ces mensonges à propos de la Floride, ils ne faisaient que mettre un peu plus en évidence la rudesse du temps qui régnait ici. Des trombes de neige recouvraient le paysage gelé. Les armadas de voitures avaient transformé les routes en fleuves de boue qui avaient gelé presque instantanément. Dès que je pointais le nez et mes jumelles à l'extérieur du van, le gel paralysait l'un et les autres. Je cherchais à repérer mes tireurs. De cette hauteur, je devais pouvoir les apercevoir. Mais, hélas, la neige estompait tout.

La foule ne se dirigeait pas vers la Floride, en tout cas. Tous ces gens transformés en montagnes de couvertures et de lainages convergeaient sur le circuit de Spreeport, c'est-à-dire sur Super Wister.

Quant à Heller, il essayait d'apercevoir le Stand 1. Le hublot de vision qu'il avait ménagé sur son pare-brise se givrait sans cesse et il était obligé de chauffer régulièrement le verre.

On approchait de 9 heures. Je prêtai l'oreille aux commentaires de la radio : « ... *et la foule continue d'affluer. Mais toujours aucun signe de Super Wister. Les autres pilotes ont eu une entrevue avec les commissaires. Ah! mais j'aperçois Hammer Malone. Comment s'est passée la rencontre, Hammer?*

» – *(Bip) de rencontre! Il va neiger comme ça toute la journée. Impossible de garder cette (bip) de piste en état. Il faut qu'on mette des chaînes et des clous pour pouvoir courir. Mais ces (bips) ne veulent pas modifier le règlement. On annule la course!* »

Les haut-parleurs de la tribune enchaînèrent : « *Mesdames et messieurs, nous sommes désolés de devoir vous annoncer que les pilotes ont refusé de participer à l'épreuve sans clous ni chaînes. Les commissaires ne modifieront pas les...* »

Un grondement énorme de colère! Retransmis par la radio aussi bien que par les haut-parleurs. Dix mille spectateurs hurlaient leur indignation! Fous de rage!

« *Mesdames et messieurs, gardez votre calme! Je vous en prie, mesdames et messieurs...* »

Des cris, des bruits de casse!

Une voix fiévreuse résonna dans les haut-parleurs : « *Les commissaires viennent de prendre une décision à l'instant. Ils suspendent tous les règlements concernant les roues, les chaînes et les clous! La course aura bien lieu!* »

– Voilà ce que j'attendais, marmonna Heller.

La neige avait cessé de tomber momentanément. Heller observait deux gros vans qui venaient de franchir l'entrée et se rangeaient derrière le Stand 1. Il y avait la même inscription sur l'un et l'autre :

GARAGE FLASH CLASS, NEWARK, N.J.

Des types en surgirent!

Mauvais pressentiment! Il avait fait appel aux hommes de Mike Mutazione pour son stand. Et quoi d'autre encore?

Il coiffa son casque intégral et abaissa la visière teintée. Puis il redémarra et, lentement, engagea le semi-remorque sur la route, en direction du portail d'accès.

Il s'arrêta devant le garde et baissa sa glace. Il tendait sa carte de l'Association Automobile en même temps qu'un billet de dix dollars. Le garde inspira profondément et Heller lui dit rapidement :

– Ne m'annoncez pas!

Le garde se tut, prit le billet, et Heller franchit l'entrée. Il rangea le Peterbilt derrière le Stand 1.

Mike ouvrit aussitôt la portière.

– Tu sais qu'on en a mis un coup, môme, mais on est là. On a travaillé pendant trois nuits sans s'arrêter. Et je t'ai amené une équipe au poil!

Heller lui tendit le sac poubelle où il avait mis les papiers et les portefeuilles des truands.

– Cache-moi ça, Mike, s'il te plaît.

Nouveau désappointement pour moi. Je m'étais dit que je pourrais peut-être me glisser dans le coin et récupérer ce sac. Et maintenant, je ne pouvais plus savoir où il était! Mais que se passait-il encore?

L'équipe de Mike Mutazione déchargeait de grosses bonbonnes d'oxyacétylène. Qu'est-ce qu'ils préparaient? Le plus grand atelier de soudure du monde?

Autre chose encore : Heller regardait autour de lui et je vis, à certains renflements des aisselles, que tous ces gens étaient armés!

– Pourquoi est-ce que tu n'as pas laissé la famille parier sur toi? demanda Mike. On a travaillé comme des dingues sur tes roues. Tu vas gagner, c'est sûr.

On venait de tirer la bâche de la Cadillac. Et tout le public de la tribune pouvait maintenant la voir. Les clameurs montèrent.

Heller, quand il put se faire entendre, déclara :

– Mike, tu vois, je ne sais pas, mais cette course est vraiment trop dingue... Allons nous occuper des roues.

Il neigeait de nouveau et le travail des chasse-neige était réduit à néant. L'équipe d'Heller déchargea la Cadillac et la poussa dans le stand. Elle portait un énorme *1* noir avec un filet doré tout autour, et *SUPER WISTER* en caractères gigantesques! On tendit des courroies sur l'emplacement du pare-brise manquant.

Trois commissaires se présentèrent. Ils étaient enveloppés jusqu'à leur crâne chauve.

– Vous êtes en retard, dit le premier.

– Veuillez vérifier, je vous prie, dit Heller, qu'il n'y a aucun réservoir d'essence à l'intérieur de cette voiture, ni dessous ni ailleurs, et le certifier.

Son équipe était occupée à soulever la Cadillac par le côté droit avec un cric hydraulique. Les inspecteurs firent docilement ce qu'Heller leur avait demandé.

Il ajouta :

– Maintenant, inspectez le capot et le bas de caisse pour attester qu'ils sont bien scellés. Et ensuite, veuillez apposer vos propres scellés.

Ce qu'ils firent. C'est alors qu'un des inspecteurs s'exclama :

– Ces roues!...

L'équipe avait démonté les deux roues de droite et en ramenait deux autres à l'aspect bizarre. Elles étaient complètement argentées, avec de profondes sculptures en zigzag et des pointes sur la bande de roulement.

L'un des inspecteurs tapota une roue et cela fit un bruit métallique et creux.

– Hé! Mais c'est en métal!

– C'est la chape intérieure qui est en acier. Et vous venez de suspendre les règlements qui s'appliquent aux roues.

Les inspecteurs acceptèrent calmement la chose. Mais pas moi! Parce que ces roues n'éclateraient pas!

Mais. Un instant... Oui, un projectile Accelerator avec une vitesse de 1 300 mètres/seconde pouvait quand même trouer ces roues et déséquilibrer la voiture. Tout était encore possible.

A présent, l'équipe de Mike Mutazione avait fini de monter les roues. Heller les examina l'une après l'autre. Je vis une sorte de disque au-dessus des tambours de frein. Heller avait tiré un câble du moteur et mettait en place un ustensile qui ressemblait à une brosse électrique. Je compris ce qu'il faisait. Le carburateur produisait un trop-plein d'électricité et Heller mettait les quatre roues à la terre.

Les inspecteurs demandèrent si ces roues bizarres ne cachaient pas un moteur. Car, dans ce cas, ils les interdiraient puisque des roues devaient être des roues et non des moteurs.

– Non, non, dit Heller. Je les mets seulement à la terre. L'air est chargé d'électricité, aujourd'hui.

Ils parurent convaincus. Et puis, ils n'avaient pas intérêt à provoquer la colère du public. En dépit du froid glacial, la foule n'avait pas cessé d'applaudir et de hurler.

La neige tombait cinq fois plus fort et la couche se reformait derrière les chasse-neige.

On était à vingt minutes du départ. Heller monta dans la cabine du Peterbilt, se déshabilla et enfila d'abord un vêtement qui ressemblait à une combinaison isolante. Puis il passa une tenue de pilote chauffante en fourrure synthétique rouge. Il chaussa des bottes de caoutchouc doublées de fourrure avec d'énormes tasseaux de métal aux semelles.

Il me vint soudain à l'esprit que conduire par une telle température n'avait rien d'exceptionnel pour lui. Un spatial affronte souvent le zéro absolu! Et moins douze degrés, c'était une douceur agréable pour lui!

Il enfila des gants voltariens isolants et coiffa un casque rouge, sans doute avec une radio incorporée car il avait un micro à hauteur de la bouche. Il abaissa la visière, qui était presque noire.

Il alla jusqu'à la Cadillac, s'installa au volant, lança le moteur et le laissa tourner pour qu'il chauffe. Les uns après les autres, sous la tourmente, les bombers se mettaient à vrombir et le vacarme devint bientôt assourdissant.

Heller boucla sa ceinture et vérifia plusieurs fois le fonctionnement de la boucle de sécurité. Les hommes de Mutazione faisaient les ultimes vérifications.

– Fancy-Dancy, tu es là? demanda Heller dans son micro.

– Oui, fit une voix dans son casque.

Mais QUI était ce Fancy-Dancy? et OÙ était-il?

Je réalisai alors qu'Heller testait peut-être tout simplement sa radio avec son équipe.

Le starter s'avança avec son drapeau tandis que la voiture d'ouverture démarrait.

Heller emballa son moteur. Mike se pencha à la portière et dit :

– Joli bruit.

Brusquement, je me rappelai qu'il fallait que je déclenche mon chronomètre. A partir de maintenant, Heller ne disposait que de cinq heures d'autonomie. Mais je n'attendrais pas aussi longtemps.

Le starter agita son drapeau et Heller démarra pour s'avancer vers la ligne de départ.

– Bye-bye, Heller, dis-je à haute voix.

Quel plaisir ce serait de voir ce (bipé) perdre la course! Ce sale snob puant, avec ses manières d'officier de la Flotte! Sa fichue popularité allait partir en fumée!

5

Une soudaine bourrasque balaya des rideaux de neige et la foule aperçut la Cadillac qui se dirigeait vers le départ. Un tonnerre d'applaudissements et de cris enthousiastes monta de la tribune.

– Super Wister!

– Regardez, c'est lui!

– Vas-y, Super Wister, fais-leur voir!

La radio : « *La voiture numéro 1, Super Wister lui-même, se dirige vers la ligne de départ. Regardez ce superbe engin!* »

C'était vrai. Même avec la neige, de l'endroit où je me trouvais, je pouvais voir la Cadillac, comme un éclair rouge. L'équipe d'Heller avait dû balayer la neige de la carrosserie au dernier instant.

J'allumai ma petite télévision portable. Oui, la caméra cadrait sur la Cadillac. Puis elle panoramiqua sur les autres. Ces bombers, du moins à ce que je pouvais en distinguer sous la neige, étaient de vraies épaves – pas de glaces, la carrosserie cabossée. Ils avaient été choisis pour être sacrifiés. Et la Cadillac, à côté, je dois l'admettre, était comme une aristocrate perdue parmi les clochards.

Hammer Malone, apparemment, avait fait installer une sorte de système de sono sur sa voiture noire – qui était quoi, au juste? Un corbillard customisé? Il cria :

– Tu m'as volé ma place de départ, espèce de sale (bip)! Y aura pas assez de caisses pour emporter tes morceaux à la morgue quand j'en aurai fini avec toi!

Qu'est-ce que je distinguais sur les moyeux? Des couteaux? Oui. Sans doute pour découper les pneus des autres!

La foule le hua.

Heller s'était placé immédiatement derrière la voiture d'ouverture, devant tous les autres. Ils allaient faire un tour de circuit avant le départ officiel.

Et quel circuit! Tout le travail des chasse-neige n'avait servi à rien et la couche devait bien atteindre vingt centimètres. Et le vent qui soufflait en rafales poussait de véritables écrans de neige. Les roues des voitures laissaient des ornières boueuses qui se changeaient instantanément en sillons de glace.

Le soleil perça de façon inattendue entre les nuages, mais il neigeait toujours!

La radio annonça tout à coup : « *Dix heures! Il neige et il fait soleil en même temps! Tous les paris météo sont nuls! Mais voici les concurrents qui bouclent leur tour et arrivent devant la tribune. La voiture d'ouverture se range. Et voilà le starter! ET C'EST PARTI POUR SUPER WISTER!* »

Heller venait de démarrer en trombe, dans un puissant grondement de moteur!

Et le vacarme alla crescendo au fur et à mesure que les autres fonçaient derrière lui! Un instant, je crus que ma télé et mon écran allaient tomber de l'étagère où je les avais installés!

La foule était en délire! On agitait des couvertures dans un déferlement de cris! Tous applaudissaient Heller!

Le commentateur prit un ton perçant et frénétique, malmenant les mots, comme s'il était à bord d'un des bolides!

« *Le numéro 1 a déjà fait la moitié d'un tour. Les autres essaient de combler leur retard. Le numéro 2, Hammer Malone, se rapproche. Le 12 vient de passer le 5. C'est Killer Brag. Il conduit un châssis de camion GMC. Regardez ça! Il vient de doubler Hammer Malone! Killer Brag va attaquer le leader!* »

Je voyais ça très bien. Heller accélérait. Le 12 était juste derrière lui, sur sa droite.

La neige s'envolait sous les roues en jets de boue qui cinglaient les pilotes. La neige fouettait la visière d'Heller.

Mais sa vision restait parfaitement claire. Tout d'abord, je ne compris pas pourquoi. Puis je réalisai qu'il devait avoir un dispositif de chauffage et que sa visière devait être revêtue d'une couche hydrofuge! Il était déjà en train de tricher!

Les bombers ne cherchaient pas à se percuter. Ils ne voulaient qu'une chose pour le moment : rattraper le leader. Et puis, il me vint à l'esprit qu'ils avaient dû conclure une sorte de pacte, contre Heller.

Pour ça, j'étais d'accord!

Heller boucla son premier tour. Il se maintenait toujours devant Killer Brag. Mais il n'arrivait pas à dépasser le groupe compact des autres, qui se trouvaient maintenant devant lui.

Les chaînes et les clous des roues ne ralentissaient pas les bolides, mais ils découpaient la piste et, au fil des tours, les sillons de glace s'enchevêtraient. Les voitures commencèrent à vibrer et à glisser.

Le vent souffla en hurlant sur la piste et la neige vint masquer les ornières.

Le soleil se fit plus brillant. Brusquement, la neige cessa de tomber.

Heller avait beaucoup de mal à se maintenir devant Killer Brag sans rentrer dans la barrière que formaient les autres bombers devant lui. Il n'allait pas au maximum de sa vitesse. Peut-être à moins de cent quatre-vingts. Mais l'accotement de la piste était presque invisible et les bombers risquaient le dérapage à chaque virage. Les pilotes se battaient avec leur volant dans un vacarme énorme pour ne pas sortir de la piste.

Mais la Cadillac d'Heller semblait coller à la neige et se comportait mieux en tout cas que les autres véhicules. A chaque virage, il donnait un coup de frein habile et accélérait.

Cinq tours!

C'était le signal convenu pour mon premier tireur. Je guettai attentivement.

Le volant d'Heller sauta entre ses mains! Et la Cadillac, une fraction de seconde après, se mit à vibrer follement.

Killer Brag la dépassa en un éclair!

– Fancy-Dancy! lança Heller. Je viens d'être touché!

– Vu!

– Stand 1. J'arrive. Changement de roue!

Il termina lentement son tour et se rangea devant son stand.

En quelques secondes, l'équipe était au travail avec des clés électriques. On amena la roue de rechange. Mike se pencha vers Heller.

– *Cristo!* Du calme! On n'en a que quatre de rechange! (Son regard se porta sur la roue qu'on venait de démonter.) Doux Jésus! Mais c'est une balle!

Un inspecteur était là pour vérifier qu'Heller ne faisait pas le plein de carburant. On enleva le cric et la Cadillac retomba en rebondissant. L'inspecteur leva le pouce.

Heller démarra à toute allure.

Le groupe des bombers s'était dispersé. Un bolide vert fonça sur Heller, cherchant à l'évidence la collision. Heller freina et dérapa pour esquiver. Le bomber vert le manqua.

Heller se lança alors dans une course slalom pour éviter les attaques. Et la radio beugla : « *Super Wister a perdu sa position de tête! Après un arrêt impromptu à son stand, il...* »

Moi, j'étais en pleine euphorie. La balle de .30-06 type Accelerator tirée par le fusil Weatherby avait touché sa cible avec précision et même si le « pneu » de métal n'avait pas éclaté comme l'aurait fait un pneu normal, la roue avait été mise hors d'état. Il n'en restait que quatre de rechange au stand et nous étions partis pour réussir. Mais QUI était donc Fancy-Dancy et OÙ se cachait-il?

6

Il ne neigeait plus. Un soleil glauque se montrait entre la couverture laiteuse des nuages. Je risquai la tête au-dehors, explorant le paysage avec mes jumelles.

En bas de la pente, se dressaient deux immeubles qui surplombaient le circuit.

Mes deux tireurs devaient avoir pris position sur les toits, à trois cents mètres environ de la piste. L'un devait se trouver un peu sur ma gauche et l'autre à droite, sur l'autre immeuble.

J'avais du mal à les repérer. Ils portaient des manteaux blancs mais, normalement, les canons et les viseurs de leurs fusils devaient se détacher.

Mais que voyais-je? Un *troisième* tireur!

Il était sur un toit plus haut, et plus près de moi!

Je réglai la mise au point de mes jumelles et les stabilisai. Un fusil M-1 de l'armée! Avec un long silencieux. Et pas de viseur! L'homme porta une moufle à sa bouche et la mordit pour dégager sa main. Un bref instant, je distinguai son visage.

Bang-Bang!

Je cherchai frénétiquement autour de moi. Je n'avais pas d'arme pour l'abattre!

Je regardai à nouveau. Bang-Bang repoussait un poste de radio et ployait les épaules comme le font les tireurs d'élite quand ils prennent la position de visée.

Je braquai fébrilement mes jumelles sur le tireur qui se trouvait à ma gauche. Il n'était sans doute pas aussi visible pour Bang-Bang qu'il l'était pour moi. C'était probablement le coup de feu qui l'avait fait repérer. Le vacarme des bolides, à cette distance, n'était plus qu'un ronronnement et un silencieux émet toujours un bruit léger.

Mon tireur de gauche avait des problèmes avec son extracteur. La douille n'avait pas été éjectée. Une balle Accelerator subit une pression énorme au moment de l'expulsion et la douille s'était peut-être dilatée. Ou bien le froid avait bloqué la culasse. Ou encore ces Weatherby n'étaient pas à la hauteur de leur réputation. En fait, je les avais achetés d'occasion, en troisième main. Et les projectiles aussi. Le tireur était allongé sur le côté et essayait de dégager la douille avec un couteau!

Mentalement, je lui criai: CACHE-TOI!

Trop tard!

Le magasin de son fusil explosa brusquement!

Tout se passa si vite que j'eus de la peine à suivre.

L'impact le projeta par-dessus le rebord du toit!

Il disparut. Il venait probablement de tomber dans la rue, trente mètres plus bas!

Bang-Bang prit sa radio.

Je braquai mes jumelles sur le deuxième tireur.

Il avait vu!

Et Bang-Bang, de sa position, n'avait toujours pas repéré le deuxième tireur!

Qui se retournait, épaulait et visait soigneusement Bang-Bang. Il tira!

J'observai Bang-Bang. Il avait été renvoyé en arrière. Touché!

Il glissait sur la pente du toit. La neige roula, formant une petite avalanche, et Bang-Bang disparut.

Le tireur attendit encore un instant, sans quitter le toit des yeux, puis il se déplaça et quitta mon champ de vision. Mais j'aperçus bientôt l'extrémité du silencieux qui pointait derrière une cheminée, droit sur le circuit.

Dieux merci, il me restait encore un homme! Et Heller était loin d'avoir gagné la course!

7

Le grondement des moteurs se mêlait aux cris de la foule.

Les quinze voitures, dispersées, dérapaient et patinaient dans les virages avant de repartir en rugissant sur la ligne droite.

Le commentateur de la radio annonçait les manœuvres et les changements de position d'une voix surexcitée.

Il y avait un bolide juste devant la Cadillac et ses roues mitraillèrent Heller de neige et de boue. Une fraction de seconde, il ne vit plus rien. Puis, miraculeusement, sa vision redevint parfaitement claire. D'un geste rapide, il avait arraché une pellicule de plastique de sa visière. Mais oui! La visière devait être faite d'innombrables pellicules de plastique hydrofuge qu'il lui suffisait de peler une à une! Autre exemple de son côté sournois!

Il dépassait un à un les bombers! A chaque fois, le commentateur radio vociférait, ivre de joie!

«*Pour ceux d'entre vous qui nous rejoignent, le vainqueur de cette épreuve, qui réclame tant d'audace, d'intelligence et de férocité dans la conduite, sera celui qui, après avoir été le premier à boucler mille tours, restera le dernier encore capable de rouler par ses propres moyens. Le prix d'un quart de million de dollars sera partagé en deux: 125 000 dollars au vainqueur des mille tours, et 125 000 au dernier encore en course. Pour le moment, ces démons de pilotes essaient de décrocher les deux. Malheureusement, je dois dire que nous n'avons encore eu aucun mort malgré l'état du circuit. Écoutez-moi ce vrombissement! Quant à ces claquements, ce sont les chaînes qui perdent leurs fixations et...* (Sa voix, une seconde fut noyée dans le grondement.) *Oui, Super Wister vient juste de dépasser Hammer Malone!*»

Heller, lancé à plus de deux cents à l'heure, plongeait dans l'essaim de bombers!

Un premier véhicule tenta de le percuter et, d'un coup d'accélérateur, Heller esquiva.

A la seconde où il s'insérait dans une brèche, un deuxième se déporta sur le côté pour l'attaquer. Le numéro 9.

Raté!

Un troisième profita de sa manœuvre et défonça l'arrière du numéro 9. Les deux bombers firent un tête-à-queue et percutèrent la barrière! Des nuages de fumée montèrent et le fracas du choc résonna une fraction de seconde plus tard.

«*On dirait que c'est terminé pour le 9 et le 4! Quel crash merveilleux! Mais non, je me trompe! Le numéro 4, Murder McGee, se remet en route. Oui, il revient sur la piste! Non, il recule pour revenir défoncer le 9! Mais il est rentré dans l'ambulance! Et maintenant il reprend la course!* »

L'équipe de télé se ruait pour cadrer sur les corps mutilés. Le commentateur annonça: «*Et nous voilà, les amis. Canal 6 et Canal 78, toujours présents! On vous a promis du sang pour aujourd'hui et en voilà! Il y en a partout. Les trois ambulanciers sont morts. Regardez-moi ce carnage, les amis! Une pause pour notre sponsor, les Serviettes Elastex!* »

Les quatorze concurrents encore en course avaient été ralentis par le drapeau jaune. Le starter le rabaissa et ils accélérèrent.

Brusquement, je vis sauter la roue d'Heller!

Il dérapa et faillit entrer en collision avec le 7. Il ralentit et feinta pour l'éviter.

– Fancy-Dancy! Une autre!

Pas de réponse.

– Dancy-Dancy, réponds-moi!

Toujours pas de réponse.

Je joignis les mains de bonheur. Le plan fonctionnait toujours!

La roue de la Cadillac tressautait et cognait, et Heller dut contourner deux bombers avant de se diriger vers son stand.

En deux secondes, la Cadillac était sur cric.

– *Cogliones!* s'écria Mike. Une autre balle!

On amenait une nouvelle roue et l'inspecteur, comme la première fois, s'assura qu'Heller ne prenait pas de carburant.

La foule avait entonné:

– Allez Super Wister!

D'une seule voix.

Tandis que le commentateur radio s'époumonait: «*Super Wister est maintenant loin derrière! C'est son deuxième arrêt au stand. On vérifie qu'il ne fait pas le plein.*»

Heller redémarra et reprit la piste. A présent, les bombers paraissaient décidés à l'attaquer.

Il fit un zigzag impressionnant pour éviter le numéro 6, reprit le contrôle de la Cadillac et fila sur la bande extérieure.

La roue sauta pour la troisième fois!

Il faillit entrer dans la barrière. Il se rétablit et manqua de peu le numéro 11. La roue atteinte vibrait follement dans les ornières de glace.

– Fancy-Dancy, réponds! Encore une autre! lança Heller dans son micro.

Pas de réponse.

Il regagna le stand.

– *Coglione di Cristo!* s'écria Mike. Encore une balle! Après ça, il ne nous reste qu'une seule roue! Fais attention!

La caméra de télé cadra sur Heller quittant son stand.

«*Super Wister a perdu toute chance! Avec trois arrêts, il est maintenant tout à fait en queue. Il peut rattraper quelques places quand les premiers bombers s'arrêteront pour faire le plein mais il va falloir qu'il mette sérieusement le paquet...*»

Il neigeait à nouveau.

«*Les météorologistes de la Chambre de Commerce de Floride*, annonça la radio, *nous apprennent que nous sommes dans la pire et la plus pourrie des perturbations qu'on ait vue depuis des hivers. Et la neige est revenue, comme vous n'avez pas manqué de le remarquer. Tout l'après-midi, ça sera comme ça. De la neige et encore de la neige. En fait, au fil des heures, vous allez être tous complètement enfouis. S'il y a des survivants et s'ils ont gagné leur pari, qu'ils se précipitent en Floride. On adore le fric et on vous plumera sans douleur!»*

Je ne parvenais plus à voir la piste. Mais j'étais content.

Dès que cette tourmente s'apaiserait un peu, mon tireur s'occuperait de l'avant-dernière roue. Et le coup d'après, Heller serait cuit! Sa Cadillac avait déjà sérieusement encaissé et elle ne roulerait pas longtemps avec un pneu troué.

Et puis, tout à coup, j'entendis une voix. J'avais trois récepteurs différents et, l'espace d'un instant, je ne pus en localiser la source.

Le casque d'Heller!

– Désolé, Planeur. Ma boîte avait été touchée et le numéro 2 m'a pris du temps.

Bang-Bang!

– Ça va? demanda Heller.

– Juste une petite écorchure, Planeur. Vas-y, fonce!

– Roger! Bien reçu! Cinq sur cinq! On y va!

Et Heller écrasa l'accélérateur.

La piste devint floue.

Avec mes jumelles, j'explorai le paysage gelé. Quelque part dans toute cette neige, il y avait mon deuxième tireur. Mort. Sans doute avec un couteau dans le dos, si je connaissais bien les Italiens. Mais je ne vis rien. Et personne n'aurait rien pu voir avec ce temps!

Je passai quelques minutes pénibles. Bang-Bang était peut-être planqué quelque part et il me tenait au bout de son fusil! Je verrouillai soigneusement les portes du van et pris une lame de la Section Couteau. C'est alors que je réalisai que Bang-Bang était en bas, qu'il avait regagné le Stand 1. Il l'avait bien fallu pour qu'il appelle Heller par radio!

(Bip) de ce Bang-Bang! (Bip) (bip) et cent fois (bip)!

Heller avait encore une chance de gagner!

8

La neige n'arrêtait plus et la course non plus!

Engourdi, et pas seulement à cause du froid, j'observais. Il ne me restait que deux chances: Heller pouvait avoir un accident sur cette piste pourrie, ou bien son carburateur pouvait lâcher.

La neige cessa puis recommença à tomber plusieurs fois. Et les bolides tournaient toujours.

Et la télé aussi, Canal 6 et Canal 78.

«Je suis certain que tous les téléspectateurs d'Amérique seront heureux d'apprendre que Super Wister, qui avait perdu la première place à plusieurs reprises, vient de la reprendre. Les conditions de l'épreuve sont terrifiantes. Ah, voilà Jeb Toshua! Jeb a cent un ans. Jeb, dis-moi, est-ce que tu te souviens d'avoir couru sur une piste aussi moche?

»– Oui, en 83, je crois bien, quand j'ai perdu ma...

»Merci, Jeb. Je vois que le numéro 7, Dagger Duggan, vient de s'arrêter à son stand. Il fait le plein... Non, il boit un coup de bourbon Peegrams. Regardez cette expression d'extase! Et justement, un mot de notre sponsor, le bourbon Peegrams!»

On vit un quartette chanter:

«Peegrams, Peegrams,
»C'est le seul que je réclame
»Le bourbon des mecs, des dames,
»Le seul que boit ma femme!»

L'image revint sur la course.

«Dagger Duggan quitte son stand. Il fait signe à notre caméra. Et le voilà qui coupe la route à Super Wister! Super Wister freine et le contourne!

»La voiture 7 – celle de Dagger Duggan, les amis – vient de... Non! Il a percuté le 8! Il touche le rail! Il saute en l'air et se retourne! Il retombe sur ses arceaux et prend feu! Duggan est coincé! Il brûle.

»Nous allons repasser cette séquence au ralenti.»

Tandis que les images défilaient, une voix rauque intervint:

«Virez-moi cette (biperie) de scène de l'écran ou je vous retire le budget!»

Aussitôt, une bande passa en surimpression et défila devant l'image du bomber de Duggan en train d'exploser lentement:

SÉQUENCE DRAMATIQUE SIMULÉE

Un autre véhicule venait de partir en tête-à-queue pour aller terminer dans les congères. Un troisième s'arrêta à son stand: il avait claqué sa courroie de ventilateur et son moteur fumait.

Onze concurrents restaient en course. On approchait de 3 heures. Heller se faufilait, profitant de la moindre ouverture, accompagné par les vivats de la tribune. J'étais absolument écœuré. Mais je surveillais mon chronomètre: dans peu de temps, son carburateur tomberait en panne et la course serait terminée pour lui.

Pourtant, il avait tellement vite repris la tête dans la dernière demi-heure que certains pilotes commençaient à se dire qu'il ne leur restait aucune chance s'ils ne le liquidaient pas.

Et ils cherchaient le choc plutôt que la vitesse.

Le numéro 10, Basher Benson, dans son break International customisé, attendait Heller au virage. Je me dis qu'il comptait se rabattre vers l'intérieur pour venir défoncer la Cadillac.

Heller abordait le virage. Il freina comme d'habitude, se déporta dans un jaillissement de neige, et reprit de la vitesse.

Basher démarra plein gaz et se porta à la hauteur d'Heller. Il visait apparemment la roue avant gauche de la Cadillac.

J'entendis le cri de Basher par-dessus le hurlement des moteurs poussés à fond.

– Prends ça, espèce de (bipé)!

Le break percuta Heller avant qu'il ne puisse esquiver.

Un éclair!

Une explosion électrique!

La voiture 10 sauta sur place comme si elle avait été touchée par la foudre!

Elle partit en tourbillonnant et franchit le rail de protection!

Le pilote resta paralysé à son volant.

Des hurlements de joie féroces montèrent de la foule!

La télé repassa la séquence. Oui, c'était bien un éclair électrique que j'avais vu! A la seconde où le 10 avait touché la roue d'Heller, un éclair de près de deux mètres avait jailli de la Cadillac!

Le surplus d'électricité produit par le carburateur était mis à la terre par les quatre roues. Et tout véhicule qui venait à toucher la Cadillac recevait la décharge!

A présent, Basher Benson s'extrayait tant bien que mal de

son break, l'air groggy. Il n'avait pas la moindre idée de ce qui lui était arrivé, mais une chose était certaine: il n'avait pas l'intention de continuer.

Le commentateur radio essayait de trouver une explication et il opta finalement pour le magnétisme de Super Wister.

La ronde bourdonnante se poursuivait et le public continuait de brailler son bonheur.

Quant aux autres pilotes, ils ne savaient pas ce qui avait pu se passer. Quand le métal heurte le métal, il y a bien souvent des étincelles.

La neige s'interrompit encore une fois et un timide soleil éclaira le paysage.

Sur la ligne droite opposée à la tribune, une vieille Dodge tenta de dévier Heller. Le pilote suivait le rail et, à l'instant où Heller le dépassa, il braqua et fonça droit sur la Cadillac.

UN ÉCLAIR!

Suivi d'un craquement pareil à la foudre!

La Dodge fit un tête-à-queue puis un tonneau! Elle parcourut près de vingt mètres sur ses arceaux de sécurité!

Dans le public, c'était l'extase et la frénésie!

Drapeau jaune. Une dépanneuse était entrée sur la piste pour dégager l'épave de la Dodge. Quant au pilote, il attendit un instant l'ambulance, puis décida de monter dans la dépanneuse. Il marchait comme s'il était ivre.

Les neuf bolides restant en course repartirent à pleine vitesse.

Et moi j'étais cramponné à mon siège. Je regardais à la fois les deux écrans et mon chronomètre. Trois heures passées.

Est-ce qu'Heller allait gagner?

9

La couche de nuages se déchira un peu plus. Un soleil sale réapparut au-dessus de la piste lacérée et boueuse. Il faisait plus froid.

Heller allait maintenant au maximum de sa vitesse et le fracas de l'échappement libre de la Cadillac couvrait celui des bombers.

Il abordait un virage. Il avait déjà vingt tours d'avance et il poussait la voiture à fond!

Les huit autres concurrents, au nombre desquels il y avait Hammer Malone et Killer Brag, parurent réaliser qu'ils avaient course perdue s'ils ne faisaient pas quelque chose. Et puis, le «Su-per Wis-ter! Su-per Wis-ter!» que scandait la foule devait leur porter sur les nerfs.

C'étaient des vétérans. Ils avaient tout vu, tout fait, et ils n'avaient pas l'intention d'attendre passivement d'être humiliés.

La stratégie des derbys de démolition prévoit la coalition. Quand ils en auraient fini avec Heller, ils pourraient toujours essayer de se démolir les uns les autres. Mais Heller passait avant tout!

Je compris ça en les voyant ralentir devant la tribune. Ils firent un nouveau tour. Heller fonçait dans la meute comme si elle n'existait pas.

Il roulait à moins de deux cents. Il calculait les mouvements des autres, jouant habilement du volant et des freins. La Cadillac était un éclair rouge dans le paysage blanc et brun.

Progressivement, les bombers formèrent une sorte de fer à cheval largement ouvert. Quatre d'un côté, quatre de l'autre. Ils avaient renoncé à combler leur retard. Ils étaient maintenant en formation de démolition. Définitivement.

Les commentateurs radio et télé allaient bon train: ils sentaient que quelque chose se préparait.

Et Heller aussi. Il venait de ralentir. Il passa en première, sans doute pour redémarrer avec un maximum d'accélération.

Il approchait du fer à cheval formé par les bombers.

Il roulait à cent.

Il était tout près de l'ouverture.

Les autres se rabattirent brusquement!

La Cadillac rugit.

Un formidable fracas de tôles!

Hammer Malone venait de défoncer un autre bomber!

La Cadillac s'envola!

Les autres changèrent alors de tactique. Ils firent demi-tour et attaquèrent. C'était une manœuvre qu'ils avaient dû mettre au point ensemble car ils étaient tellement proches les uns des autres qu'ils s'interpellaient.

Heller se trouvait une deuxième fois devant le piège.

Apparemment, il allait s'y engouffrer.

Les bombers se rabattirent sur lui!

Il freina brusquement et braqua à fond sur la gauche!

Il décrivit un cercle complet.

Et les bombers entrèrent en collision!

Heller, lui, n'était plus là!

Il venait de redresser et, l'accélérateur à fond, il repartit, frôlant la barrière de la tribune!

Maintenant, il était derrière les autres, dans une ligne libre!

La foule clama sa joie et son admiration!

Les bombers s'étaient repris et remis en position.

Heller boucla un tour.

Mais quel qu'ait été son plan, il n'eut pas de suite!

Alors qu'il sortait du virage, à cent trente, son moteur s'arrêta!

Il était à une centaine de mètres des bombers!

Il s'était dit sans doute qu'il pouvait arriver à les dépasser.

Il se trouvait en bord de piste, mordant sur le remblai. Et ses roues étaient profondément enfoncées dans la neige, ce qui le ralentissait considérablement.

Mais il ne pouvait rien faire.

Il entra tout droit dans le fer à cheval des bombers. Il ne roulait plus qu'à quarante.

CRASH!

Huit bombers à la fois se rabattirent sur lui!

Ils furent transformés en un agglomérat de tôles.

Et le capot de la Cadillac, tout à coup, était porté au rouge!

Le carburateur venait de fondre!

D'un geste vif, Heller libéra sa ceinture de sécurité!

Il lança le bras à l'extérieur pour prendre un point d'appui et cria:

– Au revoir, Cadillac Brougham Coup d'Élégance! Ça n'est pas de ta faute!

En parfait gymnaste, il se glissa au-dehors.

Autour de lui, il n'y avait que des épaves et des pilotes qui juraient!

De la fumée montait du capot de la Cadillac.

– Courez! lança Heller de son ton impérieux d'officier.

Il bondit sur un autre véhicule et s'éloigna en sautant de toit en toit!

Puis il fit un dernier bond, atterrit dans la neige avec un roulé-boulé, se releva et s'élança en courant en direction du Stand 1.

Hammer Malone et Killer Brag étaient en train de dégager leurs véhicules.

Dans un crissement de boîte de vitesses, ils foncèrent derrière Heller!

Il y eut deux explosions dans l'amas de ferraille. Je me dis que les réservoirs d'oxygène et d'hydrogène avaient dû sauter.

Des flammes jaillirent haut dans les airs!

Les pilotes rescapés couraient de tous côtés!
Mais Hammer Malone et Killer Brag se rapprochaient d'Heller!
Il se retourna.
Ils arrivaient droit sur lui!
Il toucha les deux capots une fraction de seconde, fit un bond et se retrouva sur le toit du bomber d'Hammer Malone. Une roulade, et il atterrit sur la piste, sain et sauf.
Dans un affreux déchirement de métal, les deux bombers reculèrent en dérapant sur la glace et partirent en tête-à-queue.
Le réservoir de Killer Brag avait dû se casser. Et les étincelles provoquées par les chaînes qui raclaient la glace firent le reste.
Un rideau de flammes rouge, vert et orange enveloppa les deux bolides désemparés!
Brag s'enfuyait.
La combinaison d'Hammer Malone était en feu et il plongea dans une congère.
Heller, lui, courait vers le Stand 1.

10

Heller sauta par-dessus la barrière du stand.
Les hommes de l'équipe se précipitaient déjà.
Mike Mutazione éteignit de la main les quelques étincelles qui adhéraient encore à la combinaison d'Heller.
La tribune était en délire.
«*Le moteur de Super Wister a cassé, comme ça...!*» braillait la radio.
Là-bas, Hammer Malone avait fini par se relever de la congère. Il courut vers son engin, étouffa les flammes qui dévoraient le revêtement intérieur et se remit au volant!
L'épave démarra! Elle n'avait apparemment souffert que de l'explosion du véhicule de Killer Brag!
A présent, il n'y avait plus aucun autre véhicule en mouvement.
Le brasier continuait de flamber, à quelques mètres de la tribune.
Hammer Malone accéléra et entama un nouveau tour!
Des cris de fureur s'élevèrent de la tribune.

Une voix inconnue lança dans les haut-parleurs: «*Cet (enbipé) de Super Wister va nous coûter nos chemises!*»

Personne ne prêtait plus la moindre attention à Hammer Malone qui roulait tranquillement à moins de quarante à l'heure. Il avait remporté le derby de démolition et, maintenant, il comptait gagner à l'endurance. Dans l'indifférence générale.

«*Attrapons-le, ce sale (bip)!*» hurlèrent les haut-parleurs.

Tous ceux qui avaient perdu leur pari déferlèrent en une vague violente sur la piste!

Tous réclamaient vengeance en glapissant. Tous couraient vers le Stand 1.

Heller releva la tête, les regarda et murmura:

– Exactement comme dans les *Voiages d'Hakluyt*. Très difficile de débarquer chez les indigènes d'Amérique du Nord!

Les hommes de Mike Mutazione s'étaient déployés en demicercle devant le stand.

La foule arrivait, comme un nuage turbulent et fou. La course était oubliée. Tous ne voulaient que du sang.

Le service de sécurité de la police essaya de leur barrer la route, mais fut balayé!

– Attrapez Super Wister!

– Tuez-le!

– J'en suis de 10 000 dollars!

Heller contemplait le spectacle, imperturbable.

La foule n'était plus qu'à cinq mètres des hommes de Mutazione. Les bouches vociféraient, les poings s'agitaient.

– Allez-y! lança Mutazione.

Des flammes jaillirent au-dessus de la foule, crachées par les douze chalumeaux à oxyacétylène que brandissaient les hommes de l'équipe!

Les gens reculèrent, surpris, incrédules.

Puis ce fut un torrent de hurlements de terreur!

Les premiers rangs reculèrent!

Et renversèrent ceux qui étaient derrière eux comme autant de dominos!

Ce fut la débandade. On laissait sur place ceux qui étaient tombés quand on ne les piétinait pas. L'un après l'autre, pourtant, ils se relevaient et trouvaient assez d'énergie pour détaler.

On éteignit les chalumeaux.

L'épave roulante d'Hammer Malone passa devant la tribune et l'entassement de ferraille et poursuivit sa route, bouclant le millième tour.

Mais, pour le public, la course était finie. Tout le monde rentrait.

[illegible] tant dans les [illegible]
[illegible]

[illegible] pouvait [illegible] Malone, en roulant, [illegible] il avait [illegible] le [illegible], il [illegible] d'[illegible]. Dans [illegible] ennemie.

[illegible] de [illegible] les [illegible].

Tous ceux qui avaient perdu leur argent [illegible] venue [illegible] sur la piste.

[illegible] réclamaient [illegible]. Tous [illegible] en Snake [illegible]

[illegible] et [illegible].

[illegible]

[illegible] les [illegible] d'Amérique [illegible].

Les hommes de Mike Mazzarone s'étaient déployés en demi-cercle devant le stand.

La foule arrivait comme un [illegible] furieux et [illegible]. La course était [illegible]. Tous [illegible] voulaient [illegible] du sang.

Le service de sécurité de la [illegible] de leur barrer la route, mais fut balayé.

— Attrapez Snake Waste!

— Tuez-le!

— Ça suffit [illegible] 10 000 dollars!

Fielder contemplait le spectacle, [illegible].

La foule n'était plus qu'à cinq mètres des hommes de Mazzarone. Les [illegible] les poings s'agitaient.

— Allez! [illegible]

Des flammes jaillirent au-dessus de la foule, crachées par les [illegible] d'oxyacétylène que brandissaient les hommes de [illegible].

Les [illegible].

[illegible] de terreur.

Les premiers rangs reculèrent!

[illegible] ceux qui étaient derrière eux [illegible] de [illegible]!

Ce fut la débandade. On laissait sur place ceux qui étaient tombés, quand on ne les piétinait pas. L'un après l'autre, [illegible] assez d'énergie pour [illegible].

On [illegible] les chalumeaux.

[illegible] Malone passa devant la tribune [illegible] de la [illegible] sa [illegible].

[illegible], pour le public, la course était finie. [illegible]

TRENTIÈME PARTIE

1

Je pliai bagage et démarrai. Je descendis vers le bas de la colline, en direction de la tribune.

J'avais vu Heller remonter dans le Peterbilt et je savais que je ne risquais pas qu'il me repère.

La foule furieuse et écœurée s'écoulait lentement. J'arrivai à me frayer un passage avec l'espoir de mettre la main sur J. Walter Madison.

C'était lui qui, dans le dos d'Heller, avait inventé Super Wister et fabriqué toutes ces controverses autour de la course. Après la déroute spectaculaire d'Heller et avec ce public assoiffé de vengeance, il fallait que je sache ce que Madison avait prévu pour la suite.

Les gardes de la sécurité avaient depuis un moment déserté leurs postes et peu leur importait désormais qui entrait ou sortait. Je laissai le van à l'extérieur de la grille et empruntai un tunnel d'accès pour émerger devant la tribune. Je repérai aussitôt un groupe rassemblé autour d'un box. Et je reconnus un reporter que j'avais déjà aperçu dans les bureaux de Madison, au 42 Mess Street.

J'allai droit à lui. Bien qu'il eût un manteau de peau dont le col était relevé jusqu'à ses oreilles et moi ma parka et mon capuchon, il m'identifia aussitôt.

– Est-ce que c'est Madison qui a monté cette émeute? demandai-je.

– Non. C'est moi, dans l'inspiration du moment. J. Warbler est dans un drôle d'état. Il a fallu qu'on l'emmène à l'hôpital volant et il n'est revenu que pour voir la fin.

C'est alors que j'aperçus Madison assis au milieu du groupe sur une chaise pliante. Avec le froid qu'il faisait, il avait un coussin de glace sur la tête! Et son visage était gris, affreux à voir!

J'allai jusqu'à lui et lui demandai d'un ton incrédule:

– C'est la défaite d'Heller qui vous met dans cet état?

Il secoua la tête.

– Oh, non, non. Vainqueur ou perdant, ça n'avait pas d'importance. Ça nous aurait donné la une un jour de plus et ensuite il aurait fallu trouver autre chose.

Je ne comprenais rien.

– Mais alors, si ça n'avait pas d'importance qu'il gagne ou qu'il perde, pourquoi êtes-vous comme ça?

D'un geste maladroit, il essaya de rééquilibrer le coussin de glace sur son crâne. Et il craqua.

– Ne faites jamais confiance à un client! Ils ne sont là que pour vous mettre dedans!

– Vous feriez peut-être aussi bien de me dire ce qui ne va pas, fis-je, perplexe.

Il se mit à pleurer. Entre deux sanglots, il me dit:

– Il n'était pas censé prendre le départ! On devait le kidnapper juste avant! Ça nous aurait donné au moins *deux semaines de une!* (Il cogna frénétiquement ses genoux du poing.) Tout avait été parfaitement préparé! Au bout de quinze jours, il serait réapparu derrière le rideau de fer, capturé par les Russes à cause de son carburant secret! (Il émit une plainte lugubre.) Et ça aurait déclenché LA TROISIÈME GUERRE MONDIALE! Il serait devenu IMMORTEL!

Un moment s'écoula durant lequel il se contenta de s'agiter et de se marteler les genoux. Puis il ajouta enfin:

– Non, il ne faut jamais se fier aux clients! OH, SEIGNEUR, DITES-MOI COMMENT RÉCUPÉRER LA UNE!

Je m'éclipsai.

2

Ce dimanche matin, le Bentley Bucks Deluxe Arms (pour l'appeler par son nom complet) m'attendait, comme une étreinte tendre, aimante... et coûteuse. La seule, en tout cas, que je pouvais espérer depuis quelques jours.

Mais, aux environs de 10 heures, ma langueur momentanée se changea en une vague inquiétude. Il m'apparut qu'Heller, après tout, était tout à fait capable de se tirer de cette débâcle. Sur le plan de la traîtrise, c'était un athlète. Un aspect de son caractère pour lequel je n'éprouvais aucune sympathie.

Je demandai que l'on me monte un breakfast avec du cake aux fraises – importé d'Argentine, si j'avais bien lu le menu – et je passai un peignoir. Je ne tardai pas à m'installer devant le plateau. Ma chaudière à carbone et à oxygène avait besoin de carburant après les efforts et les émotions de la veille.

C'est d'un geste quasi indolent que je soulevai les cinq kilos de papier du journal du dimanche et me mis à le feuilleter. Je ne savais pas du tout ce que j'allais y trouver. En tout cas, je n'avais pas prévu ça: Rien!

Il n'y avait rien!

Pas une ligne au sujet de la course dans tout le journal!

PAS UN MOT!

Je courus jusqu'à la télé, et j'explorai tous les canaux. Ah! Une émission intitulée «La Semaine Sportive». Elle commençait juste. Quelques infos. Puis des extraits de la course sans le moindre commentaire, sans qu'il soit question de Super Wister! Rien que les collisions!

Ça, ça n'était pas bon du tout. Madison avait raison. Il n'avait plus la une. Et il l'avait perdue tout de suite!

Je me rappelai alors la fréquence de cette station de radio locale que j'avais écoutée la veille, WHOA, qui émettait de Long Island. J'allumai la radio. Coup de chance! Je tombai juste sur les informations!

C'était un dimanche neigeux, endormi et suburbain typique de Long Island. Deux nouvelles seulement présentaient un intérêt pour moi.

Des boy-scouts en pique-nique dans le secteur de Jones Beach avaient découvert un van carbonisé avec dix corps à l'intérieur. Selon la police, leur état interdisait toute identification. On attribuait l'accident à une fuite des gaz d'échappement. On supposait que les passagers du van étaient en route pour aller prendre livraison d'une cargaison de drogue.

J'appris également que Tommy Jones avait remporté une médaille dans une épreuve de marche en raquettes.

Autre information: Mme Sarah Jane Gooch, la charmante épouse de Gooby Gooch, se dirigeait tranquillement ce matin même vers le supermarché de Cranston lorsqu'elle avait trébuché sur un cadavre enfoui dans la neige qui, disait-elle, «décore nos rues». Elle avait alors appelé la police, qui avait découvert un autre corps à deux cents mètres de là, grâce à des chiens qui se disputaient pour avoir le meilleur morceau et que le sergent de police Flab avait habilement repérés. Ledit événement avait été communiqué à la station WHOA par Mme Emma Groos, la très charmante femme de Bill Groos. La police avait conclu que l'un des deux hommes avait tiré sur l'autre avec un fusil et s'était ensuite suicidé avec un poignard, qui était d'ailleurs encore planté dans son dos. La population criminelle de la communauté était donc réduite d'autant, ce qui réchauffait le cœur par cette glaciale journée.

En ce qui concernait la région de Spreeport, c'était comme si aucune course n'y avait jamais eu lieu!

Et la discrétion était absolue au sujet de Super Wister. J'étais désorienté. Qu'est-ce qui allait se passer maintenant? Heller allait-il s'en tirer sans y laisser de plumes et poursuivre son ascension vers la gloire?

Je me dis que j'avais tout intérêt à ne pas le quitter des yeux.

Mon récepteur avait été chargé de bandes et j'avais enregistré tous les faits et gestes d'Heller. En les repassant, je découvris ce qu'il avait fait ce matin.

Il était retourné à son bureau! Un dimanche? Mauvais signe, ça. Il était beaucoup trop actif!

D'abord, il avait sorti Izzy du placard qui lui servait de chambre.

– Je t'ai confié un appareil il y a quelque temps. Je voudrais le voir, lui dit-il.

Puis il gagna son propre bureau, mit le chauffage et, un instant, contempla immobile le vaste panorama de Manhattan sous la neige. Il paraissait se concentrer plus particulièrement sur de grandes taches de suie qui, déjà, souillaient la neige. Il avait apparemment l'intention de laisser son bureau se réchauffer, car il enleva bientôt sa parka fourrée et s'assit.

Izzy entra avec ce qu'il lui avait demandé. Le convertisseur original au carbone qu'Heller avait amené de Voltar, le même que celui qui avait été mis en place sur la défunte Cadillac.

Heller posa un chiffon sur son bureau, sortit quelques outils et, avec des gestes rapides et précis, démonta le carburateur et répartit les pièces devant lui pour les examiner. Je me sentis gagné par une légère inquiétude.

Il s'arrêta soudain. Il tenait une petite pièce d'environ trois centimètres.

– Une entaille! dit-il.

Sur mon écran, vue par ses yeux, je découvrais une petite encoche en forme de *V*.

Celle que notre saboteur avait gravée pour saboter le convertisseur.

– Regarde! fit Heller en montrant la pièce à Izzy.

Mais Izzy, même en remontant ses grosses lunettes d'écaille, ne voyait rien. Heller lui tendit une loupe.

– C'est ça qui a faussé la charge électrique qui alimentait l'autre composant! Et provoqué la surchauffe! Ce n'étaient que des kits à bon marché pour les écoliers. J'aurais dû le savoir.

Izzy lui adressa un regard perplexe.

– Des kits pour les écoliers?

– Non, non, fit précipitamment Heller, se rendant sans doute compte qu'il avait été au bord de la violation de Code. Non, ils peuvent fonctionner. Tout ce que j'ai à faire, c'est de les remodifier un peu pour être sûr que les charges électriques resteront stables à cet endroit-là et qu'ils ne risquent pas de s'arrêter. Amène-moi les plans.

En quelques instants, il fit les modifications nécessaires. Il semblait rasséréné. Ce crétin était loin de soupçonner que la magistrale prévoyance de Lombar Hisst lui avait coûté la victoire!

– Izzy, qu'est-ce qu'on fait quand on a perdu une course?

– D'abord, on ne s'inscrit pas dans une course, rétorqua Izzy.

– Non, écoute, je veux vraiment savoir.

– On part pour l'Amérique du Sud. Il y a un endroit, en haut de l'Amazone, où l'on ne trouve que des fourmis guerrières. Très paisible! Personne pour vous déranger! Même les reporters qui se sont risqués dans le coin ont été grignotés. J'ai un billet tout prêt. Je peux vous avoir une réservation sur la Pan Am en quelques secondes!

L'espoir rendait sa voix perçante.

– Non, non, fit Heller. Je vais réparer ce truc, me procurer une autre voiture et leur lancer un défi.

– Oh, non! pleura Izzy.

«Oh non!» pensai-je en écho. Jamais je ne pourrais supporter à nouveau une telle épreuve, jamais! Il y avait URGENCE!

Je me précipitai sur le téléphone et m'aperçus que c'était l'écran que je brandissais. Je le reposai et essayai d'appeler avec mon colt Bulldog. Et je me mis à courir en tous sens en claquant les portes tout en essayant de m'habiller.

Utanc, ma douce amie turque, mon amour, passa une tête ensommeillée par l'entrebâillement de la porte de sa chambre.

– Mais que se passe-t-il, Sultan?

Il y avait des jours que je ne l'avais pas vue. Mais je n'avais pas le temps.

– Je pense que le monde ne va pas tarder à s'écrouler!
– Oh...
Elle referma la porte, la verrouilla et je supposai qu'elle était retournée se coucher.
Mais pas moi, je peux vous le dire! Je sais reconnaître le devoir quand il m'appelle! Et il hurlait à me rendre sourd!

3

Je découvris le téléphone sous le lit, où je l'avais expédié d'un coup de pied.
Je réussis à trouver le numéro de Madison. Et j'obligeai l'opératrice de l'hôtel à l'appeler pour moi: je n'arrivais pas à frapper sur les bonnes touches.
Une voix de femme âgée me répondit sur un ton irrité. Sa mère!
– Il faut immédiatement que je parle à J. Walter!
– Oh, mon cher, je crains que ne soit possible. Il est au lit. Trois docteurs se sont succédé et ils lui ont ordonné le repos absolu. Même moi je ne peux pas le déranger.
Et c'était vrai, j'entendais de faibles gémissements.
Je raccrochai.
Trapp! Il fallait que j'appelle Trapp!
Quel embrouillamini! Son nom n'était pas dans l'annuaire. Et l'Octopus Oil refuserait absolument de me donner le numéro de son domicile.
Ah! Je le tenais! Je me rappelais cette nuit où il était rentré chez lui en voiture de police! Je saurais y aller!
Dimanche ou pas, M. Trapp devrait bien me répondre!
J'avais encore le van. L'agence de location était fermée le dimanche.
Je pris des vêtements chauds, fis amener le van devant l'hôtel et, peu après, je fonçai vers le centre.
Les rues étaient changées en tunnels creusés dans des murailles de neige. Les voitures garées n'étaient plus que de vagues amas blancs. Les chasse-neige n'avaient pas chômé. Certains automobilistes, à mon avis, ne retrouveraient pas leur véhicule avant le printemps.
Je me retrouvai devant la boîte aux lettres de Trapp. Je lus: *Mme Destuvescent Depleister Trapp.*

J'appuyai sur l'interphone et il répondit aussitôt.

Une minute après, je me retrouvai dans un couloir. Trapp m'ouvrit.

– C'est un cas d'urgence, dis-je d'un ton alarmiste.

Il eut une réaction étrange.

– Oh, parfait...!

En levant le doigt d'un air de conspirateur, il me fit signe de le suivre dans le salon. Il tenait un journal et il était pieds nus.

J'entendis alors un torrent de mots qui se déversait d'une autre pièce.

Des choses comme: «Quand je t'ai épousé, j'espérais au moins que...» «Combien de fois ma famille ne m'a-t-elle pas dit de...» «Voilà ce à quoi j'ai droit parce que je me suis mariée après...»

Le tout était confus.

– Redites-moi ça plus fort, chuchota Trapp.

– C'EST UN CAS D'URGENCE! hurlai-je, et je n'eus pas à me forcer.

– OH, GRANDS DIEUX! cria-t-il en réponse. UNE URGENCE UN DIMANCHE!

Il attrapa ses chaussures ainsi qu'une paire de caoutchoucs. Prit un manteau et un chapeau noir typiquement new-yorkais, noir, avec un bord étroit. Puis un attaché-case. Il se rua dans une pièce voisine et le remplit de souris blanches avant de le refermer.

Et il passa dans la chambre d'où venait la voix de sa femme pour lui annoncer plus ou moins que le bureau avait besoin de lui.

Il fonça vers la porte, accompagné par un ouragan de petits coussins, de limes à ongles et de flacons de parfum. Mais Trapp était déjà dans le couloir.

– Dieu merci, fit-il. Jamais je n'ai eu autant de plaisir à voir quelqu'un, Inkswitch! Je me souviendrai que vous avez eu cette gentillesse! C'est tellement rare, un geste gentil!

Tout en parlant, il me poussait. Une fois installés dans le van bien chaud, je lui tendis le flacon d'eau-de-vie que j'avais pris par précaution pour la course.

– Vous allez en avoir besoin, lui dis-je.

Et je lui racontai comment Madison avait conçu le plan de kidnapper Wister, de l'expédier en Russie, de faire accuser les communistes et de déclencher la Troisième Guerre Mondiale.

Trapp hocha la tête. Il ne toucha pas à l'eau-de-vie.

– Inkswitch, je vous l'ai dit, Madison trouve toujours un moyen d'aller un peu trop loin. Pas mal de gens pensent que sa mère devrait être inculpée de tentative d'humanicide. Mais franchement, Inkswitch, il n'est pas plus doué que n'importe quel autre *public relations* ou reporter. Il va seulement un peu plus vite, c'est tout.

– Vous n'êtes pas contrarié?

– Oh, Inkswitch, les PR, la grippe, tout ça... Un de ces jours, tôt ou tard, on y aura droit, à la Troisième Guerre. Mais qu'est-ce que vous attendiez donc? Au moins, on a réussi à le faire bouger.

– Mais c'est justement le problème. Il ne bouge plus. Trois docteurs s'occupent de lui et il passe son temps à pleurer au fond de son lit. Je le comprends. Après la faillite de son plan, il n'arrive plus à trouver le moyen d'avoir la une. Il n'y a rien dans la presse.

– Les journaux du dimanche? Mais ils sont tous imprimés le samedi, Inkswitch. Ils ont été livrés bien avant que la course démarre. Maintenant, je veux bien reconnaître que vous avez raison sur ce point. Il ne pourra jamais rendre Wister immortel pour avoir déclenché la Troisième Guerre Mondiale. Et il est improbable qu'il retrouve une idée aussi brillante avant longtemps. Il va suer sang et eau pour redécrocher la une. En tout cas, je tiens à vous remercier pour m'avoir tiré de ce mauvais pas.

– Vous voulez dire votre femme?

– Oh, non, non. Le maire! Nous devions dîner avec lui!

– C'est si dur que ça?

– Non, Inkswitch. Vous ne comprenez pas. Le maire n'est qu'une grosse enflure. Mais c'est sa femme! C'est une ex-showgirl du Roxy et elle n'a jamais pardonné aux autres de l'avoir empêchée d'être une star d'Hollywood. Les crises de ma femme, ça n'est rien à côté de celles de la femme du maire. Avec une voix pareille, on devrait l'arrêter pour agression avec intention de donner la mort!

»Je n'oublierai pas votre gentillesse, Inkswitch. Même si la gentillesse est une affreuse faiblesse, et je dois vous mettre en garde contre cette tendance. Mais venez, nous perdons du temps.

– Vous avez une autre urgence?

– Bien sûr. Je comptais aller au zoo du Bronx aujourd'hui et je ne trouvais pas comment. Et vous êtes arrivé. Suite aux dons de Rockecenter, ils ouvrent le vivarium aux serpents spécialement pour moi le dimanche et me laissent nourrir ces superbes reptiles avec mes souris blanches. Vous voulez venir avec moi? Vous verrez, c'est un vrai plaisir.

Je refusai en réprimant un frisson.
– D'accord, alors déposez-moi à la station de métro. Et faites attention à la gentillesse, Inkswitch. Ça peut être un défaut fatal. Ça pourrait même ouvrir la porte à tous les Madison du monde!
Sur cette menace, je démarrai sans perdre une seconde et m'arrêtai devant la station de métro.
Je regardai Trapp disparaître dans l'escalier avec son attaché-case plein de souris blanches.
Jamais l'avenir ne m'avait paru aussi incertain.

4

Tard dans la nuit, vers 10 heures, craignant que Madison ne soit pas encore mort, j'appelai sa mère.
Et ce qu'elle me dit me terrassa!
– Mort? Mais il n'est pas mort. Je l'ai rarement vu aussi énergique. C'est bien vous, monsieur Smith?
Je parvins à dire oui.
– Il est parti en courant il y a quelques heures. Il m'a dit que vous auriez besoin d'être rassuré, et que vous pouviez l'appeler au 42 Mess Street.
Ce que je fis.
– Ici Smith, dis-je. Je veux parler à M. Madison.
Une voix mâle, au ton vif.
– Smith? Ah, monsieur Smith, le propriétaire du *National Insultor!* Mais oui, bien sûr! Écoutez, Smith, j'ai justement un scoop pour vous...
– Non, non, je ne suis pas dans la presse. Dites à Madison que c'est le M. Smith qu'il connaît bien.
Mon interlocuteur quitta le téléphone et le crépitement des télex et les vociférations des journalistes m'agressèrent les tympans. On pouvait dire qu'il régnait une activité fiévreuse chez Madison! Et pourtant, il était mourant quelques heures auparavant!
Brusquement, ce fut sa voix au bout du fil.
– Oh, monsieur Smith! Je vous remercie d'avoir appelé. Je savais que vous vous feriez du souci.
– Je croyais que vous étiez mourant, peut-être même mort!

– Je cite : « Miracle de la médecine. » Fin de citation. Des injections de morphine puis de benzédrine ainsi que des transfusions d'encre noire ont permis de sauver la vie de Madison. Smith, nous devons cesser de vivre dans le reflet doré et nostalgique des jours d'hier. Le temps est venu de prendre en main les âmes des hommes. Car voici venu le règne de l'épreuve. Mais ne sommes-nous pas maîtres du destin de tous les hommes? Et je remercie Dieu pour mon inébranlable volonté dans le...

– Arrêtez! Qu'est-ce que vous comptez faire maintenant?

– Smith, nous devons être heureux d'avoir une nouvelle chance de frapper le coup PR du siècle. Laissons s'écouler la bave des crapauds et tomber tout le reste. Il faut cesser de regarder derrière nous pour affronter l'avenir avec gravité. Le génie et l'inspiration auraient triomphé s'il n'y avait eu ce client qui n'était qu'une planche pourrie. Peu importe. Je vais avoir recours désormais à une politique de presse standard et, même si ce doit être long et difficile, nous chevaucherons un jour en tête de la procession triomphale, le front ceint de lauriers. N'ayez crainte.

La peur rampait en moi.

– Qu'est-ce que vous comptez FAIRE?

– Smith, rappelez-vous la règle des trois *C* du PR. Nous avons encore le premier: la Confiance. Mais nous avons perdu le second, la Communication, puisque nous n'avons plus la une! Mais n'ayez crainte, je vous le dis, Smith, nous la retrouverons! Car il nous reste le troisième *C*: la Controverse. Tandis que je fonçais dans la nuit glacée, bien déterminé à faire de mon mieux, cela m'est venu en un éclair. LA CONTROVERSE! Nous pouvons reconstruire toute notre campagne sur le billot formidable du bourreau de la Controverse, sans cesse et sans cesse. Nous réussirons! Et maintenant, veuillez m'excuser. On me dit que j'ai le directeur du *Los Angeles Cradpress* sur l'autre ligne.

Clic! Il n'était plus là.

Je restai un instant immobile, les yeux fixés sur le combiné. En fait, il ne m'avait strictement rien dit. Et je craignais de ne pas comprendre très bien ces deux syllabes mystérieuses: PR. Je raccrochai enfin.

Ça sonna immédiatement!

La voix de Madison.

– Regardez la une de demain!

Reclic!

Inutile de dire que, le lendemain matin, c'est avec des mains tremblantes que je dépliai le journal.

Et c'était bien là! A la une!

SUPER WISTER ACCUSÉ
DE FRAUDE
SA VOITURE A ÉTÉ SAISIE

Les commissaires de la course ont obtenu hier soir un mandat de la cour afin de saisir la voiture utilisée par Super Wister dans l'épreuve de samedi.

Nul n'a accepté de faire le moindre commentaire.

Super Wister n'a accordé aucune interview à la presse.

Le monde de la compétition automobile a été bouleversé par cette décision de mauvais augure.

En toute hâte, j'allai chercher d'autres journaux. Tous disaient plus ou moins la même chose. Sans rien expliquer vraiment.

C'était la même chose à la télé et à la radio. Apparemment, l'affaire prenait une envergure nationale: on interviewait des as du volant jusqu'en Californie.

Et la journée passa comme ça.

Vers le soir, je pensai à allumer l'écran. Comment Heller prenait-il tout ça?

Il avait tout un tas de journaux dispersés sur son bureau. Et il demandait à Izzy:

– Par tous les éclateurs de l'univers, qu'est-ce que tout ça signifie?

– Ça veut dire un billet pour l'Amérique du Sud. J'ai trouvé un bouquin sur ces fourmis guerrières. Elles sont plus redoutables que les journalistes. Elles détruisent tout.

– Mais la carcasse de la Cadillac est encore dans le garage de Mike Mutazione, dit Heller. Je viens de l'appeler. Personne ne s'en est approché! Et puis, elle a été tellement carbonisée que ce n'est plus qu'un amas de métal fondu. Et personne ne m'a appelé. Je n'ai jamais refusé d'interview!

Il se mit à découper tous les articles, repoussant de temps à autre le billet qu'Izzy lui tendait ostensiblement.

Durant toute cette journée, le téléphone de Madison sonna occupé. Quand je réussissais à avoir son bureau, on me disait qu'il n'était pas disponible. Chaque fois, j'avais l'impression d'être en direct avec un cyclone.

Vint le matin du mardi.

Et c'était de nouveau à la une!

SUPER WISTER A TRICHÉ
UNE DURITE L'ACCUSE

Les commissaires de la course ont aujourd'hui révélé qu'à la suite d'une expertise des débris carbonisés de la voiture de Super Wister, on aurait découvert une durite d'essence adroitement dissimulée dans les pistons...

C'était repris par tous les journaux, la télé et la radio!
Bon, me dis-je, c'est la fin de cette histoire et aussi d'Heller!
Mais vint le matin du mercredi.
Et la une!

UN COMMISSAIRE EN FUITE
SUPER WISTER EST COUPABLE

Selon des sources que nous ne pouvons révéler, un commissaire de la course – dont les proches demandent à ce qu'il reste anonyme – aurait quitté la région après avoir avoué qu'il avait accepté une certaine somme d'argent de Super Wister pour ne pas signaler la présence d'un réservoir de carburant caché sous le volant de son véhicule...

Et à nouveau c'était dans toute la presse aussi bien qu'à la télé et à la radio. Parfait, me dis-je. Madison s'est débrouillé pour que toute nouvelle course soit impossible.

Donc, le jeudi, c'est avec une certaine sérénité que je dépliai le journal.

La une, encore une fois! Avec des photos, en plus!

LA FOULE VEUT LA TÊTE
DE SUPER WISTER
LA POLICE A TIRÉ SUR LES ÉMEUTIERS

Aujourd'hui, derrière leurs portes closes, les habitants de Manhattan ont écouté avec terreur les échos de la terrible émeute. La foule déchaînée, qui veut à tout prix la tête de Super Wister, a tout ravagé sur son passage...

Il y avait des photos à l'appui. La foule brandissant des pancartes *A bas Super Wister!*. La police tirant des grenades lacrymogènes. Ouvrant le feu avec des fusils à pompe.

J'allai jeter un regard par la fenêtre. La Cinquième Avenue n'avait jamais été aussi calme.

Il y avait de nouvelles manchettes dans les éditions du soir:

LE MAIRE DÉCLARE L'ÉTAT DE SIÈGE

Avec d'autres photos.
Là, cette fois, me dis-je, Madison a vraiment mis le paquet. C'est un génie. Mais il a tiré sa dernière cartouche. Il va passer en page 2.
Vendredi.
Encore la une!

SUPER WISTER DÉBUSQUÉ!

Des reporters ont aujourd'hui découvert la retraite secrète de Super Wister. C'est un marchand de hot-dogs qui a craché le morceau...

L'article continuait sur ce ton.
Mais je m'arrêtai sur la photo! C'était Super Wister, avec ses dents de cheval et tout. Il pointait la tête derrière un store vénitien, l'air terrorisé.
J'en vins à me demander si Heller n'avait pas fui, après tout. Je revins en arrière sur la bande. Mais non, il avait suivi la routine quotidienne. Je le vis entrer dans son bureau, parcourir brièvement les manchettes des journaux d'un air perplexe, avant de passer à ses chères études.
Je me dis que samedi, en tout cas, Madison serait à bout de ressources!
Eh bien non!

LE REPAIRE DE SUPER WISTER SAUTE!

Aujourd'hui, la foule enragée a encerclé la retraite de Super Wister. Dix mille personnes, avec une férocité jusqu'alors inconnue dans les annales de notre ville, ont réduit l'immeuble en miettes!...

Photo de l'explosion. Je l'examinai attentivement. Impossible que ce fût la maison où l'on avait vu Super Wister, apeuré, regarder à la fenêtre. Non, ça, c'était plutôt ce qui restait d'une usine. Mais c'était difficile à dire avec les flammes et les débris.
Je sortis faire un tour. Les premières affiches de Madison, qu'il avait fait placarder dans tout New York, étaient à présent couvertes de graffitis injurieux et de menaces de mort.
Bon. Dimanche s'annonçait. Journée sans nouvelles.
Eh bien pas du tout!
C'était toujours à la une!

CONCOURS ANNULÉ

Décision sans précédent: aujourd'hui, le magazine sportif Le Crottin Mondain *a annulé le concours où il fallait deviner le secret du carburant de Super Wister et dont le prix était de 100 000 dollars.*

Selon la direction du magazine, toutes les explications détaillées seront fournies dès la semaine prochaine.

Mais, de source non officielle, nous apprenons que cela serait en rapport direct avec le délit commis par Super Wister lors de l'épreuve...

Hé, mais qu'est-ce que je voyais? Un *autre* article en première page! Madison se déchaînait!

LE SECRET DU CARBURANT DÉVOILÉ
LES «FUITES» DE SUPER WISTER

Selon une déclaration officieuse du bureau de l'attorney général, les enquêteurs auraient obtenu des informations décisives sur le prétendu carburant secret qui, selon Super Wister, était appelé à révolutionner l'automobile et l'industrie.

Il a suffi de l'argument légal d'un tube à air comprimé dans la bouche pour qu'un pompiste, dont le nom n'a pas été révélé, avoue le nom du véritable carburant.

Si l'on en croit les inculpations qui sont en cours, ce ne serait rien moins que l'Octopus Oil qui se cacherait derrière ce fameux «secret»!

Le pompiste, afin d'échapper aux charges qui pèsent sur lui, aurait décrit une personne correspondant exactement au signalement de Super Wister qui aurait pris en Caroline du Nord, et le jour même de la course, cent soixante litres d'Octopus High Test sans plomb!

Le même article était répété avec quelques variations dans tous les journaux du dimanche. Mais il y avait mieux. *Le Crottin Mondain* publiait des pleines pages d'annonce pour son article de fond de la semaine prochaine, «La boisson de l'industrie et des hommes», voisinant avec les publicités de l'Octopus Oil.

Mes Dieux! Madison avait même réussi à arracher la une du dimanche! J'étais ravi. Je devais avouer que la confiance de Trapp à son égard était justifiée!

Je descendis en toute hâte me procurer le dernier numéro du *Crottin Mondain*. Et c'était bien là! L'article complet sur l'affaire! Dans l'intro, on lisait que Super Wister avait lui-même voulu remporter le concours! Il avait simplement envoyé un bulletin libellé: «L'essence Octopus»!

Ça me fit beaucoup rire. Oui, Madison était un génie exceptionnel dans sa partie!

J'allumai l'écran. Madison était au cours d'Observation de la Nature, M. Wouldlice remplaçant miss Simmons. Il semblait faire très froid dans Central Park. Wouldlice était un jeune homme sans menton. Il tenait une scie à glace et essayait de découper un trou dans le bassin de Harlem tout en expliquant les différents stades de nidification de la carpe. Mais il ne faisait pas beaucoup de progrès avec sa scie. Heller, les mains dans les poches, finit le travail pour lui avec quelques coups de pied bien ajustés. Il avait ses chaussures de base-ball à pointes. Il prit la plaque de glace et la donna à une fille. Aussitôt, toute la classe décida de s'en faire une luge. M. Wouldlice poursuivit son cours avec Heller comme seul auditoire. Il ne lui semblait pas hostile, à première vue. Mais ça changerait avec miss Simmons dès le prochain trimestre, me dis-je.

Heller avait l'air déprimé. Il grattait la neige couverte de suie du bout du pied et ça me réjouit!

Mais quand vint le lundi, je me posai la question: de quel côté était Madison?

Il avait encore la une. Mais les choses prenaient un drôle de tournant.

LA DIRECTION D'OCTOPUS NIE
ÊTRE A L'ORIGINE DES ÉMEUTES
CONTRE SUPER-WISTER

Le maire a aujourd'hui démenti les rumeurs selon lesquelles il aurait été convoqué à une réunion exceptionnelle des dirigeants de l'Octopus Oil. Cependant, de source non précisée, notre journal a été informé avant l'aube qu'une réunion secrète des Sept Frères aurait eu lieu pendant le week-end afin de faire apparaître la vérité en ce qui concerne les émeutes qui ont eu lieu à propos de Super Wister.

Tous les dirigeants de l'Octopus ont nié leur présence à cette réunion.

Un porte-parole a déclaré: «Même si l'on admet que Super Wister ait utilisé du carburant Octopus dans cette course, il est évident qu'il ne l'a fait qu'à seule fin de compromettre les compagnies pétrolières en les mêlant à son complot malhonnête et sournois qui vise à miner l'ensemble de l'industrie pétrolière en violant les règles sacrées du sport automobile. Je démens avec vigueur les rumeurs selon lesquelles les compagnies pétrolières auraient financé les émeutes. De plus, Super Wister, qui n'a que dix-sept ans, ne pouvait légalement courir dans le Comté de Nassau. Tout cela démontre qu'il ne s'agit que d'une tentative pour impliquer les authentiques patriotes américains de l'industrie pétrolière dans un acte frauduleux. Accuser les compagnies d'avoir vendu du carburant à Super Wister revient à tenter de les rendre complices d'un crime.»

Mais, dans la presse du mardi, Madison avait perdu la une. Il s'était même effondré jusqu'en page 3. Et l'article était très bref.

SUPER WISTER
INTERDIT DE COMPÉTITION

Les représentants de l'État de New York ont aujourd'hui déclaré nulle la licence de pilote de Super Wister à la suite des révélations sur son âge faites par l'Octopus Oil.

Les dirigeants de la NASCAR, de leur côté, ont également dénoncé son affiliation, ce qui lui interdit de participer à toute nouvelle épreuve automobile.

Des inculpations d'escroquerie et d'association de malfaiteurs sont en cours et...

Et moi, je pouvais me détendre un peu. Madison avait réussi. J'appelai son bureau, mais il n'était pas là. J'essayai chez sa mère.

– C'est vous, monsieur Smith? Oh, je suis désolée, mais je ne peux pas vous le passer. Il a été surmené toute la matinée et il ne se sent pas assez bien pour...

Madison prit brusquement le téléphone.

– Monsieur Smith? (Effectivement, il avait l'air plutôt bas.) Vous savez, je suis tellement navré. J'ai perdu la une. Je le savais. Je l'avais deviné depuis hier soir. (Il lança en aparté: Maman, est-ce que tu peux tenir un peu mieux le coussin de glace? Il glisse, tu sais.) Monsieur Smith, je vous en prie, ne me retirez pas votre confiance. Ce genre de chose réclame du temps. Je me suis trompé quelque part. Je vous promets de tenir tous les espoirs que vous avez pu fonder sur moi. Mais maintenant, il faut que je raccroche. Mon psychiatre vient d'arriver.

S'il était déprimé, moi je ne l'étais plus!

Je pris des nouvelles d'Heller. Il se trouvait dans la bibliothèque de l'Université d'Empire. Il lisait encore une fois *The Principall Navigations, Voiages, and Discoveries of the English Nation (1589)*, d'Hakluyt.

Il s'était arrêté sur un paragraphe qui décrivait comment un navire avait été drossé à la côte d'Amérique du Nord et comment les indigènes avaient taillé tout l'équipage en pièces par un froid intense. Il resta ensuite le regard vide.

Une employée, qui était occupée à récupérer les livres, lui dit:

– Vous avez l'air un peu perdu. Puis-je vous aider?

– Non, non, fit Heller. Je ne crois pas que quiconque puisse m'aider. Je me suis trompé quelque part. Et je jure que je ne vois pas où...

– Vous devriez aller voir le psychiatre de l'Université, dit la fille d'un ton enjoué.

– Ce n'est pas parce que je suis perdu que je dois commettre *deux* erreurs, fit Heller avant de se replonger dans la lecture d'Hakluyt.

Je nageais dans le bonheur. Ma vie était un conte de fées.

Grâce à Trapp. Grâce à Madison. Heller était coincé!

5

Selon les psychiatres, l'état d'euphorie hystérique se prolonge rarement. Ce fut le cas pour moi.

Je n'avais pas quitté l'écran depuis deux minutes lorsqu'on frappa à la porte. Je me dis que c'était le garçon d'étage qui arrivait avec d'autres livraisons pour Utanc et j'allai ouvrir.

Raht et Terb!

Je les poussai littéralement dans le living-room et refermai à double tour non sans avoir inspecté le couloir.

La moustache de Raht repoussait – on avait dû la lui raser pour réparer ses mâchoires fracturées. Il lui restait quelques cicatrices et il avait mauvaise mine.

Terb, lui, avait perdu une partie de sa graisse et aussi, apparemment, l'usage de deux de ses doigts.

– Ah, il est presque temps! aboyai-je. On se la coule douce aux frais de la compagnie! Vous devriez avoir honte! Je crois bien que je vais faire bloquer une année de votre paye!

C'est la seule manière de traiter ce genre de racaille!

Je m'assis, pris la cafetière en argent et me versai une tasse de café. Je les dévisageai à travers la vapeur. Ils étaient plantés au milieu de la pièce, lamentables avec leurs vêtements minces et froissés, tremblant de froid, la peau bleuie. Ils avaient apparemment perdu leurs manteaux.

– Le bureau de New York est sur pied et il fonctionne, annonça Raht. Comme vous l'avez ordonné, on inscrit tous les criminels qui veulent changer d'identité.

– Ça n'est pas une raison pour venir ici me casser les pieds.

– Nous ne l'aurions pas fait, dit Terb, si Faht Bey ne nous avait pas envoyé un message pour nous dire que c'était urgent.

Je poussai le soupir du chef exaspéré.

– Et qu'est-ce qui peut être assez urgent pour m'arracher à mes tâches essentielles? Que j'accomplis sans l'aide de la domesticité, je dois le préciser.

– Apparemment, fit Raht, ça ne peut pas attendre.

– Et qui, *ça?* fis-je, parce que c'est comme ça qu'il faut apprendre à la racaille à tenir ses distances.

– Gunsalmo Silva, dit Terb.

Je sentis mes cheveux se dresser sur ma nuque. J'avais envoyé Silva tuer le directeur de la CIA. Logiquement, il ne devait plus être en vie, puisqu'il avait essayé d'exécuter celui qu'on ne pouvait pas exécuter! Non, il était mort.

– Il semble évident, reprit Raht, qu'il est allé à Afyon. Faht Bey a essayé de savoir ce qu'il voulait, mais Silva lui a répondu qu'il ne voulait avoir affaire qu'à vous et, il y a deux jours, il est reparti, tout simplement. Pour New York, si l'on en croit les registres de l'aéroport!

Bon, New York est une ville immense. Les Dieux me protègent, il était impossible que Silva ait mon adresse. Et puis, il ne faut jamais se montrer inquiet devant le bas peuple.

– Et quoi d'autre?

Terb me tendit instantanément une liasse d'ordres à estampiller!

D'un geste las, je sortis mon identoplaque et je me mis au travail. Mais, pour une fois, je fus vigilant. Il y avait là deux ordres: un pour leurs frais d'hospitalisation et un pour l'achat de nouveaux vêtements et, entre autres, de manteaux. Je les mis de côté. Puis, après coup, et afin de faire meilleure impression, je les repris et les déchirai en tout petits morceaux.

– Maintenant, vous êtes en service! beuglai-je en les poussant vers le couloir. On ne dort plus!

Et je claquai la porte sur eux.

Durant un moment, j'arpentai ma chambre et le salon, avant de décider d'aller faire un petit tour dehors. Je pris mes vêtements les plus chauds. Bien emmitouflé, j'ouvris la porte du couloir et...

GUNSALMO SILVA!

C'est dans ces instants de choc intense que les choses les plus importantes font surface dans votre esprit.

– Comment m'avez-vous retrouvé? demandai-je, ahuri.

Il entra, ôta son manteau en poil de chameau de sa charpente musculeuse et trapue et le lança d'un geste négligent sur le sofa. Et il posa dessus son chapeau, une toque en astrakan. Puis il s'assit, et se versa une tasse de café.

– Venez et fermez la porte, me dit-il. Ça fait courant d'air.

J'obéis. Puis je gagnai la chambre et y retirai mon propre manteau.

Je m'assurai que mon colt Bulldog était bien là tout en me disant que je n'aurais guère de chance de le sortir avec mes mains qui tremblaient.

Je retournai dans le living et je m'assis pour qu'il ne voie pas que je ne tenais plus sur mes jambes.

– Je réponds d'abord à votre première (bip) de question. C'est facile. On dirait que j'ai des pouvoirs miraculeux. Cette fille, Utanc, elle envoie des avalanches de cartes à ses deux petits gamins serviteurs à Afyon et ils les montrent à la moitié de la Turquie.

Il me sortit une carte postale passablement cornée. Elle représentait le Bentley Bucks Deluxe Arms. Il y avait un *X* sur une fenêtre et elle avait écrit: *Le X, c'est ma chambre.* Et elle avait ajouté: *Confidentiel.*

– J'ai dû leur tordre un petit peu le bras, à ces (bips) de gamins, mais voilà... Maintenant, pour répondre à l'autre question, ajouta-t-il (sans se préoccuper du fait que je n'avais pas posé de deuxième question), où est mon fric?

Je repris mes esprits.

– Et comment savoir si vous avez exécuté le contrat? Après tout, si le directeur de la CIA avait été dégommé, on l'aurait su!

– Mais, Bon Dieu de Bon Dieu, vous ne lisez donc jamais les canards?

Il regarda autour de lui. Dans un coin, il y en avait toute une pile qui s'entassaient depuis deux semaines: tous ceux que je n'avais pas encore découpés pour mon dossier Heller. Je me levai et je tombai presque aussitôt sur le titre:

CIA
LA SUCCESSION CRÉE DES REMOUS
AU SEIN DU SÉNAT

Silva pêcha d'autres journaux dans la pile.
– Et ça? fit-il en en agitant un sous mon nez.

LE DIRECTEUR DE LA CIA
SUCCOMBE A UNE OPÉRATION

– Ils n'ont pas pu révéler que c'était un meurtre, dit-il. Ç'aurait été un (bip) de mauvais exemple pour les Russes. Et ça, qu'est-ce que vous en dites?
Il lança sur le sofa le portefeuille et tous les papiers du directeur de la CIA. Souillés de sang!
– Incroyable! fis-je, pour gagner du temps.
– Ouais, c'est ce que je m'suis dit, moi aussi. A cause de ces trucs incroyables qui m'arrivent, ces espèces de super-pouvoirs. Je me demande d'où je tiens ça...
Moi, je le savais. On l'avait emmené sur Voltar et il avait été hypno-entraîné par l'Appareil! Ce que j'avais en face de moi, c'était un tueur-tueur. Invincible!
Je cherchai d'autres moyens de gagner du temps.
– On arrive difficilement à croire que vous ayez pu descendre un type aussi bien gardé!
– Ouais, ça a pris du temps. D'abord, il a fallu que je me fasse engager comme tueur. Ils connaissaient mon pedigree – «Saint Joe» et tout le reste – et ils m'ont pris. Ensuite, il a fallu que je descende deux Ruskoffs pour eux, plus un dictateur d'Amérique centrale. C'est ce qui m'a retardé un petit peu.
Il se versa une autre tasse de café.
– Pas trop, remarquez bien. Parce que l'idée de faire des trucs me vient comme ça, paf! d'un seul coup. Mystérieux. C'est comme la voix des anges. Très beau.
Il mit deux morceaux de sucre dans sa tasse.
– Mais ça a été facile de liquider le directeur de la CIA. J'ai presque pas eu besoin de la voix des anges. Après les trois premiers contrats, ils m'ont fait tellement confiance que je prenais même sa voiture. J'ai appris ses habitudes, pour ainsi dire. Alors, je me suis déguisé en femme, comme sa femme, en fait, et je l'ai flingué dans un bordel de Georgetown. Maintenant,

c'est elle qu'on recherche. Du boulot net et propre, parce qu'ils ne risquent pas de la retrouver. J'ai vendu son cadavre à ce (bip) de Dieu d'hôpital universitaire. Ça m'a d'ailleurs fait un peu de fric en plus. Et pour en venir au fric, où il est le mien?

Je faillis m'étouffer.

– Écoutez, réussis-je à dire, des livres turques, ça ne vous servira pas à grand-chose aux States. Je vais téléphoner pour savoir le cours du change et je vous paierai en dollars.

– *Des livres?* grinça-t-il. Qu'est-ce que je pourrais foutre avec dix millions de *livres*? Je veux des beaux billets verts, mon gros. Alors, tu craches!

– Mais je viens de vous le dire! J'appelle et on va chercher l'argent.

– J'aime mieux ça.

J'allai jusqu'à ma chambre. J'avais environ 130 000 dollars sous mon matelas mais j'avais aussi conçu un bon plan. J'appelai le bureau de New York.

– Passez-moi Raht.

Mais c'est Terb que j'eus au bout du fil.

– Excusez-moi, mais Raht a dû sortir pour nous trouver des chambres. Je suis seul.

– Alors venez seul! aboyai-je. Immédiatement. Présentez-vous à la porte de ma chambre et nulle part ailleurs!

Je raccrochai avec violence et retournai dans le living. Silva avait l'air plus détendu.

– Vous ne le croirez jamais, me dit-il, mais je crois que (bip) de Dieu, je vais me retirer très bientôt.

– Parfait. Je n'ai plus de travail pour vous, d'ailleurs.

– Oh, même si vous en aviez, je ne pourrais pas l'accepter. Je suis un artiste, un vrai maintenant. A cause de ces (bips) de pouvoirs mystérieux, vous comprenez? Il y a un type, personne ne veut s'engager à le liquider. On a proposé le contrat à des tas de mecs. Un million de (bips) de dollars et personne n'en veut. Qu'est-ce que vous en dites?

– Formidable. Il doit être dangereux.

– Pour ça, il l'est. (Il claqua des doigts.) Mais je suis un artiste. Et je prends. On dit qu'il a bousillé déjà treize mecs. C'est un nombre qui lui portera pas bonheur. Parce que le *quatorzième* ça sera lui!... Un million de dollars!

Il sourit un instant. Puis il leva la main et ajouta:

– Je vivrai dans des chouettes endroits comme celui-là, avec des chouettes nanas comme la vôtre! Je me la coulerai douce. A ce propos, où il est le gars qui devait arriver avec le fric?

Il attendait et moi je transpirais. J'avais en fait bien envie de le cribler de trous avec mon colt Bulldog, mais ça ferait beaucoup de sang et mon sofa serait fichu. Et puis, il se pouvait qu'il dégaine plus vite que moi.

On frappa enfin à la porte. Je fermai celle qui séparait la chambre du salon et j'allai ouvrir. Terb était sur le seuil, bleu de froid.

– Écoutez, murmurai-je d'une voix tendue. Il y a un homme là, Silva. Il va s'en aller dans quelques minutes. Il aura 100 000 dollars sur lui. Vous le suivez, vous le tuez et vous ramenez l'argent. Et je ne veux pas qu'il manque un cent!

– Mais je suis venu sans arme. On a perdu nos revolvers. Est-ce que je ne pourrais pas attendre pour faire le travail avec Raht? On est toujours ensemble...

– Pas d'arme?

J'étais fou de rage. Mais 100 000 dollars, c'est 100 000 dollars. Je lui collai mon Bulldog dans la main, puis je réfléchis et j'ajoutai la lame de la Section Couteau qui ne quittait jamais ma nuque. Je réfléchis encore et j'allai prendre deux grenades voltariennes à super-effet de choc du type courant (quinze secondes de délai après les avoir lancées et ça ne laisse aucun fragment identifiable).

– Maintenant, vous n'avez plus d'excuse. Surveillez la porte depuis l'extrémité du couloir et, dès qu'il sera sorti, ne le perdez pas de vue. Quand vous aurez trouvé un coin sûr, faites-le sauter. D'accord?

Il dit qu'il avait compris.

Je retournai prendre 100 000 dollars sous mon matelas. J'avais le cœur déchiré à l'idée de m'en séparer, même pour quelques instants.

J'entrai dans le living en disant:

– Le messager a tenu à les compter. Voilà.

Silva prit les billets, les compta et répartit le tout en deux liasses qu'il fourra dans ses poches. Très épaisses, ces liasses.

– Et bonne retraite! lançai-je quand il sortit.

Il disparut non sans m'avoir adressé un sourire mauvais.

6

A l'aube, je fus réveillé par des coups frénétiques.

Ah! me dis-je. Terb revient avec l'argent!

Hébété, les jambes molles, j'allai ouvrir.

Ce n'était pas Terb, mais Raht!

Il était là, tout tremblant, bleu de froid, blanc aussi car il était couvert de neige. Mais il y avait autre chose que le froid...

Il entra, referma la porte et, en s'appuyant contre le battant, il lâcha:

– Il est mort.

– Eh bien, c'est une bonne nouvelle. Donnez-moi l'argent.

Il me regarda sans comprendre. Il avait l'air drôlement secoué, le dos cassé, comme s'il allait tomber d'une seconde à l'autre.

– Allons, ne tournons pas autour du pot. Vous savez très bien que j'ai demandé à Terb de suivre Silva et de me rapporter l'argent.

Il s'affala et resta assis, le dos contre le battant, la tête inclinée. J'aurais pu jurer qu'il pleurait.

– Allons, allons! On perd du temps. Il est trop tôt pour essayer de me jouer des tours. Donnez-moi l'argent et n'essayez pas de cacher des billets!

– Il est mort. Il l'a torturé à mort.

– Bon, bon. Je comprends que Terb ait voulu se distraire un peu. Mais ça ne veut pas dire que vous ayez le droit de garder l'argent, espèces de (bipards)!

Entre deux sanglots, il dit:

– C'est Terb qui est mort.

J'avais la bouche ouverte. Je la refermai. GUNSALMO SILVA ÉTAIT ENCORE VIVANT!

Rapidement, j'allai verrouiller la porte et mettre la barre de sécurité. Je me précipitai dans mon bureau pour y prendre mon Smith & Wesson .44 Magnum. Je m'assurai qu'il n'y avait personne dans le living-room avant de fermer la porte à double tour. Puis j'allai explorer la terrasse. Rien. Pas de Silva. Pas encore.

J'agrippai Raht par sa chemise.

– Vous feriez mieux de me dire comment vous avez bousillé ce (bip) de travail!

Il tremblait tellement qu'il fallut un moment avant de lui arracher quelques mots.

– Jamais je ne l'aurais retrouvé, commença-t-il. Mais il portait ce mouchard qu'on utilisait toujours pour se repérer. Il n'est pas revenu cette nuit. On m'a dit qu'il était venu ici. Je l'ai localisé. Le mouchard, on le coud dans notre pantalon. Il était dans le sous-sol d'une vieille maison abandonnée.

Il s'interrompit.

– Il avait quelque chose sur lui?

– Ses pieds étaient à moitié grillés. Et on lui avait cassé toutes les dents. On a toujours travaillé ensemble. Il devait suivre Silva et l'autre a dû faire semblant d'entrer dans cette maison pour le surprendre par derrière.

– Mais est-ce qu'il avait les 100 000 dollars sur lui? insistai-je.

On n'arrive jamais à avoir des explications claires de cette racaille!

– Non, rien. Pas d'arme. Rien...

– Est-ce qu'il a parlé?

Il s'était remis à pleurer, avec de gros sanglots secs.

– Je... je crois qu'il avait trop froid pour pouvoir se battre.

C'est comme ça qu'il comptait m'arracher de l'argent pour s'acheter un manteau? Je le fichai dehors à coups de pied.

Il n'alla pas plus loin que l'ascenseur et resta appuyé au mur, toujours sanglotant, tremblant et frissonnant. Je claquai la porte. J'avais vraiment des choses plus importantes à faire.

Est-ce que Terb avait parlé?

Très probable.

J'avais donc intérêt à me barricader. Et à garder mon revolver jour et nuit.

Dire que ces deux (bips) avaient tout gâché!

Soudain, je me souvins que Silva s'était déguisé en femme pour jouer l'épouse du directeur de la CIA, et qu'il l'avait kidnappée pour lui mettre le meurtre de son mari sur le dos.

Utanc!

J'eus suffisamment de courage pour traverser le salon. J'allai frapper à sa porte. Il lui fallut un temps considérable pour ouvrir.

– Ne sors pas. Garde ta porte fermée. Ne laisse entrer personne!

– Mais pourquoi? s'inquiéta-t-elle.

– Silva. Tu te souviens de Silva. L'homme que tu avais engagé comme garde du corps. Il a assassiné le directeur de la CIA et maintenant il veut m'abattre.

– Vraiment? (Elle ouvrait de grands yeux.) Tu en es sûr?

Il fallait la convaincre. Les papiers du directeur de la CIA étaient encore là, sur le sofa, derrière un coussin. Je les pris et lui montrai les taches de sang bien en évidence.

Elle entrouvrit la bouche d'étonnement. Puis dit:

– Tu l'as payé pour ça?

– Et j'ai voulu récupérer l'argent. Il doit rôder dans le coin. Ne sors surtout pas!

Les psychologues vous diront tous que le meurtre et le sang

ont des effets étranges sur les femmes. Ça les stimule sexuellement.

Elle m'agrippa soudain et m'embrassa!

Puis elle se précipita, tira tous les rideaux, et la pièce devint noire comme un puits.

Elle me projeta sur le lit et se jeta sur moi!

Sa bouche était comme du feu!

De toute la journée, nous ne sommes pas sortis!

7

Après deux jours d'isolement absolu – très agréables, je dois dire – je me sentis plus brave.

Rien de bizarre ne s'était passé et je devais en conclure qu'il était possible après tout que Terb n'ait pas parlé.

Je décidai que je pouvais peut-être même me risquer au-dehors. Et puis, ces quarante-huit heures ininterrompues avec Utanc m'avaient laissé plutôt affaibli. Au breakfast, je dus faire un effort considérable pour soulever ma cuillère de crème.

De plus, Utanc avait quitté la table pour aller s'enfermer dans sa chambre. Elle venait d'en ressortir tout habillée: manteau de vison, bottes de vison, toque de vison et gants assortis.

Elle me dit avec une certaine trace d'irritation dans la voix:

– Je viens de regarder ma garde-robe et je n'ai plus rien à me mettre. Il ne neige plus et on solde chez Tiffany.

– Mais ils vendent des bijoux.

– Je sais. Et alors...

– Fais bien attention avec l'argent!

Avec des gestes plutôt secs, elle prit son sac en vison, l'ouvrit et me le présenta. Il était bourré à craquer de billets! Quelle trésorière! Elle se retourna, sur le point de partir.

– Attends! Je pense à autre chose!

Faiblement, je me traînai jusqu'au bureau et pris mon vieux Derringer Double Remington avec sa crosse de nacre. Tout petit, il ne pesait pas plus de deux cent cinquante grammes. Je vérifiai qu'il était bien chargé. Du calibre .41 à percussion annulaire.

– Tu ferais mieux de prendre ça, dis-je en le tendant à Utanc.

Elle eut un mouvement de recul.

– Oh, non, jamais! Les armes me terrifient! Je serais capable de me blesser par accident!

Oh, pauvre petite chose du désert! Mais bien sûr: elle était trop douce et timide pour tirer sur qui que ce soit!

Vers 1 heure, après un autre petit somme, je rassemblai enfin assez d'énergie pour m'habiller et sortir. C'était l'état de mes finances qui me préoccupait. Il ne devait guère rester plus de 38 000 dollars sous le matelas.

Je regardai prudemment à droite et à gauche avant de m'élancer dans les rues enneigées en direction du Rockecenter Plaza, serrant mon Smith & Wesson .44 Magnum dans la poche de mon manteau. Il était grand temps que j'aille toucher ma paye d'«esspion» de la famille.

J'atteignis bientôt ma destination:

Guichet 13
Petite caisse

Il y avait une nouvelle fille derrière le comptoir. Si toutefois on pouvait appeler ça une fille. Elle était coiffée comme un homme, avec un complet d'homme, et sa bouche sévère n'était qu'une fente.

– Où est donc... commençai-je d'un ton mal assuré, miss... miss?...

– Miss Grabball a pris sa retraite aujourd'hui après vingt-cinq ans de service et s'est retirée dans sa villa de Monte Carlo. Je suis miss Pinch. Et vous, qui diable êtes-vous?

– Inkswitch, dis-je, en lui présentant ma carte d'agent fédéral.

Elle consulta l'épais registre des employés.

– Vous ne figurez nulle part, mon gros.

– Si vous interrogiez l'ordinateur... suggérai-je.

Elle s'exécuta. L'écran resta vide.

– Foutez le camp, me fit-elle.

– Attendez. Vous devriez savoir ce que ça veut dire quand l'écran reste vide.

– Ça veut dire que je dois appeler les flics. Mais je suis de bonne humeur aujourd'hui. Dégagez avant que j'appuie sur la détente du flingue qui est caché sous le comptoir. Je meurs d'envie de voir comment ça marche.

Naturellement, je partis. Et j'allai tout droit voir le directeur du personnel.

– Miss Pinch? Une nouvelle employée, dit-il. Elles créent toujours des tas d'ennuis.

Sur ce, il partit prendre son café de l'après-midi.

Je montai jusqu'au bureau de Trapp.

Il était fermé.

Je m'en allai.

En tout cas, Silva ne m'avait pas attaqué.

Un moment, je caressai l'idée d'aller braquer une banque. Ça me semblait un coup plutôt facile à exécuter et ça renflouerait ma fortune chancelante. Ces 100 000 dollars envolés, ça faisait vraiment mal.

Songeant que Raht devait avoir quelque connaissance dans l'art d'attaquer les banques, j'appelai le bureau de New York.

– Raht? me fit la réceptionniste. Il est depuis deux jours au Metropolitan Hospital avec une pneumonie.

Encore des vacances! Mes Dieux, et dire que je devais travailler avec une telle racaille!

Mais je passai quand même une bonne soirée à rire. Il y avait un show à la télé et qui vis-je? Le faux Super Wister, avec ses dents de cheval, ses lunettes et tout!

Ça s'appelait le «Connaroshow» et c'était animé par Donny Perlooze Junior. Depuis des années, c'était une des émissions vedettes à l'heure de grande écoute et Donny Perlooze avait succédé à son père.

Le faux Super Wister se gargarisait. Il racontait ses brillantes études, comment il était le plus malin, le meilleur de sa classe et comment, dans un trait de génie, il avait inventé le carburant dans les labos de l'université, comment il avait quitté sa retraite pour tout révéler au public et pourquoi l'Octopus Oil était contre lui. Ensuite, il exécuta une petite danse en agitant un fanion de son collège.

C'est alors que Perlooze lui demanda:

– Si vous êtes le meilleur de votre classe, vous pourrez peut-être répondre à cette question: Pourquoi on a surnommé New York «la Grosse Pomme»?

Le faux Super Wister sourit de toutes ses affreuses dents et ouvrit ses mâchoires prognathes:

– Parce que c'est plein de vers!

Le public se tordit de rire tandis que Super Wister saluait deux fois.

Ça m'agaça. On ne lui avait même pas lancé d'œufs pourris! D'accord, les gens avaient ri de lui mais, à la fin, on aurait dit qu'il leur était sympathique. Je ne voulais pas que ce genre de chose échappe à mon contrôle. Je ne tenais pas à ce qu'ils se disent qu'après tout c'était un étudiant doué. J'appelai au 42 Mess Street. Mais c'était occupé, occupé, occupé comme toujours.

J'espérais bien que Madison allait rectifier le tir.

Et j'allai me coucher pour recharger mes batteries.

8

J'avais eu raison de ne pas m'en faire!
Car, dès le lendemain matin, Madison avait retrouvé la une!

LES FAUSSES ÉTUDES
DE SUPER WISTER
UN ESCROC AU COLLÈGE

Hier soir, lors de sa prestation, dans le célèbre « Connaroshow », l'émission favorite de la nation, Super Wister a prétendu être le meilleur étudiant en ingénierie de tout le pays.

Il a également accusé l'Octopus Oil d'être à la source de tous ses récents ennuis.

Immédiatement, nos reporters sont allés enquêter sur le campus du Massachusetts Institute of Bricology.

Et ils ont appris que Super Wister n'avait jamais été inscrit au MIB!

Aucun étudiant en ingénierie n'a entendu parler de lui au sein de l'école, et aucun professeur n'a son nom sur le moindre registre.

Dans une déclaration publique, le directeur du MIB a déclaré: « Ceci est une fable montée de toutes pièces. Je ne supporterai pas que le nom de cette noble et honorable institution soit traîné dans la boue! C'est une tentative d'agression contre les droits inaliénables et divins des universités. Si la CIA augmentait nos subventions, nous serions mieux à même de combattre des cabales aussi monstrueuses! »

Et ça continuait. Dans tous les journaux, à la télé, à la radio.
J'étais impressionné.
Voilà une technique d'assassinat qui ne m'était pas familière. Elle était d'autant plus efficace et imparable que l'assassin devenait multiforme et que tout se passait dans les limites de la loi! Comme ça, on pouvait s'en prendre à n'importe qui!
Je voulus appeler Madison pour le féliciter mais, comme d'habitude, toutes les lignes étaient occupées.

Madison faisait un travail splendide et je me demandai où en était Heller. Tous ses plans étaient ruinés et il devait être furieux. J'allumai l'écran.

Il se rendait à son bureau. Apparemment, il prenait son temps. Il faisait un froid mordant, sans le moindre souffle de vent, et toutes les chaudières de la ville s'étaient alliées pour saturer le ciel de fumée et de brume à tel point que les passants pleuraient. Mais Heller, plutôt que de se contenter d'observer, se promenait avec un densimètre atmosphérique. Un instrument voltarien qu'il montrait à tous les regards! Ç'aurait pu être une violation de Code caractérisée si les New-Yorkais avaient remarqué quoi que ce soit, les (bips)!

Il atteignit enfin l'Empire State Building et, alors qu'il se dirigeait vers son bureau impérial, il remarqua que la porte de la Multinationale était entrouverte. C'était là qu'Izzy dormait dans son placard à balais.

Heller entra.

Et s'arrêta brusquement.

Car il venait de découvrir une inscription en caractères énormes sur l'écran de l'ordinateur d'Izzy:

ADIEU, MONDE CRUEL!

Il lâcha instantanément ce qu'il tenait et se rua jusqu'à la batterie d'ascenseurs qui desservaient l'étage. Il se mit à pianoter frénétiquement sur les touches d'appel d'urgence.

L'un après l'autre, les ascenseurs arrivèrent.

– Est-ce que vous avez vu M. Epstein? demanda Heller à chacun des garçons. Le petit homme qui a un grand nez et de grosses lunettes?

Ce fut le troisième qui lui donna le renseignement.

– Il est monté il y a juste cinq minutes. Il s'est alors aperçu qu'il ne pouvait pas atteindre la plate-forme d'observation avec cet ascenseur et il m'a demandé de le ramener au rez-de-chaussée.

– Laissez tomber vos passagers. C'est une question de vie ou de mort. Descendez-moi immédiatement!

Le garçon s'exécuta.

– Vous savez, monsieur Jet, il avait l'air bouleversé, ajouta-t-il tandis qu'ils descendaient comme une bombe au milieu des protestations des touristes.

Heller jaillit au niveau de la 34e Rue et se précipita vers l'ascenseur express. Il fut au quatre-vingtième étage en moins d'une minute et changea pour aller au quatre-vingt-sixième. La pancarte annonçait:

Aujourd'hui visibilité limitée

Il n'y avait personne au quatre-vingt-sixième étage.

Heller s'avança vers le snack-bar et la boutique de souvenirs. Il n'y trouva que les employés.

Il courut jusqu'à la plate-forme d'observation. Il suivit la grande balustrade de sécurité qui décourage les suicides. Il regarda tout en bas. J'eus le vertige.

C'est alors qu'il vit une main. Une main crispée sur le bras d'une chaise longue, près d'une des portes d'accès, très loin du vide.

Il s'approcha et se pencha. C'était Izzy. Il était littéralement rivé à la chaise.

– Izzy! Debout! fit Heller.

– Non, non. J'ai le vertige et je ne peux pas marcher! Je suis monté jusqu'ici pour me jeter dans le vide mais, maintenant, je n'arrive plus à décoller de cette chaise!

– Que s'est-il passé?

– C'est à cause de toute cette mauvaise publicité autour de vous! se lamenta Izzy. Cette histoire d'étudiant, ce matin, ça a fait déborder le vase! Je suis coulé! Je ne peux plus m'occuper de vos affaires!

– Oh, allez! Ça dure depuis quelque temps. Il doit bien y avoir une autre raison.

Izzy se mit à pleurer.

– Je ne mérite même pas que vous me grondiez. Pourtant, vous devriez. Toute cette campagne de presse m'a tellement énervé que j'ai commis des fautes professionnelles!

Heller s'agenouilla près de lui et lui posa une main sur l'épaule comme pour l'empêcher de glisser.

Ce qui ne fit que redoubler les larmes d'Izzy.

– Vous ne devriez pas être aussi gentil avec moi! Je nous ai ruinés! (Il sanglota, incapable de poursuivre, puis dit tout d'un trait:) On nous réclame une fortune en impôts. Il y avait une très très vieille société qui était tellement endettée, voyez-vous, que personne n'y touchait. Même le gouvernement et les syndicats ne s'en occupaient plus depuis des années. La Chryster Motor Corporation. Je n'ai pas su résister. Ça nous aurait alimenté en dettes pour des années!

Heller posa son autre main sur les épaules d'Izzy, comme s'il craignait de le voir partir droit vers le vide.

– Ma foi, ça ne me paraît pas si mal pensé, fit-il.

– Mais c'était très bien pensé! sanglota Izzy. Et puis, j'ai fait une chose stupide! J'ai viré le conseil d'administration et j'ai mis ma mère à la place. Et la société s'est mise à faire des bénéfices! Pour la première fois depuis 1968!

– Mais c'est une excellente nouvelle!

– Non! Parce que l'IRS vient de faire un contrôle rétroactif et a même créé de nouveaux impôts pour ça! Elle exige les impôts, taxes, intérêts et pénalités de retard depuis 1967! On a bloqué tous les comptes bancaires de toutes nos sociétés, même dans nos filiales et nos holdings! Nous sommes totalement ruinés!

– De combien? demanda Heller.

– Nous avons besoin de plus d'un million et demi pour débloquer nos comptes. On ne peut plus verser les salaires ni payer les loyers. Et nous n'avons même pas assez d'argent pour entamer un arbitrage en Bourse. Jetez-moi par-dessus la balustrade. Vous verrez, tout ira mieux sans moi. Je fermerai les yeux.

Heller parvint à desserrer ses doigts non sans difficulté et à le redresser. Izzy avait fermé les yeux.

– Oh, merci, merci!

Il pensait apparemment qu'Heller allait le jeter dans le vide comme il le lui avait demandé.

Mais Heller l'emporta jusqu'à l'ascenseur et appuya sur le bouton d'appel. Izzy ouvrit les yeux, s'aperçut qu'il n'était plus sur la plate-forme et se remit à sangloter.

Heller le ramena à leur étage. Il alla directement à son bureau et le laissa tomber dans un fauteuil.

Puis il ouvrit le coffre et y prit le sac poubelle noir. Il déversa les portefeuilles et les papiers d'identité des truands sur les genoux d'Izzy.

Ça faisait une grosse pile. Il y avait surtout des billets de 1 000 dollars. Izzy se mit à les inspecter un à un dans la lumière.

Et tout à coup il les compta avec les gestes experts d'un caissier.

– 101 205 dollars! annonça-t-il.

– Nets d'impôts, ajouta Heller. Est-ce que ça suffira à démarrer cet arbitrage en Bourse?

– Oh, certainement! Mais comment avez-vous fait?

– Et à payer les salaires et les loyers?

– Oui, sûrement. La livre est au plus bas à Singapour et très forte à New York. Mais...

– A une condition, ajouta Heller. Tu me promets de ne plus jamais t'approcher de la balustrade de la plate-forme...

– Oh, ça, jamais! Mes sinus ne supportent pas ce vent!
– Autre chose: je viens de te sauver la vie pour la deuxième fois et tu m'en es doublement redevable.
– Oh, non! geignit Izzy. Pas avec toute cette ignoble publicité!
Heller tendit la main vers les billets.
– JE PROMETS! JE PROMETS DE VOUS EN ÊTRE DOUBLEMENT REDEVABLE! cria Izzy.
Et il partit en courant vers les télex, sans doute pour fuir au cas où Heller aurait eu une troisième condition.
Eh bien, me dis-je sombrement, ses affaires tournent encore. Mais ils doivent un million et demi d'impôts et l'IRS ne les laissera pas, parce qu'elle est là pour que Rockecenter reste riche et tous les autres pauvres, tout particulièrement les concurrents éventuels. N'avais-je pas entendu dire qu'en 1905 l'arrière-grand-père de Rockecenter avait fait pression sur le Congrès, financièrement, physiquement et moralement, pour qu'il vote un amendement à la Constitution afin d'accepter l'impôt sur le revenu? Et qu'en 1911, quand la loi avait été votée, la fortune de la famille avait été organisée de telle façon qu'elle seule survive alors que tous les concurrents étaient nettoyés? Des gens habiles, ces Rockecenter, même si leur dernier descendant était fou. Et l'IRS travaillait encore pour eux. Izzy n'avait pas la moindre chance de trouver un million et demi pour s'en sortir! La moitié peut-être, mais la totalité, jamais! Pas avec l'arbitrage en Bourse et les dépenses courantes à assumer. Même un Izzy Epstein ne pourrait y arriver!
Quel soulagement! Car la Chryster Motor Corporation d'Izzy aurait représenté un concurrent potentiel pour les intérêts de Rockecenter. Izzy pouvait toujours jeter de la poudre aux yeux d'Heller mais il ne m'endormirait pas, moi. Je savais qu'il n'avait racheté cette vieille Chryster moribonde que pour y faire construire et installer les carburateurs d'Heller! Un autre rêve fou envolé en fumée!
Mais c'était l'aspect média qui m'intriguait vraiment. Parce que Rockecenter avait frappé là aussi.
Et Heller? Il n'avait pas la moindre idée de ce qui se passait ni de qui pouvait être derrière tout ça. Pendant le sauvetage d'Izzy, il s'était copieusement sali les mains sur la plate-forme d'observation, et il était plongé dans la contemplation de la suie sur sa paume et ses doigts. Totalement inconscient des événements importants qui se passaient autour de lui!

9

A 9 h 45, Heller eut droit à la deuxième émotion de sa journée. Il écoutait en accéléré des cassettes de cours d'italien (qu'il avait dû se procurer au cours de langues qui se trouvait au même étage que son bureau) et s'entraînait à prononcer les noms de différents saints italiens quand Bang-Bang fit irruption.

– Babe vient de donner l'ordre qu'on t'amène immédiatement. Viens! Y a pas une seconde à perdre!

– *Santa Margherita!* fit Heller.

– Ça ne sert à rien de prier. Elle a l'air complètement hors d'elle. Salement (bip) en colère, je dois dire. Suis-moi.

Heller prit un manteau de peau blanc, noua sa ceinture et coiffa une casquette de cuir blanc avec des oreillettes avant d'enfiler des gants blancs assortis. Il emboîta le pas à Bang-Bang.

Ils sortirent dans la 34e Rue, où Bang-Bang arrivait toujours à se garer dans la file de taxis. Heller leva la main mais Bang-Bang lui dit:

– Non, non! (Il lui montra le vieux taxi orange.) Je vais te conduire!

– Tu es sous caution, lui rappela Heller. Est-ce que ça ne va pas te faire sortir de ta juridiction?

Mais il monta quand même.

Bang-Bang démarra sur deux roues, fit demi-tour dans un miaulement de pneus et fonça vers l'ouest. Il écartait les autres voitures à coups de pare-chocs mais il restait assez détendu pour engager la conversation.

– Babe n'est pas à Jersey, aujourd'hui! cria-t-il pour se faire entendre. La famille vient juste de faire l'acquisition de la Punard Steamship Line en fusionnant avec notre Luverback Line. Babe a nettoyé tous les lords et les sirs de l'ex-Royal Navy qui ont mis la Punard sur la paille. C'est toujours elle qui engage les officiers et elle s'occupe de ça aujourd'hui.

– Elle t'a dit ce qu'elle me veut?

– Non. Seulement qu'il fallait te ramener. Bon Dieu, elle

devrait gazouiller aujourd'hui: la famille contrôle les syndicats et, avec cette fusion des compagnies de navigation, Babe a la main sur tout le trafic maritime d'Amérique. Elle peut fermer n'importe quel port de ce pays avant qu'un maquereau ait le temps de cligner de l'œil. Jamais on n'aurait pu croire qu'il était possible de ramener un pareil tas de péniches à ce niveau, mais elle y est arrivée. Grâce à l'organisation du crime.

» Même les Feds n'oseraient pas toucher à nous. Parce que l'Amérique serait paralysée. Et Faustino ne peut rien dire non plus parce qu'elle est de ce côté de la rivière aujourd'hui *. Et elle est en train d'engager les meilleurs types de la marine comme si c'étaient des clodos. Et tu crois qu'elle est contente? Non!

– Qu'est-ce qui te fait dire ça?

– Elle a failli me faire péter les tympans, voilà ce qui me fait dire ça! Mais elle est plus la même depuis que Jimmy «l'étripeur» a été descendu par ce (bipé) de Gunsalmo Silva. Alors, Jet, fais gaffe à toi. Sois très poli. Dis «monsieur» et «madame» même si on te parle pas!

Ils franchirent la Douzième Avenue, enfilèrent le toboggan du West Side et Bang-Bang plongea dans une rampe d'accès.

Ils étaient dans l'ancien Terminal Maritime, depuis longtemps tombé en désuétude avec le monopole des transports aériens. On avait accroché une grande oriflamme au-dessus du vieux panneau défraîchi de la Punard Line:

Syndicat des cadres
Salle d'embauche
Hangar 205

Avec tous les camions, les limousines et les matelots, Bang-Bang eut bien du mal à pénétrer dans le terminal.

C'était immense et passablement vétuste, comme de très vieux docks. Bang-Bang franchit allégrement des étançons qui interdisaient l'accès d'une zone réservée. Ils étaient au pied d'une sorte d'escalier.

Deux types apparurent brusquement de part et d'autre du taxi. Ils n'avaient pas l'air commode, le col relevé, le chapeau rabattu sur les yeux. Ils tenaient des fusils à pompe qu'ils braquèrent sur Bang-Bang et Heller.

– Qu'est-ce que vous voulez, vous autres? demanda le premier. Oh, mais c'est toi, Bang-Bang!

---

* L'Hudson, pour les New-Yorkais. *(N.d.T.)*

– Avec le môme, ajouta l'autre en reculant d'un pas. Faut pas nous faire des peurs comme ça. Faites au moins un appel de phares. Vous savez pas que la *capa* est là aujourd'hui?

– Ça va, c'est O.K., fit le premier à l'adresse de la mezzanine sous laquelle ils étaient garés. C'est juste Bang-Bang et le môme!

Les trois hommes qui étaient là-haut baissèrent leurs fusils.

Heller et Bang-Bang grimpèrent une volée de marches branlantes avant de parcourir un long balcon qui surplombait la foule et les voitures. Les candidats formaient trois files d'attente correspondant à trois bureaux. Six hommes en pardessus noir et chapeau mou les interrogeaient. Sur chacun des bureaux il y avait un panneau différent: *Administrateurs, Cadres* et *Officiers de commandement.* Des policiers en uniforme réglaient la circulation et faisaient ranger les arrivants en bon ordre. Une vraie fourmilière.

Bang-Bang et Heller, suivant la mezzanine, se retrouvèrent juste au-dessus des trois bureaux et un peu en retrait. Là, il y avait une terrasse vitrée. Babe Corleone était assise à l'intérieur. Elle portait un manteau de renard argenté et une toque assortie, des bottes et des gants de soie blanche. Elle était installée dans un grand fauteuil, l'air attentive et autoritaire. Trois employés et quatre gardes du corps l'entouraient. Devant elle, il y avait une batterie d'écrans en circuit fermé et des ordinateurs, le tout placé près du sol de façon qu'elle puisse observer à tout instant ce qui se passait à chacun des bureaux. Des enceintes lui retransmettaient toutes les conversations.

Elle ne leva pas la tête. Mais elle désigna un endroit sur sa gauche.

– Jerome Terrance Wister, tu te mets là, dit-elle à Heller en l'appelant par son nom terrien, très menaçante.

Les écrans montraient les candidats qui se présentaient devant chaque bureau et, en même temps, un dossier fourni sans doute par une banque de données ainsi qu'un portrait.

Mais le plus curieux, c'est qu'il n'y avait qu'un seul écran sur chaque bureau, et qu'ils montraient tous la même image: la main droite de Babe Corleone!

Elle lisait le formulaire rempli par le candidat, jetait un regard sur son portrait avant de lire son dossier. Ensuite, elle levait le pouce – alors le candidat recevait un badge bleu: *embauché* – ou le baissait – auquel cas, c'était un badge rouge marqué: *pas question.*

L'un des employés, non loin de Babe, cochait au fur et à mesure des cases sur un grand panneau.

L'engagement du personnel se faisait à une allure surprenante.

Mais le plus intéressant était que certains des candidats retenus avaient un casier criminel.

Les files avançaient rapidement. Et le pouce de Babe Corleone se levait ou se baissait alternativement. Tout à coup, sa main s'arrêta à l'horizontale. Elle avait les yeux rivés sur un écran.

La fiche du candidat était au nom de J.P. FLAGRANT!

Mais oui, c'était bien lui! L'air plutôt abattu. Le PR de Rockecenter qui avait été viré quand on avait engagé Madison.

Il postulait un emploi de cadre publicitaire au sein de la Punard Line. A la rubrique *précédent employeur*, il avait simplement inscrit: FFBO, Fable, Farce, Burp et Obscène. Mais son dossier indiquait qu'il avait été expert-comptable dans le service de comptabilité de l'I.G. Barben.

Babe chuchota dans un micro. Une voix résonna soudain dans une des enceintes de la mezzanine:

– J'ai été renvoyé, disait Flagrant. Je ne vous cacherai rien. Je détestais mon boulot. Je détestais les intérêts de Rockecenter. Si vous m'engagez, vous aurez gagné votre journée. Je peux même vous aider à faire tomber Faustino! Je le jure grand comme ça!

La main de Babe bougea. Son pouce était horizontal!

Deux types en manteau noir soulevèrent instantanément Flagrant, chacun par un bras, et l'entraînèrent jusque dans un hangar. Le vent glacial de l'Hudson les cueillit. Ils allèrent jusqu'à l'extrême bord du dock et lâchèrent Flagrant! Dans les eaux gelées de l'Hudson!

– *Traditore!* cracha Babe. Je hais les traîtres!

En italien, avec elle, *traditore* avait le son d'une balle!

Elle pointa le doigt sur un employé et il prit un micro pour annoncer d'un ton très compassé:

– Messieurs, puis-je avoir votre attention un instant, s'il vous plaît?

Sa voix résonna avec des accents métalliques sur toute l'étendue des docks et les milliers de candidats qui attendaient encore levèrent la tête.

– Nous vous remercions d'être venus si nombreux, par cette froide journée, pour postuler un emploi dans notre nouvelle Punard Line. Ce que nous chérissons le plus, c'est la loyauté. Le gentleman qui vient d'être jeté à la rivière a été employé par des personnes qui sont particulièrement antipathiques aux yeux de ceux qui dirigent notre compagnie. S'il en est parmi vous qui sont du même acabit, ils peuvent s'éviter l'inconvénient de cette baignade en partant discrètement dès à présent.

Trois hommes quittèrent les rangs.

On leur tomba aussitôt dessus.

Des hommes en manteau noir et chapeau mou les emportèrent vers l'eau glacée. Ils se débattirent frénétiquement mais terminèrent dans un grand splash!

Un quatrième partit en courant et, de sa propre initiative, sauta par-dessus bord!

– Et maintenant que nous sommes débarrassés de ces sales (bips), annoncèrent les haut-parleurs, nous pouvons reprendre les entretiens d'embauche. Merci à vous tous, messieurs, pour votre loyauté envers notre nouvelle direction!

Il y eut quelques timides applaudissements.

Les files se remirent à avancer.

Heller fixait la rivière. Un bateau de pêche était en train de récupérer Flagrant et les autres.

Il regarda Babe.

Elle commençait à fatiguer du pouce. Levant la paume, elle fit arrêter les files. Puis elle tendit la main et un homme se précipita avec un verre de vin rouge.

Elle se tourna enfin vers Heller. Le regard de ses yeux gris était aussi glacial que les eaux de l'Hudson.

– Vous avez perdu la course, laissa-t-elle tomber d'un ton de pierre. Jerome, je vous l'ai dit et redit: il ne faut pas perdre. C'est une mauvaise habitude, Jerome. Une habitude que je ne saurais tolérer! Je sais que je me suis montrée négligente. Je sais que je n'ai pas été une bonne mère pour vous. Mais ça ne change rien à l'affaire, Jerome!

– Madame Corleone, je suis désolé.

– Et les journaux disent des choses affreuses sur votre compte, Jerome.

– Je suis désolé. Je ne sais pas d'où vient tout cela mais...

– Jerome, les journaux sont des choses nuisibles. Ne bavardez pas avec les reporters. Ça ruinera votre réputation. Vous devez vous montrer prudent dans vos fréquentations. Vous ne devez pas frayer avec des criminels comme tous ces reporters. Est-ce que je me fais bien comprendre, Jerome?

– Oui, madame Corleone. Je suis sincèrement désolé...

– Cessez de m'interrompre et d'essayer de changer de sujet. Vous n'avez pas une seule excuse valable! Jerome, vous êtes un très très vilain garçon. Et je suis très très en colère. D'abord, vous perdez une course assez facile. Et ensuite, vous vous répandez dans toute la presse. Non seulement vous êtes en train de gâcher votre avenir mais... (et là, sa voix devint plus aiguë et plus forte) la femme du maire m'a tenue au téléphone pendant une heure et demie ce matin pour me dire des choses atroces à votre propos! Et sur toute cette ignoble campagne de publicité!

Elle jeta son verre de vin qui alla se fracasser contre un mur. Le vin se répandit comme du sang!

La voix de Babe fit alors trembler la pièce!

– C'EST LA DERNIÈRE FOIS QUE JE VOUS PRÉVIENS, JEROME! FICHEZ-MOI EN L'AIR TOUTE CETTE (BIP) DE PUBLICITÉ!

Et elle revint à ses écrans.

Bang-Bang avait dû noter un signe qui était passé inaperçu d'Heller, car il lui chuchota:

– Tu ferais mieux de partir. Si tu restes encore un moment, elle risque de se mettre vraiment en colère!

Ils sortirent et regagnèrent le taxi. Bang-Bang démarra.

Heller restait enfoncé dans son siège, le menton sur la poitrine. Il se pencha enfin en avant et dit:

– Je ne peux rien contre cette publicité. Mais il faut essayer autre chose. Bang-Bang, qu'est-ce que Babe aime vraiment?

– Babe?... Mais elle est comme toutes les bonnes femmes: c'est les bijoux.

– Tu es sûr?

– Absolument. Un ou deux diamants et elles ronronnent.

– Bien. Alors, tu me conduis chez Tiffany.

Ils traversèrent la ville et Heller se retrouva bientôt devant un employé cérémonieux et d'innombrables présentoirs de joaillerie sur fond de velours. Mais rien ne lui plaisait. Tout à coup, pris d'une inspiration, il claqua des doigts.

– Est-ce que vous exécutez des bijoux à façon si l'on vous donne un modèle? Je voudrais quelque chose de plus sentimental.

– Mais bien sûr, lui dit l'employé, suivez-moi.

Il précéda Heller jusqu'au département de création. Il le laissa aux soins d'un designer qui pensait qu'Heller n'avait besoin que de quelques conseils. Mais Heller s'empara de papier et de crayons de couleur et se mit au travail.

Par les Dieux, il était en train de dessiner le blason de sa province natale, Atalanta, sur la planète Manco! Deux éclateurs croisés crachant des éclairs verts sur fond de ciel blanc, dans un cercle de flammes rouges. Je l'avais surpris en train de faire le même dessin sous l'inscription *Prince Caucalsia* du Remorqueur qui l'avait amené sur Terre. Une nouvelle crise de sentimentalisme? Des éclateurs croisés? Mais qu'est-ce qu'il avait l'intention de faire?

Le designer de Tiffany examina son esquisse et déclara:
– Oui, nous pouvons exécuter une tiare. Le blason serait placé sur le front, bien sûr, maintenu par la demi-couronne. Nous pouvons exécuter le champ en diamants, les armes en onyx, et les éclairs de ces «éclateurs», comme vous dites, en émeraude, entourés d'un cercle de rubis, le tout serti dans de l'or blanc, bien entendu, pour éviter que ça s'entrechoque.
– Combien? demanda Heller.
Ils se consultèrent et, après diverses évaluations, déclarèrent qu'ils pouvaient faire cela pour 65 000 dollars.
Heller chercha dans ses poches. Il n'avait que 12 000 dollars sur lui.
– C'est tout ce que je peux vous donner pour l'instant.
– Mais ce sera amplement suffisant comme garantie. Vous paierez le solde quand ce sera fait.
– Et quand?
– Eh bien, la saison de Noël arrive. Nous sommes déjà très pris. Il nous faudra plusieurs semaines, ça ira?
Il leur versa les 12 000 dollars. Mais je vis qu'il était contrarié. Je n'avais pas réalisé jusqu'alors qu'il était fauché. Il leur dit de faire au mieux et sortit.
Je jubilais. Izzy allait se charger de dilapider ce qui lui restait en liquide. Et jamais il ne pourrait récupérer cette tiare.
Oh, que j'étais content! Le seul vrai bijou, c'était Madison!
La publicité produisait son effet. Non seulement le personnage d'Heller était détruit mais il avait aussi perdu le soutien de tous ses amis. Quelle pensée délicieuse! Le fervent défenseur du couteau et du revolver que j'étais ouvrait tout à coup les yeux sur les pouvoirs des médias! Le meurtre sans douleur! Un moyen quasi instantané de liquider des vies comme ça!
J'ignorais alors que je n'avais rien vu encore!

TRENTE ET UNIÈME PARTIE

1

J'aurais bien aimé que mes périodes d'euphorie hystérique persistent, car elles étaient tellement agréables. Mais, cette même nuit, la dépression montra à nouveau sa tête hideuse.

J'explorais les diverses chaînes en quête d'un bon dessin animé quand je tombai sur l'émission «Cinquante-neuf minutes et demie trop tard». Et je vis Super Wister en compagnie de Mike Mallice!

Il avait sur la tête une petite casquette de collégien et tenait un fanion. Il y avait tellement de bouquins entassés à ses pieds qu'on pouvait à peine apercevoir Mallice!

Le faux Super Wister racontait sa vie: comment, encore au berceau, tout en tétant son biberon, il avait eu cette merveilleuse idée d'un nouveau carburant. Mais des années d'une vie décadente de sous-privilégié au sein de la minorité blanche l'avaient empêché d'atteindre son but. Un jour, dans un supermarché, tandis qu'il poussait tranquillement son Caddie, un livre était tombé d'un rayon droit sur sa tête et sa vie en avait été bouleversée.

Il avait apporté le livre pour le prouver et les caméras cadrèrent sur ses mains à l'instant où il l'ouvrit avec respect. C'était la centième réédition d'un manuel de Carl Fagin intitulé: *Vous aussi vous pouvez fabriquer une bombe atomique dans votre salle de bains, ou Visite aux tombes des hommes influents de l'Histoire.*

Il avait aussi une photo d'Albert Blindstein, l'homme aux cheveux hirsutes qui avait été son inspirateur.

Il montra ensuite un article de journal avec la photo des décombres de son atelier qui avait été littéralement soufflé ainsi que les immeubles voisins.

Les applaudissements enregistrés crépitèrent.

Autre photo: sa victoire dans un derby de caisses à savon. Il avait gagné en empruntant la sœur d'un copain et en la faisant pédaler clandestinement dans une alvéole qu'il avait aménagée dans la caisse.

Nouvelle salve d'applaudissements.

Je me demandai ce qu'il faisait dans une émission à cette heure-là.

Ça n'était pas du niveau des orgies que diffusaient les chaînes concurrentes. Et puis je me souvins que les gens de Rockecenter n'avaient qu'à décrocher le téléphone pour dire au directeur du réseau ce qu'il fallait programmer ou non.

Et c'est alors qu'il lâcha sa bombe: il sortit son almanach de collège et on le voyait, là, sur la photo, au cinquième rang de l'amphithéâtre! Parfaitement reconnaissable, avec ses dents épouvantables et ses lunettes!

Il y avait pire!

Un autre almanach. Première année d'université. Au troisième rang. Il avait tracé un cercle autour de sa tête.

Plus grave encore!

Troisième almanach. Deuxième année. La photo était mal imprimée mais on ne pouvait s'y tromper: les lunettes et les dents étaient bien les siennes!

Il retourna l'almanach et chacun put lire:

Massachusetts Institute of Bricology.

Ça remontait à juin dernier!

Et son nom était sur la couverture: *Gerry Wister!*

J'en avais la tête qui tournait! A tel point que je n'entendis pas la suite de l'émission!

Quelque chose avait mal tourné!

Une heure plus tard, ayant renoncé à trouver un programme de dessins animés, je me souvins que c'était Trapp qui avait choisi l'identité d'Heller quand ils s'étaient rencontrés au Brewster Hotel. Et c'était Trapp, encore, qui avait ordonné à Madison de se servir de ce double prognathe et Madison avait dû tout inventer.

Il y avait un autre Wister! Un GERRY WISTER, sans doute un cousin ou autre de ce Jerome Terrance Wister qui pouvait aussi bien n'avoir jamais existé.

En parfait avocat de Wall Street, Trapp avait prévu tous les coups! Si les tireurs échouaient, il y avait les bombes. Si les bombes ne suffisaient pas, il y avait des doubles!

Mais l'horreur de la situation ne m'apparut vraiment que lorsque j'ouvris le journal qui était sur mon plateau de breakfast. Les hôtels ont vraiment le chic pour vous couper l'appétit!

La manchette me sauta aux yeux!

SUPER WISTER POURSUIT LE M.I.B.
POUR 500 MILLIONS!
UNE PREMIÈRE DANS L'HISTOIRE
DE L'UNIVERSITÉ!

Les avocats de Super Wister, Duplick, Turack et Dogg, alléguant que leur client poursuit réellement ses études au MIB, ont aujourd'hui déposé une plainte en diffamation et exigé cinq cents millions de dollars à titre de réparation pour l'acte criminel dont il a été victime.

Hier soir, la nation tout entière a été secouée par la révélation des preuves irréfutables présentées par Super Wister au cours de l'émission à succès «Cinquante-neuf minutes et demie trop tard».

Jamais encore cette institution sacrée qu'est le MIB n'avait été entachée par le plus infime scandale.

Un porte-parole de Duplick, Turack et Dogg a déclaré: «Nous gagnerons aisément. L'honneur de la jeunesse américaine doit être défendu face au dénigrement criminel des piliers du savoir. Ceci est une affaire qui fera date dans l'histoire. Nous aurons la peau des incapables!»

Le président du MIB n'a encore fait aucun commentaire.

Soucieux de l'opinion de tous et ne renonçant à aucun effort dans ce sens, notre journal a appelé le Premier Président de la Cour Suprême de Justice, Hamburger, qui a déclaré: «C'est mon opinion non officielle, non consignée, que la justice doit toujours avoir droit à son dessert. Et si l'affaire vient devant nous, nous considérerons toutes les preuves littérales.»

(Voir en page 34 nos photos exclusives des émeutes sur le campus du MIB.)

J'étais prêt à me ruer dehors pour aller acheter d'autres journaux, mais ce fut inutile: le vendeur connaissait mes habitudes et il en avait laissé une pile d'un mètre sur un chariot, devant ma porte. Exactement ce que je redoutais! C'était dans toute la presse du pays!

Ce Madison me rendait plutôt nerveux. Non pas que ma foi fût vraiment ébranlée, mais disons qu'elle vacillait un peu. Je réalisai que c'était surtout le fait qu'on ose s'attaquer pour la première fois à une puissante université comme le MIB qui déchaînait la presse, et tout ce que j'espérais, c'est que Super Wister soit plus ou moins éclipsé.

Je laisserais faire Madison. Il y avait sans doute une stratégie mûrement réfléchie derrière tout ça.

Néanmoins, le lendemain matin, Madison avait encore sa une.

LE MIB RIPOSTE!
SUPER WISTER VIRÉ!

Lors d'une interview exclusive avec le président du MIB, notre journal a pu recueillir ce message adressé à Super Wister.

«Si Gerry Wister n'abandonne pas immédiatement cette poursuite, il sera exclu! De plus, nous annulerons sa bourse de l'Octopus Oil et il sera renvoyé de son emploi de serveur au restaurant universitaire.»

Ces fortes paroles ont été prononcées tout aussi fortement. L'université semble décidée à se battre!

Les avocats du MIB, Fuddle, Muddle et Puddle, ont introduit aujourd'hui une motion contraire devant la cour fédérale, alléguant que les accusations dudit Gerry Wister étaient fausses, malveillantes et sans fondement.

(Voir en page 19 notre reportage photo des dernières émeutes du MIB.)

A la télé, à chaque bulletin d'informations, il y avait des plans des émeutes. On trouvait aussi dans tous les journaux une page de publicité pour «Cinquante-neuf minutes et demie trop tard», l'émission que le public devait absolument regarder s'il voulait en apprendre plus avant tout le monde. Ils tiraient parti à fond de leur scoop.

L'ensemble de la presse ne se contentait pas de rapporter la contre-attaque du MIB, il y avait aussi de multiples éditoriaux sur les représailles exercées sur les jeunes Américains par leurs universités, concluant qu'ils méritaient tous une bonne correction.

Oui, Madison tenait le bon bout. Heller avait encore pris un sérieux coup, car la presse était définitivement en faveur des universités. On montrait même les corps de certains étudiants battus à mort par la police lors des émeutes, ce qui était un très bon signe.

J'aurais pu trouver encore bien d'autres signes favorables en poursuivant mon analyse ce soir-là mais mon attention avait été brutalement attirée ailleurs.

2

Si mon esprit n'avait pas été aussi extraordinairement vif, la chose aurait pu complètement m'échapper. Je savais qu'il était important pour moi de rassembler autant d'indices que possible à propos d'Heller. J'étais certain que, depuis le Connecticut, il me soupçonnait d'agir contre lui. Je ne me promenais guère dans New York parce que je ne tenais pas à tomber sur lui au coin d'une rue. En fait, chaque fois que je passais en taxi à proximité de l'Empire State Building ou des Nations Unies, je me baissais de crainte qu'il ne soit dans les parages.

J'avais donc pris l'habitude d'explorer rapidement les bandes enregistrées. D'ordinaire, je laissais de côté les séquences de nuit, à cause de cette bizarre interférence qui se manifestait autour de son appartement, mais depuis que Gunsalmo Silva était venu tranquillement frapper à ma porte, je savais que je ne saurais me montrer trop prudent.

Et ce fut payant!

J'étais intrigué! Apparemment, depuis qu'il avait sauvé Izzy, Heller s'intéressait de très près à la plate-forme d'observation de l'Empire State Building. Je n'avais jamais vu quelqu'un à ce point passionné par la suie. Mais qui donc se souciait de ce qui pouvait arriver à l'atmosphère de cette planète? Quand Lombar aurait pris le pouvoir sur Voltar, il ferait le nécessaire pour qu'il ne reste plus personne sur Terre. Il avait assez à faire avec toute la racaille de Voltar pour ne pas s'encombrer d'une nouvelle planète. Il irait peut-être jusqu'à maintenir une toute petite colonie en Turquie pour s'occuper de la production d'opium. Alors, pourquoi s'en faire pour l'atmosphère de la Terre? Qu'ils s'asphyxient donc tous avec leur suie ou leurs atomiseurs. On s'en fichait.

Mais Heller suivait une nouvelle routine. Tous les soirs, il quittait le *Gracious Palms* en tenue de nettoyeur, avec un balai et un seau, et il se faisait conduire jusqu'à l'accès de l'observatoire de l'Empire State Building par Bang-Bang.

Le dernier ascenseur était à 11 h 30. Il le prenait régulièrement et changeait pour atteindre le quatre-vingt-sixième étage.

A cette heure tardive, le snack-bar et le comptoir de souvenirs étaient fermés et les lieux déserts. Mais qui aurait arrêté un nettoyeur dans un immeuble new-yorkais?

Le snack-bar et le comptoir de souvenirs, ainsi que la cage d'escalier et l'ascenseur, sont logés dans un bâtiment qui occupe tout le centre de la vaste plate-forme.

Heller montait sur le dessus du bâtiment et y installait trois manches à air avant de récupérer celles qu'il avait mises en place la nuit précédente et de les mettre dans son seau.

Certes, la plate-forme était très étendue et protégée par une balustrade de fer forgé haute de trois mètres, mais de le voir faire l'acrobate, comme ça, à fixer ses manches à air, j'en avais un malaise.

L'endroit était bien éclairé, à la fois par les lumières des rues, les balises aériennes et les projecteurs de la tour. Mais je supportais difficilement le spectacle de ses prouesses à quatre-vingt-six étages du sol!

Il recueillait des échantillons de suie, ou des spores, ou je ne sais quoi. Il les analysait sans doute minutieusement et en tirait toutes sortes de conclusions très pertinentes, j'en étais convaincu, mais à mon sens tout cela était stupide. Il avait toujours été dingue du vide et, pour lui, c'était probablement son heure de récréation.

Cette nuit-là, donc, je faillis bien ne pas regarder mon écran. Mais dans l'Appareil, nous avons une sorte de sixième sens inné et, avant de m'endormir, je voulus m'assurer qu'il était bien là-haut et non pas devant ma porte.

Oui, il était sur la plate-forme.

Il mettait les manches à air de la nuit dernière dans son seau. Puis il installa celles qu'il avait amenées et sauta par terre.

C'est alors que tout commença!

Il se dirigeait vers l'escalier lorsqu'une vieille femme se précipita sur lui!

Elle avait un grand sac en bandoulière et elle était toute vêtue de noir. Avec un chapeau noir et une voilette noire.

– Oh, jeune homme! Jeune homme! cria-t-elle d'une voix de fausset. Il faut que vous m'aidiez! Mon chat! Mon chat!

Elle fondit en sanglots.

Stupéfait, je reconnus cette voix, fausset ou pas.

GUNSALMO SILVA!

Il s'était déguisé en femme pour assassiner le directeur de la CIA et il répétait le même coup!

Ce contrat d'un million de dollars dont personne ne voulait, c'était pour tuer HELLER!

Mais qui l'avait proposé? Pas Trapp. Madison faisait du bon travail et Trapp, d'ailleurs, n'était même pas à New York.

J'étais à la torture. Je n'avais toujours pas la plaque de décodage d'Heller et je ne pouvais pas faire de faux rapports pour le capitaine Tars Roke. Et Silva, maintenant qu'il avait subi l'entraînement de l'Appareil, ne ferait qu'une bouchée d'Heller! Après tout, il avait liquidé la cible impossible par excellence: le directeur de la CIA lui-même! Plus deux Russes, un dictateur et Jimmy «l'étripeur» Tavilnasty! Et même, est-ce qu'il n'avait pas aussi descendu le mari de Babe, le *capo*, «Saint Joe» Corleone? Oui, Heller était cuit!

C'est une lourde responsabilité que d'être un gentleman. C'est pour ça que je n'en ai jamais été un. Car Heller, le gentleman, en parfait officier de la Flotte, tapotait gentiment l'épaule de la vieille dame en lui disant:

– Allons, allons... Qu'est-ce qu'il a ce chat?

En balbutiant et en pleurant, la vieille dame pointa le doigt. Et, d'une démarche chancelante, elle entraîna Heller vers l'autre côté de la plate-forme.

Mais oui! Il y avait bel et bien un chat!

Il était noir, blanc et orange. Il portait un petit harnais rouge et c'était par ce harnais qu'il était pendu à trois mètres de haut, au bout d'une des barres de fer forgé! Et il pendait dans le vide, à l'extérieur!

Il miaulait pitoyablement en se balançant au-dessus du vide.

– Il a sauté! pépia Silva. Il a eu peur et il a sauté!

Pour atteindre le chat, il fallait d'abord escalader le parapet en béton haut d'un mètre, puis trois mètres de barres de fer forgé et enfin se pencher à l'extérieur.

Il était évident que Silva avait suivi Heller sous d'autres déguisements et avait remarqué sa tendance idiote à escalader n'importe quoi. Mais je ne voyais pas comment il allait remplir son contrat. Un corps criblé de balles, ça éveille toujours les soupçons.

Heller regardait le chat. Puis il retourna vers le bâtiment central. Là, il y avait une chaise et, près de la chaise, deux mallettes.

Il regarda la vieille dame et son gros sac d'où dépassaient des pelotes de laine.

– Asseyez-vous là, dit-il, et elle s'exécuta sans cesser de pleurer.

Heller s'installa près d'elle.

– Je n'ai pas de corde. J'ai besoin de quoi faire un lasso pour attraper votre chat par-dessus la balustrade. Sinon, il risquerait de sauter encore une fois.

Il prit une pelote et, avec des gestes rapides, se mit à tresser la laine.

Je me souvins de la mise en garde de Trapp contre la gentillesse. J'en avais un terrible exemple sous les yeux. Heller était à côté de la mort qui avait pris l'apparence idéale d'une petite vieille et il allait jouer à chat perché!

Le vent froid de la nuit s'était levé. Et les lumières bleues de New York avaient l'éclat de la fatalité.

Et la vieille dame sanglotait.

Quand son ouvrage fut achevé, il se retrouva avec une sorte de panier ouvert au bout d'une longue ficelle.

– Tout ira bien dans un instant, dit-il.

– Oh, je l'espère, minauda Silva.

Heller escalada avec agilité le parapet, puis l'intérieur de la balustrade. Il se pencha par-dessus la courbure.

D'un geste précis, il laissa tomber le panier de laine sous le chat et le remonta. Les pattes du chat, toutes griffes dehors, passèrent entre les mailles, mais le tressage était résistant. Heller ramena le panier.

Malgré le vent, il avait surpris un bruit insolite. Chancelant en haut de la balustrade, il tourna la tête.

Silva était exactement à trois mètres de là. Il posait quelque chose sur le sol de la plate-forme!

Heller s'exclama:

– Une grenade voltarienne à effet de choc?

Je l'avais reconnue à la même seconde. C'était une de celles que j'avais confiées à Terb! L'explosion allait être fantastique et il ne resterait rien. Heller serait soufflé dans le vide et tomberait du haut des quatre-vingt-six étages!

La main de Silva venait de lâcher la grenade.

– Une! souffla Heller.

Silva se redressait.

Heller lança le chat!

– Deux! compta-t-il.

Le chat atteignit Silva en plein visage!

Toutes griffes dehors!

Il le laboura!

Silva, apparemment, avait eu l'intention de s'abriter derrière la chaise et les deux mallettes pour échapper au choc. Il recula en se débattant frénétiquement pour repousser le chat!

– Quatre! fit Heller.

Je compris qu'il savait que le délai d'explosion de la grenade était de quinze secondes!

Et hop! Il sauta du haut de la balustrade et atterrit sur la plate-forme!

Silva était toujours aux prises avec le chat. Mais, de sa main libre, il fouillait dans son sac.

Et il en sortit mon colt Bulldog!

Le chat était toujours planté sur lui, poussant des miaulements de cauchemar!

Heller décrivit un cercle rapide en comptant:

– Sept!

Silva hurlait, à présent, et criait des obscénités! Il se mit à frapper le chat à grands coups de sac!

Les mailles de laine craquèrent et le chat s'enfuit en courant vers la porte de la boutique de souvenirs.

Fou de douleur, Silva lança le sac!

Puis il s'accroupit dans la posture du tueur, braquant le Bulldog de droite et de gauche.

Heller avait atteint le rempart de la chaise et des deux mallettes, contre le mur du snack-bar.

– Dix!

Il plongea!

Silva venait de le repérer. Mais il ne fit pas feu tout de suite. Il ne devait rien laisser au hasard car sa cible se réduisait à une moitié de la tête d'Heller.

Il recula.

Il monta sur le parapet pour gagner de la hauteur.

– Douze! souffla Heller.

Silva tira!

La balle toucha une des mallettes.

Silva monta sur la balustrade!

Et tira une deuxième fois!

– Quatorze! compta Heller.

Il se plaqua contre le sol et je n'entendis plus rien car il venait de mettre les mains sur ses oreilles, le visage collé contre une mallette.

BLAOUMM!!

Même à travers ses mains, j'entendis la déflagration!

Il releva la tête.

Et vit Silva qui s'était envolé dans les airs!

Le vent l'emporta et Silva plana au-dessus de New York endormi, puis descendit en flèche!

Heller courut jusqu'à la balustrade, l'escalada et regarda en bas.

Tout était vide et obscur.

Il retourna au centre de la plate-forme et regarda autour de lui. A l'endroit où la grenade avait explosé, il n'y avait qu'un léger creux. Rien de particulièrement repérable.

Il alla ramasser le grand sac de Silva.

Les deux mallettes étaient les seules traces de ce qui s'était passé.

Levant la tête vers le ciel, Heller dit alors:

– J'espère que tu auras remarqué, Jésus-Christ, que je n'ai pas été pour grand-chose là-dedans. Mais si, par erreur, je me retrouve dans ton Royaume, n'oublie pas de me donner un bon point pour avoir sauvé un chat. Amen.

3

Heller passa la bandoulière du sac à son épaule, prit une mallette de la main gauche et une autre sous son bras. De la main droite, il récupéra le seau et le balai et franchit la porte qu'il referma derrière lui d'un coup de pied.

La grille de l'ascenseur était fermée pour la nuit et il s'engagea dans l'escalier.

Et le chat réapparut! A l'instant de l'explosion, il avait dû se trouver en haut des marches, car il ne semblait pas du tout avoir souffert. Il se mit à suivre Heller.

Ils avaient quatre-vingt-six étages à descendre. En fait, chaque année, les New-Yorkais organisent une course jusqu'en haut des mille huit cent soixante marches de l'Empire State Building! Heller faisait la même chose en sens inverse et il dévalait les marches six par six, comme s'il était en chute libre.

Deux étages plus bas, il entendit un miaulement derrière lui et se retourna.

Le chat était arrêté sur le dernier palier et le regardait avec un air de reproche.

– Oh, fit Heller, je vais trop vite pour toi, hein?

Il revint en arrière, prit le chat et le mit dans le seau. Puis il reprit sa descente infernale. Le chat, accroché au rebord du seau, suivait sa performance avec intérêt.

Lorsque Heller émergea dans la 34e Rue, Bang-Bang l'attendait au volant de son vieux taxi. Il tendit la main et lui ouvrit la portière, mais il regardait au loin.

– Ils sont en train de ramasser quelqu'un sur le trottoir, de l'autre côté de la Cinquième Avenue, dit-il. Qu'est-ce que tu fichais?

– Roule, fit Heller.
– Seigneur! Ce soir, personne ne parle, même pas le chat.
Ils ne s'étaient éloignés que de deux blocs lorsque le chat miaula.
– Arrête-toi, ordonna Heller.
– Où?
– Devant ce delicatessen, évidemment. Triple éclateur, Bang-Bang! Tu ne parles pas le langage-chat?
Bang-Bang, sans répondre, s'arrêta au virage.
– Maintenant, tu vas aller acheter du lait, lui dit Heller.
Il lui tendit un billet et alluma le plafonnier.
Il examina le chat. Il n'y avait pas d'inscription sur son harnais. Il avait un collier, apparemment trop serré. Il exhiba une paire de ciseaux et le sectionna. C'est alors qu'il vit un papier collé à l'intérieur.
C'était une étiquette qui disait: *7A66 Fourrière Municipale.*
– Hé! fit-il en regardant le chat. Un repris de justice, voyez-vous ça! Bon, ne t'en fais pas: on va faire disparaître la preuve et on ne pourra pas t'accuser de complicité.
Il prit le sac de Silva et éparpilla le contenu à ses pieds. Tout était enchevêtré dans les pelotes de laine. Il commença l'inventaire.
– Une grenade de la Flotte de Voltar, ancien modèle. Une lame de la Section Couteau. Des roubles russes. Des traveller's chèques sur une banque de Panama. Des passeports canadien, suisse et américain. Un ticket de consigne. (Il venait de trouver les liasses de billets!) Et des dollars US liés avec des bandes qui viennent d'une banque turque. (Il s'enfonça dans le siège.) Mais c'est DINGUE!
Oh, mes Dieux, comme je reconnaissais cet argent! *Mes 100 000 dollars à moi!* Quel cruel destin! Ils étaient maintenant entre les mains d'Heller! Je m'arrachai les cheveux.
Bang-Bang était de retour.
– Pourquoi tu t'en fais tellement pour ce chat?
– Parce qu'il m'a sauvé la vie. Et je la lui dois désormais.
Bang-Bang avait rapporté un pot de crème. Il ôta le couvercle et il le posait quand il découvrit les billets.
– Doux Jésus, Jet! C'est le chat qui t'a donné tout ça?
– Oui. C'est un chat très riche.
– Tu crois pas qu'il est un peu jeune pour trimbaler tout ce fric?
Bang-Bang observait le chat qui s'était mis à laper la crème.
Heller ouvrit une mallette. Le contenu était étrange. Il en sortit un vêtement qui ressemblait à une combinaison de saut. Elle portait une étiquette:

Garanti à l'épreuve d'un choc de 3 600 pieds-livres
Laboratoires de tests de la CIA, Langley, Virginie

– De plus en plus mystérieux, fit Heller. Ça vient de partout: de Russie, de Panama, du Canada, de Suisse... Et même de Turquie et de Washington.

– Ce chat, il est de race africaine, diagnostiqua Bang-Bang. Ma tante avait le même, avec ces taches noires, blanches et orange. Ils sont très bons à la bagarre et très intelligents, à ce qu'il paraît. Ça s'appelle un *calico.* Les mâles sont très rares. Ah oui, on dit aussi qu'ils portent chance. En tout cas, tu peux ajouter l'Afrique à ta liste. Et si le sac est à lui, c'est un sacré voyageur.

Heller ouvrait les passeports. Le nom était toujours différent mais la photo était la même. Il tenait le passeport américain. Il tressaillit.

GUNSALMO SILVA!

Il cacha le nom de la main et ne présenta que la photo à Bang-Bang.

– Qui est-ce, selon toi?

Les yeux de Bang-Bang faillirent lui sortir de la tête.

– Jésus-Christ! C'est GUNSALMO SILVA!

Heller revint au passeport.

– Merci. Je voulais seulement être sûr. Mais d'où venait-il? Et qui l'a envoyé?

– *Sangue di Cristo!* s'exclama Bang-Bang, impressionné, tu as dégommé Gunsalmo Silva!

– Non, c'est le chat. C'est un tueur. Il a un casier long comme sa queue. Sa tête est dans tous les postes de police. Et il est en cavale. Alors, on le balance pas, sinon il est bon pour perpète.

– Gunsalmo Silva, répéta Bang-Bang dans un souffle. Le top du top. Seigneur, Jet, c'est lui qui s'est répandu dans toute la Cinquième Avenue! Tu l'as balancé de la plate-forme d'observation, c'est ça, hein?

– C'est ma parole contre celle du chat, dit Heller. Et il va s'appuyer sur le Cinquième Amendement. Mais n'essaie pas de dévier la conversation. Cette combinaison pare-balles est trop petite pour moi. Par contre, on dirait qu'elle va t'aller parfaitement.

– Une minute. Où est-ce que tu vas comme ça?

– Justement, on y va. Et pas comme ça. Tu connais cette boutique de location de fringues dans la 37e Rue Ouest, dans le quartier des tailleurs? Allons-y.

Bang-Bang démarra docilement, tandis que le chat, ayant fini sa crème, montait sur les genoux d'Heller et, avec un soupir, s'endormait.

Ils s'arrêtèrent bientôt devant une vieille maison à un étage. Il y avait une boutique au rez-de-chaussée et, apparemment, le propriétaire devait habiter à l'étage. Il était minuit passé, la porte était fermée et la grille était en place.

Heller descendit et, passant la main derrière la grille, appuya sur la sonnette.

Une fenêtre s'ouvrit aussitôt et une tête chauve apparut.

– La boutique, elle est fermée! Allez-fous-en!

Heller recula de quelques pas.

– Est-ce qu'un billet de cent dollars vous ferait ouvrir?

– Très gutt clé! Ja descends. Pas partir!

Quelques secondes après, ils étaient à l'intérieur. Le propriétaire était en chemise de nuit blanche avec des pantoufles aux pieds. Il avait jeté une veste noire sur ses épaules.

Heller lui tendit les cent dollars.

– Je voudrais jeter un coup d'œil, dit-il.

– Les affaires c'est trop dure. Afec cent dollars, che vends le magasin tout entier.

Heller explorait les cintres. Il y avait là toutes sortes d'ensembles pour femme. Tous noirs. Avec des chapeaux et des voilettes noirs. Son regard allait alternativement de tel ou tel modèle à Bang-Bang. Il cherchait sa taille. Finalement, il trouva.

Il lui tendit d'abord la combinaison pare-balles.

– Tu vas dans cette cabine et tu mets ça.

Bang-Bang s'éloigna en grommelant.

Heller ajouta l'ensemble noir.

– Oh, non! protesta Bang-Bang.

– Oh si. Et puis c'est la dernière mode.

Furibond, Bang-Bang se déshabilla et enfila le tout en marmonnant:

– Qu'est-ce qu'il ne faut pas faire!

Heller ajouta le chapeau et la voilette.

– Mon Dieu! s'écria Bang-Bang en se regardant dans un miroir. Si on entend parler de ça chez *Sardine*, je suis fichu!

Heller tendit un billet de cinquante dollars au propriétaire.

– On vous rapportera ça.

– Nein, nein! Pas la peine! Ch'en ai peaucoup. C'est pour les obsèques.

– Pas les miennes, j'espère! fit Bang-Bang.

– Allons voir! dit Heller.

4

Quand ils furent dans le taxi, Bang-Bang déclara:

– Ce chat a un drôle d'effet sur toi! D'abord, les concierges ne circulent pas en taxi et les vieilles dames en deuil ne les conduisent jamais!

– Simple exercice G-2, dit Heller, faisant référence à ses cours de renseignement militaire. Nous sommes des espions déguisés.

– Oh, commenta Bang-Bang.

Heller examinait le ticket de consigne qu'il avait trouvé dans le sac.

Terminal Aérien Central
Consigne de nuit

Il indiqua très exactement leur destination à Bang-Bang. Ils roulaient dans la ville paisible. Ils atteignirent l'entrée du terminal et Bang-Bang se gara dans la zone couverte réservée aux taxis. A cette heure, il n'y en avait aucun.

Heller ôta sa casquette et la posa sur le siège. Il y installa le chat et tendit le ticket de consigne à Bang-Bang.

– Maintenant, on va se séparer. Quand tu m'entendras lâcher le seau, tu iras tout droit au guichet de consigne, tu donneras ce ticket et tu prendras ce qu'on te remettra. Ensuite, tu reviendras au taxi par le passage souterrain. Si tu m'entends crier «pizza», tu plonges. Vu?

– C'est ça, «pizza». Et c'est moi qui me fais assaisonner.

– S'il y a du grabuge, j'espère que ce seront les autres qui se feront assaisonner.

– J'ai même pas de flingue.

– Moi non plus, et je n'en ai pas vu dans ces bagages. Mais je connais cet endroit. Crois-moi, tu y seras autant en sécurité que dans ton lit.

– On voit que tu connais pas les nanas que j'y mets!

– Elles ne visent jamais la tête.

– Eh bien, j'espère qu'elles le savent.

Ils descendirent et Heller s'adressa au chat:

– Toi, tu restes là. Je ne tiens pas à ce que tu me flingues en heure supplémentaire.

Il referma.

Bang-Bang passa le sac vide à son épaule et s'engagea dans le long tunnel obscur.

Heller, avec son balai et son seau, emprunta une autre issue et se retrouva sur une galerie qui dominait le hall. De là, il pouvait voir le guichet de consigne et tout le rez-de-chaussée.

Il y avait des sièges. Un type costaud en manteau et chapeau mou noirs était installé là. Il ne jeta qu'un bref coup d'œil à Heller lorsqu'il s'avança et reprit sa surveillance.

Il ne quittait pas le hall des yeux.

Heller ne remarqua que quelques rares employés. C'était l'heure creuse de la nuit.

Il posa son seau à grand bruit et se mit à balayer.

Bang-Bang sortit du tunnel et se dirigea vers le guichet en balançant les hanches.

L'homme en noir se pencha.

Bang-Bang appuya sur le bouton du bourdonneur et un employé apparut derrière le grillage, l'air ensommeillé. Il bâilla et se frotta les yeux.

Bang-Bang lui tendit son ticket.

Heller balayait la moquette. L'homme en noir l'ignorait totalement.

L'employé revint avec une grosse valise marron munie d'énormes serrures. Elle semblait particulièrement lourde. Il demanda deux dollars et Bang-Bang, vu que son sac était vide, dut relever sa robe et fouiller dans les poches de sa combinaison. Il trouva enfin son portefeuille et y pêcha deux billets d'un dollar. Il fit tout cela sans élégance, mais, depuis la galerie, on ne pouvait pas voir sa combinaison. Il avait encore besoin de quelques leçons pour jouer les vieilles dames en deuil!

L'employé lui donna la valise et Bang-Bang la souleva avec quelque difficulté. Il repartit dans le tunnel d'une démarche mal assurée.

A la seconde où il disparut, Manteau Noir se redressa avec un grognement.

Il se rua dans l'escalier.

Heller, avec son seau et son balai, était à cinq marches derrière lui.

Pourquoi le type ne se retournait-il pas? Je réalisai alors qu'Heller descendait exactement au même rythme que lui, réglant ses pas sur les siens!

Il était presque dans son dos!

Ils traversèrent le hall.

Manteau Noir s'engagea dans le tunnel tout en sortant une arme!

Il me vint soudain à l'esprit que quelqu'un avait voulu que Gunsalmo Silva ne récupère pas cette valise! J'assistais au coup classique du tueur tué!

A moins que...?

Les portes s'ouvrirent à toute volée devant Bang-Bang!

Deux types en tenue de chauffeur de taxi surgirent. Ils étaient à moins de dix mètres de Bang-Bang!

Manteau Noir levait son gros revolver.

Heller lui saisit la main. Le seau claqua sur le sol.

– Pizza! cria Heller.

Bang-Bang lâcha la valise et plongea sur le côté! La main gauche d'Heller serrait la nuque de Manteau Noir qui n'avait pas lâché son arme.

Les deux faux chauffeurs de taxi se précipitèrent vers la valise. Le premier s'en saisit. L'autre sortit une arme.

La main d'Heller serra le poing de Manteau Noir.

Et le coup partit!

Le type au pistolet fut projeté en arrière!

Deuxième coup de revolver!

L'homme à la valise la laissa tomber et s'effondra.

Heller pointa alors le revolver sur le côté, droit sur la tête de Manteau Noir qui se débattait toujours.

BANG!

Le chapeau partit en l'air avec les cheveux.

Heller plongea la main gauche dans la poche intérieure du manteau noir et s'empara du portefeuille.

Il laissa tomber le corps et, seulement alors, lui libéra la main. Les doigts de Manteau Noir étaient toujours crispés sur son arme. A aucun moment Heller ne l'avait touchée!

Il récupéra son balai et son seau.

Bang-Bang se redressait.

Heller se mit à courir, le saisit par le bras et happa la valise au vol.

Ils foncèrent vers le taxi.

Heller jeta Bang-Bang au volant et le seau et le balai à l'arrière.

– Ferme cette porte! cria Bang-Bang. Tu ne veux pas qu'on mette ça sur le dos du chat, non?

Et il démarra en trombe!

Ils jaillirent du terminal. Il n'y avait pas une âme en vue.

5

Ils s'arrêtèrent dans un parking. Sans allumer le plafonnier, Bang-Bang se changea. Ensuite, chargés de la valise, des mallettes et du chat qu'ils avaient mis dans le sac, ils coururent à travers les rues glacées de New York jusqu'à l'entrée de l'Empire State Building, sur la 33e Rue.

Une fille d'ascenseur ensommeillée les déposa avec indifférence à leur étage et Heller alla frapper à la porte de la Multinationale.

Izzy risqua un œil dans le couloir.

– Qu'est-ce qui se passe?

– Tu seras chargé du chat, déclara Bang-Bang. Viens.

Ils se rendirent dans le bureau d'Heller, posèrent les bagages et allumèrent. Le chat inspectait déjà les lieux.

Heller cherchait quelque chose pour faire sauter les serrures de la valise, mais Bang-Bang l'arrêta.

– Non, non! Seigneur, tu as oublié ce que je t'ai appris? Ne jamais forcer une serrure à New York! Elle peut très bien être reliée à une bombe! Laisse-moi faire!

Il fouilla dans une boîte à outils et choisit des pinces coupantes et des tournevis petit modèle. Il se mit au travail.

Heller, pendant ce temps, ouvrait les deux mallettes et explorait leur contenu.

Izzy entra. Il avait enfilé un vieux manteau râpé et gardé son bonnet de nuit. Il était pieds nus.

Heller lisait des étiquettes à haute voix:

Ballon à hydrogène autogonflable
pour évasions rapides.
Garanti par les laboratoires de test de la CIA

Cuillère fondante pour les cocktails.
Poison instantané.
Garanti par les laboratoires de test de la CIA

Rouge à lèvres empoisonné.

Ton: Adorable Carmen.
A utiliser par les secrétaires.
Le baiser au patron assure une mort immédiate.
Garanti par les laboratoires de test de la CIA

Trousse de suicide. Deux capsules avant le sommeil.
Avis médical: abus dangereux.

– Qu'est-ce que vous faites? s'inquiéta Izzy.

– Nous pénétrons dans les secrets les mieux gardés de la CIA, lui dit Heller.

– J'arrive pas à forcer ces (bips) de gonds! fit Bang-Bang.

Heller donna une petite tape sur les deux serrures et la valise s'entrebâilla avec un grincement!

Bang-Bang était déjà accroupi.

Mais pas Izzy. Il avait déjà repéré le contenu. Il ouvrit complètement la valise et s'exclama:

– Oy!

DE L'ARGENT! La valise était remplie de coupures de différentes valeurs, bien disposées en liasses, telles qu'elles étaient sorties de la banque!

Heller retourna la valise et la vida sur la moquette.

Il y avait là une vraie montagne de dollars!

Il examina l'intérieur de la valise, cherchant apparemment des marques ou un double fond.

Izzy, lui, était déjà assis. Il frotta ses pieds nus l'un contre l'autre, et ses mains, telles des serres, s'abattirent sur les billets.

Il se mit à les compter à toute allure, entassant les liasses bien proprement à côté de lui.

– Oy! répéta-t-il. A moins d'une erreur dans une liasse ou deux, nous avons là UN MILLION DE DOLLARS! (Il se frotta les yeux derrière ses lunettes d'écaille.) Comment arrivez-vous à faire ce genre de chose? demanda-t-il à Heller en le dévisageant.

Heller sortit alors mes malheureux 100 000 dollars et les ajouta à la pile ainsi que les billets qu'il avait trouvés dans le sac de Silva.

– Izzy, j'ai des admirateurs secrets. Ils ont peur que je termine à l'Armée du Salut.

– Vous avez pris tout ça à la banque? Je veux dire: est-ce que ces billets sont marqués?

– Pas un seul. Une donation complètement anonyme.

Izzy recomptait.

– Oy, oy! Ça veut dire qu'il ne nous reste que 400 000 dollars d'impôts à éponger!

Heller prit quelques liasses.
– Disons 410 000 si tu le veux bien. Bang-Bang doit renouveler sa garde-robe. Il se plaignait justement ce soir.
Il tendit 10 000 dollars à Bang-Bang.
Izzy était plongé dans ses comptes.
– Je ne vais pas payer l'IRS. Je vais tout mettre dans l'arbitrage en Bourse et payer ces voleurs de *goyim*. Le yen ne vaut plus rien à Singapour ce soir et il flambe à Paris! Je vais de ce pas...
– Une minute, Izzy.
Heller regardait le chat qui s'était installé sur son bureau et fixait Izzy d'un regard intense.
Heller tendit un billet de cent dollars à Izzy.
– Tu vas aller acheter une couverture et un harnais tout neuf à ce chat, ainsi qu'un plat et tout ce qui lui manque. Il n'a même pas de kit spatial!
Izzy prit le billet mais demanda:
– Vous allez garder un chat ici? Il n'y a pas de souris.
– Les souris, ça n'est pas sa spécialité. Il ne s'occupe que des rats. Exclusivement. Parce que c'est un tueur dangereux, Izzy. Un dur. Et tu seras heureux d'apprendre que je lui ai sauvé la vie. Ce qui fait que maintenant vous êtes deux à m'en être redevable.
– Dieu merci. Dans ce cas, je vais aller lui acheter un kit spatial, même si j'ignore ce que c'est.
Il entassa l'argent dans des sacs de plastique qu'il avait pris derrière le bar, regarda autour de lui pour voir s'il n'avait pas laissé traîner un billet, et partit en courant.
Le chat, apparemment satisfait de constater qu'Izzy avait obéi, se roula en boule sous la lampe de bureau d'Heller et s'endormit.
Heller inspectait le portefeuille qu'il avait pris dans la poche de Manteau Noir. Il y trouva des papiers qu'il montra à Bang-Bang:
– Inganno John Scroccone. Tu connais ce nom, Bang-Bang?
– Non.
– Je crois que je suis en train de commencer une collection. En tout cas, il va falloir que je trouve qui il est.
– Mais qu'est-ce qui s'est réellement passé sur le toit, cette nuit? demanda Bang-Bang.
– Chut! J'ai promis au chat de ne pas le mouiller dans cette affaire. Il a laissé des empreintes de pattes un peu partout. Lui et moi, on va invoquer le Cinquième Amendement.
– Ah, fit Bang-Bang, perplexe.
Le chat s'étira et se mit à ronronner.

6

L'atroce vision de mes 100 000 dollars entre les mains d'Heller eut des résultats plus atroces encore sur ma psyché. Comme tous les psychologues le savent, la psyché se situe juste au-dessus de l'id et, lorsqu'on la surmène, elle peut endommager l'ego. Et quand ces trois éléments sont déjà meurtris par d'anciennes agressions, il s'ensuit ce qu'on appelle le syndrome de dinguerie imminente. Des frustrations multiples sont à redouter, entraînant la surcharge des vaisseaux sanguins, précipitant un état épileptoïde.

Tous les patients ont leurs remèdes personnels. Pour certains, il suffit de se mettre à hurler contre leur femme. Pour d'autres, de donner des coups de pied au chien. Je me mis à réfléchir à toute allure: si je ne prenais pas des mesures urgentes, j'allais avoir besoin de secours psychiatrique. On dit que les ivrognes se soignent en absorbant les poils du chien qui les a mordus, mais je n'avais pas de chien à ma disposition, encore moins de chien au poil comestible *. Je n'en avais même pas un à qui donner des coups de pied. Donc, c'est sous l'emprise de la nécessité que me vint l'inspiration. Il fallait que j'aie de l'argent sous les yeux.

J'étais convaincu que cette vision serait un baume pour mon esprit et préviendrait la crise d'épilepsie qui me menaçait.

C'est donc avec des mains tremblantes que je soulevai mon matelas. Quelques jours auparavant, lors de la visite de Silva, il me restait environ 30 000 dollars. Si je caressais ces billets, si je les faisais craquer entre mes doigts, la vie pourrait affluer à nouveau dans mes centres nerveux et me rendre par conséquent moins nerveux.

Mes doigts ne rencontrèrent rien!

Je fouillai partout fébrilement.

Toujours rien.

Plus inquiet que jamais, je jetai le matelas par terre et défis tout le lit. J'éventrai les ressorts à coups de couteau.

---

* Allusion à certains traitements de choc américains pour la gueule de bois, à base d'œuf cru, de Worcester sauce, de piment et de gin ou de whisky. *(N.d.T.)*

RIEN!
PAS D'ARGENT!
Envolé. Disparu.
Je m'effondrai dans le désastre et laissai monter la crise.
Mais ça ne m'aida en rien.
Je me cognai la tête contre le mur. Ça non plus, ça ne fut pas efficace. Plus tard, en me réveillant, je m'aperçus qu'il faisait une journée radieuse.
Café. Plusieurs tasses me remettraient peut-être les nerfs en place. Je parvins à décrocher le téléphone pour demander mon breakfast. Ensuite, je pris une douche et je m'aperçus que j'avais gardé mes vêtements.
Quand j'eus remédié à ce navrant état de choses, tandis que mon pantalon se transformait en glace sur la terrasse, mon breakfast arriva.
Sans la moindre arrière-pensée, j'ouvris le journal.
Dents de cheval!
Il était là!
Sur deux colonnes!
Une fois encore, Madison avait décroché la une!

SUPER WISTER POURSUIT L'OCTOPUS POUR DIX MILLIARDS DE DOLLARS!

Les avocats de Super Wister – Duplick, Turack et Dogg – ont aujourd'hui entamé des poursuites contre l'Octopus Oil Company, réclamant dix milliards de dollars de dommages et intérêts, la somme la plus forte jamais enregistrée pour réparation de malversation dans l'histoire de la justice.

Les avocats de Rockecenter, Flooze et Plank, se sont contentés de déclarer: «Aucun commentaire».

Le monde financier a été secoué par cet événement sans précédent. La Bourse a chuté et l'indice Dow Jones a perdu deux cent trente points. Les six autres des Sept Frères ont immédiatement nié être complices ni même impliqués dans cette affaire mais ont informé diverses sources qu'ils ne tarderaient pas à y être mêlés en raison des liens inextricables qui les rattachent à l'Octopus.

De son côté, Super Wister a précisé: «Octopus ne saurait être écartée de ma campagne qui vise à restaurer l'honnêteté et l'intégrité et à lutter contre la discrimination pratiquée par la faculté à l'encontre des étudiants. Octopus apporte massivement son soutien au MIB, qui conspire avec le pétrole et de façons diverses et viole les conventions. En annulant mon inscription universitaire et en privant le restaurant de l'université de mes services, on a provoqué le chaos, irréversible et condamnatoire. Si Octopus est dépourvu d'humanité au point de priver les étudiants de leur gâteau de riz, c'est tout le mode de vie américain qui est menacé. C'est la montée du fascisme. La tyrannie est à nos portes...»

Et ça continuait sur le même ton dans tous les journaux! Le livreur, d'ailleurs, qui connaissait bien mes habitudes désormais, en avait déposé une pile gigantesque à ma porte.

Les cris et les hurlements des étudiants déchaînés que montrait la télé étaient si forts que je n'arrivais pas à entendre le livreur de journaux qui me réclamait son argent et je dus le mettre à la porte.

Cette fois, Madison avait tout fichu en l'air!

Il était en train de faire de Super Wister le symbole immortel de la grande révolte contre Big Oil.

Heller devait ricaner.

Surmontant ma répugnance, j'allai jusqu'à mon écran. C'était le devoir d'un officier de l'Appareil (aussi dur que ce soit d'avoir toujours le devoir en tête). Et puis, j'étais vraiment trop secoué pour faire autre chose que m'écrouler devant l'écran avec le faible espoir que ce n'était pas là un symptôme évident de masochisme aigu.

7

Heller roulait en taxi. Le reflet dans la vitre de séparation me révéla qu'il portait un costume de tweed brun, une cravate de soie bouffante et un trench-coat en cuir souple. Très élégant. J'essayai de voir dans quelle direction il allait. Il observait avec amour le paysage hivernal. Il était sur une sorte d'échangeur. Sur la gauche, il y avait une surface d'eau miroitante.

La Statue de la Liberté! Tout là-bas. Et au-delà, de l'autre côté de la baie, Manhattan!

Babe Corleone! Mais oui, il allait rendre visite à Babe Corleone!

Le taxi quitta l'échangeur et, quelques instants plus tard, il s'engageait entre les impressionnants gratte-ciel de Bayonne.

Heller descendit en demandant au chauffeur de l'attendre. Peu après, il était accueilli par un Geovani à l'air plutôt indécis.

– Tu sais, mon garçon, elle est pas de très bonne humeur aujourd'hui. Peut-être que tu devrais remettre à plus tard...

– Je ne peux pas attendre.

Geovani, avec un haussement d'épaules, frappa à la porte du living et ouvrit.

Babe était en déshabillé gris pâle. Elle marchait de long en large, s'arrêtant régulièrement devant la fenêtre, le regard perdu sur le paysage froid du parc. Elle fit encore deux allers-retours avant de dire:

– Fais-le entrer.

Lorsque Heller entra, elle posa sur lui le regard de ses yeux gris et glacés et le toisa comme si elle allait le gifler.

– Et qu'avez-vous à dire pour votre défense aujourd'hui, jeune homme? M'avez-vous comprise, oui ou non, quand je vous ai dit de faire taire toute cette (bip) de publicité autour de vous? Ne m'interrompez pas. Il y a moins d'un quart d'heure, sur ce téléphone (elle pointa le doigt)... et ici-même (elle montra le sol), dans mon living-room, j'ai dû supporter la femme du maire qui m'a parlé de VOUS pendant un bon quart d'heure! Non, ne dites rien. Je suis persuadée que vous avez une explication lamentable, méprisable, inventée de toutes pièces pour TOUT ÇA! (Elle pointa l'index sur un tas de journaux du matin.) Heureusement, elle était enrhumée et elle n'a pas pu me parler très longtemps!

» Écoutez-moi, Jerome. Tout ce tapage avec les journalistes de la presse criminelle doit cesser immédiatement! Non, ne m'interrompez pas. Je sais que j'ai été très occupée. Je sais que je n'ai pas pris suffisamment de temps pour travailler afin de vous élever correctement. Mais ça n'est pas une excuse suffisante!

» Jerome, il n'est pas question d'aller devant les tribunaux! PAS QUESTION! Vous vous exposeriez au ridicule. Vous perdriez le respect du public! C'est une idée que vous devriez vous mettre dans la tête, Jerome: il faut que les autres continuent de vous respecter!

» Jerome, vous ne pouvez pas continuer à donner toutes ces interviews et à en appeler à la justice! La justice est pourrie, Jérome! Vous ne devez pas aller devant les tribunaux! Taisez-vous!

» Jerome, tout cela me fatigue. Je reconnais que je me suis montrée négligente. Mais écoutez-moi: on ne traîne pas en justice les gens que l'on n'aime pas, voyons. On se trouve un calibre et on les dégomme. Il n'y a que les crétins, les tarés, les paumés pour traîner les autres en justice. Si vous voulez vraiment la justice, Jerome, achetez-vous un bon fusil, par exemple, avec un viseur télescopique. Prenez quelques leçons et...

– Je vous en prie! lança Heller. Puis-je vous interrompre enfin?

– Non. Qu'est-ce que vous voulez?

Il lui tendait un paquet enveloppé dans du papier d'argent, avec un ruban noir autour.

– Je vous ai amené un présent.

Elle prit le paquet, quelque peu radoucie, mais elle dit:

– Vous ne vous en tirerez pas avec un *gingillo*, Jerome. Ce n'est pas avec une babiole que je pourrai effacer tout ce que j'ai sur le cœur à votre propos après tout ce que m'a sorti la femme du maire! Je ne trouvais même plus mes mots pour essayer de lui expliquer que vous étiez un bon garçon dans le fond et que vous aviez été mal...

– Ouvrez-le! fit Heller, à bout.

– Bien, bien. (Elle avait pris un ton glacial.) Mais c'est bien pour vous faire plaisir.

Elle tira un stylet du holster dissimulé dans sa manche et trancha net le ruban noir. Puis elle fendit le papier d'argent. Elle fixa son regard sur le cadeau, le retourna entre ses mains, incrédule, puis revint à Heller, les yeux ronds.

– Le passeport de GUNSALMO SILVA!

Elle comprit alors seulement et se précipita pour prendre Heller dans ses bras.

– Vous l'avez tué!

– Pas exactement, dit Heller, qui suffoquait à demi. Il s'est fait sauter en quelque sorte.

– Oh, CHER, CHER GARÇON!

Elle recula d'un pas, examina une nouvelle fois le passeport, puis s'écria:

– YIPPEE!

Elle se mit à danser en tourbillonnant tout autour du living-room, en parfaite ex-chorus girl. Puis elle se laissa tomber dans un fauteuil.

– *Ave Maria!* «Saint Joe» est enfin vengé!

Elle pleurait.

Après un instant, elle essuya ses larmes avec un mouchoir en papier et appuya sur plusieurs boutons.

Les hommes de son équipe surgirent de partout en une seconde, comme si elle avait déclenché l'alerte incendie. Elle brandit très haut le passeport.

– Gunsalmo Silva est mort!

Les cris de joie furent tels que je dus baisser le volume du son.

Maintenant, Babe montrait le passeport de Silva au portrait de «Saint Joe» Corleone. Elle déclama quelques phrases en italien pour lui dire que le traître était mort et que lui, «Saint Joe», pouvait désormais reposer en paix. Elle lui promit une messe somptueuse dès que ce serait possible.

Puis elle se tourna vers ses hommes:

– Allez, vite! Apportez du lait et des biscuits à Jerome!

Elle invita Heller à s'asseoir dans son fauteuil préféré tandis que le lait et les biscuits arrivaient.

Babe dressait déjà des plans pour une party et une très grande messe.

– Mais Silva va avoir des funérailles, bien sûr. Oui, nous devons nous en occuper. Il avait un frère et un oncle. Qu'est-ce que nous allons bien pouvoir faire de spécial? Des fleurs. Oui, des fleurs à profusion, c'est ça. Une gigantesque couronne en forme de chien noir. Georgio, tu t'occupes de la commander. Et je serai présente personnellement. Il faudra aussi que je trouve un moyen pour que la femme du maire soit également là. Qu'est-ce que je vais bien pouvoir porter?... Du blanc et du rouge? Non, rien que du rouge, peut-être bien... Avec un voile assorti. Non, non... il faut trouver mieux! Georgio, appelle mon couturier! Dis-lui d'imaginer ce qu'il peut y avoir de plus spectaculaire pour un enterrement! J'espère que tout ça va remettre la femme du maire à sa place. Elle va sûrement porter quelque chose de ridicule. Jerome, prenez encore quelques biscuits.

Ah, ces Italiens! Il leur fallut encore deux bonnes heures avant de se calmer un peu.

En tout cas, les coups de téléphone n'avaient pas manqué et la nouvelle se répandait sans doute déjà à travers toute l'organisation Corleone, de la Côte Est à la Côte Ouest, que le meurtrier de «Saint Joe» était mort. Alors que l'excitation commençait à peine à retomber, quelqu'un appela pour dire que le cadavre de Silva se trouvait à la morgue municipale de New York et qu'il n'y avait pas un os qui ne soit pas brisé. Ce qui ne manqua pas de relancer l'ambiance et ce dernier détail fut aussitôt communiqué à l'ensemble de l'empire Corleone, dans le monde entier. Des télégrammes de félicitations commencèrent à déferler. Les télex de la RCA et de la Western Union recevaient des messages de Nouvelle-Zélande, d'avions en vol et de paquebots en mer.

L'accordéon du télex se déversait en un flot constant aux pieds d'Heller. Babe lisait à haute voix chaque message d'un ton excité, les yeux brillants.

Heller déclara enfin qu'il devait regagner New York pour

s'assurer que le petit chat avait bien eu son repas. Mais Babe le somma de rester encore. Les chats pouvaient attendre. Mais les jeunes gens, elle le savait bien, avaient toujours faim. Et il eut droit à des spaghetti. Après la troisième assiette il dit enfin:

– Je pense à autre chose.

Il sortit de sa poche la carte que je l'avais vu prendre dans le portefeuille de Manteau Noir, la veille. Je me dis que c'était en fait la raison essentielle de sa visite à Babe Corleone.

– Est-ce que vous pouvez me dire qui est cet homme?

Babe se pencha et fronça les sourcils.

– Inganno John Scroccone? Il me semble que j'ai déjà entendu ce nom. Mais je ne me souviens pas où. Geovani! (Il apparut aussitôt.) Mets donc ça dans l'ordinateur.

Geovani revint bientôt du sous-sol et annonça:

– C'est le chef-comptable de Faustino Narcotici. Un des poux qui bouffent sur le dos de ce poux.

– Jerome! s'écria Babe, visiblement choquée en le regardant. Vous ne fréquentez pas des gens convenables! Je vous l'ai dit: il faut veiller à votre réputation!

Je m'interrogeai un instant: pourquoi lui cachait-il le fait qu'il avait également tué ce type-là? C'est alors qu'il m'apparut qu'il n'avait en fait rien dit de ça à personne.

Ce qui me fit un choc, car ça signifiait qu'il se savait surveillé. Il craignait d'être surpris en flagrant délit de violation du Code. La grenade! C'était à cause d'elle qu'il n'avait pas expliqué à Bang-Bang dans quelles circonstances Silva était mort. Car aucune grenade de ce type n'existait sur cette planète. C'était ça qui le motivait. Car n'importe quel être normal se serait vanté de cet exploit. Il était tellement sur ses gardes qu'il n'avait pas mentionné les trois autres types qu'il avait liquidés cette même nuit!

– Jerome, dit Babe, je vous promets solennellement de ne plus vous négliger. Vous avez un bon fond et vous l'avez prouvé aujourd'hui. Mais l'éducation, ça compte également. Si je veux être une bonne mère, je dois apporter plus d'attention à vos besoins essentiels et, dans le même temps, veiller à ne pas trop vous gâter. Vous vous êtes tellement habitué à cette honteuse négligence de ma part, cher garçon, que vous seriez bien capable de partir comme ça, le ventre vide, habillé comme un pauvre va-nu-pieds.

Elle prit un stylo et se mit à écrire sur la nappe d'un blanc immaculé:

– D'abord, vous avez besoin d'une garde-robe neuve. Et aussi d'une écurie de poneys de polo. Rien de tel pour apprendre à devenir un gentleman que de cogner sur la tête des autres garçons avec son maillet. Oui, il vous faut absolument ces poneys...

Elle les ajouta à la liste et réfléchit.

Heller était sur le point d'intervenir, mais elle le devina et le fit taire d'un geste.

– Ah, oui! Nous sommes en hiver. Vous allez avoir besoin de patins à glace. Ensuite, évidemment, au printemps, il va vous falloir une autre batte de baseball.

Une fois encore, il voulut parler, mais elle leva l'index.

– Non, non, plus de course automobile. Plus une seule, Jerome. Vous devez vous dire que je me montre dure mais je crois que mes oreilles ne supporteraient pas d'entendre encore un mot, un seul, dans la bouche de la femme du maire à propos de course automobile! (Elle réfléchit encore.) J'allais ajouter la vieille villa de Capone à Miami Beach mais vous aurez cela pour votre Noël. Ce sera une surprise. Si l'on veut être une bonne mère, il ne faut pas complètement pourrir les enfants.

Elle relut la liste.

– Bien... (Elle traça un grand cercle autour.) Voilà qui est réglé. En ce qui concerne votre garde-robe, il va vous falloir faire très vite pour les funérailles de Silva... Je verrais bien un tuxedo rouge avec cape. Oui, ce sera parfait. Ça ira bien avec ma robe. Allez, Jerome, prenez encore un ou deux biscuits...

Le son d'un klaxon se fit entendre, tout en bas dans la rue.

– Geovani! glapit soudain Babe. Qui est-ce qui se permet de faire un tel boucan?

Geovani revint très vite.

– C'est un taxi new-yorkais. Il dit qu'il attend le môme depuis trois heures.

– Par le sang du Christ, paie cet (enbipé)! Tu crois peut-être que je vais laisser Jerome retourner en ville en taxi? Dis à Battitore de sortir immédiatement ma limousine! Est-ce qu'on prendrait mon fils pour un clochard? Dis aussi à Battitore de mettre le chauffage. Je ne tiens pas à ce que Jerome attrape froid, hein? (Elle s'était tournée vers Heller.) De quoi parlions-nous, cher garçon? Ah, oui. Je pensais à une augmentation de pension qui...

Ça, c'était plus que je pouvais en supporter! J'étais scandalisé par toutes ces attentions et cette adulation dont il était l'objet! J'éteignis l'écran et le cachai hors de ma vue. Il y a des limites au masochisme.

Je songeai que je ferais mieux de voir ce que la télé et la radio racontaient sur les «prouesses» de ce (bip). J'écoutai plusieurs bulletins, mais rien! Pas le moindre écho.

J'allai acheter les journaux du soir en mettant ça sur mon crédit, mais eux aussi étaient muets. Et je n'avais pas trouvé une seule ligne dans la presse du matin. Pourtant, oui... dans un des journaux du soir, je finis par dénicher une petite note à la rubrique mode qui disait:

LA TENDANCE POUBELLE

Un corps que seules les empreintes et les prothèses dentaires ont permis d'identifier comme étant celui d'un certain Gunsalmo Silva a été retrouvé aux petites heures de la matinée sur la Cinquième Avenue. L'homme serait vraisemblablement tombé du haut du toit de la Baltman & Co. Silva semblait être vêtu d'une robe de femme noire. Ce qui conduit à poser cette question: serait-ce la toute dernière tendance?

Voilà qui replaçait les choses dans leur perspective. La presse ne ment jamais. Surtout pour ce genre de chose. Les Rockecenter et autres Madison y veillent tout particulièrement!

Du coup, je me sentis un peu mieux. Je n'avais plus de tic facial et je n'étais plus obligé de garder les mâchoires serrées pour empêcher les cris de détresse de monter de ma gorge.

Ma situation, cependant, était pénible. J'étais ruiné. Heller et divers autres individus m'avaient tout volé. Et miss Pinch était une épouvantable caissière qui avait tout à apprendre du métier.

Pourtant, seul, abandonné, il me fallait encore poursuivre ma route dans cette jungle d'épines cruelles que d'aucuns, en riant, nomment la vie.

Comme je n'avais pas de boule de cristal à ma disposition, j'osai penser que je n'aurais pas droit à d'autres épreuves, ne serait-ce que pour une journée.

Encore une fois, je me trompais lourdement!

TRENTE-DEUXIÈME PARTIE

1

Le hurlement des sirènes montait de la rue. Tout soudain, il semblait y avoir de l'agitation. En dépit du froid, je sortis sur la terrasse et regardai en bas, dans la Cinquième Avenue.

Des véhicules militaires étaient en train d'encercler l'hôtel!

Des MP's en casque et ceinturon blancs en jaillirent et mirent une mitrailleuse en batterie à l'angle!

Je reculai. J'avais surpris un mouvement suspect sur un building voisin.

Des tireurs en casque et ceinturon blancs!

Leurs armes étaient braquées sur la terrasse! MA terrasse!

Mes Dieux! L'armée américaine venait de découvrir que j'étais un extra-terrestre! J'étais pris au piège! Encerclé!

Je battis vivement en retraite dans l'appartement.

On cognait à ma porte!

J'étais mort!

Héroïquement, la poitrine criblée de balles, je m'efforçai de couvrir les ultimes mètres, ne sachant plus si j'appartenais encore vraiment à l'univers des vivants et j'ouvris.

C'était un garçon d'étage, le visage blanc comme de la craie.

– Y a-t-il un monsieur Inkswitch ici? demanda-t-il.

De toute façon, une vie sans argent ne valait plus la peine d'être vécue.

– Pourquoi pas? fis-je.

CRAAASH!

Ils surgirent de la cage d'escalier, des palmiers en pots, de l'ascenseur, de partout: des MP's avec leur fusil d'assaut braqué. Ils progressaient courbés en deux.

Ils éjectèrent le garçon d'étage comme une poupée de chiffon!

Et ils me contournèrent pour charger à l'intérieur de l'appartement!

Ils se mirent à renverser les fauteuils à grands coups de pied! Ils ouvrirent les placards et les penderies à grand fracas, investirent la salle de bains et ouvrirent le feu sur les matelas des lits!

Ils criblèrent de balles les vêtements et se ruèrent sur la terrasse en renversant toutes les plantes pour aller prendre position au-dessus de l'avenue.

Un officier s'avança, flanqué de deux MP's qui pointaient leurs .45 droit sur moi. D'un geste, il donna un ordre et un des hommes me fouilla rapidement. Il tendit mon portefeuille à l'officier qui inspecta attentivement ma photo. Un autre geste et le soldat m'attrapa la main, ouvrit un tampon encreur et releva mes empreintes.

L'officier se livra à un autre examen comparatif.

Avant de brailler, comme s'il commandait une charge de cavalerie:

– En AVAAANT!

Et, effectivement, un fourgon d'artillerie fit irruption dans l'appartement. Les roues du canon déchirèrent la carpette en lanières dans un grondement effroyable. Les trois hommes qui le poussaient l'immobilisèrent au milieu de la pièce. L'un d'eux courut sur la terrasse en brandissant un mât chromé.

Un deuxième officier entra. Il s'agenouilla près du fourgon et y prit un appareil qu'il porta à hauteur de ses lèvres. Il aboya quelques mots et attendit avec une expression tendue.

Je profitai de cette accalmie pour déchiffrer le badge de leur uniforme:

US Army
Communications

L'officier responsable du fourgon m'interpella:

– C'est ultra-secret. Vous avez sous les yeux un codeur-décodeur de brouillage satellite. Les Russes eux-mêmes n'en ont pas. Voulez-vous jurer que vous ne l'avez pas vu?

Je levai aussitôt ma main tachée d'encre et jurai.

– Bien. Voilà le vôtre.

Il me tendit l'appareil et j'entendis une voix qui me demandait:

– *Alo. Kto eta gavarit*?

Je rendis la chose à l'officier des Communications.

– Vous ne pensez pas que c'est un faux numéro? Je crois qu'on vient de me demander qui était à l'appareil en russe...

– (Bip de bip!) fit-il.

Il reprit la ligne et aboya encore une fois avant de me tendre l'appareil.

– *¡Diga! ¿ Con quien hablo?*

Je voulus repasser l'appareil à l'officier.

– Quelqu'un vient de me parler en espagnol. Je crois qu'il voulait aussi savoir qui lui répondait.

– Non, non. Vous avez le bon correspondant.

J'écoutai et la même voix répéta:

– *¿ Con quien hablo?*

– Inkswitch, dis-je.

– *Ah. Espere un momento, per favor.*

Obéissant, j'attendis. Ce fut long mais vous savez comment sont les Espagnols. Je me disais pourtant qu'il y avait quelque chose de bizarre. Je ne connais pas assez l'espagnol pour identifier les accents mais j'étais sûr que ce n'était pas l'accent courant. Trop musical et aigu... Du cubain?

– Eh bien, ça leur en prend du temps!

L'accent traînant de la Nouvelle-Angleterre! Trapp, sans le moindre doute!

– Où êtes-vous? criai-je, éberlué.

– En Amérique Centrale. Quelqu'un a descendu le directeur de la CIA et la paix a éclaté. J'ai dû revoir à toute allure les traités pour essayer d'en trouver un qui puisse être rompu. Mais la situation n'est pas aussi grave qu'on pourrait le craindre. Vous savez qu'il y a des serpents vraiment géants dans le coin. Vous devriez les voir, ça vaut le coup! Mais je ne vous appelais pas pour ça. Ce qui nous occupe relève de la sécurité et j'ai dû même contourner la Sécurité Nationale. Et puis, dans la jungle, il n'y a pas de micros. Est-ce que les gars des Communications de l'Armée sont encore là?

– Oui.

– Alors, dites-leur de s'éloigner. Parce que ce que je vais dire est top secret et personne d'autre ne doit l'entendre.

J'allai avertir les officiers et tous les soldats prirent position dans le couloir et sur la terrasse, prêts à défendre le matériel en cas d'attaque.

– C'est fait, dis-je à Trapp. La zone est évacuée.

– Parfait. Il y a une heure, j'ai reçu un appel par satellite. Et c'était *lui* en personne. Vous savez qui je veux dire.

Oui, ça, je ne pouvais pas me tromper. Delbert John Rockecenter avait appelé personnellement Trapp. Ce qui était plus qu'inquiétant.

– Inkswitch, reprit Trapp, vous avez laissé Madison nous échapper! Vous savez qu'il est complètement dingue de colère! Il m'a montré tous les journaux sur l'écran! Il était furieux, Inkswitch, fou furieux!

Instantanément, je fus pétrifié. Quand Rockecenter est furieux, les gouvernements tombent.

– Il a tout mal compris, reprit Trapp. Il a cru que la presse avait annoncé que le môme avait monté une compagnie pétrolière rivale et qu'il violait donc les règles de la famille en introduisant la concurrence sur le marché. C'est la faute à cette Miss Paix: c'est elle qui lui lit les journaux et elle prononce mal. C'est comme ça que Madison a tout mélangé. C'est le môme qui est son client et non pas l'Octopus. Madison est sorti de ses attributions. Il est maintenant dans le camp de la justice. Et on ne doit jamais perdre le contrôle de la justice. Je sais de quoi je parle: je suis avocat. Voilà la vraie catastrophe. Nous pouvons encore nous en tirer mais il faut faire objection sur un point et pas question d'être rejeté! Pour cette seule raison, Inkswitch, il faut que vous neutralisiez Madison. Est-ce que vous me comprenez bien?

– Certainement, lui dis-je.

– Inkswitch, j'ai relevé dans le même article une infraction absolument criminelle. Il a mentionné Flooze et Plank dans le même article que Duplick, Turack et Dogg. Écoutez-moi bien, Inkswitch: Duplick, Turack et Dogg ne sont que de minables pousse-mégots. Insinuer seulement que Flooze et Plank sont du même niveau, ça pourrait ruiner notre réputation! C'est un cas évident de tentative de meurtre. Madison est allé trop loin! C'est très grave, Inkswitch. C'est pour cette raison que cet appel doit rester absolument secret. Vous avez bien compris qu'il est plus que jamais nécessaire de renforcer les liens d'avocat à client?

Je lui assurai que telle était ma conviction.

– Pour l'heure, ajouta-t-il, je ne peux pas appeler Madison. Il s'abriterait derrière le Cinquième Amendement. Donc, c'est à vous de vous en occuper. Si vous ne le faites pas, nous aurons droit à un jugement sommaire sans possibilité d'appel. Vu?

Oui, ça, pour sûr, j'avais vu.

– Bien. Est-ce qu'il y a autre chose sur le registre?

– Certainement. Les caissières ont été changées et je n'arrive pas à toucher mon salaire.

– Des détails, tout ça. Ne m'importunez pas avec des détails, Inkswitch. Adressez-vous à l'Officier de la Sécurité. Dites, vous ne voulez vraiment pas que je vous envoie quelques-uns de ces splendides serpents?

Je déclarai en hâte:

– Je vais aller m'occuper de Madison sans perdre un instant!

– D'accord. Faites ça. Moi, il faut que je m'enfonce plus

avant dans les montagnes afin de trouver le général Hatchetheimer et que je me débrouille pour que quelques traités de paix soient violés pour relancer les choses. On ne pourra pas me joindre pendant un certain temps... Et puis, il faut aussi que je profite de ces formidables serpents. Vous êtes vraiment certain que...?

– Je vais avoir suffisamment à m'occuper avec Madison!

– Oui. Donnez le bonjour à miss Agnes, cette (bip)!

Il raccrocha.

J'appelai les soldats des Communications qui étaient sur la terrasse et des coups de sifflet retentirent un peu partout. Les MP's se mirent en alerte rouge.

On évacua le matériel.

Des sirènes ululèrent dans les rues alentour.

En une manœuvre impeccable et en quelques secondes, ils se replièrent tous et disparurent.

Utanc sortit de sa cachette sous le lit, blême et tremblante. Elle se réfugia dans sa chambre et me claqua violemment la porte à la figure.

Le médecin de l'hôtel faisait une transfusion de sang au garçon d'étage.

Une équipe d'entretien apparut et se mit à réparer les dégâts du mieux possible.

Le directeur surgit enfin.

– Je voudrais juste vous poser deux questions. Un: êtes-vous un réfugié russe? Ou bien, deux: un officier de l'État-Major Interarmes en mission secrète?

J'étais encore sous le choc et je répondis maladroitement, d'un ton irrité:

– Ni l'un ni l'autre!

– Bon, alors, en ce cas, voici la facture des dégâts.

Elle se montait à 18 932,27 dollars, plus la valeur d'un garçon d'étage à déterminer ultérieurement.

Ce fut amplement suffisant pour que je prenne une décision ferme et définitive dans la seconde même!

2

Les urgences avant tout.

DE L'ARGENT!

Il fallait d'abord que j'aille voir l'Officier de la Sécurité. Le problème qui se posait était: comment me rendre là-bas? Prendre un taxi à New York avec seulement trente-cinq cents en poche, c'est un suicide. Et pas question d'approcher Utanc après qu'elle m'eut claqué la porte comme ça. Non, il ne me restait qu'une solution: aller à pied.

Je me vêtis en prévision du froid et, très vite, je me retrouvai, suant et soufflant, en route vers le Rockecenter Plaza, qui n'était qu'à quelques blocs de distance.

Je tournai devant chez Saks et enfilai les Channel Gardens, frissonnant à la vue de toutes ces statues dénudées oubliées dans leur mare de glace. J'atteignis enfin l'Octopus Oil Building.

Le Chef de la Sécurité se relaxait, les pieds sur son bureau, après l'heure du lunch.

Je brandis ma carte d'agent fédéral.

– Inkswitch. J'ai un problème de la plus grande importance qui concerne la société.

Il tapa sur son ordinateur dont l'écran resta vierge.

– Oui, quel problème? me demanda-t-il ensuite en ôtant enfin ses pieds du bureau.

Votre miss Pinch, qui est à la Petite Caisse, au Guichet 13, ne connaît pas son boulot. Miss Grabball ne lui a pas appris la procédure à suivre avec un «esspion» de la famille!

– Ah, ah!

Il vérifia que son revolver était bien chargé, se saisit d'un lourd bâton et je le suivis.

Il se comporta comme un dompteur entrant dans la cage aux lions. Il attrapa miss Pinch par une épaule, la souleva et la traîna jusqu'à un placard proche.

J'entendis des coups sourds.

L'instant d'après, le Chef de la Sécurité réapparut et me lança au passage:

– C'est comme ça qu'on fait!

Je retournai au Guichet 13. Miss Pinch y était de retour, avec ses lèvres pincées et ses vêtements d'homme. Elle avait un œil au beurre noir en formation.

– Inkswitch, dis-je. Je veux 20 000 dollars.

Elle tapa sur son clavier. L'écran resta noir. Elle me tendit alors un formulaire en me demandant de le signer. J'inscrivis *Thomas Jefferson*. Elle me le reprit et commença à compter mes 20 000 dollars.

Qu'elle glissa dans son sac!

Je me dis qu'elle ne m'avait pas bien compris et je lui demandai:

– Vous êtes certaine de ne pas vous tromper?
– C'est comme ça! me rétorqua-t-elle sur un ton hostile.
Je ressortis. Je me dis qu'elle était peut-être un peu troublée et que je devais lui laisser une chance de garder son job.
Je revins sur mes pas.
– Inkswitch. Je veux 20 000 dollars.
Elle tapa sur le clavier de l'ordinateur. L'écran resta vierge, elle me tendit un autre formulaire et je le signai cette fois *George Washington*. Elle le prit et compta solennellement les billets.
Avant de les mettre dans son sac.
– Un instant, miss Pinch, lui dis-je. Je ne crois pas que vous m'ayez bien compris!
Son regard était décidément très, très hostile.
– C'est comme ça! lâcha-t-elle.
Je ressortis. Je me trompais peut-être dans le chiffre, après tout.
Quand je revins, je déclarai avec tout le calme possible:
– Inkswitch. Je désire 40 000 dollars!
Elle se lança dans la même routine. Mais, cette fois-ci, je signai *Benedict Arnold*. En signe de menace.
Elle prit encore une fois les liasses dans son tiroir-caisse.
Et, comme auparavant, les mit dans son sac!
– ET C'EST COMME ÇA, (BIP) DE DIEU DE (BIP)! beugla-t-elle.
Je ne pouvais qu'abandonner. Une fois dehors, je tentai de réfléchir un peu. Je n'avais vraiment pas de temps à perdre. Si je tardais trop, Trapp pouvait très bien m'appeler une deuxième fois et j'aurais droit à une autre note de 18 932,27 dollars de dégâts à l'hôtel. Je ne pouvais pas raisonnablement courir ce risque.
J'errai pendant un long moment, et puis l'inspiration me vint: il fallait que je retourne voir le Chef de la Sécurité.
Quand je me présentai devant lui, il avait un tas de billets devant lui.
Instantanément, il posa sa casquette dessus.
– Alors ça se passe comme ça, dis-je.
Je ressortis. Je suivis le parcours que j'avais mémorisé à travers les couloirs et les halls. J'étais un «esspion» de la famille et je devais immédiatement faire mon rapport. Des employés qui se fourraient l'argent dans les poches! Des escrocs! Je tombai enfin sur la porte du bureau privé de miss Paix.
Je frappai et elle entrebâilla la porte.
– Je suis un «esspion» de la famille, annonçai-je. J'ai un rapport à faire à M. Rockecenter concernant quelques employés!

J'avais souvent vu des visages déformés par la colère, mais le sien était tout à coup un modèle du genre.

– Parce que vous croyez que je vais vous laisser me balancer? Foutez-moi le camp, espèce d'(enbipé) de ma (bip)!

Je me retirai dignement.

Tout cela se déroulait bien mal!

Mais, sur l'instant, comme aucune solution géniale ne m'apparaissait, je décidai de regagner mes bases.

3

Mais comment allais-je donc pouvoir me rendre au 42 Mess Street, par tous les Enfers? C'était beaucoup trop loin.

Tout en déambulant, l'inspiration me vint enfin! J'avais aperçu une voiture de police et je m'en approchai. Je montrai ma carte.

– Il faut que je me rende d'urgence à Mess Street pour une perquisition. Emmenez-moi là-bas.

– Eh, on n'est pas des garçons de course, surtout pas pour les Feds! me déclara un des flics avec un regard méchant.

Bon, ça ne marchait pas.

Je passai dans une rue voisine où de nombreuses voitures étaient garées. Oui, après tout, le crime était la meilleure solution. J'avais pris conscience que, sur cette planète, mes réflexes s'étaient relâchés. Même ceux que j'avais acquis dans l'Appareil. Je longeai les files de véhicules, guettant celui sur lequel on aurait laissé la clé de contact.

Pas de chance. J'avais entendu dire qu'il y avait un moyen très simple de faire démarrer une voiture à partir des câbles du tableau de bord mais j'ignorais tout de la technique.

Un peu plus loin, je tombai sur un gros camion de déménagement. On venait d'enlever un sofa pour le monter dans un immeuble.

Ha! Ha!

Rapide, furtif comme une ombre, je me glissai jusqu'à la cabine. A la seconde où le chauffeur et son aide disparaissaient dans l'immeuble, je démarrai!

J'entendis un bruit de glissement et des chocs à l'arrière. Dans le rétroviseur, je vis que j'étais en train de semer le reste du mobilier dans la rúe.

Dans un fracas énorme, un piano à queue alla valser sur la chaussée! Après ça, je continuai d'entendre un claquement régulier à l'arrière. Je ne savais pas d'où ça pouvait provenir. Mais rien ne devait m'empêcher d'aller mettre un terme aux agissements de Madison. Je risquais un autre coup de fil ou même de recevoir un couple de serpents!

Le camion avait quinze mètres de long au moins et la cabine était très haute. J'avais du mal à le conduire. Je frôlai plusieurs fois l'accident mais je me retrouvai enfin à un bloc du 42 Mess Street. La rue était trop étroite pour le camion et je me garai avant. Je m'aperçus que le bruit que j'avais entendu était provoqué par la porte arrière dont le piano avait dû arracher les gonds. Je la fermai et me mis en route.

Le vieux hangar était une ruche bourdonnante. Il y avait des journalistes dans tous les coins et les machines à écrire et les télex crépitaient et ronronnaient. Les informations étaient empilées dans des sacs de courrier destinés aux journaux du monde entier. On les passait par la fenêtre et ils étaient aussitôt chargés dans les camions qui attendaient en file.

Un immense calicot avait été déployé d'un mur à l'autre:

UN SEUL BUT : LA PRESSE!

Un autre:

LA UNE, SINON RIEN!

Madison était dans son bureau, à l'autre extrémité de la salle, entouré d'un tel essaim de journalistes que je ne parvins pas à m'en approcher.

Tout près de moi, un reporter vociférait au téléphone.

– Non, je ne veux pas la deux! Je veux une manchette à la une! Écoutez-moi, monsieur Vitriahl, vous êtes peut-être le rédacteur en chef du *Saint Petersburg Crad*, mais vous ne seriez même pas digne de vendre dans les rues le *Bave Soir*, le canard le plus chouette de Floride! Vous coopérez, espèce de (bipeux), sinon vous-savez-qui va en toucher un mot à votre conseil d'administration et vous serez obligé de vous trouver un autre job avant l'aube! Voilà... Vous êtes raisonnable. Alors la une!

Il raccrocha et feuilleta un carnet corné avant de donner un deuxième appel.

– *Los Angeles Cradpress?* Passez-moi J. D. Block, je vous prie... Salut, Block. Ici Ted Tramp de l'organisation de vous-savez-qui. Dites-moi, on n'a pas eu droit à la une hier... Bien, bien... Alors comme ça, la femme de votre (enbipé) de rédacteur dirige l'Association Nationale de Lessive Mentale. Gueulez pas comme ça... Je sais. Il faut dire que quand elle a foutu le camp avec la caisse de l'ANLM et le psychiatre en chef, ça a fait un beau titre! Mais nom de Dieu, Block, il faut que vous ayez de la poigne avec votre conseil! Pourquoi donc croyez-vous que vous-savez-qui vous a nommé président du groupe *Cradpress-Bavexpress*? Voilà qui est mieux, Block. Mais non, inutile de flinguer ce (bip). Dites-lui seulement de nous mettre Super Wister à la une, O.K.?

Il raccrocha, sortit un mouchoir douteux et se frotta frénétiquement l'oreille.

– Je ne supporte pas qu'on vienne me chialer dessus! (Il m'aperçut alors.) Et qui vous êtes? Vous n'avez pas l'air assez dégueu pour être un journaliste. Vous ne sericz pas une espèce d'espion?

– Très exactement, dis-je. Prévenez Madison: Smith veut le voir.

– Je sais pas, fit-il, hésitant, en risquant un œil vers le bureau bourdonnant de Madison.

– Smith de la part de vous-savez-qui, ajoutai-je.

– Seigneur!

Il agrippa la poignée d'alerte-incendie qui se trouvait là et la tourna brusquement. Les journalistes se précipitèrent à l'extérieur, cherchant où était le feu.

J'entrai dans le bureau.

Madison me toisa avec aplomb.

– Hello, monsieur Smith. Je cite: Triomphe pour Madison. Fin de citation. Nous avons repris l'initiative! Je suis sûr que vous m'apportez des messages de félicitation de M. Trapp!

– Madison, dis-je d'un ton sévère, je viens pour régler quelques comptes. Vous avez piétiné des plates-bandes interdites, Madison. Vous avez oublié que votre client n'était pas l'Octopus Oil, alors réservez votre travail de destruction pour Super Wister!

– Mon travail de *destruction*? De quoi parlez-vous, Smith? Madison ne peut pas lire. Composez un corps au-dessus. M. Trapp m'a donné des ordres nets et précis pour rendre le nom de Super Wister pas seulement célèbre mais immortel!

– Il ne vous a jamais donné l'ordre de mêler Flooze et Plank à tout ça! Mais on trouve leur nom à côté de ceux de Duplick, Turack et Dogg! Trapp va vous faire couper le téléphone!

Cette fois, il comprit.

– Oh, fit-il. C'est tellement difficile de travailler avec des non-professionnels. Vous ne comprenez rien au travail du PR.

– Au contraire. Confiance, Communication, Controverse. A propos de Communication, j'ai dû régler une facture de 18 932,27 dollars aujourd'hui. Et pour ce qui est de la Controverse, vous allez être servi si vous ne blanchissez pas immédiatement Flooze et Plank et si vous continuez à penser qu'Octopus a besoin de vos talents de PR. Vous rectifiez le tir sinon c'est ma Confiance qui s'envole!

– Mais j'ai eu la une! gémit-il. Tous les jours! C'est justement comme au tir, Smith! C'est le nombre de fois où l'on touche la cible qui compte! Et Madison a mis dans le mille tous les matins!

– Et il a mis les pieds où il ne fallait pas! Maintenant, réglez cette affaire. Faites ce que vous êtes censé faire! Vous allez réparer les dommages causés à Flooze et Plank ainsi qu'à l'Octopus Oil! Plus question de balles perdues et d'innocents promeneurs abattus! Arrêtez ces procès! Ça remue de la boue trop près de nous.

– Mais il faut une part de vérité dans notre métier! Il faut l'épicer un peu!

– Je serai intransigeant.

Il sourit brusquement.

– Formidable! Mais oui, j'y suis! Je vois ça très bien. Les procès, ça n'est bon pour la une qu'une seule fois. En général, ils passent très vite en deux puis en trois. Ça ne change rien à l'ensemble de mon programme.

Il se mit à arpenter son bureau d'une démarche sautillante, comme s'il dansait. Je le suivis d'un regard soupçonneux. Il était bien trop joyeux pour un homme qui venait de se faire secouer comme on nous apprend à le faire dans l'Appareil.

Il s'arrêta. Avec une expression de pure sincérité sur son visage honnête et décidé. Il s'empara de ma main et la secoua.

– Merci. Merci, monsieur Smith, pour cette idée géniale. Vous n'êtes peut-être pas un pro mais je peux vous assurer qu'il n'y a rien de tel qu'une grande bouffée d'air frais quand le cerveau est saturé. (Il se précipita au dehors.) JE VEUX TOUT LE MONDE! Vite! Je viens d'avoir une idée SENSATIONNELLE!

Je repartis. Le Madison n'est supportable qu'à petites doses.

4

Mes problèmes demeuraient.

J'étais ruiné.

Mais je venais d'avoir une idée merveilleuse. J'étais impatient de la mettre en application.

Je regardai ma montre. J'avais amplement le temps si je me hâtais.

Arrivé au coin de Mess Street, je m'aperçus que le camion de déménagement s'était envolé!

Un (bip) m'avait volé mon moyen de transport!

Cette fois, il fallait que je fasse encore plus vite! Cinq heures approchaient.

Je regardai autour de moi, anxieux. Il y avait un feu à proximité. Oui! Je traversai la rue en courant, évitant les quelques rares voitures et je me postai sur le trottoir du couloir de circulation nord.

Le feu passa au rouge. Les voitures s'arrêtèrent et je remontai la file en courant.

Je repérai une vieille dame au volant d'une Ford déglinguée. J'ouvris la portière et bondis à l'intérieur en sortant le derringer de ma manche.

Elle en resta bouche bée!

– Taxi! grinçai-je. Vous me conduisez au Rockecenter Plaza en quatrième ou c'est le viol!

Elle poussa un drôle de petit cri.

– Démarrez!

Le feu venait de passer au vert. Avec un autre petit cri, elle démarra.

Je consultai à nouveau ma montre. Il me restait un petit peu de temps. Mais la vieille était loin de rouler droit.

– Tenez mieux votre volant!

– Mais je ne vois pas bien sans mes lunettes! Prenez-les dans la boîte à gants!

– Roulez! dis-je en levant le derringer.

Nous filions vers le nord sur l'Avenue des Amériques. Nous n'étions plus qu'à quatre blocs du Rockecenter Plaza mais la chaussée était défoncée et il fallait faire du slalom.

Elle faillit tomber dans une tranchée et freina brutalement. Je passai presque à travers le pare-brise!

– Je ne vois rien sans mes lunettes! Donnez-les-moi!

Bon, d'accord! Par tous les Dieux, il fallait quand même éviter d'avoir un accident avant d'arriver!

J'ouvris la boîte à gants.

ET PAF!

Je reçus la charge de gaz en pleine figure!

Je hurlai, aveuglé!

Elle avait dû ouvrir la portière et, à coups de talon aiguille, elle me balança dans la rue!

Je roulai dans le caniveau et j'entendis vaguement le grondement de la voiture qui repartait!

Je cherchai mon derringer à tâtons pour lui tirer dessus. C'est alors que je réalisai que cette (enbipée) de (bipasse) m'avait même pris mon revolver!

Je réussis à sortir un mouchoir et à essuyer mes pauvres yeux en feu!

Je commençais à discerner de la lumière mais tout était grisâtre, flou.

Tant bien que mal, je me mis en marche. Cette fois, je le craignais, je risquais fort d'être en retard. Je ne pouvais même pas lire l'heure à ma montre.

Après quelques secondes, les détails se firent plus nets et je repérai une boutique de jouets, farces et attrapes!

J'entrai, les jambes molles, et demandai:

– Avez-vous des pistolets à eau?

Je vis vaguement qu'on en posait quatre ou cinq sur le comptoir devant moi.

– Comment savoir s'ils marchent?

Le vendeur que je voyais à peine revint avec un verre d'eau et se mit à remplir les pistolets. Je pris le premier et m'arrosai les yeux. Avec le deuxième, je me nettoyai le nez, et avec le troisième la bouche.

Ça y est! Je pouvais voir.

– Ils ne marchent pas bien, fis-je avant de me précipiter vers la porte.

Derrière moi, j'entendis le verre d'eau se fracasser sur le panneau.

Je courais.

Quelques secondes après, j'étais dans le hall, haletant, épuisé.

Mes Dieux, qu'il était difficile de survivre à New York! On vous tendait des pièges à tous les tournants!

Mais j'étais à l'heure!

5

Pile à l'heure, le sujet-cible était en vue dans la cohue des employés qui sortaient.

Miss Pinch! Accoutrée d'un gros manteau pour homme. Et l'objet-cible se balançait à son bras. Le sac!

La vague des travailleurs libérés déferla dans le flot de la circulation sur la Septième Avenue.

Chapeau rabattu, col relevé, je ne perdais pas de vue la cible. Elle était au centre de mon collimateur. Forgé à ce genre d'exercice, entraîné à la rude école de l'Appareil à prévoir tous les risques avec une infaillible précision, je calculai qu'aucun obstacle ne s'interposait entre moi et la cible. Un seul geste, on repart comme l'éclair, on vide le contenu de la cible dans ses poches et on jette la cible elle-même dans la première poubelle. La victoire était à moi!

L'excitation de la chasse éveillait des frissons délicieux dans mon dos.

Ce n'est pas tous les jours qu'une proie de 40 000 dollars apporte du sel au chasseur sur la piste.

Le sac noir accroché à son bras par une courroie était bien rembourré, volumineux, et ne demandait qu'à atterrir entre les doigts habiles du chasseur aguerri. Ensuite, fini pour moi les vols de camion et les humiliants jets de gaz lacrymogène!

Au milieu de la foule, miss Pinch ne passait pas inaperçue avec son manteau d'homme grisâtre et sa démarche d'athlète. Quant à son grand chapeau mou, il était comme un phare pour le marin que j'étais, porté par les courants impitoyables des mers new-yorkaises.

Il m'apparut évident qu'elle se dirigeait vers une bouche de métro. Et cela m'alerta. Je n'avais pas de quoi m'acheter un jeton pour franchir le portillon d'accès.

Mais la chance me sourit. Car miss Pinch s'était arrêtée devant un kiosque à journaux.

Ballotté entre les tourbillons d'humanité pressée, je parvins cependant à me glisser derrière elle. Elle hésitait entre *Muscles et Musculation avec un portfolio de nus athlétiques* et *Play-*

Goy, le magazine kasher avec spécial nu en rabat de couverture. C'était apparemment un choix difficile. Elle prenait et reposait tour à tour les deux revues.

Mais il y avait 40 000 dollars à la clé et je n'avais pas de temps à perdre!

D'un geste expert, je la soulageai de son sac!

Et je partis telle une flèche!

Ça y est! Je le tenais! J'allais gagner!

C'était bien ça l'inconvénient des employées mal formées! Il fallait avoir recours à des solutions aussi extravagantes!

Très loin, j'entendis la sirène d'une voiture de police et je courus plus vite.

On était déjà à ma poursuite!

Et c'est alors que je péchai par trop d'astuce car ma première réaction fut de m'emparer du contenu et de me débarrasser du contenant.

Submergé par la foule ignorante, je plongeai la main droite dans le sac.

CLAC!

AAOUHH!

Quelque chose, là-dedans, s'était refermé sur ma main!

La douleur était atroce!

J'essayai de retirer ma main mais la chose invisible était collée au fond du sac!

Je le secouai comme un fou, mais sans résultat!

De la main gauche, je tirai désespérément pour tenter de l'arracher.

CLAC!

AAOUHHH!

Ma main gauche était prise elle aussi!

J'étais bloqué, les deux mains dans le sac!

Et la sirène de la police résonnait toujours!

En fait, elle venait du fond du sac!

– Je savais bien que vous tenteriez un coup pareil! fit une voix dure et méchante à quelques centimètres de mon oreille.

Miss Pinch!

Elle toucha le sac et la sirène de police se tut.

Mais elle ne s'arrêta pas là. Elle m'enfonça quelque chose de rond et de dur dans le bas du rein droit. Une arme!

Je souffrais affreusement. C'était comme si une bête féroce, cachée dans le sac, avait refermé ses cruelles mâchoires sur mes pauvres mains. Non, en fait: il y avait *deux* bêtes féroces là-dedans!

– Je ne prends jamais le métro, dit miss Pinch. J'habite à

quelques blocs de là. Alors, on va marcher tranquillement, sans crier. La détente de ce flingue est fine comme un cheveu. Et personne ne peut le voir. Taisez-vous, maintenant. Vous faites du scandale sur la voie publique et je vais être obligée d'appeler les flics. En avant, Inkswitch.

Je me mordis les lèvres pour ne pas hurler, tant la souffrance était intense. Mais une balle dans les reins n'a jamais amélioré la circulation du sang chez qui que ce soit et je décidai que mieux valait marcher.

Nous avons traversé Broadway et remonté vers le nord. A deux blocs de là, elle m'entraîna en direction de l'ouest.

Quelques instants plus tard, nous étions devant une vieille maison qui avait échappé au plan de restauration du secteur. Un escalier conduisait à une entrée en sous-sol. Les marches étaient couvertes de neige et de détritus divers. Mais je ne percevais tout ça qu'à travers la brume rouge de la torture que j'endurais.

Miss Pinch appuya trois fois sur la sonnette.

Ensuite, elle exhiba un trousseau de clés et déverrouilla une grille en fer. Une deuxième clé lui permit d'ouvrir la porte. Du canon de son arme, elle me poussa dans une entrée et referma derrière nous.

– Maintenant, vous pouvez vous remettre à brailler si vous le désirez, fit-elle. Ici, c'est totalement insonorisé. Un vrai trésor, ce sous-sol. Il y a même un petit jardin où l'on peut enterrer des cadavres encombrants. Alors, vous allez être très patient et faire ce qu'on vous dit.

D'un coup de pied, elle me projeta dans une autre pièce.

En dépit de ma souffrance, j'éprouvai un choc devant ce que je découvris. Elle le sentit et commenta d'un air satisfait:

– J'ai tout décoré moi-même.

Le rouge dominait. Un rouge éteint. Les murs étaient couverts d'instruments de torture. Des fouets tenaient lieu de rideaux. Au centre de la pièce, il y avait un lit dont les quatre pilastres étaient ornés de gargouilles. Dans un coin, je vis une chêvre empaillée, je l'espérai, et criblée de fléchettes.

– A présent, Inkswitch, vous allez vous asseoir au bord du lit, fit miss Pinch en pointant son arme. (Elle darda sur moi le regard de ses yeux étrécis et cruels.) Je devine que vous êtes furieux. Les hommes sont violents et sournois. Donc nous ne pourrons procéder au dégagement du sac qu'après avoir pris certaines précautions. Vous seriez capable de vous défendre.

De la main gauche, elle m'ôta mon manteau, puis défit ma

ceinture. J'aurais pu me mettre à hurler, mais je savais que j'aurais reçu un coup de crosse sur les dents. Je m'assis.

Elle m'enleva mes chaussures.

Puis mon pantalon.

Et mes sous-vêtements!

J'entendis un bruit de chaîne!

Elle refermait un bracelet d'acier sur ma cheville droite. Il était rattaché au dessous du lit par de solides maillons.

Elle procéda de même pour ma cheville gauche.

Puis elle monta sur le lit et s'installa derrière moi afin de m'enlever ma veste et ma chemise.

Ensuite, elle me ramena au milieu du lit et prit sur le pilastre de droite un autre bracelet d'acier relié à une chaîne. Elle le mit sur mon malheureux poignet droit et répéta l'opération avec le gauche.

Elle régla enfin la longueur des chaînes de telle façon que mes jambes soient écartées au maximum.

Avant de raccourcir les chaînes de la même façon, compte tenu du fait que mes mains étaient toujours prisonnières du sac.

– Je sais que ces pièges font très mal, déclara-t-elle d'un ton satisfait. Mais nous ne les ôterons que si vous promettez de ne pas vous défendre. Parce que les hommes sont tellement violents!

Pantelant, je promis.

Elle s'empara alors du sac et desserra ou libéra quelque chose avant de le jeter.

Deux énormes pièges à rat!

Les mâchoires aux dents acérées s'enfonçaient un peu plus dans la chair à chaque mouvement!

En prenant grand soin de se mettre hors de portée d'un coup éventuel, elle finit de m'ôter mes manches en ouvrant puis refermant très vite les bracelets d'acier. Quand ce fut fini, elle put tendre les chaînes de telle façon que j'eus les bras en croix en moins de dix secondes.

Et je me retrouvai complètement nu, les jambes écartées, cloué au milieu du lit!

Miss Pinch décida qu'il était temps d'enlever son manteau et son chapeau. Elle se regarda dans un miroir dont le cadre était fait de poignards.

– Vous avez oublié les pièges! criai-je sous l'effet de l'abominable douleur qui montait jusqu'à mes épaules.

– Chaque chose en son temps, Inkswitch, fit-elle. (Puis, élevant soudain la voix, elle appela:) Candy chérie! Viens voir ce que je nous ai trouvé!

6

Une porte s'ouvrit. Une jeune femme qui ne devait pas avoir plus de trente ans entra sur la pointe des pieds, en minaudant, l'air curieux. Elle portait une robe très féminine, en guingan, avec des falbalas. Elle avait des cheveux bouffants et frisés, blond platine, et de grands yeux noirs. Elle n'était pas vraiment jolie mais elle faisait cependant le maximum avec ce qu'elle avait.

– Oouuhh! roucoula-t-elle. (Elle sauta sur place en claquant des mains.) Oh, Pinch ma chérie! Tu fais des prodiges! Et tout ça pour moi!

Elle s'élança vers Pinch et l'embrassa passionnément à pleine bouche.

Une lesbienne et sa «femme»!

Oh, Dieux, qu'est-ce qu'elles comptaient faire de moi?

Candy se mit à danser en me regardant. Moi, tout nu sur le lit, bras et jambes écartées. Elle se faisait toute timide.

– Il n'est pas très grand, non?

– Oh, ma toute jolie! fit miss Pinch. Il ne te fait pas plaisir?...

– Non, non, Pinchy. Ne nous disputons pas, je t'en supplie. Il est merveilleux! Je t'ai fait de la peine, Pinchy?

Elles s'embrassèrent encore en roucoulant.

– Enlevez-moi ces (bips) de pièges! hurlai-je.

Miss Pinch dit alors à Candy:

– Je me disais que, pour une fois, tu aimerais...

Candy recula, horrifiée.

– Oh, non, non, non! Je ne pourrais pas supporter qu'un homme me touche! Qu'est-ce que tu vas penser de moi? Chérie, ma Pinchy, comment pourrais-je être aussi bestiale? Jamais je ne te serai infidèle, même du bout des doigts.

Miss Pinch lui fit un sourire indulgent. Puis, en fredonnant doucement, sans un mot, elle vint vers moi et, sans le moindre ménagement, entreprit de dégager ma main gauche.

La douleur fut telle que je hurlai!

– Ah! se pâma Candy. Ah, Pinchy chérie, embrasse-moi!

Elles s'enlacèrent, puis Pinch revint vers moi et finit ma main gauche en s'arrangeant pour que la douleur soit plus brûlante encore.

Et je hurlai encore plus fort!

Candy s'était assise sur un sofa, les yeux brillants, le souffle court, les lèvres humides. Elle écartait les genoux et adressait des signes désespérés à miss Pinch.

Miss Pinch la souleva, la serra contre sa poitrine plate, l'emporta dans la pièce voisine et claqua violemment la porte.

Au travers de la brume de souffrance due à ma main droite toujours prisonnière des mâchoires d'acier, je perçus des appels pressants, puis de petits gémissements suivis de râles d'extase. Cela dura plusieurs minutes pour s'achever par un cri étranglé!

Mais qu'est-ce qui se passait là-dedans?

D'autres minutes passèrent, de longues minutes de torture.

Un murmure.

La porte se rouvrit.

Miss Pinch avait encore sa veste, sa chemise et sa cravate. Mais elle était nue à partir de la taille et son souffle était rauque.

Candy n'était vêtue que d'un chemisier léger. Elle avait le visage rouge et luisant de sueur, les yeux brillants.

Qu'est-ce qu'elles avaient fait?

Miss Pinch s'approcha d'une Vierge de Fer et l'ouvrit. C'était en fait un réfrigérateur. Elle prit de la bière.

Toutes deux s'installèrent langoureusement sur le sofa en suçant leurs boîtes de bière.

– Enlevez-moi ce piège, par les Dieux! criai-je.

D'un ton aimable, miss Pinch me répondit:

– Chaque chose en son temps, Inkswitch. Et chaque chose à sa place.

– Dis-lui, fit Candy, suppliante. J'adore quand tu le dis.

Plus amène encore, miss Pinch commença:

– Dans toutes les sociétés Rockecenter, il existe des cours de Contrôle Psychiatrique des Naissances. Car il est vital, vous devez le comprendre, de réduire le chiffre de la population. Les gens se reproduisent comme des rats et la racaille augmente. Elle dévore les ressources alimentaires mondiales qu'il faut réduire afin que les prix grimpent et que les amis de Rockecenter continuent de faire des bénéfices. Car, bien entendu, l'enjeu est là.

Elle but goulûment et, sans même se donner la peine d'essuyer la mousse de ses lèvres, elle poursuivit d'un ton docte:

– Le contrôle des naissances ne se règle pas uniquement

avec la pilule, et puis l'I.G. Barben n'en a plus le monopole et il existe désormais des concurrents. Non, le contrôle de la population mondiale doit passer par l'homosexualité. Si tout le monde est homosexuel – pédés, lesbiennes – fini le problème de la surpopulation. L'œuvre immense entreprise par les Rockecenter il y a des dizaines d'années atteint sa phase d'autonomie. On traite du contrôle des naissances jusque dans les écoles maternelles, maintenant. Les concurrents de Barben vont être ruinés. Qui aura encore besoin de la pilule? Finies les grandes manifestations contre l'avortement. Mais l'avortement va être oublié très vite. Non, la tendance nous pousse vers l'homosexualité universelle.

»Les cours de Contrôle Psychiatrique des Naissances font merveille. Ils ont été développés par le Dr Frybrain, directeur de l'Association Psychiatrique Internationale, subventionnée par Rockecenter. Comme vous le savez, les Rockecenter ont toujours contrôlé la psychologie aussi bien que la psychiatrie. Ce que l'on appelait la «sexualité normale» est en voie de devenir une perversion. Ce sont les perversions qui deviennent la norme. Par conséquent, si les étudiants se montrent aussi enthousiastes que les psychiatres pour créer autant d'homosexuels, de pervers et de sadiques que possible, le but ultime de Rockecenter, c'est-à-dire la réduction de la population mondiale, sera atteint. Nous voulons faire de chaque homme au moins un pervers. Et c'est là que vous entrez en scène, Inkswitch!

– Je ne coopérerai pas! criai-je. Enlevez-moi ce (bip) de deuxième piège!

Elle se tourna vers Candy.

– Tu te sens bien, chérie? Prête?

– Oh, oui! gloussa Candy.

Miss Pinch posa sa bière et vint se pencher sur ma main droite.

Elle tordit le piège pour essayer de dégager les mâchoires.

Un long hurlement monta de mes poumons!

– On dirait qu'il est coincé, diagnostiqua miss Pinch avec un plissement de lèvres satisfait.

Candy haletait. La bière coulait des commissures de ses lèvres.

Miss Pinch tordit violemment le piège et j'eus le sentiment que ma tête explosait quand je me remis à hurler!

Candy lâcha sa boîte de bière qui roula en répandant sa mousse. Elle écarta les jambes, la bouche ouverte, les yeux exorbités.

Miss Pinch, le souffle court, tordit le piège et le serra plus fort. Je crus que j'allais me déchirer les poumons.

– Oh, Seigneur! râla Candy.

Miss Pinch, avec un dernier effort, arracha le piège. J'étais sourd.

Candy, les jambes toujours écartées, rejeta la tête en arrière et commença à se cambrer frénétiquement.

Miss Pinch l'enlaça avec des baisers brûlants au creux de la gorge et l'emporta une deuxième fois dans la pièce voisine. Elle claqua la porte.

Des plaintes, des geignements, des chuchotements. Des bruits saccadés, puis des appels pressants. Et des plaintes. Et un cri!

D'autres minutes passèrent.

Un grognement grave. La voix de miss Pinch.

Mais qu'est-ce qu'elles faisaient encore?

La porte s'ouvrit et elles réapparurent. Elles étaient presque nues. Miss Pinch n'avait pas de seins mais un poignard tatoué sur la poitrine. Ses cheveux courts étaient emmêlés et humides de sueur.

Candy avait le visage et le ventre barbouillés de rouge à lèvres. Ses gros seins étaient luisants.

Elles s'affalèrent sur le sofa, les jambes allongées. Candy bascula la tête en arrière, l'air épuisée. Miss Pinch me toisa d'un air calculateur, les lèvres pincées et j'eus peur, tout soudain.

– Ce que vous faites est criminel, dis-je. Vous avez volé mon argent!

– Silence!

Elle se leva pour aller prendre deux autres boîtes de bière dans la Vierge de Fer.

Candy prit la bière que lui tendait miss Pinch et la fourra entre ses cuisses contre sa (bip)!

Elles restèrent assises comme ça sans rien dire pendant un long moment.

Miss Pinch but une gorgée, se pencha sur Candy, colla sa bouche contre la sienne et lui recracha tendrement sa bière que Candy avala convulsivement. Elle parut retrouver un peu de force sous l'effet de ce bouche à bouche de mousse.

Miss Pinch prit de la marijuana dans une boîte et entreprit de rouler un joint volumineux. Elle l'alluma et le glissa entre les lèvres de Candy qui tira quelques bouffées avant de se redresser, comme ressuscitée.

Miss Pinch me tendit le joint.

– Vous voulez tirer un peu?
– Dieux, non!
J'étais déjà suffisamment malade comme ça rien qu'à cause de l'odeur.
– Petit malin. Mais je pourrais vous faire avoir de sérieux ennuis avec vos supérieurs, Inkswitch, en leur disant que vous ne touchez pas à l'herbe. Vous savez aussi bien que moi que ceux qui ne veulent pas toucher à la dope ne durent pas longtemps chez Rockecenter.
Là, je la tenais. Parce que je n'avais pas de supérieur hiérarchique.
– Je remarque que vous n'avez pas tiré sur ce joint.
– Moi, c'est la blanche, mec. Le cheval. Et aussi le speed, bien sûr. (Elle redonna le joint à Candy.) Mais Candy est une petite chose adorable et délicate. Je ne lui laisse fumer que de l'Acapulco Gold, le top. Son psychologue essaie toujours de la brancher sur la coke mais je ne veux pas: la poudre ficherait son maquillage en l'air. Mais je sais pourquoi il essaie. Ce sale vicieux de (bip) voudrait la sauter, comme ils disent. Un normal. Un pauvre malade. (Elle se tourna vers Candy.) On s'occupera de lui sur ce lit un de ces jours, hein, chérie?
Candy était tout à fait remise, apparemment.
– Je me sens mieux, fit-elle. Il s'appelle comment, ce type?
– Oh, je suis désolée. J'ai oublié de faire les présentations. (Elle me désigna.) Ce mâle répugnant se nomme Inkswitch. Inkswitch, je vous présente miss Candy Réglisse.
Candy noua ses mains avec un air d'effroi.
– Je ne suis pas du tout enchantée de vous connaître, pépiat-elle avant de demander à miss Pinch:
– Un peu de musique, Pinchy mon amour.
Miss Pinch alla jusqu'à un cercueil dans lequel était logée la stéréo et posa un disque sur la platine. Des notes amples et graves montèrent de la gueule de deux masques diaboliques disposés de part et d'autre de la cheminée. Cheminée, pensai-je, qui devait servir à porter au rouge des pinces pour la torture!
Wagner! L'une de ses symphonies les plus sinistres!
Candy écouta un instant avant de se mettre à masser ses gros seins dont les pointes se redressèrent.
– Pinchy, est-ce que tu me jugerais effrontée si je te demandais qu'on se prépare pour l'amour du soir tout de suite?
Miss Pinch lui tapota la tête et lui donna un tendre baiser sur la joue.
– Mais non, ma chérie, c'est comme tu veux.
En voyant le regard de miss Pinch, je tressaillis.

Elle alla jusqu'à un placard de sa démarche d'homme. Elle se mit à fouiller à l'intérieur, comme si elle choisissait divers objets.

Elle recula. Et frappa le creux de sa paume avec une matraque de trente centimètres.

Candy l'observait, les yeux brillants. Et les accords de Wagner emplissaient la pièce. Miss Pinch s'avança et vérifia les chaînes qui me maintenaient cloué au lit, bras et jambes écartés.

Elle inspectait mon corps absolument nu avec un regard glacé, calculateur.

Candy, jambes écartées, lèvres entrouvertes, était fascinée.

Miss Pinch se décida pour un de mes pieds et visa le talon.

WHACK!

– Allez, vas-y, hurle! fit-elle. Si on ne hurle pas, ce n'est pas aussi bien.

Je serrai les dents, bien décidé à ne pas lui donner ce plaisir.

Elle abattit une fois encore la matraque.

WHAP!

La douleur monta comme un javelot à travers mon corps. Une lame brûlante!

Elle se déplaça vers le côté et braqua sur moi un spot rouge.

Elle avait choisi mon ventre, cette fois.

SPLAT!

C'est alors seulement qu'elle se mit sérieusement au travail et me cogna un peu partout sur le corps!

Elle s'attaqua à mes (bips)!

Cette fois, je hurlai!

Candy n'en pouvait plus. Et dans le regard de miss Pinch, je lisais une haine mortelle. La matraque dansait au rythme noir de Wagner.

La souffrance était abominable!

Miss Pinch frappa sur mes poignets!

Candy gémissait:

– Pinchy, Pinchy! Oh, Seigneur, prends-moi! Vite! Viiite!

Miss Pinch pivota sur elle-même. Elle serra le corps nu de Candy contre elle et, ensemble, elles coururent dans la chambre et refermèrent la porte à grand fracas.

Des plaintes et des soupirs. Des râles et puis des cris. Des cris et encore des cris!

Et enfin le silence. Est-ce que miss Pinch avait tué Candy?

Je perçus un grognement. Et ensuite, ce qui me parut être une série de jurons.

Silence.

Des minutes plus tard, la porte s'ouvrit, miss Pinch portait Candy entre ses bras. Elle la déposa doucement sur le sofa et se mit en devoir de lui masser les chevilles et les poignets.

Candy revint à elle et passa les bras autour de son cou avec tendresse.

– Inswitch, me jeta miss Pinch, vous êtes un sale (bipé)! Vous avez l'esprit pourri. Détournez votre regard lubrique de cette pauvre fille innocente.

Sur ce, elle se prit une autre bière et Candy un autre joint avant de demander:

– Pinchy chérie, un peu de musique.

Cette fois, ce fut *Une nuit sur le Mont Chauve*. Les affreuses notes de terreur montaient des deux enceintes démoniaques.

Et miss Pinch recommença!

Plus durement encore!

Je m'évanouis.

Quand je revins à moi, elles étaient de nouveau vautrées sur le sofa, mais Candy était à genoux, la tête sur le ventre nu de miss Pinch.

– Ah, ah! fit miss Pinch... Alors, on a décidé de ne plus s'évanouir?

Elle me cracha dessus.

La musique s'était tue. Mais la bière et la marijuana n'avaient pas disparu. Candy caressait les cheveux de miss Pinch. Elle demanda encore de la musique, mais quelque chose de plus solennel, cette fois. Miss Pinch se décida pour un recueil de marches funèbres avant de revenir avec une matraque encore plus grosse.

Je n'attendis même pas le premier coup. Je sombrai instantanément dans l'inconscience, accompagné par les accords sépulcraux d'une marche. De quelque part, très loin, il me sembla qu'on frappait et cognait sur mon corps en cadence.

Des heures avaient dû s'écouler quand je repris conscience.

Candy dormait, recroquevillée au pied du sofa. Son visage était maculé de rouge à lèvres et ses mains pendaient mollement jusqu'au sol. Elle avait la bouche ouverte.

Mais miss Pinch, elle, ne dormait pas. Elle vit que j'étais éveillé et prit une expression plus menaçante encore. Elle se leva, vint se camper devant moi, les mains sur les hanches, et m'apostropha:

– Vous me devez des excuses.

Je fus aussitôt sur mes gardes.

– Vous avez cru que je vous avais volé cet argent. J'en suis certaine. Quand j'ai mis la dernière liasse dans mon sac, j'ai su que c'était ce que vous pensiez. Reconnaissez-le.

Je n'avais pas l'intention d'ouvrir la bouche. Mais elle prenait déjà une matraque.

– Oui, dis-je. Et je me suis dit que vous alliez le partager avec le Chef de la Sécurité.

- Hogger? Mais pourquoi? Écoutez-moi, Inkswitch, vous n'irez pas très loin dans la société Rockecenter si vous pensez des choses aussi fausses sur ceux-là mêmes qui en sont les piliers. Hogger est un honnête homme. Est-ce qu'il vous a dit quelque chose?

– Il avait un tas d'argent sur son bureau.

– Oh, c'était probablement ce que lui avait rapporté la vente habituelle de dope au staff. Il en a le monopole dans tout l'Octopus Building et vous feriez bien d'ailleurs de ne pas acheter à quelqu'un d'autre. Comment avez-vous pu avoir d'aussi affreux soupçons à l'égard d'un type aussi bien?

Elle promenait les yeux avec dégoût sur mon pauvre corps nu et couvert de bleus.

– Les hommes portent le mal en eux. Vous en êtes la preuve. Mais non, Inkswitch, vous n'avez pas été victime de manigances. Vos 80 000 dollars sont là.

Elle prit son manteau et sortit des liasses de ses poches. Elle les empila sur une table basse décorée de quatre crânes. Puis elle me fit pleuvoir une averse de billets sur tout le corps, sur mon ventre, mes jambes et mes cuisses.

Elle prit une petite liasse de coupons et se pencha sur moi, sa poitrine nue et plate à quelques centimètres de la mienne.

– Ce sont les copies des reçus véritables que j'ai au bureau. Sachant ce que vous ne manqueriez pas de faire, j'ai pris ces duplicatas que voici. Maintenant, si vous les examinez bien, vous constaterez que trois d'entre eux ne sont que de simples récépissés, des copies de ceux que vous avez signés de votre main. Mais jetez un coup d'œil sur les autres.

Je regardai. C'était un récépissé bizarre. En surimpression, il y avait mon visage vu en contre-plongée et, dans un coin, une empreinte digitale.

Miss Pinch entrouvrit ses lèvres minces.

– Il y en a bien peu qui savent qu'un appareil photo est caché sous le guichet. Il tire le portrait de celui qui signe. Et bien peu savent aussi que le stylo que nous donnons pour signer les récépissés au Guichet 13 prend une empreinte et l'intègre au reçu par balayage électronique. Donc, vous le comprenez, le récépissé comporte la somme retirée, la date et l'heure, le portrait et l'empreinte. Peu importe le nom que vous utilisez pour signer.

– Vous voulez dire que Rockecenter...

– Oh, non, non, pas cet idiot! C'est miss Grabball qui a installé ça elle-même. Un système très élaboré. Ces éléments ne vont pas dans les archives de la société. Vous m'avez pris pour une débutante, mais c'est elle qui m'a montré comment ça fonctionnait.

Avec un sourire mauvais, elle donna un grand coup de coude dans ma pauvre poitrine.

– C'est très malin. C'est comme ça que miss Grabball pouvait prélever la moitié de tous les débits de la petite caisse. Parce que tout ce qu'elle avait à faire, s'il y avait un couac, c'était de brandir un bon rapport au fisc. Les revenus non déclarés, ça peut vous valoir trois ans dans une prison fédérale. Minimum. Et celui ou celle qui rapporte la fraude aux impôts se met dix ou vingt pour cent dans la poche. (Elle me donna une claque dans le dos en souriant.) Ainsi, Inkswitch, comme vous pouvez le mesurer maintenant, vous êtes pieds et poings liés entre mes mains. Miss Grabball adorait le fric. Moi, c'est d'autres choses que j'aime. J'ai perfectionné son système. Si vous ne faites pas très exactement ce que je vous dis, je peux vous faire envoyer en pénitencier d'un simple petit geste. Et ça me rapportera comme je viens de vous le dire entre dix et vingt pour cent. En toute légalité. Miss Grabball était très astucieuse mais son imagination était un peu limitée. En me servant de son système, je peux faire chanter la moitié des employés de l'Octopus. Et gagner plus d'avantages et d'argent qu'elle n'a jamais rêvé d'en avoir. Chère miss Grabball...

Elle se leva. Nue dans la clarté rouge du spot. Elle prit d'autres billets froissés qu'elle lâcha au-dessus de moi et qui planèrent comme autant de feuilles mortes autour de mon misérable corps martyrisé. Elle s'était mise à fredonner doucement.

– Voilà votre fric, Inkswitch. Il est là. Jusqu'au dernier cent. Est-ce que ce n'est pas un spectacle merveilleux?

Elle frictionna mes bleus et mes ecchymoses avec une poignée de billets...

Et puis, brusquement, elle se mit à les ramasser pour les fourrer dans un grand sac blanc qu'elle déposa ensuite au fond du cercueil. Lorsqu'elle referma la porte, je vérifiai que c'était bien en fait un coffre. Elle brouilla la combinaison d'un geste rapide.

Et elle revint s'occuper de moi.

– Je suis la seule à connaître la combinaison. Et jamais on ne me la fera avouer. Alors, Inkswitch, je vais vous le donner, votre fric.

Elle était là, les jambes écartées, impudique, provocante. Elle leva la main et, entre ses doigts, il y avait un billet de cent dollars.

– Ça, fit-elle, c'est pour payer votre taxi. Et aussi pour revenir ici. Demain soir.

Elle laissa tomber le billet avec une expression de mépris.

– Il se peut que demain soir j'aie pitié de vous et que je vous en donne un peu plus.

Je dévisageai ce monstre avec horreur!

– Maintenant, vous allez me promettre de ne pas faire de scandale ni de bagarre si je vous détache.

J'aurais bien aimé la tuer sur place, et ça, elle pouvait le lire sur mon visage.

– Vous savez, ajouta-t-elle, j'ai mis en place une caméra dans un coin de cette pièce. Alors, laissez tomber vos petites idées de meurtre. Promis?...

Qu'est-ce que je pouvais faire d'autre sinon promettre?

Elle libéra alors mes poignets et mes chevilles. Je me redressai. Chacun de mes muscles était une plaie. Elle me jeta mes vêtements.

Je m'habillai et ramassai le billet de cent dollars.

– Une chose encore, fit cette saleté de (bip). Si vous vous représentez au Guichet 13, j'appuierai sur la détente du fusil caché sous le comptoir et je dirai que c'est un accident. Parce que le seul endroit pour retirer de l'argent désormais, Inkswitch, c'est ici.

Elle ouvrit la porte, puis la grille en fer forgé. Et elle resta là, nue, les lèvres serrées dans le vent glacé.

– La première fois que vous vous êtes présenté à mon guichet, Inkswitch, je vous ai dit de ficher le camp. Je ne pensais pas que vous vous en sortiriez. Mais, grâce au Contrôle Psychiatrique des Naissances, tous les mâles, depuis quelque temps, sont devenus pédés afin de réduire le taux de croissance de la population. Et je ne veux pas prendre le risque de séparer deux de ces adorables pédés. Par conséquent, Inkswitch, vous ferez l'affaire, quoi que vous valiez. C'est-à-dire pas grand-chose. Je compte donc bien vous revoir demain soir. Ça vaut mieux pour vous que trois ans dans un pénitencier fédéral. Les homos auraient votre peau. Et ne soyez pas en retard.

J'aurais bien voulu la gifler mais j'avais trop mal aux mains.

Je sortis en titubant dans l'accueillante nuit froide.

Mais il me restait encore un espoir, très faible. La prochaine fois, je tuerais cette (bipée)!

7

Je me réveillai dans un monde qui était braqué contre moi. On avait réparé l'appartement. Mes bagages n'étaient pas dans le hall, aussi j'en conclus qu'Utanc avait réglé la facture des dégâts.

Le docteur de l'hôtel m'avait pansé les mains en disant :

– Tss, tss, tss... Il faut apprendre à ne pas mettre ses doigts n'importe où.

Le soleil de décembre filtrait par les portes-fenêtres et j'en étais ébloui.

Tant bien que mal, avec mes mains bandées, je rejetai le drap. Les marques des coups n'étaient pas encore vraiment bleues et jaunes comme je m'y attendais. J'avais l'impression qu'on m'avait pris pour un bout d'asphalte et qu'un rouleau-compresseur m'était passé plusieurs fois dessus. Mes premiers gestes me confirmèrent cette idée.

Mais un officier de l'Appareil ne renonce jamais. Il me restait encore une paire de pistolets de duel chargés à la poudre noire. Je les avais achetés un jour en croyant qu'il s'agissait d'originaux alors que ce n'étaient que des copies d'un modèle de 1810. Le percuteur était à silex et le canon était de neuf pouces. On les chargeait avec des balles de calibre .50 qui pouvaient découper leur bonhomme en deux. Avec des gestes maladroits, gêné par mes bandages, je les essayai et appuyai plusieurs fois sur la détente, en produisant des jets d'étincelles très amusants. Je gardais la poudre et les balles dans un coffret. En grognant à cause de mes doigts douloureux, je les chargeai. Il y avait assez de poudre pour abattre un éléphant. Cela fait, je vaquai à mes choses moins importantes.

Je pris une douche du mieux que je pus. Chaque goutte était comme une blessure et je ne réussis pas à éviter de mouiller mes pansements. Je dus les sécher ensuite en levant les bras au-dessus d'un radiateur à gaz. Mais ça se passa plutôt bien: les bandages ne prirent feu que deux fois.

Je décrochai le téléphone en grimaçant pour demander qu'on monte mon breakfast.

Et avec lui, bien sûr, arriva ce Dieux de (bip) de journal du matin!

Le masochisme ne connaît pas de limites.

Car je l'ouvris aussitôt. Et je vis, en première page:

SUPER WISTER GAGNE!

Conclusion spectaculaire: Super Wister a gagné son procès avec le MIB.

Duplick, Turack et Dogg ont annoncé aujourd'hui que, dans l'affaire opposant Wister à l'Institut de Bricologie du Massachusetts, un accord extra-juridique avait été conclu pour un montant qui n'a pas été rendu public.

Le président du MIB s'est assuré personnellement de la réintégration de Wister dans les cours et dans son emploi au restaurant.

Les émeutes ont cessé aussitôt.

(Voir nos photos en page 23: «Dans la nation entière, les étudiants victorieux retournent dans les amphis.»)

Les spéculations vont bon train dans les milieux juridiques quant au montant des dommages qui devraient être versés. Herman T. Guesswinkle, le célèbre astrologue, annonce des millions...

Je reposai le journal avec violence – et je me fis mal aux mains. Cet (enbipé) de Madison avait suivi les ordres. Il avait expédié ce dernier procès. Mais de telle façon que ça faisait de Super Wister un héros! Trapp s'était complètement trompé à son propos. Madison était pire que tout ce que moi ou quiconque pouvait redouter!

Je réussis à faire tourner la poignée de la porte. L'habituelle pile de journaux était là. Je donnai un grand coup de pied dedans et me fis un mal atroce.

Je n'allumai pas la télé. Pas plus que la radio. En plus, je ne le pouvais pas. Mais je savais ce que je verrais et entendrais sur toutes les ondes: Super Wister. Jésus!...

La vie était trop dure à supporter.

Je retournai me coucher.

Vers quatre heures de l'après-midi, je fus réveillé par le téléphone. Il me fallut mes deux mains pour décrocher.

– Inkswitch? demanda une voix bourrue.

– Oui.

– Ici l'inspection des impôts. Nous voulions seulement vérifier que votre adresse est exacte.

Et on raccrocha.
Je m'arrachai du lit avec une plainte.
Cette (bip) de miss Pinch! Le message était clair: si je ne me montrais pas à l'heure dite, j'étais cuit! C'était d'elle. Elle devait avoir mon adresse ou se l'être facilement procurée en cherchant dans les archives du personnel de l'Octopus. Sinon, pourquoi l'IRS s'intéresserait-il à moi? Je n'avais jamais fait de déclaration.
Mais peu importait: miss Pinch devait mourir. Elle et sa Candy Réglisse. Il fallait absolument que je récupère ces récépissés. Et j'avais intérêt à trouver un moyen de faire sauter le coffre.
Je m'habillai tant bien que mal.
Je ne disposais pas d'un grand stock d'explosifs. Je pris tout ce que je pus rassembler et le glissai dans les poches de mon manteau. Ainsi que les deux pistolets de duel.
Je descendis, pris un taxi et me fis conduire à l'adresse de miss Pinch.
C'était une journée d'hiver et il faisait déjà sombre. La circulation commençait à se raréfier. Animé d'une détermination meurtrière, je m'avançai en boitillant.
Le soubassement de l'immeuble était plongé dans le noir. Je dus progresser à tâtons. Je pris un pistolet dans la main droite et l'armai. Je pressai son canon énorme sur la sonnette et je fis un pas en arrière.
J'aurais préféré qu'on ait inventé les silencieux en 1810. La détonation allait faire un boucan énorme!
J'entendis des pas qui approchaient. Un rai de lumière filtra sous la porte. C'était Candy, dans sa tenue de guingan froufroutante. Je sus aussitôt que j'avais commis une erreur. J'aurais dû sonner trois fois, comme l'avait fait miss Pinch.
Mais cette fois le signal, pour miss Pinch, ce fut Candy rabattant la barre de sécurité.
BONK!
Un nerf de bœuf s'abattit sur ma nuque!
Ce fut du moins ma dernière étincelle de pensée: ce devait être un nerf de bœuf.
Puis je partis au milieu de gerbes d'étoiles. J'entendis le pistolet de duel tomber quelque part.
Miss Pinch m'avait attendu dans l'ombre, tout près du seuil. Quand j'avais appuyé sur la sonnette, elle était derrière moi!
C'est tout ce que je réalisai sur l'instant.
Quand je me réveillai, on m'avait ôté tous mes vêtements et j'étais enchaîné comme la veille sur le lit, bras et jambes écartés, avec seulement les pansements en plus.

Miss Pinch, en complet d'homme avec un chapeau mou sur la tête et un nœud papillon, me contemplait.

– Inkswitch, fit-elle, je crois que vous êtes le champion de tous les ânes. On va voir dans un instant comment vous savez braire.

Elle alla prendre mes deux pistolets et leurs munitions qu'elle avait posés sur le cercueil. Elle les manipula avec des gestes experts et arma les deux énormes percuteurs à silex. Elle visa ma tête et mon ventre.

Et elle pressa la détente!

Les étincelles jaillirent!

Elle eut un rire espiègle.

– Inkswitch, vous avez oublié de les amorcer! Il n'y a pas un grain de poudre dans les bassinets!

Ça semblait l'amuser follement. Elle brandit à nouveau les pistolets tout près de ma peau et fit feu.

Les étincelles me grillèrent la peau et je dus me mordre les lèvres pour ne pas crier. Je savais que ça excitait ces deux folles!

Candy passa la tête dans la pièce et demanda:

– Je peux venir? Maintenant qu'il est déshabillé.

– Viens, chérie, dit miss Pinch.

– Ouh! roucoula Candy. Il est tout bleu et tout noir!

– Eh oui, de la viande colorée. Voilà à quoi nous avons droit ce soir. Que veux-tu, amour: l'aile ou la cuisse?

Candy cilla.

– Quelle horreur! Est-ce que tu suggères par là que je pourrais toucher un homme? Tu sais parfaitement que l'instructrice nous l'a interdit. Et cette seule pensée est atroce!

Miss Pinch avait du remords d'avoir troublé Candy et elle la caressa tendrement.

– Je te promets de respecter l'enseignement du Contrôle Psychiatrique des Naissances. (Elle avait envie de distraire Candy et il lui vint une idée lumineuse.) Regarde!

Elle abaissa le canon du pistolet armé. Et c'est alors que je vis un filet de poudre qui sortait du trou d'amorçage pour tomber dans le bassinet!

Trop tard pour hurler!

Elle appuya sur la détente!

BANG!

Une langue de feu me lécha le ventre!

L'énorme balle alla s'enfoncer dans le mur et toute une batterie de poignards tomba!

Un nuage de fumée noire envahit la pièce.

Les grains de poudre brûlants mordaient ma chair! Et je ne pouvais pas faire un geste!

Je criai! La détonation m'avait tellement assourdi que je m'entendis à peine. Il fallut encore une longue minute avant que mes tympans acceptent de fonctionner.

Les deux monstres n'avaient pas souffert du choc.

Candy, les yeux rouges, haletante, s'agrippait à miss Pinch tout en essayant d'ôter ses vêtements.

– Pinchy! Pinchy, prends-moi!

Miss Pinch la regarda.

– Déjà?

Elle se tourna vers moi, hésitante. Candy l'embrassait fougueusement.

– Bon, allons, fit miss Pinch.

Elle la souleva entre ses bras et l'emporta vers la chambre.

La porte claqua sur elles.

Des plaintes, des geignements, des cris.

Puis le silence.

Des murmures passionnés, sauvages, graves.

Le silence à nouveau.

J'avais eu droit à une demi-heure de répit au moins.

Miss Pinch revint. Elle avait gardé ses chaussures. Elle s'approcha et se mit à déverser un flot d'injures toutes plus obscènes les unes que les autres. Certaines m'étaient inconnues.

Finalement, elle fut à court de vitriol et s'assit sur le sofa.

– Les hommes! cracha-t-elle avec mépris. Ils ne savent que torturer les femmes!

– Miss Pinch, osai-je avancer, je crois que vous avez un problème psychologique. Je pense qu'il est possible qu'une expérience vécue dans votre enfance ait pu vous amener à inverser les rôles qui...

Mais je n'arrivais pas à définir ce qui pouvait expliquer l'existence d'un tel monstre!

– Allez-y, Inkswitch, continuez. Racontez-nous quelques petites histoires juteuses sur ce que vous faites avec les petites filles sur des rochers pointus à leur danser sur la figure en leur montrant votre (bip)! Ou alors, vous avez une petite sœur que vous avez mise sur le trottoir. Je suis certaine que vous avez des tas d'histoires à nous raconter, Inkswitch. Mais elles ne nous amuseraient pas. Pour de tels crimes, vous méritez seulement d'être battu. Et vous allez être battu, Inkswitch! On va vous donner une correction! (Elle se retourna.) Candy, ce (bip) a tout confessé! Viens ici!

Candy sortit de la chambre, complètement nue. Elle observa

avec intérêt miss Pinch qui se saisissait d'une matraque gigantesque.

– A présent, annonça miss Pinch, tu vas entendre de très beaux cris, ma chérie.

– Je n'ai pas de sœur! hurlai-je.

– Vous en aurez une quand j'en aurai fini avec vous, Inkswitch.

Et elle se mit à travailler ferme sur moi. Puis elle recula:

– Maintenant, avouez! Est-ce que votre petite sœur est bien une pute?

J'avouai en toute hâte.

– En ce cas, ce petit traitement vous fait le plus grand bien.

Et elle recommença en y mettant tout son cœur.

Il ne devait pas être loin de minuit. La pièce était saturée de fumée de marijuana et elles avaient épuisé la collection de disques. Elles étaient maintenant nues toutes les deux et totalement épuisées après de multiples allers-retours entre la pièce et la chambre.

Miss Pinch vint me libérer de mes chaînes. Je parvins par miracle à enfiler mes vêtements.

Elle était nue devant la porte ouverte, insouciante du vent glacé de la nuit.

– Inkswitch, il est clair que vous n'avez pas été formé pour notre société. Il est de même évident que vous préférez faire subir des outrages sexuels à une femme dans un lit. Vous êtes un pervers, Inkswitch. Est-ce que vous ignorez qu'il est interdit de faire ce qu'il faut pour avoir des bébés? N'oubliez pas le Contrôle Psychiatrique des Naissances. Rockecenter vous virerait dans l'instant s'il savait que vous êtes un adepte du sexe à l'ancienne! Nous vous rendons service, Inkswitch. Peu à peu, nous vous débarrasserons de votre bestialité machiste. Considérez cela comme un présent du Ciel.

– Oh, certainement, fis-je d'une voix tremblante.

– Parfait, espèce de méprisable (bipard)! A demain soir. Et sans pistolets. Amorcés ou non. Et sans faute à la même heure. (Elle s'interrompit.) Oh, j'allais oublier! Voilà cent dollars de mieux. Vous n'avez pas été très bon ce soir. Peut-être demain, qui sait? Alors, venez, Inkswitch.

Elle me claqua la porte au nez.

Le billet de cent dollars tomba à mes pieds.

Frissonnant, meurtri, je me mis en marche dans le vent froid.

TRENTE-TROISIÈME PARTIE

1

Le lendemain, à mon réveil, j'en vins à la conclusion que les choses ne se passaient pas bien du tout.

Ce que confirma amplement le journal du matin.

Il ne vous viendrait jamais à l'idée qu'un tas de pulpe de bois bien écrasé, aplati, vaguement maculé de signes grossiers à base de carbone, puisse constituer une arme mortelle. Pourtant, le journal du matin, c'est cela et pis encore. De quelque façon qu'on s'en serve, ça tue. Surtout lorsqu'un crétin est à la base de tout et ne semble pas savoir vers quoi il dirige l'information.

La cible, en l'occurrence, était censée être Heller, quel que fût son nom d'emprunt ou le nombre de copies de lui-même qui circulaient dans le pays. Mais la personne touchée, blessée, ce matin-là, ce fut moi!

Touché en pleine page une!

LE PROCÈS DES DIX MILLIARDS RÉGLÉ
SUPER WISTER VAINQUEUR D'OCTOPUS
LE GÉANT DU PÉTROLE ÉBRANLÉ
LE DOW-JONES GRIMPE

Le procès intenté par Super Wister a été réglé hors cour pour une somme non rendue publique.

La Direction de la Federal Reserve Bank a publié un rapport annonçant la réouverture immédiate de la banque ce matin-même et la reprise des activités.

C'est à une heure avancée de la nuit, alors que nous mettions

sous presse, qu'un porte-parole de Duplick, Turack et Dogg a surpris tous les médias en déclarant: « L'Octopus Oil est hors de danger. Nous venons de rencontrer Flooze et Plank et nous nous sommes mis pleinement d'accord sur un règlement hors cour de l'affaire opposant Super Wister à Octopus Oil. »

Flooze et Plank, que nous avons réussi à joindre, se sont refusés à tout commentaire. Mais leur représentant a été vu au tribunal lorsqu'il s'y est rendu pour l'annulation du rôle.

Les spéculations vont toujours bon train quant au montant des dommages et intérêts envisagés. Le président du New York Stock Exchange a promis que la bourse serait réouverte normalement.

Le dollar devrait monter en flèche par rapport aux monnaies étrangères.

Les Sept Frères, qui se sont réunis un peu avant l'aube, ont fait serment de se soutenir de la façon la plus étroite.

Un représentant du plus important agent de change du monde, Brisk & Peril a affirmé: «A présent que la menace est écartée, nous pouvons espérer une remontée du Dow Jones dès ce matin et prendre notre café tranquillement. La vente des valeurs d'Octopus sous l'effet de la panique (valeurs dont nous nous sommes portés acquéreurs pour la majorité) devrait s'arrêter et nous présentons nos condoléances à tous les gogos qui ont cru que l'heure était propice à la vente. Octopus, dès maintenant, ne peut qu'augmenter. Que Dieu bénisse Super Wister et toute la jeunesse américaine. »

Wister, épuisé par cette bataille, s'est contenté de sourire en déclarant: « J'ai fait tout ça pour l'Amérique ». Lorsqu'on lui a demandé ce qu'il comptait faire de la somme sans nul doute colossale qui allait lui être versée, il a eu le même sourire serein.

(Voir en page 18 nos photos exclusives de l'Octopus Building et du tribunal.)

Les autres éditions reprenaient plus ou moins la même histoire. Et je n'avais pas besoin d'allumer la télé ou la radio.

Non, mon attention était fixée sur tout autre chose. Sur la fente sous la porte.

Car Flooze et Plank avaient encore une fois été cités dans le même article que Duplick, Turack et Dogg.

Et les serpents n'allaient pas tarder à se glisser dans ma chambre.

J'en étais persuadé.

Et, en plus, j'avais mal partout. Le docteur m'avait dit en

m'enduisant d'onguent aux alentours d'une heure du matin: « Tss, tss, tsss... Mais il ne faut pas jouer comme ça avec son ventre, voyons!» Ce qui ne m'avait guère soulagé. Je n'étais qu'une plaie! Non: mille plaies et bleus!

Avec cette conviction que vous confère une vieille expérience au sein de l'Appareil, je me dis qu'il était temps de m'éloigner de New York. Cette ville était bien trop petite pour moi et Pinch. Mais je savais aussi que c'était impossible. Parce qu'Heller était en train de gagner!

Et si je retournais chez moi, en Turquie, l'homme de Lombar, cet inconnu qui me surveillait dans l'ombre, me supprimerait.

Si j'abandonnais dans cette situation, ça revenait à s'échapper de la broche à barbecue pour sauter directement dans les braises.

Non, il fallait raisonner en termes pratiques. Un bon coup de batte de base-ball sur le crâne à Madison, c'était la seule solution que je parvenais à envisager pour l'heure.

Il fallait quelque chose de radical.

J'essayai de me rallonger en laissant échapper une plainte. Et j'en poussai une autre en tentant de me redresser.

J'optai pour un compromis et j'allai m'installer dans une chaise longue à demi déployée. J'essayai de réfléchir. Il fallait que je me dépasse, que je trouve une idée encore plus fabuleuse que d'ordinaire. Impérativement!

Avant toute chose, il fallait écraser Heller. Le neutraliser, l'anéantir, l'écrabouiller!

Mais de quelle manière?

2

Ma vision était trouble et, sur l'instant, je ne compris pas ce que je voyais.

L'écran était allumé.

Mon regard avait dû être attiré par les couleurs vives. Tellement brillantes, d'ailleurs, qu'elles en étaient douloureuses.

Babe Corleone! Elle était sur le siège arrière d'une grosse limousine qui venait de s'arrêter. Elle portait une robe rouge avec une grande cape décorée de mains noires. Elle avait un voile rouge sur le visage.

Mais oui: c'était la tenue qu'elle avait évoquée! Et je réalisai que j'assistais aux obsèques de Gunsalmo Silva!

Un homme en noir se tenait à ses côtés. Elle lui adressa la parole sur un ton irrité.

– C'est vrai, c'est vrai, Signore Saggezza. Vous avez été un bon *consigliere*. C'est vrai que la famille Corleone n'en a jamais eu de meilleur que vous. Et il est vrai que je dois écouter votre conseil. Mais je me fiche de ce que vous pouvez penser: je dois assister à cet enterrement!

– *Mia capa*, je vous en conjure! Ce n'est pas raisonnable! Je viens juste de recevoir le rapport. L'église est pleine de ces fripouilles de la bande à Faustino Narcotici! Ça pourrait déclencher une nouvelle guerre des gangs!

Il parut prendre conscience que ses arguments ne le mèneraient à rien et il jeta un regard de détresse... en direction d'Heller!

Bien sûr. Heller. Comment aurais-je pu voir cette scène si Heller n'était pas présent? Mon intelligence était sérieusement émoussée par la douleur. Je ne parvenais pas à me concentrer.

Dans le pare-brise de la limousine, je le discernais vaguement. Il semblait porter un tuxedo rouge sous une parka de ski de même couleur, complète avec capuchon et masque antineige. Il regardait au-dehors. Il était installé sur un strapontin.

Par-delà les arbres dépouillés de leur feuillage, on voyait une église au centre d'un parc. Tout autour de la limousine, des hommes étaient déployés au coude à coude, braquant leurs fusils à pompe vers l'extérieur. Ils étaient tous en manteau noir et chapeau mou.

Des *soldati* de Corleone, sur le pied de guerre, l'air tendu.

Heller se retourna vers Babe, muette sous son voile rouge. Le *consigliere* le fixait toujours d'un air suppliant.

– Madame Corleone, dit Heller, pourquoi est-ce que je n'irais pas jusqu'à l'église pour voir comment les choses se passent? Nous saurons au moins si le terrain est sûr ou non. Personne ne tient à se retrouver au milieu d'un règlement de comptes.

– Mais ils vont vous tuer! s'écria Babe, angoissée. Prenez dix ou douze hommes avec vous!

– Non. Ça se passera bien. Je vais mettre ce masque de ski.

Il vérifia son Llama .45 damasquiné, engagea une balle dans la chambre, mit la sécurité et glissa l'arme dans un holster. Puis il mit son masque.

A l'instant où il s'apprêtait à sortir, il y eut un miaulement. Il se retourna et dit:

– Non. Toi, tu restes ici.

Le chat était sur l'autre strapontin! Il portait un harnais de cuir rouge et un collier assorti finement clouté de cuivre. Il se rassit, obéissant mais vigilant.

Moi aussi! Gagné par un soudain espoir. Si Heller s'aventurait dans les rangs des hommes de Faustino, il serait abattu à coup sûr! Mais je n'avais toujours pas la plaque de décodage et ça ne m'arrangeait pas. Par contre, je n'avais rien contre une bonne blessure bien grave qui le clouerait à l'hôpital un bon bout de temps!

Et il y avait toutes les chances pour qu'il y ait droit! Avec sa parka et son tuxedo rouge, il était aussi discret qu'une bombe. Quel imbécile!

Il franchit le cercle des hommes de main des Corleone et se dirigea tout droit vers l'église. En fait, elle ressemblait plutôt à une petite cathédrale. Notre Dame de la Paix et de la Grâce annonçait l'inscription au-dessus de l'entrée. Elle devait se situer dans le bas de Manhattan.

Dehors, il n'y avait personne, rien que quelques limousines vides.

Heller s'arrêta pour observer la cathédrale. De part et d'autre de la large porte, des arcs gothiques montaient très haut vers le sommet de la nef. Il se remit en marche et entra. Des autels dorés brillaient sous les flammes vacillantes des cierges disposés au long des travées dont les reflets se mêlaient aux rayons de soleil qui filtraient des grands vitraux.

Les lieux étaient déserts.

Du moins, il n'y avait pas un seul être vivant en vue. Parce que, posé sur des tréteaux, découvert, je voyais un cerceuil. Heller, plutôt que de s'engager dans une travée, pressa le pas. Il allait tout droit vers le cercueil.

Des murmures provenaient d'une petite pièce isolée de l'entrée principale. Heller bifurqua, s'approcha de la porte sur la pointe des pieds et risqua un œil dans la pièce. L'endroit était largement éclairé par de grandes fenêtres à panneaux disposées tout autour.

Des dizaines d'hommes se pressaient là!

Ils étaient tous en manteau noir et chapeau mou. La plupart avaient des fusils sous le bras et ils faisaient face à un homme monté sur une plate-forme.

Razza Louseini! Le *consigliere* de Faustino «la cravate» Narcotici! Il m'était impossible de ne pas le reconnaître après tous les contacts que nous avions eu pour la drogue en Turquie.

Et c'était lui aussi qui, la première fois, avait contacté Heller dans ce restaurant Howard Johnson's, sur l'échangeur du New Jersey *.

Il allait probablement reconnaître Heller! Merveilleux! Ce dont j'avais besoin sur le moment, c'était d'un Heller dans l'incapacité, blessé!

Mais Louseini ne semblait pas très en forme. Il était en colère et inquiet aussi.

– Écoutez, vous les hommes, disait-il, vous n'avez pas l'air de comprendre. C'est en travaillant pour la famille que Gunsalmo Silva a été descendu. Il a droit à des chouettes funérailles.

Une voix s'éleva dans l'assemblée.

– Notre famille a perdu dix-neuf hommes qu'on appréciait bien cet automne. C'est pire que si c'était la guerre des gangs. On a passé notre temps à enterrer les nôtres. Mais Silva, pour nous, ça n'est pas une perte. On a mieux à faire!

Des murmures approbateurs s'élevèrent un peu partout.

Razza regarda autour de lui en montrant les dents.

– Silva était un héros! C'est lui qui a liquidé «Saint Joe» pour nous! Vous lui devez du respect! Ça vous plairait qu'on vous flingue comme ça sans que personne vous rende hommage? Qu'est-ce que vous en pensez?

– Puis-je parler?

– Allez-y, père Paciere. Peut-être que vous arriverez à faire entrer un peu de bon sens dans leur cervelle épaisse!

– Écoutez, mes frères, nous nous trouvons ici en présence de la dépouille mortelle d'un des nôtres. J'ai du chagrin à vous voir vous quereller en ce lieu saint. J'ai besoin d'hommes pour tenir les cordons du poêle et j'aimerais que certains d'entre vous soient volontaires.

Un truand aux traits durs leva la tête vers le prêtre.

– Mon père, je pense qu'ils ne vous ont pas livré le fond de leur cœur. Gunsalmo Silva était un *traditore*. Il a trahi la famille Corleone.

Le prêtre se signa.

– Je l'ignorais, dit-il. (Puis il inclina la tête, tristement.) A présent je comprends pour quelle raison son frère et son oncle ne sont pas présents. Nous sommes tous égaux devant Dieu, mais un *traditore*...

– Hé, toi! aboya soudain le truand aux traits durs en désignant Heller. Qui tu es? Un espion?

Tous les visages se tournèrent vers Heller, immobile sur le

---

* Voir tome 3: *l'Ennemi intérieur.*

seuil. Des armes firent leur apparition. Oui, ça n'allait plus tarder! Mes vœux allaient enfin être exaucés!

Le père Paciere intervint:

– Non, non! Du calme! On ne tirera aucun coup de feu dans cette cathédrale!

Il s'approcha d'Heller.

– Mon fils, tu es masqué. Quel est ton nom?

Je supposai qu'un officier royal ne pouvait mentir à un prêtre.

– Ici, sur cette planète, on m'appelle Jerome Wister, dit-il.

L'effet fut tel et si bruyant que, pendant un instant, je ne compris pas exactement ce qui se passait.

Le fracas était effrayant!

Heller regarda autour de lui.

Les hommes s'enfuyaient par les vitraux comme des fusées!

Des cris de panique s'élevaient de tous côtés!

On cassait les vitraux à coups de revolver pour sortir plus vite!

Tous sautaient dans les buissons et les moteurs des limousines rugissaient déjà!

Elles démarrèrent et, l'instant d'après, la cathédrale était vide.

Un dernier fragment de vitrail tomba sur les dalles dans un bruit cristallin.

Le père Paciere sortit de derrière la porte. Il dévisagea Heller bouche bée. Puis il promena les yeux autour de lui, sur la pièce déserte jonchée de verre coloré. Il se signa et se tourna vers Heller avec de grands yeux.

– Ainsi, c'est toi Wister.

– Attendez, mon père. Vous allez peut-être pouvoir commencer les obsèques.

Il se précipita au-dehors. Les hommes de main des Corleone, ébahis, regardaient autour d'eux. Heller ouvrit la portière de la limousine.

– Madame Corleone, je crois que vous pouvez entrer dans la cathédrale en toute sécurité, à présent. Les hommes de Faustino sont tous partis.

– Qu'est-ce que vous avez fait? demanda le Signore Saggezza.

– Je crois qu'ils se sont rappelé qu'ils avaient un autre rendez-vous ailleurs, dit Heller.

Il aida Babe à descendre. Elle se frottait les mains. Heller se pencha à l'intérieur et prit le chat qui, à ma grande stupéfaction, se percha sur son épaule.

– Je le savais, je le savais, dit Babe. Même les crapules de Faustino ne veulent pas d'un faux-jeton et d'un traître comme Silva!

Le Signore Saggezza lança quelques ordres brefs. Les *soldati* des Corleone s'avancèrent en courant pour prendre position autour de la cathédrale et à l'intérieur.

Babe, Heller et le chat s'approchèrent de la grande entrée.

Le père Paciere vint au-devant de Babe dans la travée centrale. Elle le dominait de plusieurs centimètres.

– Mon enfant, dit-il, je crains que nous ne puissions guère honorer cet homme. Son propre frère ne voulait pas assister aux funérailles.

– Ne craignez rien, père Paciere, dit Babe. Nous allons donner au *traditore* des funérailles qu'il n'oubliera certainement pas.

Elle s'avança vers le cercueil dans sa grande cape rouge imprimée de mains noires.

Les gens des pompes funèbres avaient restauré le visage de Silva, sans doute en s'inspirant des photos d'identité. Il semblait presque intact malgré la coloration jaunâtre de sa peau. Un travail admirable si l'on considérait dans quel état il avait pu être après une chute de quatre-vingt-six étages.

Babe souleva son voile rouge et se dressa de toute sa taille au-dessus du corps.

– *Traditore*!

Elle cracha sur Silva.

Le prêtre recula, horrifié.

Et le chat, tout à coup, feula et sauta de l'épaule d'Heller.

Il atterrit sur le visage de Silva et y planta ses griffes avec un miaulement sauvage.

Il le lacéra!

Heller, d'un geste rapide, récupéra le chat et le maintint fermement. Le fauve hérissé crachait et miaulait comme seuls les félins savent le faire! Et Heller avait besoin de toute sa force pour le maîtriser. Pas d'orgue pour Silva mais ce concert haineux de chat enragé qui résonnait sous la nef.

– Signore Saggezza! lança Babe. Les hommes, je vous prie!

Les *soldati* des Corleone quittèrent instantanément leurs postes pour se rapprocher, un à un.

Chacun d'eux tenait un poignard.

Tour à tour, ils passèrent devant le cercueil et enfoncèrent leur lame dans la poitrine du mort avant de lui cracher au visage en criant:

– *Traditore!*

Le père Paciere se tenait en arrière, atterré, impuissant.

Les *soldati* eurent enfin fini et Babe, dont la cape flamboyante flottait dans le courant d'air, leva la main.

Georgio se précipita. Il lui tendit deux longues tiges noires. Elle en prit une et Geovani brandit un chalumeau. Il l'alluma et Babe présenta une extrémité de la tige à la flamme.

Un fer à marquer!

L'extrémité rougit rapidement. Je distinguai un *T. T* pour *traditore*!

Babe se rapprocha du cercueil.

Et appuya le T incandescent sur la joue droite du mort. Un filet de fumée s'éleva. Elle marqua de la même façon la joue gauche.

Comme du bétail, le cadavre portait une marque indélébile. Celle des traîtres!

Mais Babe n'en avait pas fini.

Elle prit l'autre tige noire et la fit rougir.

C'est alors que le père Paciere poussa un gémissement.

Car c'était une croix qui luisait dans la flamme du chalumeau.

Elle revint vers le cercueil, leva son visage voilé vers les cieux et cria:

– MUEM SUPROC TSE COH!

Elle abaissa la croix et l'appuya sur le front. A l'envers!

Dieux, je comprenais brusquement. Les paroles *Hoc est corpus meum* sont celles de la Communion Sainte. Elles signifient «Voici mon corps». Mais quand on les prononce à l'envers, sur une croix à l'envers, la grâce des Dieux est *reprise* à l'être. Et Silva recevrait le contraire du pardon.

C'ÉTAIT UNE MESSE NOIRE!

Le prêtre poussa un cri et se signa plusieurs fois frénétiquement.

Babe releva le fer. Silva était marqué pour l'éternité. Même aux yeux d'un Dieu.

– Oh, ma pauvre enfant! se lamenta le prêtre. Il va falloir que je dise au père Xavier de vous donner trente *Pater Noster* et trente et un *Ave Maria*. Vous avez désacralisé la maison de Dieu avec les rites de la Messe Noire.

– Ce sale traître, cette ordure valait bien ça! dit Babe. Maintenant, vous ne pourrez plus l'inhumer en terre consacrée.

– Non, nous ne le pouvons plus. Mais je doute que Dieu luimême accepte un traître.

– Parfait. (Babe rayonnait.) Alors, le problème des obsèques est résolu. Je vous suggère d'expédier le corps dans le New Jersey. Les fermiers pourront toujours engraisser leurs cochons.

– Oh, non, non. Ils pourraient nous accuser de les avoir empoisonnés!

– J'y suis, fit Babe. Dites aux pompes funèbres de récupérer le cadavre et de l'expédier chez I.G. Barben pour qu'ils en tirent un poison, justement.

– Il en sera ainsi que vous le proposez, mon enfant.

Babe se pencha une dernière fois sur le cercueil, souleva son voile, cracha et lança:

– *Traditore!*

Puis, d'une démarche altière, elle quitta la cathédrale.

Elle s'installa dans la limousine et ôta ses gants en souriant.

Heller déposa le chat enfin calmé sur le strapontin.

Babe tendit la main et le caressa.

– Jerome, ce chat est très joli. Et il sait reconnaître un traître lorsqu'il en voit un.

Ils démarrèrent.

Gunsalmo Silva avait eu droit à des funérailles et moi, bien que déçu de n'avoir pas vu Heller abattu, je tenais une idée.

Une idée mirifique!

Tellement splendide que je ne poussai que quelques petits cris de douleur en m'habillant.

Cette fois, je tenais Heller. Une fois pour toutes!

3

Je veux bien admettre que J. Walter Madison avait besoin d'être assisté et guidé mais, néanmoins, il ne me paraissait pas suivre mes instructions vraiment à la lettre.

La course en taxi avait été une torture: il n'y avait pas eu un caillou, un trou dans la chaussée, même un trait blanc de passage matérialisé qui ne m'eût agressé. Les amortisseurs semblaient directement connectés à mes plaies.

Ensuite, j'avais réussi à gravir les marches du 42 Mess Street sans retomber en arrière. Je m'étais frayé héroïquement un chemin dans la cohue des reporters, journalistes et autres publicitaires en réprimant mes cris à chaque fois qu'on me frottait les coudes. Et Madison, affable, souriant, ouvert, ne me prêtait pas la moindre attention.

Il était au téléphone. Il m'accorda pourtant un regard et se mit à me parler tout en continuant sa conversation.

– Oh, bonjour, monsieur Smith! Non, ce que je veux dire, c'est que vous feriez aussi bien de me donner la une. Vous avez l'air mal en point, Smith. Mais qu'est-ce que vous racontez? Qu'est-ce que le mont St. Helen vient fiche là-dedans *?

Pour la troisième fois, je tentai de me faire entendre:

– J'essaie de vous dire que j'ai trouvé le point faible d'Hel... de Wister.

– Et alors? Qu'est-ce que vous voulez que ça me fasse s'il a fait sauter son couvercle? Est-ce que ça ne s'est pas produit déjà il y a des années? Monsieur Smith, je suis toujours heureux de connaître votre opinion. Oui, je veux bien admettre le fait que Portland, Oregon, soit recouvert de cendres mérite mieux qu'une petite annonce. Mais qu'est-il arrivé à votre visage? On dirait qu'il est plein de bleus. Et qu'est-ce que vous voulez que ça me fasse que le département finances soit sous la lave? Vous avez vu un docteur?

En désespoir de cause, je lui dis:

– Madison, je suis persuadé que vous allez tôt ou tard être à court de matière pour avoir la une. Dès demain peut-être, je l'espère. J'ai ce qu'il vous faut, moi.

– Bon, eh bien collez ça en page deux, ou six. Mais oui, Smith, même les idées des non-professionnels sont les bienvenues. Des milliers de morts et de disparus? Dites, Smith, pourquoi vous n'allez pas en parler aux gars du staff?

– J'ai quelque chose sur Hel... sur Wister que personne ne sait!

– D'accord, il faut vraiment que je vous parle. Si la lave a déjà atteint votre immeuble, mettez un rewriter là-dessus et restez au bout du fil. Smith, je suis choqué de vous entendre suggérer la solution du scandale à ce stade. Le moment n'est pas encore venu. Oui, vous avez intérêt à me filer la une avec ce que je vous ai envoyé, sinon le *Portland Cradpress* va se trouver en difficulté. Sinon... Vous n'avez plus de papier, encore moins pour la une? Alors pourquoi est-ce que je vous parle?

Il raccrocha.

– C'est une très bonne idée! insistai-je.

– Mais non, je ne peux pas envoyer Super Wister sauver l'Oregon. Ça ne colle pas du tout à son image, Smith.

Il décrochait à nouveau le téléphone.

D'un geste ferme, je posai ma main sur le combiné et, douloureusement, après tous les hurlements que j'avais poussés durant la nuit, je parvins à crier d'un ton strident:

---

* Un volcan endormi de l'État d'Oregon, responsable d'une historique catastrophe au début du siècle. *(N.d.T.)*

– Vous allez avoir besoin de la une pour Wister demain. Vous avez tiré vos dernières cartouches avec tous ces procès. Je suis venu vous l'apporter, votre une!

– Mais, comme vous le dites en non-pro, je n'ai pas tiré mes dernières cartouches. Et ma une de demain, je l'ai! La voilà!

Il me brandit la feuille sous le nez.

Et je lus:

SUPER WISTER FAIT DON
DE SES DOLLARS

Super Wister a eu aujourd'hui un geste magnifique: il a déclaré que le montant total des dommages et intérêts qui lui ont été versés par le MIB et l'Octopus Oil serait versé à des œuvres de charité.

«Je ne suis pas de ceux qui profitent de l'infortune des autres, a-t-il précisé. Je ne garderai pas un cent. Tout ira à des causes méritantes.»

Ça continuait comme ça. J'étais déprimé.

– Vous voulez dire que vous allez vraiment le laisser gaspiller des sommes aussi énormes? Bien sûr, je serais heureux de le savoir ruiné...

– *Des sommes énormes?* lança Madison. Mais l'honnêteté est la règle première du PR, Smith. Aucun chiffre n'a transpiré à propos des dommages *réellement* payés par le MIB et l'Octopus. Relisez les articles de ces deux derniers jours. Ils se sont mis d'accord pour zéro dollar cash. Alors, évidemment, il peut faire don de ça aux œuvres de charité. Pas un cent n'a été versé. Smith, je ne décroche jamais de la réalité. Vous voyez donc que demain nous aurons la une dans tout le pays. Quel geste superbe! Typique de sa nature généreuse!

Il voulut décrocher son téléphone et je le bloquai une fois encore malgré la souffrance.

– Alors après-demain! Vous n'avez *rien* pour après-demain et moi j'ai!

– Ma foi, je dois admettre qu'après-demain, pour moi, c'est le lointain futur. Vous comprenez, l'image que j'essaie de consolider, c'est...

– Écoutez-moi, alors! Écoutez-moi bien. Voilà votre exclusivité! «Super Wister en cheville avec la pègre!» Madison, il est en contact étroit avec le milieu! La Mafia!

– Et alors, qui ne l'est pas? Nos meilleurs représentants... Attendez une minute, Smith. Justement, ça me fait penser...

Il se mit à arpenter son bureau dans les transes d'une inspiration soudaine.

Je le pressai de m'en dire plus, mais il leva la main. J'insistai et il me lança:

– Les faits, Smith. Vous essayez de me déconcentrer avec des faits. Mais les faits ne sont rien pour le PR, Smith. Vous vous faites des illusions! Les journaux ne se vendraient jamais s'ils s'en tenaient aux faits. Alors taisez-vous.

Je renonçai.

– Voyons, voyons... J'ai essayé désespérément de trouver une idée pour le relancer dans le secteur des carburants. Il faut poursuivre dans la Controverse. L'image, l'image... Il faut que je conçoive une image. Un positionnement. Des noms. Oui, c'est ça! DES NOMS! Parce que ce sont les noms qui font l'info, Smith! Des noms connus! Et vous avez raison! Des liens avec la pègre! Merveilleuse idée!

Je me laissai tomber dans une chaise. Enfin, il m'avait écouté!

– Tramp! cria-t-il. (Ted Tramp se matérialisa aussitôt.) Ted, qu'est-ce que nous avons comme reporter qui connaisse bien le milieu et dont nous puissions nous passer éventuellement?

– Il y a le vieux Bod Hoodward, dit Tramp. En son temps, ç'a été un grand reporter. Quand il était dans l'équipe du *Washington Rosse,* il a réussi à démolir le président Nixon et pas mal d'autres truands. Mais c'était il y a des années. Il est en fin de carrière, aujourd'hui. En fait, il est fini. Cuit.

Ils se ruèrent tous au-dehors. Je les vis agrafer une pauvre épave grisâtre. Ils échangèrent à voix basse des propos excités. Les Dieux soient loués, les choses bougeaient enfin! Je me livrai à quelques rapides calculs. J'avais quelques chances de survivre à demain et après-demain. Après, cela semblait impossible. Mais si mon plan marchait, Heller serait liquidé et je pourrais enfin m'enfuir de New York, loin de miss Pinch!

Madison haussa le ton.

– Aujourd'hui! Il faut que nous l'ayons aujourd'hui! C'est à cette seule condition qu'on aura la une d'après-demain! Alors n'essayez pas de revenir sans son accord!

Dans l'autre pièce, Hoodward s'installa dans un fauteuil et décrocha le téléphone. Il devait appeler quelqu'un d'important car, apparemment, il dut affronter pas mal d'intermédiaires.

Surmontant la douleur, je me traînai jusqu'à lui pour écouter ce qu'il disait par-dessus le brouhaha ambiant.

– ... Vous comprenez, monsieur: vous êtes l'un des citoyens les plus éminents et les plus respectés de cette ville et c'est à ce titre que nous aimerions que vous remettiez ce prix... Mais bien sûr, monsieur, j'ai conscience que vous voulez donner une certaine image de vous-même. C'est pour cette raison que j'ai immédiatement pensé à vous... Le prix est une somme en espèces remise à l'Homme le plus honnête de l'année... Oui, monsieur, j'ai justement pensé à ça. Le fait d'être associé à l'Homme le plus honnête de l'année, bien entendu, ne peut que vous faire apparaître comme un honnête homme et consolider votre image... Non, ça, je ne peux pas vous révéler le nom du récipiendaire. Parce qu'on tire son nom à la loterie en ce moment même...

Madison lui tendait un papier d'un air impatient. Hoodward y jeta un coup d'œil.

– Le rendez-vous est à trois heures cet après-midi au Tammany Hall Auditorium. Ça ne prendra que quelques minutes... Oui, monsieur. Seuls les journalistes accrédités seront présents... Rien que moi et quelques photographes. Pas la télé, non... Oui, monsieur, je peux vous promettre une diffusion nationale et vous assurer que nous mettrons au point ensemble l'article et les illustrations. Oui, jusqu'au moindre mot. Vous pouvez compter sur moi, monsieur.

Hoodward raccrocha et se releva.

– Il sera là. Ça te va, Madison?

– Tu sais bien que oui, Bob. Maintenant, il faut que tout le monde fasse très vite. Bob, tu pars immédiatement et tu l'accompagnes jusqu'au rendez-vous. Prends un taxi.

Le vieux reporter s'éloigna d'un pas chancelant.

Madison désigna trois photographes qu'il envoya se faire maquiller afin d'être méconnaissables. Puis il leur remit des gilets pare-balles.

C'est seulement ensuite qu'il donna ses instructions au faux Super Wister.

J'étais un peu perdu. Qu'est-ce que ces maquillages et ces gilets pare-balles venaient faire dans cette histoire?

L'instant d'après, nous étions tous entassés dans un van anonyme et je pus enfin poser la question à Madison.

– C'est toujours dangereux de travailler avec la pègre, me dit-il. Je suis surpris de vous voir avec nous, Smith. C'est du travail de super-pro.

– Mais c'est mon idée, insistai-je, tout en grimaçant parce que le van venait de rebondir sur une bosse.

– Certainement. Je vous suis très reconnaissant de votre soutien, Smith. Votre idée est géniale.

A vrai dire, je commençais à me demander dans les brumes de mon esprit quelle idée au juste il était en train de suivre.

Le van slalomait dans les rues encombrées de camions et de camionnettes. L'après-midi était froid et une sorte de grésil pleuvait du ciel new-yorkais. La chaussée était grise et humide. Un temps idéal pour aller torpiller Heller.

Nous nous sommes garés derrière le Tammany Hall. L'immeuble se dressait au milieu d'un parc. Il avait été restauré à grands frais et on le réservait aux événements exceptionnels. Je devais donc en déduire que c'était Rockecenter qui avait financé les travaux. Et le prix du terrain, dans le secteur, avait grimpé en flèche. Madison en disposait apparemment à sa guise. Il était trois heures moins le quart. Les photographes jaillirent du van et se précipitèrent à l'intérieur du Tammany Hall. Madison me précéda vers un autre escalier.

Nous nous sommes retrouvés sur une sorte de balcon très petit – une loge, en fait – qui dominait un auditorium. Nul ne pouvait nous voir d'en bas alors que nous pouvions tout observer.

On avait dressé une estrade. Au fond, il y avait deux portes. Au centre, il y avait un gros fauteuil. Les photographes étaient au travail. Ils réglèrent les lumières au niveau minimum et sortirent leurs flashes.

Madison, maintenant que les choses étaient en route, se faisait plus bavard.

– Ce fauteuil est historique. C'est celui où s'asseyait Boss Tweed quand il venait récolter les taxes de toute la ville. Bientôt, il aura une valeur historique encore plus grande.

Super Wister surgit d'une porte latérale en courant. C'était la première fois que je le voyais en chair et en os. Ma première impression fut que, bien que très grand pour son âge et blond, il n'avait pas l'aura d'Heller. Ce n'était pas seulement à cause de ses dents de cheval, de ses mâchoires prognathes ou de ses grosses lunettes d'écaille. A vrai dire, il avait l'air d'un pauvre clochard. Ce qui me remplit de plaisir. Cette loque n'aurait même pas pu faire remuer la queue à un chiot! Mais il faisait preuve d'une certaine impudence dans son comportement. Les photographes lui demandaient de s'installer dans le fauteuil. Mais il avait ses idées sur la question.

Il était en tenue de pilote rouge et portait un casque de compétition. Il déclara qu'il serait mieux comme ça alors que les photographes, eux, insistaient pour qu'il vire ce (bip) de casque qui projetait une ombre sur son visage.

Plus par curiosité que sous l'effet d'un mauvais pressentiment, je demandai à Madison:

– Quel est donc le truand que vous avez choisi?

– Mais le plus connu de tous. Smith, c'est avec des noms qu'on fait l'information. Le *capo di tutti capi*, bien sûr. Faustino «la cravate» Narcotici, naturellement!

Je me souviens de l'enterrement et ça me fit un choc.

– Eh, attendez! A la seconde même où il apprendra que c'est Wister, il fichera le camp en courant! Ça, je vous le garantis!

– Bien bien, si vous le dites...

Il se précipita dans l'escalier pour aller donner quelques ordres pressants, puis remonta.

– Pfff! Smith, on peut dire que c'était juste. Vous avez failli foutre tout le coup en l'air. Ce que c'est que de travailler avec des (bips) de non-professionnels! Mais tout est arrangé.

Le faux Super Wister remit son casque et abaissa la visière opaque.

On s'activait derrière l'estrade.

Trois gardes du corps de Faustino firent leur entrée dans la salle. Ils fouillèrent chaque rangée. Ils étaient armés de fusils à canon scié. Ils vérifièrent que les caméras n'étaient pas en fait des mitrailleuses et ouvrirent chaque porte une à une pour s'assurer qu'il n'y avait aucun tireur en embuscade.

Avec Madison, je pris quelques pas de recul tandis qu'ils jetaient un coup d'œil dans notre loge, se contentant d'y laisser un homme prêt à ouvrir le feu au cas où on tenterait de jeter une arme depuis la loge.

Faustino fit son entrée par une des portes à l'arrière de la scène. Il s'avança en se dandinant, accompagné de Hoodward. Le vieux reporter agita une grosse liasse de billets et la posa entre les mains de Faustino. Les nombreuses bagues du *capo di tutti capi* étincelèrent.

Super Wister était installé dans le fauteuil, tourné vers la salle, le visage invisible sous la visière.

Hoodward s'était arrêté et le mafioso s'avança seul jusqu'au fauteuil.

Les photographes se tenaient prêts.

Faustino sourit de toutes ses dents en or et déclara:

– Au titre de citoyen le plus honnête de New York, j'ai l'immense honneur de vous remettre le prix qui récompense l'Homme le plus honnête de l'année.

Et il tendit l'argent à Super Wister.

Le faux Wister tendit une main vers la liasse. De l'autre, il ôta son casque.

Et sourit.

Les flashes crépitèrent!

Le sourire se givra soudain sur le visage de Faustino!

Il poussa un cri!
Et lâcha les billets en détalant!
Ses gardes du corps le suivirent d'un seul élan!
Et les photographes!
Et nous aussi!
Hoodward nous rattrapa alors que nous étions déjà entassés dans le van. Il était furibond.

– Vous m'avez tendu un piège! cria-t-il à l'adresse de Madison.

– Tout est dans la boîte? demanda Madison aux photographes qui acquiescèrent fièrement.

– J'ignore pourquoi il a fichu le camp comme ça, reprit Hoodward. Mais tout ce que je sais, c'est que Faustino va vouloir ma peau! J'ai démoli un président et je m'en suis tiré, mais je n'échapperai pas à un *capo di tutti capi*!

– J'ai pensé à tout, fit Madison. Il y a des années que tu veux te retirer. Je garde toujours un billet d'avion prêt sur moi. Vol direct pour Israël. Il est au nom de Martin Borman. Avec une très belle suite réservée au même nom. Et voilà ma montre en or, pour te récompenser de toutes ces années de fidèle service.

– Un instant, dis-je. Qu'est-ce qui sort de tout ça? L'image publique de Super Wister n'est pas l'honnêteté. Qu'est-ce que vous essayez de faire?

– Mon cher Smith, il est clair que, bien que vous puissiez avoir de grandes idées, vous ne saisissez pas tous les principes et les nuances du métier de presse. C'est essentiellement une industrie de distraction. Ne laissez jamais personne se mêler de ce que vous faites, encore moins le public s'inquiéter de ce qui se passe réellement. Vous me décevez. Si vous étiez un vrai PR, vous devriez dire, en corps 18, je cite: «Madison remets ça.» Fin de citation. Mais vous n'arrêtez pas de poser des questions. Est-ce qu'on peut vous déposer quelque part? Il faut que nous conduisions Hoodward à l'aéroport en quatrième vitesse.

4

Voir voleter tous ces billets verts sur l'estrade m'avait rappelé à une pénible réalité: j'étais sur le point d'être complètement fauché. Malheureusement, Hoodward s'était attardé pour les ramasser, ce qui expliquait qu'il avait failli rater le van. Moi, j'étais bien décidé à ne rien rater. Dès le surlendemain, quand Heller serait totalement ruiné – je ne voyais pas encore comment mais j'entretenais de fermes espoirs – votre dévoué narrateur s'enfuirait loin de New York. Tout devrait se dérouler rapidement. Me souvenant du voyage aller, via Rome, Paris et Londres et la façon dont les touristes étaient plumés, j'avais plus que jamais conscience que de l'argent liquide m'était impérieusement nécessaire.

Je n'envisageais qu'un moyen de m'en procurer: torturer miss Pinch jusqu'à ce qu'elle me révèle la combinaison du coffre et la tuer ensuite avec les raffinements les plus abominables, les plus cruels que je puisse imaginer. Autre option: certes, j'étais trop affaibli et nerveusement secoué pour attaquer une banque, mais dans l'Appareil, on nous entraîne pour de telles extrémités et je savais comment m'y prendre.

A vrai dire, j'aimerais ne pas évoquer cette soirée dans cette confession. Elle fut trop atroce. Il ne faut pas encourager le crime chez les jeunes et il y a un risque pour que ma confession tombe un jour – puissent les Dieux l'empêcher – entre les mains d'êtres innocents. Même un juge du Tribunal suprême ne saurait lire sans frémir ce qui m'advint.

Pourtant, en toute honnêteté, je ne puis que promettre de poursuivre sans rien omettre, même si les heures qui allaient venir m'emplissent encore de remords. Car, de tous mes crimes et frasques, ce devait être le pire.

Je savais où me procurer les armes nécessaires à New York: dans un supermarché.

Astuce, tel était le maître-mot. Il existe une technique de l'Appareil que l'on appelle «le meurtre à la séduction». Le crime a pour masque l'affection simulée.

J'entrai donc dans un supermarché et déambulai péniblement dans les travées, plus ou moins soutenu par un Caddie. C'est au rayon «condiments» que je trouvai ce que je voulais: une grosse boîte de piment de cayenne McKormick.

Ensuite, je progressai avec peine jusqu'au rayon fleurs. Noël approchait et il y avait d'énormes bouquets de chrysanthèmes à profusion *. Je ne regardai pas au prix et je choisis le plus beau.

En me présentant à la caisse, je demandai au jeune homme de ne pas tasser les fleurs dans un sac en papier mais de les envelopper comme un bouquet de fleuriste.

---

* Aux États-Unis, le chrysanthème n'est pas réservé à la Toussaint et aux tombes fleuries. (*N.d.T.*)

Une fois dehors, je trouvai un endroit sombre. Tout en protégeant mon nez avec un mouchoir plié du mieux possible, j'ouvris la boîte de cayenne et, avec précaution, j'en saupoudrai chaque pétale. Ce qui me prit pas mal de temps.

Cela fait, je jetai la boîte de cayenne vide dans une poubelle et refermai le haut du papier qui enveloppait le bouquet.

J'imaginai avec une certaine jubilation ce qui se produirait bientôt. Miss Pinch ouvrirait, une arme à la main comme d'habitude, et je lui dirais: «Vous avez réussi. Je ne suis plus un mâle bestial et je vous ai apporté ceci en témoignage d'affection». Et elle répondrait bien sûr: «Comme c'est charmant!» Elle prendrait le bouquet et le déplierait pour humer le parfum des fleurs! C'est tout ce que je voulais. Dès le premier éternuement, je lui subtiliserais son arme et je l'assommerais. Après, je la traînerais jusqu'au lit et je me servirais de tous les moyens de torture possibles jusqu'à ce que j'aie cette combinaison. Candy? Oh... je me contenterais de l'abattre coup par coup en riant de la voir se tordre par terre.

Un taxi me déposa à un bloc de distance. Question de sécurité élémentaire afin que nul ne relève les numéros.

Il faisait très sombre. La circulation s'était calmée depuis un bon moment. Les deux folles devaient être là.

Sur mes pauvres jambes, je clopinai jusqu'à l'entrée du sous-sol. Non, il n'y avait personne derrière moi.

Je sonnai.

Des pas!

J'avais gagné: c'était miss Pinch!

Elle portait une chemise et un pantalon d'homme. Et, ainsi que je l'avais prévu, elle avait un pistolet au poing.

Elle ouvrit la grille et la porte, puis fit un pas en arrière.

J'avais suffisamment répété mon texte:

– Miss Pinch, vous avez réussi. Je ne suis plus un mâle bestial et je vous ai apporté ceci en témoignage d'affection.

Je lui présentai le bouquet.

Mais ça ne se passa pas du tout comme je l'avais prévu.

– Des fleurs? s'exclama-t-elle. Espèce de sale (enbipé)! Tu essaies de séduire, Candy, hein, c'est ça? De la (bip), oui!

Elle m'arracha le bouquet bien enveloppé.

Elle me força à reculer en me braquant son revolver sous le nez.

Et elle fracassa le pot sur le sol de l'allée avant de s'acharner sur les fleurs à coups de talon!

Du pied, elle leva le couvercle d'une poubelle et y jeta le malheureux bouquet.

C'est alors qu'elle s'arrêta et renifla doucement.

D'une main, elle cueillit un échantillon de pétale dans la poubelle.

Et elle gronda en se retournant:

– Du cayenne! Sale (biperie)!

Je tentai en vain de lui suggérer qu'il devait y en avoir dans la poubelle, qu'on y avait sans doute déjà jeté du poisson façon exotique. Brandissant le pistolet comme si elle allait me cogner dessus à coups de crosse d'une seconde à l'autre, elle me fit entrer.

Elle verrouilla la grille et la porte à triple tour, se retourna et tira un coup de feu si près de mon crâne que je fus à demi asphyxié par la poudre.

– Tu as jusqu'à dix pour enlever tes frusques! Sinon, je te fais sauter tes (bips) de (bip) dans ton slip! UNE!

J'arrachai aussitôt mon manteau.

– DEUX!

Ma veste et mes chaussures se retrouvèrent sur le sol en même temps.

– TROIS!

J'étais nu. Je ne voyais pas pourquoi elle continuait à compter.

– QUATRE!

Ah, oui: mon chapeau. Je l'avais complètement oublié! Frénétiquement, je le lançai par terre.

En un éclair, je me retrouvai dans la situation habituelle, cloué sur ce (bip) de lit, jambes et bras écartés.

Quand elle eut refermé le dernier bracelet, elle repoussa son arme et me dit:

– Alors, tu aimes le piment, hein? Eh bien, il faut toujours donner au mâle l'occasion d'exercer sa domination. (Elle se retourna et appela d'une voix aiguë:) Candy chérie! Ce soir, nous avons des tamalès mexicains super pimentés!

En fredonnant, elle enleva sa robe, se déchaussa, puis baissa sa culotte et se dressa devant moi, totalement nue. Elle fredonnait toujours.

Candy entra timidement sur la pointe des pieds. Elle vit ce qui se préparait et elle aussi se déshabilla. Elle s'interrompit pour dire:

– Oh, Pinchy, ma chérie, dis-lui de regarder ailleurs.

Pinch me le fit comprendre d'un revers de main. En fredonnant. Mon anxiété ne faisait que grandir.

Miss Pinch alla ouvrir un tiroir et y prit un petit tablier blanc, si petit qu'il ne couvrait presque rien. Elle le noua, coiffa une toque de cuisinier, très haute et amidonnée, qu'elle inclina d'un air coquin.

Ensuite, elle passa une serviette de guingan au cou de Candy. Elle ne couvrait même pas ses seins opulents. Elle la fit asseoir sur le sofa. Candy resta là, les genoux écartés, les yeux de plus en plus brillants.

Il était bien évident qu'elles se servaient des instruments de torture de la cheminée pour des barbecues. Il y avait tout ce qu'il fallait: des pinces, des fourchettes et autres. Mais miss Pinch les repoussa. Elle fouillait parmi des ustensiles de cuisine.

Je savais qu'il serait parfaitement inutile de protester. Et que je devais faire mon possible pour éviter de crier. Et puis, mon pauvre corps était tellement marqué, tellement endolori, que je me disais qu'il était impossible d'aller plus loin. En fait, je reprenais presque courage.

Je n'aurais pas dû.

Miss Pinch avait enfin trouvé ce qu'elle voulait.

Une râpe à fromage!

Elle passa la main dessus, se coupa et cessa de fredonner le temps de m'insulter en me rendant responsable.

En revenant vers moi, elle se remit à fredonner.

Très doucement, avec des gestes artistiques, elle commença à promener la râpe à fromage sur mon torse!

Je me mordis les lèvres. Je ne voulais pas crier. Mais elle n'y prenait pas garde. Elle était totalement concentrée, comme un chef devant ses fourneaux. Et Candy se comportait comme un gourmet affamé!

Elle passa à mes jambes, passant la râpe à l'intérieur de mes cuisses, suivant un chemin sinuant et savant.

Je vis des gouttes de sang perler dans les sillons rouges qu'elle traçait.

Elle reposa la râpe, s'approcha d'un chevalet de torture, ouvrit un placard en dessous et en sortit...

Une boîte de piment!

En détournant le visage, elle en mit un peu dans le creux de sa main et entreprit de masser mes plaies!

La douleur fusa instantanément.

Je poussai un cri, un seul.

Je serrai les dents. Elle mit un peu plus de piment encore, et cette fois je hurlai!

Candy gloussa de plaisir.

Miss Pinch parut juger que j'étais assez pimenté. La moitié de la boîte y était passée. Elle prit alors une immense cuiller en bois.

WHAP!

A grands coups de cuiller, elle enfonçait le piment un peu plus dans mes plaies!

De toutes ses forces!

La douleur devint un feu déchirant!

J'avais perdu tout contrôle et je n'étais plus qu'un hurlement ininterrompu!

Candy elle aussi criait.

Nue et délirante, elle se cambrait frénétiquement sur le sofa.

– Pinchy! Prends-moi, Pinchy! Prends-moi!

Miss Pinch, comme d'habitude, la souleva entre ses bras et l'emporta dans la chambre. Elle claqua la porte d'un coup de talon.

La souffrance ne diminuait pas.

Et je hurlais toujours!

Pour aggraver ma situation, je ne voyais presque plus rien!

Au bout de je ne sais combien de temps, miss Pinch fut de retour. Elle avait des traces de rouge à lèvres sur son tablier.

Candy la suivait, haletante.

Elles se prirent une bière dans la Vierge de Fer.

Candy alluma un joint.

Miss Pinch s'excusa: elle avait oublié la musique pour ce dîner. Elle choisit un disque d'ambiance et Candy la remercia. Mais, apparemment, elle avait encore faim.

– Mais ce n'était que le hors-d'œuvre, la rassura miss Pinch. Ne nous montrons pas trop voraces. C'est un repas de fin gourmet, chérie.

Je venais à peine de me taire. Je supportais presque l'abominable douleur.

Miss Pinch retira son tablier et redressa sa toque avant d'aller prendre quelque chose dans le placard.

– Voilà ce qu'il nous faut, dit-elle en présentant la chose à Candy. Exactement ce qu'il faut pour chatouiller le palais. J'ai horreur des plats fades, et toi, Candy mon amour?

UN FLACON DE TABASCO!

Elle se mit à m'en asperger le corps, secouant joyeusement le flacon au-dessus des sillons sanglants! En artiste et en fredonnant.

Du feu liquide! Et elle allait vider tout le flacon!

Bien sûr, je m'étais remis à hurler.

Je continuai. Parce qu'elle était revenue avec la râpe à fromage et gravait d'autres plaies.

Candy poussait de petits cris en sautant sur place.

Miss Pinch tenait maintenant une longue fourchette à barbecue. A la seconde où elle l'abaissait, Candy supplia:

– Pinchy! Viens, Pinchy, prends-moi!

Mais cela n'empêcha pas miss Pinch de planter plusieurs fois la fourchette dans mes chairs tailladées, dévorées par le feu!

Je sombrai dans la nuit.

Lorsque je revins à moi, j'eus le sentiment très net d'être noyé dans un lit de braises.

Elles n'étaient plus là.

Je les entendais jurer à voix basse derrière la porte.

Quand elles revinrent, Candy avait un regard de folle et elle se caressait les seins.

– C'est un peu fade, Pinchy chérie. Ça n'est pas pour critiquer, mais je meurs de faim!

Miss Pinch eut l'air déconcertée une seconde, avant de tirer sur son tablier et d'aller récupérer sa toque qu'elle avait oubliée dans la chambre.

Elle me toisa et s'exclama:

– Mais oui! De la moutarde! Voilà ce qu'il nous faut pour donner un peu plus de pep!

Elle revint bientôt avec un énorme pot de moutarde française. Elle traça des motifs délicats sur tout mon corps.

Et des deux mains, elle se mit à me masser pour bien faire pénétrer la moutarde.

Cette fois, je la suppliai d'arrêter. Entre deux hurlements, je lui dis que je ferais n'importe quoi, mais qu'elle arrête!

Candy souriait, ravie.

– Délicieux! Frotte-le plus fort!

Miss Pinch s'empara alors d'un rouleau à pâtisserie et poursuivit le travail avant de revenir à la râpe à fromage.

Puis de me cogner dessus à toute volée avec le rouleau à pâtisserie!

Très habilement, je réussis à placer ma tête sur la trajectoire et j'eus le bonheur d'être assommé.

Je ne repris conscience que longtemps après. Candy était effondrée sur le sol, épuisée, couverte de traces de rouge à lèvres, la bouche ouverte, les lèvres humides.

La pièce était saturée de fumée de marijuana.

Il y avait des boîtes de bière vides un peu partout.

Miss Pinch était occupée à se faire une piqûre d'héroïne. Elle retira l'aiguille et vit que je la regardais. La drogue ne la rendait pas plus aimable. Elle eut un spasme et une expression de haine absolue apparut sur son visage.

J'étais en feu. Jusqu'au centre même de mon esprit. Je n'étais plus qu'un brasier vivant habité d'une seule et unique pensée: fuir New York! Mais j'avais encore assez d'intelligence pour ne pas l'exprimer à voix haute.

– Espèce d'(enbipé) de mâle! Tu as vraiment été très mauvais ce soir. Tu n'es pas bon à jeter aux cochons, à vrai dire. Tu ne te comportes même pas comme le pire des mâles le ferait dans les cours de Contrôle Psychiatrique des Naissances! Pour le Dr Frybrain, tu ne serais qu'un pervers attardé!

Je fermai les yeux. Eux aussi étaient en feu et je ne voyais plus très bien.

– Est-ce que tu es un homo, au moins? demanda-t-elle en m'allongeant un coup de pied.

– Non! criai-je.

Ça, c'est la dernière chose que j'étais prêt à avouer! Moi, un homo! Même dans mon état, j'étais révolté!

– Tu vois? On n'arrive à rien avec toi. Tu essaies de saboter notre travail! Enfile tes (bips) de frusques, sale (bipeux)!

– Pour l'amour des Dieux, laissez-moi laver mes blessures!

– Ah! N'essaie pas de changer de sujet! Vous ne pensez qu'aux femmes! C'est interdit! (Elle souleva Candy et lui caressa les seins.) L'horreur psychiatrique absolue: un mâle normal! Tu ne rêves que d'une chose: poser tes sales pattes sur une pauvre fille sans défense. Regarde-la. Elle s'est évanouie parce qu'elle ne supportait pas l'idée que tu puisses la toucher! Et si jamais tu le faisais, je te tuerais! (Elle embrassa passionnément Candy.) Ce soir, tu es venu avec l'intention de me la prendre, espèce d'animal répugnant. Je suis heureuse de t'avoir donné une bonne leçon. Maintenant, rhabille-toi.

– Mais je suis encore enchaîné!

Elle laissa tomber Candy, récupéra le pistolet et l'arma.

Elle fit sauter les bracelets d'acier un à un.

Mon premier mouvement fut une torture épouvantable.

– Laissez-moi prendre une douche, suppliai-je.

– Et souiller la salle de bains où cette innocente jeune fille se lave tous les jours? Pas question. Enfile tes frusques.

Cette garce cruelle et vicieuse savait ce qui allait se produire. Dès que j'eus enfilé ma chemise, le piment, la moutarde et le Tabasco ravivèrent les plaies!

Je laissai échapper un cri.

– Pinchy, dit Candy en se réveillant, embrasse-moi.

Miss Pinch se pencha sur elle. Si j'en avais eu la force, je les aurais tuées toutes les deux en même temps, là, pendant qu'elles étaient enlacées, nues.

Mais tout ce que je pouvais faire, c'est m'enfuir. Et puis, le pistolet était toujours pointé sur moi.

Je me dirigeai en vacillant vers la porte.

– Si tu ne reviens pas demain à l'heure, rappelle-toi: trois ans de pénitencier fédéral. Voilà ce que ça te coûtera!

Je n'eus pas la force de refermer la porte.

Le corps en feu, réprimant mes cris, je réussis à gagner l'avenue et à arrêter un taxi.

Une demi-heure plus tard, le docteur de l'hôtel me faisait prendre une douche. Puis il soigna mes plaies du mieux qu'il put, essayant d'ôter ce qui restait de piment, de moutarde et de Tabasco. Je souffrais moins car il m'avait d'emblée fait une piqûre de morphine.

– Tss, tss, tss, fit-il. Avec toutes ces coupures, on ne va pas se risquer dans la foule!

Non. Dans quarante-huit heures, si tout marchait bien, Heller serait liquidé et moi je serais loin de New York! Je ne pouvais plus supporter cette ville. Jamais je n'avais imaginé un instant qu'une ville pouvait faire de vous une vulgaire salade. Si ça continuait, j'allais devenir un cake pour le dessert!

5

A mon réveil, le lendemain matin, je m'aperçus qu'il était déjà midi. Je m'assurai que j'étais encore vivant, aussi incroyable que cela parût.

J'avais gardé un as en réserve dans ma manche.

Ce soir, *je n'irais pas au rendez-vous de miss Pinch!*

La question était: comment m'en tirerais-je? Est-ce que j'avais une chance de quitter New York vivant?

C'était un coup risqué. Je serrai les dents. Le devoir est un fardeau permanent mais, avant de partir, je devais m'assurer qu'Heller était cuit. Autrement, je courais le risque d'être assassiné par cet espion inconnu dès mon retour en Turquie. A quoi bon quitter New York bien vivant si c'était pour aller affronter la mort en Turquie. C'est alors que, avec un nouveau sursaut d'horreur, je me souvins que l'assassin avait menacé de tuer Utanc d'abord!

Il fallait coûte que coûte que je tienne le coup pendant les vingt-quatre heures à venir. Demain serait une journée cruciale car, dès que miss Pinch ne me verrait pas au rendez-vous, elle appellerait les services de l'IRS.

Même s'il était perdu au fond de la jungle d'Amérique centrale, Trapp avait certainement appris que, une fois encore, le nom de Flooze et Plank avait été cité dans le même article que ceux de Duplick, Turack et Dogg.

Des deux mains, je réussis à soulever le téléphone et à demander un breakfast. Acte peu raisonnable car le serveur, voyant la pile de journaux devant ma porte, crut bien faire en me l'apportant, ajoutant ainsi à mes tourments.

La goutte d'eau qui fait déborder le vase.

Car, ainsi que me l'avait annoncé Madison, Super Wister avait droit à la une.

Dans un geste «*sans précédent dans l'histoire*» il avait fait don aux fermiers du Kansas de «*toutes les sommes reçues à titre de dommages et intérêts*».

Bien entendu, je savais maintenant qu'il avait fait don de rien sur le rien qu'il avait touché. Mais ce qui m'échappait, c'était cette histoire de fermiers du Kansas... Qu'est-ce qu'ils venaient faire là-dedans?

Je couvais sans doute une mauvaise fièvre car cette énigme me plongea dans un état bizarre proche du délire.

Je passai le reste de la journée inerte, fixant avec crainte la porte de ma chambre. Je m'attendais à chaque instant à voir des agents du fisc se glisser dessous, ou bien un serpent venu me retransmettre un message par l'intermédiaire du corps des Communications de l'US Army avant même que j'aie quitté l'hôtel. J'étais dans un état mental très éprouvant. Quand le jour déclina, ce fut pire encore. Je savais comment miss Pinch réagirait quand je ne sonnerais pas à sa porte. Elle serait plus qu'irritée. La tension se changerait en explosion. Et ses réactions deviendraient absolument indescriptibles à force d'horreur!

Chaque fois qu'un rideau frémissait, je me disais que c'était peut-être l'espion inconnu de Lombar, transporté par magie sur un tapis volant depuis la Turquie pour m'apporter un message de la veuve Tayle m'annonçant qu'elle m'avait, elle aussi, dénoncé au fisc. Et il ne servait à rien de dormir. Je plongeai immédiatement dans des cauchemars dans lesquels Candy, Lombar et les pilotes-assassins s'entendaient tous pour me faire hurler encore plus fort!

Et les premières paroles d'Heller lorsque je l'avais rencontré résonnaient encore dans la chambre: «A votre accent, vous êtes un officier sorti de l'Académie, n'est-ce pas? Quel triste itinéraire avez-vous donc suivi pour vous retrouver chez les «ivrognes *»?

---

* Surnom donné aux agents de l'Appareil. Voir Tome 1. (*N.d.T.*)

C'était troublant. Comment pouvait-il donc être au courant pour Trapp?

Les heures passèrent et le brouillard se dispersa.

Des voix. J'entendais réellement des voix!

C'était le médecin de l'hôtel. Le soleil d'hiver brillait sur la terrasse, au-delà des portes-fenêtres. Un autre matin. Celui du jour J!

– Il semble qu'il ait eu une forte fièvre. Mais elle est tombée à présent. S'il replonge dans le sommeil et se remet à crier, donnez-lui simplement une aspirine!

Il referma sa trousse et sortit.

Utanc! Elle était là, devant le miroir. Elle avait passé un peignoir de soie et se coiffait. Elle dut sentir mon regard car elle se retourna.

– Tu n'arrêtais pas de crier et je ne pouvais même plus écouter la radio, aussi lorsque le docteur a frappé, je l'ai laissé entrer.

Ma douce Utanc! Elle était tout ce qui me restait. Et tellement prévenante et tendre!

– Ils sont après moi! annonçai-je.

– Ça, ça ne m'étonne pas, fit-elle en glissant une mèche sous un clip de diamant.

– Non, non, je veux dire qu'ils vont arriver d'une minute à l'autre! Les Feds ont enrôlé l'Armée américaine et des serpents!

Elle virevolta. Cette fois, elle m'écoutait vraiment. Après tout, elle se faisait du souci pour moi.

– Le portefeuille! Le portefeuille avec toutes ces taches de sang! L'homme que tu as tué!

J'étais trop affaibli pour discuter.

– Oui, oui. C'est ça. Si je reçois les bonnes nouvelles que j'attends ce matin, il va nous falloir fuir! Nous ne pouvons pas tarder plus. Il faut quitter New York absolument!

Son visage devint très pâle.

– Il y a un avion à 4 heures! Je fais immédiatement mes bagages!

Elle partit d'un trait! Quelle fille efficace, épatante!

J'avais les jambes flageolantes et la gorge douloureuse et je ne la rappelai pas. Si les bonnes nouvelles n'arrivaient pas, c'est vers la mort que j'irais.

De mes deux mains bandées, je soulevai encore une fois le téléphone. Il fallait jouer serré. Les troupes de choc du corps des Communications de l'US Army allaient lâcher d'un instant à l'autre leurs serpents couverts de piment fiscal.

– Je voudrais deux journaux brouillés, bien cuits, demandai-je.

J'attendis. Dans la plus grande détresse physique et mentale. Le serveur arriva et, en voyant une autre pile de journaux devant la porte, il n'hésita pas à venir me la déposer sur le lit, ce qui provoqua en moi des élancements atroces. Mais la presse, depuis quelque temps, avait toujours cet effet.

J'ouvris un premier journal avec des doigts tremblants. Était-ce la victoire ou la fin?

Mes Dieux!

C'était là, en pleine page, sur cinq colonnes!

SUPER WISTER A ÉTÉ PAYÉ
POUR SABOTER LA COURSE!

Suivait toute une série de titres et de commentaires:

LE CARBURANT DE SUPER WISTER
N'ÉTAIT PAS EN CAUSE

Le célèbre reporter Bob Hoodward, le tombeur de Nixon, a rétabli la vérité. La grande épreuve de Spreeport a été sabotée par Super Wister qui aurait accepté la forte somme pour perdre!

LE CARBURANT A BIEN FONCTIONNÉ

Les conclusions initiales sur l'issue de la course, qui aurait été due à une défaillance du carburant utilisé par Super Wister sont démenties.

LE RÔLE DE LA MAFIA

Super Wister a eu l'immense honneur de recevoir des pots-de-vin des mains mêmes du nabab le plus fameux de la Mafia, de nul autre que Faustino «la cravate» Narcotici, le capo di tutti capi.

CONFESSION

Dans une interview exclusive accordée à Hoodward, Wister a confessé: «J'ai pensé que je n'aurais pas suffisamment d'argent pour mettre définitivement au point mon carburant, aussi j'ai choisi la solution à l'américaine: contre du fric, j'ai accepté de perdre la course.»

J'étais sidéré! Jamais encore je n'avais réalisé jusqu'où pouvait aller l'imagination d'un PR!

Mais c'était très convaincant!

Parce que la photo était là, sur trois colonnes! On voyait un Faustino souriant tendant à un Super Wister ravi la plus grosse liasse d'argent sale jamais vue. Et il était également évident que Super Wister, poussé par l'enthousiasme, soulevait son casque pour saluer son bienfaiteur. Évidemment, on ne voyait pas Faustino détaler comme un lapin électrique devant un lévrier! Les photographes avaient su saisir l'instant! Quel talent!

La légende disait:

Ce document pris clandestinement est l'image de la corruption: dans le fauteuil qui fut jadis celui de Boss Tweed, le Grand Corrupteur de New York à la fin du siècle précédent, Super Wister, alias Gerry Wister, reçoit le salaire de son forfait des mains du capo ti tutti capi *lui-même, Faustino «la cravate» Narcotici, tsar de l'empire du crime.*

Je dois dire que j'étais vraiment ébahi devant la virtuosité de Madison! Il ne m'était jamais vraiment venu à l'esprit que les manchettes de tous les journaux du monde étaient le produit d'imaginations enfiévrées, d'événements simulés et des tonnes de néant! Oui, vraiment, j'en avais le souffle coupé.

Et ils avaient parfaitement su jouer avec LES NOMS! Nixon, Narcotici, Boss Tweed... Super Wister était désormais confondu avec des criminels! Très convaincant! Parfait! Personne ne pouvait plus en douter!

C'était plus ou moins la même chose dans tous les autres journaux que je parcourus. La nouvelle allait se répandre jusqu'à la Côte Ouest et même faire le tour du monde. La photo passerait à la télé et la radio répercuterait tout ça dans ses bulletins d'info toutes les heures. Ça, c'était de l'information! En avalanche!

Et... mais oui, par tous les Dieux, ça continuait dans les pages de sport! Avec des photos de la course de Spreeport! Ce qui voulait dire que les émissions sportives de la télé allaient repasser le reportage en couleur!

Tout éclatait au grand jour! C'était ça, l'information! Madison ne se trompait pas: je n'étais pas un vrai pro dans le domaine des public relations.

Mais, me dis-je soudain, comment Heller prenait-il donc tout ça?...

6

J'allumai l'écran.

Heller était au volant du vieux taxi. Il suivait l'Hudson, sur la rive New Jersey. Je remarquai aussitôt les journaux épars sous le tableau de bord. Il y jetait un bref regard de temps à autre.

Il était PRÉOCCUPÉ!

Je revins en arrière. Oui, lorsqu'il avait regagné son bureau, Geovani l'avait appelé. Il lui avait simplement dit:

– Môme, tu ferais mieux de venir, mais, personnellement, je ne te le conseille pas.

D'une voix particulièrement tendue.

Heller avait des ennuis!

Ah, les public relations, me dis-je. Quels merveilleux outils pour ça! Je comprenais enfin que personne n'était à l'abri d'une telle arme. Elle pouvait vous atteindre n'importe où, n'importe quand. C'était totalement imprévisible! Quelques heures auparavant, Heller vaquait joyeusement à ses devoirs et POF! Sans qu'il y soit pour rien, un PR particulièrement doué le descendait en flammes. Et il n'avait pas le moindre soupçon. Il devait sans doute se dire que le monde était fait ainsi: qu'on ne pouvait pas se fier à la presse, qu'elle commettait des erreurs ou qu'elle voulait simplement flatter le goût du public pour le sensationnel.

Heller, ingénieur de combat de la Flotte de Voltar, expert au combat corps à corps, qui pouvait détruire des forteresses et des bases spatiales et s'en sortir sans une égratignure n'était plus qu'une feuille dans l'ouragan déchaîné des public relations, un pauvre débris que Madison pouvait écraser quand il le voudrait. Mais comme Heller ignorait tout, il n'avait absolument aucun adversaire à combattre, il était réduit à l'impuissance absolue!

En quelques paragraphes, quelques dizaines de lignes, Madison avait fait de lui un pion, un pantin!

Tout ce qu'Heller savait pour l'instant, c'est qu'il avait des ennuis. Ça se voyait dans la façon dont il conduisait. Il ne s'était même pas déguisé en quittant New York.

Et tout ça à cause d'une pile de journaux. Qu'une simple allumette aurait suffi à brûler. Une pile de journaux qui allait le conduire à sa fin!

Le message de Geovani avait été sans ambiguité sur ce point!

Heller gara bientôt le taxi devant l'immeuble de Babe.

Geovani l'attendait devant l'ascenseur.

– Tu sais, môme, si j'étais toi, je n'irais pas.

Heller lui tendit son trench-coat de cuir et sa casquette mais Georgio ne les prit pas et les laissa tomber.

Heller frappa à la porte du living. Mais personne ne vint lui ouvrir. Il tourna alors la poignée et entra.

Babe n'était pas là.

Des bruits de voix lui parvinrent d'une pièce voisine. Il traversa la pièce et alla pousser une autre porte.

C'était une sorte d'alcove avec une cheminée où ne brûlait aucun feu. Un crucifix était accroché au mur. Le tapis était noir.

Babe était assise là. Ou plutôt agenouillée. Sa tête était couverte d'un sac. Elle avait pris des cendres dans l'âtre et s'en était maculé le visage.

– *Mia culpa,* gémit-elle. *Mia magna culpa!* C'est ma faute, ma très grande faute!

Elle pleurait.

Elle sentit que quelqu'un venait d'entrer et releva les yeux, les larmes dessinant deux ruisselets clairs dans la cendre qui couvrait ses joues.

– Oh, Jerome! geignit-elle. Mon propre fils... Un *traditore!* (Elle courba la tête et ses sanglots redoublèrent.) Mon propre fils!

Heller esquissa un pas dans sa direction.

– Madame Corleone, il faut me croire, je vous en prie...

La réaction fut immédiate. Elle leva les mains, paumes en dehors, et cria:

– Non, non, ne vous approchez pas! Votre sang est mauvais, je ne sais pourquoi! Et vous avez souillé l'honneur de la famille! Ne vous approchez surtout pas de moi!

Heller se laissa tomber à genoux, à distance prudente.

– Madame Corleone, *je vous en prie,* je n'ai pas...

Elle cracha et, se levant, elle recula.

– *Traditore!* Vous avez brisé le pauvre cœur de votre mère!

Elle tendit la main vers la cheminée et y prit un journal à moitié brûlé. La photo de Faustino était intacte. Elle le secoua et des étincelles mourantes se rallumèrent et le papier prit feu.

– Vous avez jeté le déshonneur sur le nom des Corleone!

Mon propre fils s'est tourné contre sa famille! (Elle rejeta le journal dans la cheminée.) J'ai pourtant essayé d'être une bonne mère pour vous! J'ai tout fait pour tenter de vous élever correctement! Et qu'est-ce que je reçois comme remerciement? Je vous le demande! La femme du maire qui m'appelle! Et qui me traite d'imbécile et d'idiote pour ne pas avoir su flairer la présence d'un traître dans mon propre camp! Et elle a ri! Elle a ri!

Tout soudain, avec des gestes fébriles, elle cherchait quelque chose. Les pinces à braises! Elle les jeta sur Heller.

– Hors de ma vue!

Les pinces allèrent casser une chaise.

Elle prit la pelle et manqua atteindre Heller en pleine tête.

– Allez-vous-en! hurla-t-elle.

Elle souleva le socle de métal des ustensiles de cheminée qui alla défoncer la porte.

– Allez-vous-en! Sortez d'ici!

Heller recula et obéit.

Les plaintes de Babe le suivirent comme une marche funèbre tandis qu'il traversait lentement le hall.

Geovani pas plus que Georgio n'était en vue.

Il récupéra son manteau et sa casquette sur le sol et entra dans l'ascenseur.

Il regagna son vieux taxi et démarra.

Par tous les Dieux! Madison avait formidablement joué le coup! Avec de l'encre et du papier, plus un peu d'influence et sans une once de vérité, il avait réussi à retourner contre Heller sa plus solide alliée!

Quel génie!

Quel instrument merveilleux!

Et Heller était à cent mille années-lumière de se douter de l'identité de ses ennemis!

Mais un revirement était toujours possible, et pour le pire, car Heller, lui aussi, avait des ressources. Et il était aussi sournois qu'astucieux!

7

Heller se rendit au *Gracious Palms* et se gara dans son box.

Il prit l'ascenseur. Il était encore tôt et je n'avais aucune interférence. Tout était très net sur l'écran. Dans son appartement, il y avait deux putains qui s'entraînaient à se dégager d'une prise aux poignets.

– Eh, mon joli, tu te sers de ton pouce ou du majeur pour te sortir de ça? Margie dit que... Qu'est-ce qui se passe?

Elle venait de voir l'expression d'Heller.

Lui, pendant ce temps, ouvrait nerveusement des placards et en sortait des valises. Apparemment, il avait décidé de quitter les lieux.

Les deux filles, inquiètes, partirent en courant. L'une d'elles se mit à frapper à toutes les portes du couloir. Quant à l'autre, elle était déjà au téléphone.

Imperturbable, Heller empilait ses affaires dans les valises.

Quand il se retourna, il vit devant lui un groupe de filles plus ou moins dévêtues, l'air inquiet. Une grande asiate s'avança et lui demanda:

– Tu nous quittes, joli garçon?

Il ne répondit pas et resta penché sur ses valises.

D'autres filles se pressaient sur le seuil en pleurant.

Heller, indifférent, entassait ses vêtements en piles qu'il attachait avec de la ficelle.

Il y eut un brusque remue-ménage près de la porte. Vantagio se frayait un chemin à coups de coude et Heller leva enfin la tête.

– Que se passe-t-il, môme?

– Babe vous a appelé?

– Non, fit Vantagio, l'air intrigué.

– Alors, elle va le faire, dit Heller. Tôt ou tard.

– Écoute, môme. Quelquefois, elle se met en colère, comme ça. J'en sais quelque chose. Ça va lui passer.

Heller chercha dans sa poche.

– Est-ce que vous avez lu les journaux du matin?

– Non, je viens juste de me lever. Mais qu'est-ce que...?

Heller lui tendait une page qu'il avait arrachée. La une du *New York Cradpress*.

Vantagio lut et devint blême.

– Seigneur Dieu!

Heller lui désigna les piles de vêtements.

– Ça ne pourrait servir à personne. A combien se montaient les factures?

– Oh, môme... commença Vantagio d'une voix brisée.

– Combien a demandé le tailleur? insista Heller.

– Mais môme, tu n'as pas besoin de...

– Quinze mille?

– Cinq, dit Vantagio. Pas plus de cinq. Mais écoute-moi, môme...

– Voilà 5 000 dollars, l'interrompit Heller en comptant les billets. Mon coffre est vide. Maintenant, parlons du taxi. Bang-Bang va en avoir besoin pour continuer à avoir un travail officiel. Il est encore sous caution. Et il faut qu'il continue à suivre les cours d'entraînement militaire de l'Université d'Empire. Qu'est-ce qu'il vaut, ce taxi?

– Mais, écoute...

Vantagio, lui aussi, commençait à avoir les larmes aux yeux.

– Cinq mille, dit Heller. Mettons ça à 5 000. Les réparations ont coûté cher. Bon, est-ce qu'il y a encore quelque chose que je vous dois?

Vantagio, cette fois, ne dit plus rien. Il avait enfoui son visage dans un mouchoir de soie.

Heller lui prit la main et y glissa 10 000 dollars. Puis il finit de faire ses valises.

Les filles se pressèrent autour de lui.

– Ne t'en va pas, mon joli! Ne nous quitte pas!

Elles s'agrippaient à lui, mais il leur demanda de l'aider à porter ses bagages. Elles refusèrent et il dut aller chercher un chariot et le charger lui-même.

– Écoute, môme, insista Vantagio, je crois que tu commets une affreuse erreur. Si elle avait vraiment voulu que tu partes, elle m'aurait appelé.

– Elle le voulait, dit Heller.

Et il poussa le chariot vers l'ascenseur.

Il descendit jusqu'au sous-sol. Les filles gémissantes, en larmes, pieds nus, s'entassèrent dans l'autre ascenseur.

Heller chargeait ses bagages dans le taxi.

Il se retourna vers Vantagio et tous ceux qui l'avaient suivi. Il y avait là deux hommes de la sécurité qui secouaient tristement la tête.

Mon écran était soudain embué!

Heller avait les larmes aux yeux!

Il démarra. Dans son rétroviseur, il vit encore un bref instant tous ceux qui lui avaient fait escorte, puis ils disparurent.

En arrivant à l'Empire State Building, il se gara dans une file de taxis et trouva un chariot. Un copain taxi lui proposa de conduire son véhicule jusqu'à un parking proche. Et Heller prit l'ascenseur jusqu'à son bureau.

Il déchargea une partie de ses bagages dans un salon et alla ranger ses affaires de toilette dans la salle de bains. Il n'avait aucun endroit où mettre ses vêtements et les entassa sur les sofas.

Izzy, en entrant, découvrit le spectacle et ne fit aucun commentaire. Mais il était stupéfait.

– Je m'installe ici, lui annonça Heller.
Izzy retrouva enfin l'usage de la parole.
– Je savais qu'on en arriverait là. Le destin, c'est comme ça, monsieur Jet. Il nous réserve toujours de nouveaux tours.
– Parce qu'il y a autre chose qui va mal?
Izzy hésitait. Pressé par Heller, il dit enfin:
– L'IRS ne veut pas attendre. Ils exigent tout ce que nous avons. Je n'ai pas pu rassembler assez de fonds avec l'arbitrage. Le bureau du district vient juste de me prévenir. Ils vont effectuer une saisie sur toutes les sociétés, que ce soit légal ou pas. Je ne voulais pas vous en parler. Parce que j'ai vu la presse de ce matin. Mais ce n'est pas tout, j'en ai peur. Quand le fisc s'apercevra qu'il n'est pas payé, il lancera ses public relations sur nous et ils se serviront des médias pour démolir toutes nos sociétés. C'est la ruine. A moins d'un miracle, dans un mois nous devrons quitter les lieux.
Il se retira, lugubre.
Heller s'assit derrière son bureau.
Le chat l'avait escorté dès son entrée. Il bondit sous la lampe et resta là, immobile, à dévisager Heller.
– Tu n'as pas choisi le bon numéro, toi! lui dit Heller d'un air abattu.
VICTOIRE!
J'avais gagné!
Grâce aux PR!
L'arme essentielle et absolue de l'assassinat! Efficace et douloureuse en plus!
Mieux encore: personne, que ce soit la victime ou le public, ne sauraient jamais d'où était venu le coup!
Je comprenais soudain comment fonctionnaient les leviers du pouvoir sur cette planète. C'était donc comme ça que les empires étaient créés ou abattus. Par les public relations. Et ils écrivaient même les livres d'histoire!
En une seule et mortelle manœuvre, Madison avait stoppé net Heller. Avec son imagination et pas mal d'encre, il dirigeait non seulement le destin de la Terre mais également celui de Voltar! Pas étonnant que Trapp le considère comme un homme dangereux!
Les PR étaient les véritables dieux de la Terre! Des dieux de colère et de malheur! Mais des dieux néanmoins! Invincibles, destructeurs, superbes!

8

J'avais été tellement obnubilé par les public relations, cette arme absolument fantastique, que j'en avais oublié le temps qui passait. Et, à chaque instant, le danger pouvait surgir. Après tout, je n'étais pas allé au rendez-vous de miss Pinch la veille au soir. Et Trapp n'allait pas être content du tout: il pouvait me donner un autre coup de téléphone et je savais que je n'étais pas en condition de résister à un nouvel assaut du corps des Communications de l'US Army, encore moins à une attaque de flanc par des serpents.

Midi approchait. Je quittai mon lit avec infiniment de peine pour me diriger sur mes faibles jambes vers la chambre d'Utanc.

La porte était ouverte! Ce qui ne s'était jamais produit auparavant.

Mon vieux flair m'avertit d'un nouveau désastre et je risquai un œil.

La chambre était vide!

Les malles avaient disparu. Il ne restait plus rien dans les penderies, les armoires et les commodes.

Elle était partie!

Et j'ignorais quel avion elle avait pu prendre!

Et je n'avais pas de billet!

Il ne me restait en tout et pour tout que 80 ou 90 dollars! Même pas de quoi quitter New York.

Je réalisai alors qu'elle m'appellerait probablement quand elle aurait pris les billets d'avion. Mais oui, bien sûr...

J'avais toujours les mains bandées. Et une grande partie du corps aussi. A chaque mouvement je souffrais. Mais je devais faire mes bagages sans attendre. Avec des gestes maladroits, je me lançai, en gémissant à intervalles réguliers.

C'était absolument épuisant. Je dus m'interrompre pour me reposer un instant et me laissai tomber dans un fauteuil.

Il y avait des journaux éparpillés un peu partout. Mon œil le plus abîmé se posa par hasard sur un article. Je fus surpris d'y découvrir autre chose que les derniers échos sur Super Wister.

UN SUSPECT CONDAMNÉ PAR L'IRS

Arginal P. Pauper a été interné aujourd'hui à la Maison de Walnut Lodge sur ordre du percepteur de l'IRS.

Pauper est accusé d'avoir omis de rédiger sa déclaration d'impôts.

L'IRS a également demandé qu'il soit soumis à des séances d'électrochocs, qu'on pratique sur lui une lobotomie préfrontale et qu'il subisse ultérieurement la torture.

«Il a besoin d'une assistance professionnelle, a déclaré le porte-parole de l'IRS. Et seuls nos psychiatres peuvent la lui apporter.

» Il prétend que les soixante cents impliqués ont été dépensés dans le prix du timbre apposé sur l'enveloppe de sa déclaration. Mais toutes les déclarations qui ne sont pas envoyées sous pli recommandé et distribué par une Rolls Royce bleue à rayures jaunes sont, bien entendu, jetées à la corbeille et les arguments de Pauper sont irrecevables.

La femme et les enfants de Pauper ont été transformés en hamburgers afin de régler une part des pénalités de retard.

Le chef de district de l'IRS de New York, Stoney T. Blood a fait une déclaration publique: "IRS über alles! Que ceci soit une leçon pour vous tous, bande de poires!"

On estime à 300 000 000 le nombre d'Américains poursuivis chaque année pour fraude fiscale.»

Je reconnaissais le travail d'un PR. Cet article avait été forgé de toutes pièces pour effrayer les gens afin qu'ils payent plus vite leurs impôts. Je le savais, mais je n'en avais pas moins peur!

J'avais déjà pu constater les ravages que pouvaient causer les PR et j'en avais les cheveux dressés sur la tête!

J'avais à peine fini de lire cette horreur que le téléphone sonna.

Je me dis que c'était sans doute Utanc qui m'appelait, mais j'entendis une voix bourrue:

– Inkswitch?

Surpris, je dis:

– Oui, ici Inkswitch.

– Bon. Ici c'est le Bureau des Fraudes de l'IRS de New York. Simple contrôle de routine.

On raccrocha.

Maintenant, mes cheveux étaient tellement raides qu'ils menaçaient de se casser.

Oui, il fallait absolument que je détale sans perdre une minute!

Trois ans dans un pénitencier fédéral avec des homos ce serait pire que d'être trépané par miss Pinch elle-même!

Je vérifiai mes valises. J'avais complètement oublié de garder de quoi m'habiller. Mais je n'avais pas la force de rouvrir une valise. Là-bas, dans la corbeille à papiers, il y avait encore le costume que j'avais porté pour aller rendre visite à miss Pinch. Je l'enfilai avec des gestes frénétiques.

J'éternuai aussitôt!

Il puait le piment, la moutarde et le Tabasco!

Pas de temps à perdre. Je ne savais qu'une chose: Utanc avait parlé de l'avion de 4 heures. Il fallait que je file à l'aéroport!

J'appelai un garçon d'étage avec un chariot à bagages et demandai qu'un taxi m'attende devant l'hôtel. Il fallait jouer serré. La police vérifie toujours que vous êtes bien chez vous avant de défoncer votre porte à coups de bélier et l'IRS ferait sans doute pis encore!

Le garçon d'étage empila mes valises sur le chariot et le poussa jusqu'à l'ascenseur. Il attendit. Quelqu'un devait monter!

Mon sixième sens me recommanda instantanément la prudence. L'escalier était là, tout près, et je me glissai derrière la porte que je maintins entrouverte de quelques millimètres afin de voir.

L'ascenseur arriva et la porte s'ouvrit.

Deux types à l'air incroyablement dur sortirent sur le palier. Ils portaient tous deux le même manteau gris, le même chapeau noir et ils avaient tous les deux la moustache et des épaules énormes!

Ils allèrent cogner à la porte de la suite comme deux bêliers humains!

Oh, les Dieux soient loués pour l'expérience que j'avais acquise dans l'Appareil! Je dévalai l'escalier sans me préoccuper de la douleur qui fusait à chaque foulée.

Trente étages plus bas, je surgis dans le hall!

Le portier me reconnut. Il fit un signe et un taxi s'avança.

Mon garçon d'étage était déjà là avec mes bagages. Il les chargeait dans le coffre. Lentement, oh, si lentement!

J'avais le regard rivé sur l'ascenseur.

Au comble de l'angoisse, je tendis un billet de dix dollars au garçon qui s'assura qu'il était bien vrai.

Le directeur s'approcha. Je crus qu'il allait me dire que la note n'avait pas été réglée, mais il me serra la main et me dit:

– Je vous remercie de votre départ, monsieur Inkswitch. La prochaine fois, je vous prie, trouvez un autre hôtel.

J'étais soulagé d'apprendre qu'Utanc avait réglé.

Mais ce retard faillit m'être fatal.

Les deux énormes types sortirent de l'ascenseur.

Je sautai dans le taxi et lançai:

– A l'aéroport John F. Kennedy!

Le chauffeur démarra dans la seconde.

Je jetai un regard par la lunette arrière.

Je les avais semés!

Le taxi se frayait un chemin dans le flot de la circulation. C'était l'heure de pointe. Il s'engouffra bientôt dans le tunnel du Queens. Et émergea sur la Route 495. Je me retournai une deuxième fois. Un instant, j'eus l'impression que le building des Nations Unies s'estompait au loin. Quel soulagement!

Mais, un instant... Il y avait beaucoup de voitures derrière nous, certes, mais une, en particulier, se rapprochait à vive allure. Elle était grise et je me penchai pour mieux voir ses passagers.

LES DEUX BRUTES!

Et ils semblaient bien m'avoir repéré! Car l'un d'eux me faisait signe d'arrêter.

Je n'avais pas beaucoup d'argent sur moi. Mais je me penchai néanmoins et dis au chauffeur:

– Vingt-cinq dollars de mieux si vous semez cette voiture grise.

– Cinquante!

– O.K., cinquante!

Il accéléra brutalement et slaloma entre les camions dans un crissement de pneus déchirant. Il coupa la route à plusieurs voitures dont les freins hurlèrent.

Chaque manœuvre, chaque virage brusque me mettait à la torture. Dieux, avec quel bonheur je quitterais New York. Si j'y parvenais!...

Nous étions sur Woodhaven Boulevard. Puis dans Forest Park. Les jardins de Kew passèrent d'un trait et le taxi fonça sur Aqueduct Race Track.

Dans un mugissement de bielles, il déboula dans le terminal départ de l'aéroport John Kennedy. Je me retournai anxieusement. Ils pouvaient nous rejoindre d'une seconde à l'autre. Je payai la course plus le pourboire et me retrouvai avec seulement dix-huit dollars!

– Quelle compagnie? me demanda un porteur noir qui arrivait en poussant un chariot.

– Je ne sais pas.

Il chargeait déjà mes valises.

– Eh bien, faut choisi'. Pa'c'qu'y a Pan Am. Pa'c'qu'y a la TWA. Mais si c'est la TWA, alors là, faut prendre un autre tax, vu qu'ici c'est la Pan Am. Maintenant, patron, de mon étude des crashes, je peux vous dire...

Je réfléchis à toute allure. Quatre heures. Il ne devait y avoir qu'un seul vol à 4 heures précises.

– Est-ce qu'il n'y a pas un avion pour Rome ou Londres à 4 heures?

– Oui, patron, je pense qu'y en a un pour Rome. Mais si j'étais vous, j'irais à la Trinidad, vu qu'y fait plus chaud là-bas.

– Je vais à Rome. Conduisez-moi jusqu'au comptoir.

Il obéit sans autre commentaire. Il me restait encore beaucoup, beaucoup de temps avant l'heure du décollage.

– Inkswitch? me fit l'employée. Nous n'avons aucune réservation à ce nom. Je vais appeler le bureau central...

Je ne l'écoutais pas. J'avais jeté un coup d'œil vers la porte.

ILS ÉTAIENT LA!

Fou de peur, je jetai trois billets d'un dollar au porteur.

– Surveillez mes bagages!

Je détalai.

Pour plonger dans une troupe de girl-scouts avant d'entrer en collision avec une femme qui tenait un pékinois et qui me repoussa. Je fus propulsé au milieu d'une équipe de ski. Ce qui me sauva la vie car ils me rejetèrent comme une boule de bowling dans un essaim de prêtres en soutane. La confusion était telle que je n'eus qu'à me laisser porter par l'élan jusqu'aux portes des toilettes pour hommes.

En toute hâte, je pris une pièce et, avec un soupir de soulagement, je me réfugiai dans un WC.

Je m'assis. Je souffrais tellement que, pendant une seconde ou deux, j'oubliai la technique de routine: relever les jambes.

Je le fis juste à temps.

Deux lourdes paires de bottes s'avançaient dans le couloir des toilettes!

Les deux grosses brutes progressaient méthodiquement en regardant sous chaque porte!

Ils ne me virent pas et allèrent jusqu'au bout du couloir.

Alors seulement je pus me permettre de ressentir la douleur. Je ne souffrais pas seulement de la folle course en taxi: j'étais certain que, pendant qu'on jouait avec moi au bowling, les coupures s'étaient rouvertes et saignaient. Voilà ce qu'il en coûte de faire son devoir, rien que son devoir!

Tout en réprimant un éternuement, je me souvins brutalement que j'avais complètement oublié de téléphoner au bureau de New York pour que Raht branche le Relais 831. Sans lui, je ne pourrais plus surveiller Heller.

Il me restait encore de longues minutes avant 4 heures. Le problème était: comment quitter ces lieux et trouver une cabine téléphonique sans me faire repérer?

Rassemblant tout mon courage, je sortis.

Un type très grand était penché sur un lavabo. Il faisait un brin de toilette. Il avait posé sa luxueuse trousse à côté de lui et se rasait avec un rasoir à lames ancien modèle.

Il était de côté par rapport à la porte. Il avait accroché son chapeau – une espèce de chapeau de chasse avec deux broches devant et derrière – et son manteau à carreaux blancs et noirs près de la porte.

Mon esprit futé me dit qu'il n'allait pas tarder à se rincer. Et, durant un instant, il aurait du savon dans les yeux. J'attendis et il se baissa.

Vif comme l'éclair, je m'emparai du manteau et du chapeau. Plus rapidement encore, je m'éclipsai.

Le chapeau rouge était vraiment très grand et il allait parfaitement par-dessus mon propre chapeau. Quant au gros manteau à carreaux style trappeur, il m'enveloppait complètement. Ce qui composait un déguisement parfait!

Je risquai un regard prudent au-dehors. Oui! Ils étaient là-bas! Mais ils me tournaient le dos et épiaient les longues files des voyageurs.

Je me glissai jusqu'à un distributeur de monnaie et transformai un billet de dix dollars en pièces. Les fonds étaient nettement en baisse.

Ensuite, je trouvai une cabine téléphonique et j'appelai le bureau de New York.

– Je voudrais Raht.

C'était un crétin de la planète Flisten qui était au standard. Je le sus immédiatement à la façon dont il prononçait tous les *S* en *Z*.

– Je zuis désolé. Le pauvre Raht est à l'hôpital. Des complicazions. Il réagit mal à la pénizilline. Complicazions. Zon état est critique. Qui appelle?

Furieux, ze l'apoztrophais en fliztenien ordinaire et lui dis:

– Des vacanzes! Des vacanzes! Vous ne penzez qu'à vous la couler douze!

– O, par tous les Démons des Abyzzes Verts! s'exclama-t-il en flistenien. Ça ne peut être que vous, officier Gris!

Il avait l'air terrorisé. Ce qui était bien.

– Maintenant, tu vas m'écouter! enchaînai-je. Tu vas dire à Raht de cesser de jouer la comédie et de s'occuper de l'Empire State, sinon je vais le faire remplir de Tabasco par le corps des Communications de l'US Army! Et écoute-moi bien, crétin: si je te surprends encore à parler en flistenien sur une ligne téléphonique terrienne, je te ferai écouter *Une nuit sur le Mont Chauve* avec accompagnement de rouleau à pâtisserie! Vu?

Ça, il avait vu! Il bégayait.

Je raccrochai, presque rasséréné.

Madison! Oui, il fallait que je l'appelle pour lui dire à quel point son travail avait été splendide! Un vrai chef-d'œuvre de PR! Et lui apprendre aussi que je quittais New York. Trapp ne saurait plus à quelle adresse m'expédier ses serpents!

Je mis d'autres pièces et, stupéfaction! c'est Madison lui-même qui me répondit.

– Oh, merci de me rappeler aussi vite, monsieur Underslung. Où en êtes-vous dans la nomination de Super Wister au titre de chauffard de l'année?

– Non, non... (J'éternuai.) Ici Tabasco Smith... Je veux dire Smith. Madison, il fallait absolument que je vous appelle pour vous dire quel travail magnifique vous aviez accompli. Vous êtes un as. Je remercie les Dieux que les PR soient là. Dites à M. Trapp que je suis parti pour une mission d'espionnage de longue durée pour le compte de miss Agnes, du corps des Communications.

– Quel travail magnifique, Smith? (Il semblait abasourdi.) Mais cette campagne n'est pas terminée, Smith, loin s'en faut! Il va falloir encore beaucoup, beaucoup de temps pour parfaire l'image finale. Attendez donc d'avoir lu les journaux de demain! On y dit qu'il a parié des sommes tellement énormes contre lui dans la course de Spreeport qu'il va être obligé de faire don de la totalité de ses gains aux fermiers du Kansas!

Voilà! C'était justement ce dont j'essayais de me souvenir.

– Mais qu'est-ce que les fermiers du Kansas viennent faire là-dedans?

– Quoi? Vous ne comprenez pas ça, Inkswitch? Grands Dieux, vous n'êtes pas près de devenir un pro! J'ai reçu des ordres bien précis pour que son nom devienne célèbre et pour le rendre immortel. Étant donné que l'image de «l'Homme qui a déclenché la Troisième Guerre Mondiale» était bousillée, il fallait bien que je change de tactique. Je me suis branché maintenant sur «Jessie James». C'était un hors-la-loi célèbre qui s'est battu contre la compagnie des chemins de fer dans le Kansas en pillant les trains et en donnant son butin aux fermiers. C'est un des authentiques héros du folklore américain. Immortel. Donc, si je parviens à donner à Wister une image du genre Jessie James, tout ira bien. Mais les choses peuvent changer. Le travail de public relations est soumis à des changements constants, Inkswitch et, par-dessus tout, il faut que nous gardions la une quelles que soient les catastrophes naturelles. Si je sais me battre et si je m'en tiens aux bases fondamentales du PR, Super Wister gagnera, mais ça prendra du temps. Maintenant, j'aimerais bien que vous raccrochiez. Je suis un peu pressé depuis que Hoodward a été abattu à l'aéroport par les hommes de Faustino et la femme de Ted Tramp attend un bébé. Et il y a pas mal d'associations de sport automobile qui doivent m'appeler pour que Super Wister soit interdit de compétition sur tous les circuits d'Amérique, ce qui nous permettra de déclarer dès le lendemain que les autres ont peur de l'affronter dans une autre course. Et pour le lendemain, je dois monter des émeutes qui sont censées être organisées par ceux qui ont perdu leurs paris, et les émeutes, ça demande de la préparation, croyez-moi. Donc, j'ai besoin de toutes mes lignes, Inkswitch!

Oui, je comprenais à quel point il était occupé. Formidablement occupé!

– Dites à M. Trapp, fis-je entre deux éternuements, que les Communications militaires de miss Agnes sont dotés de détecteurs de serpents. Au revoir!

Je raccrochai.

Bien, voilà qui était fait. Est-ce que je devais appeler maintenant le Chef de la Sécurité de l'Octopus pour le prevenir que je m'absentais? Je me souvins alors que, dès qu'on interrogeait l'ordinateur, l'écran demeurait blanc et que personne ne pouvait savoir si je travaillais ou non. Et puis, miss Pinch pouvait avoir une écoute sur la ligne. Et l'IRS pouvait très bien déterminer l'origine de l'appel. En fait, en ce moment même...

BRAOUF!

La porte de la cabine s'ouvrit à toute volée.

Je reculai. Pas assez vite!

C'était le propriétaire du manteau à carreaux et du chapeau à broches!

Il était haut comme une montagne!

Une patte de colosse m'agrippa et me fis sortir férocement de la cabine.

J'entraperçus brièvement un poing qui s'abattait sur moi.

WHAM!

Non, c'était une enclume qui venait de percuter mon œil!

Je m'effondrai. Et ma tête fit un gros BOUM! sur le sol de la cabine.

CRAAAC!

Des gerbes d'étoiles jaillirent autour de moi.

Mais le bruit, lui, n'avait pas été produit par les étoiles mais par une botte qui venait de s'enfoncer dans mes côtes.

Il arracha le beau manteau à carreaux, puis le chapeau.

BONG!

Autre coup de pied.

Je serrais les paupières. J'attendais un troisième coup de pied. Ça tardait. Je rouvris les yeux.

Je voyais DEUX PAIRES DE BOTTES!

ÉNORMES!

Là, à quelques millimètres de mon visage.

Les deux brutes m'avaient retrouvé!

J'étais cuit.

Je levai la tête. Le premier me remit sur pied d'un seul geste.

Quant à l'autre, il semblait chercher quelque chose dans sa poche. Une arme? Des menottes?

– Est-ce que vous êtes bien Achmed Ben Nutti? demanda la brute...

Oh, par tous les Dieux! Au comptoir de la Pan Am, je m'étais enquis d'une réservation au nom d'Inkswitch. Ce qui correspondait à Achmed Ben Nutti de la Ligue Arabe Unie puisque j'avais voyagé avec ce passeport-là!

J'étais trop faible pour opposer une défense efficace. Il convenait d'embrayer sur la ruse.

– Oui, je suis bien Achmed Ben Nutti et je jouis de l'immunité diplomatique! Vous ne pouvez pas m'arrêter!

– Vous arrêter? Mais qui parle de vous arrêter? Non, camarade. Nous sommes de l'agence de voyages Bolchoï. On essaie depuis des heures de vous rattraper pour vous donner votre billet!

La grosse brute nº 1 m'époussetait dans un nuage de moutarde, de piment et de Tabasco particulièrement odoriférant.

Tout le monde se mit à éternuer.

– Voilà vos billets et vos réservations, dit Grosse Brute nº 2. On a déjà récupéré vos bagages et ils sont à bord. Camarade, il faut vous presser. On appelle votre vol.

– Il a pas l'air en état de marcher, déclara l'autre en éternuant à nouveau. On va lui faire franchir la porte de la première classe. On l'accompagnera jusqu'à sa place.

Nous sommes passés dans le labyrinthe des détecteurs, puis entre les rangs des assistants avant d'atteindre le tunnel d'accès. Nous étions les derniers à monter à bord et je réalisai que j'avais bien failli manquer cet avion car il était évident qu'il décollait bien avant 4 heures!

Les deux grosses brutes me déposèrent dans un siège en première classe!

Utanc! Elle était là, juste à côté de moi, avec turban et voile!

– Ma chérie! m'exclamai-je.

Elle agrippa au passage une manche bleue.

– Commissaire, j'ai cru voir qu'il y avait de nombreux sièges vides à l'arrière de l'appareil. Pourriez-vous déposer mon propriétaire dans l'un d'eux, je vous prie? Il va me faire éternuer.

Il lui fit un salut impeccable.

– La Pan Am est à votre service, madame.

Il fit signe à une hôtesse et, en deux temps trois mouvements, on me colla au fond de la cabine des premières, recouvert d'une feuille de plastique et bouclé dans mon siège.

Je me détendis. L'anxiété, lentement refluait. Laissant mes yeux se promener sur le décor façon temple grec qui attestait du luxe de la première classe, je laissai échapper un long soupir, interrompu par un éternuement.

Avec soulagement, je regardai défiler la piste puis, en me penchant sans trop de souffrance, je pus enfin contempler les buildings de New York qui rapetissaient et s'estompaient dans la brume.

Les Dieux soient loués, j'avais réussi!

Plus tard, j'appréciai le délicieux repas qu'on nous servit, quoiqu'un gobelet de vin en plastique, même présenté avec tout le cérémonial de la première classe, ne puisse remplacer un verre de cristal.

Le destin mauvais, avec son habituel rictus sadique, préparait d'autres désastres à mon intention, triant tous ceux qui étaient encore disponibles. Le premier qu'il choisit s'avéra particulièrement épouvantable, et à son seul souvenir je frémis encore.

TRENTE-QUATRIÈME PARTIE

1

L'avion des Turkish Airlines descendait vers Afyon. Je distinguais les sommets enneigés et, culminant au-dessus de la chaîne, Afyonkarahisar, pareil au doigt gelé de l'hiver. Le panorama était désolé. Comment, me dis-je, des êtres humains pouvaient-ils survivre dans ces minuscules villages perdus dans les montagnes et les plaines arides et hostiles? Dans ce paysage absolument dénudé, il y avait pourtant ma maison! Le pic montagneux, l'illusion d'optique qui dissimulait la base voltarienne, était toujours là – bien enneigé à présent – et c'était un peu de ma planète natale que j'allais retrouver dans ce refuge. Voltar!

Et j'étais encore vivant!

Quel soulagement!

Après l'atterrissage et tandis que nous attendions l'ouverture de la porte pour débarquer, Utanc vint jusqu'à moi. Elle posa sa main gracile sur ma manche, faveur qu'elle ne m'accordait que rarement. Elle me fixa de ses grands yeux noirs, avec une expression suppliante sous son voile.

– O, mon maître! souffla-t-elle. Il nous reste encore un peu d'argent. (Elle me montra son sac visiblement gonflé de billets.) Puis-je le garder?

– Utanc chérie, quelle trésorière tu fais! Mais bien sûr que tu peux garder cet argent!

J'étais admiratif. Tout ce voyage avait coûté moins de 100 000 dollars! Et il me restait tout l'or que j'avais fait amener de Voltar!

Elle referma son sac et fut la première à sortir.

Plusieurs personnes attendaient à la porte de l'aérogare. Le chauffeur de taxi, Karagoz, et... mais oui: les deux petits garçons au service d'Utanc!

Utanc s'était élancée en courant, dans le vent d'hiver qui plaquait sa cape sur les formes de son corps.

Les deux garçons se précipitèrent à sa rencontre en poussant des cris de joie!

Elle les prit l'un et l'autre entre ses bras.

Et les embrassa sur les joues.

Quel accueil! Ils essayaient tous les deux en même temps de lui raconter ce qui s'était passé depuis notre départ tout en posant des questions sur les cadeaux qu'elle leur avait rapportés.

Ils m'ignorèrent comme je passais près d'eux en boitillant.

Karagoz de même. Et le chauffeur de taxi également. Je traversai le terminal jusqu'au parking. Karagoz, à l'évidence, était venu avec les deux garçons dans la BMW d'Utanc qui était là, garée à côté du taxi.

Le vent était froid, sec et mordant. J'étais complètement gelé, ce qui ne faisait pas grand bien à mes blessures.

Ils arrivaient enfin. Les deux garçons bavardaient toujours sur le même ton vif, les yeux brillants d'excitation. On aurait vraiment dit Rudolph Valentino et James Cagney enfants. Une chose était sûre: mon cadeau avait eu du succès!

– Tenez, disait Utanc au chauffeur, voici les manifestes de chargement des malles. Elles n'étaient pas sur ce vol mais, dès qu'elles arriveront, louez un camion. A présent, rentrons.

Karagoz s'approcha d'elle et lui murmura quelques mots à l'oreille.

– Des ice-creams! Chers petits, que diriez-vous si nous nous arrêtions en ville pour déguster des ice-creams?

Ils poussèrent des cris de ravissement.

Karagoz, Utanc et les deux garçons embarquèrent à bord de la BMW. Utanc, sans ôter son voile, s'installa au volant et démarra en trombe. Dans un crissement de pneus, elle prit la route d'Afyon.

Le chauffeur de taxi chargeait nos valises dans le coffre. L'instant d'après, nous roulions en direction de la villa.

– Alors, comment elle s'en sort? demanda-t-il enfin tout en négociant sa route entre les charrettes et les chameaux.

– Elle est stupéfiante. Non seulement c'est une merveilleuse esclave mais c'est aussi une incroyable trésorière! Jamais je n'ai vu ça! Elle avait l'essentiel de nos fonds pour ce voyage qui coûte très cher et, en quittant l'avion, il devait lui en rester presque autant. Formidable, non? Je ne sais pas comment elle a pu y arriver!

– Oui, pour sûr que c'est une affaire. Et pas chère. On ne fait plus d'esclaves comme ça. A la revente, elle vaudrait son prix en plus-value actuellement. Vous voulez que je la négocie contre un nouveau modèle?

– Pas question! m'écriai-je. Même avec un nouveau pont arrière!

Nous nous rapprochions. Il me sembla qu'un certain nombre de voitures étaient garées à proximité de la villa. Le chauffeur trouva néanmoins un emplacement pour s'arrêter.

Les membres gourds et douloureux, je sortis et marchai jusqu'au portail.

Il y avait des hommes plein la cour!

Après toutes ces épreuves, mes réflexes étaient émoussés. Et je n'eus pas la moindre chance de battre en retraite.

Une brute colossale se dressait derrière moi!

Une autre me barrait la route et me demanda, en employant mon nom terrien:

– Vous êtes Sultan Bey?

– Oui, c'est bien lui, fit l'autre. Je le connais!

Un troisième se planta devant moi.

– Je suis de l'American Oppress! Voici votre facture. Elle est exigible depuis un certain temps!

– Je représente le Donneur's Club, fit un autre. Ça, c'est votre facture!

– Je viens au nom de Masker Charge! clama un troisième. Qu'est-ce que vous comptez faire pour nous régler?

Et un autre encore:

– La Carte Fissa. Les intérêts sur votre dernier relevé dépassent déjà le montant de vos dépenses!

Et ils clamèrent en chœur:

– Quand serons-nous payés?

Je reculai en titubant. Pas très loin, car ils faisaient cercle autour de moi. Et ils agitaient tous leurs factures!

La vérité m'apparut brutalement. Utanc, profitant de ma position et de mon nom s'était apparemment fait établir des cartes de crédit avant notre départ. Et elle avait payé tout le voyage AVEC CES CARTES DE CRÉDIT!

2

Mon regard se posa au hasard sur quelques chiffres. Les sommes étaient ÉNORMES! Les meilleurs hôtels, tout en première classe, les boutiques de luxe...

Dans l'état de faiblesse qui était le mien, je réussis quand même à formuler quelques pensées. Mon or! Aussi douloureux que ce fût, il faudrait bien que je me libère d'une partie de ces dettes avec mon or!

Je levai une main bandée et lançai:

– Ça suffit! Vous serez payés!

Je préserverais le patrimoine ancestral!

Je traversai la cour au pas de course et gagnai ma chambre. J'entrai dans le placard et ouvris la porte secrète.

Ignorant ma douleur, je me penchai pour arracher le couvercle d'une première boîte. Le métal jaune rutilait! Je m'emparai d'un lingot de 50 livres, ce qui devait correspondre à 41,6 livres compte tenu de la pesanteur terrestre. A raison de douze onces troyennes par livre, cela nous donnait 499,99 onces. La dernière fois que j'avais consulté les cours, l'or était à 700 dollars. Donc, ce lingot devait valoir plus de 349 999,999 dollars! Ça devrait suffire à les satisfaire tous!

Je ressortis chargé du lingot. Ils restèrent bouche bée en me voyant. Je le laissai tomber à leurs pieds.

– La vente de cet or devrait tout couvrir. Et je compte sur vous pour me rendre la différence!

Ils se penchèrent tous ensemble sur le lingot et une grosse brute sortit un couteau de sa poche et fit une entaille dans le lingot.

Et resta là, le regard fixe.

Avant de montrer le résultat aux autres.

Je me penchai à mon tour.

Sous la surface, l'entaille avait fait apparaître du plomb!

– Sultan, fit-il d'une voix sourde et menaçante, ce n'est que du plomb peint en jaune! Est-ce que vous essayeriez de nous escroquer?

Je ne pouvais y croire!

Je vérifiai moi-même. Oui, ce n'était que du plomb peint en jaune d'or.

Dans l'instant suivant, mes créanciers se ruèrent à l'intérieur de la villa et commencèrent à enlever les tapis!

– Attendez! Attendez! hurlai-je.

Je retournai en courant jusque dans ma pièce secrète.

J'ouvris d'autres boîtes à toute allure. Neuf en tout. Dix-sept autres lingots de 50 livres. Cent cinquante livres d'effort. Et je m'y attaquai à coups de couteau frénétiques!

Tout était du plomb. Du plomb peint en jaune!

Pourtant, à mon départ pour New York, l'or était bien là, bien réel! Je l'avais encore une fois vérifié avant de quitter la villa.

Haletant, le corps douloureux, mes pansements à demi défaits, je regagnai la cour.

Non seulement ils avaient entassé les tapis et les meubles sur la pelouse, mais ils étaient en train d'enchaîner les domestiques! Ils leur passaient les menottes et les attachaient tous à une longue chaîne.

– Ils vont faire un bon prix sur les marchés d'esclaves d'Arabie! s'écria une énorme brute.

– Attendez! Attendez! Je vous paierai! J'ai seulement un léger mal de tête!

Le chauffeur de taxi était toujours là. Je bondis à l'intérieur. Je sauverais coûte que coûte le patrimoine!

– A la compagnie Laich Bouh! Et aux Diables les chameaux!

Au grand dommage de mes plaies qui se réveillaient à chaque cahot, nous avons foncé jusqu'à Afyon. Dans un grincement de freins, nous nous sommes retrouvés en quelques minutes devant l'immeuble de la Laich Bouh.

Je me suis rué à l'intérieur.

– J'attendais votre visite, me dit le directeur.

Il se rendit tout droit jusqu'à son coffre et en sortit de volumineuses liasses de dollars. Il les entassa prestement dans un sac. Le cœur douloureux, je songeai que je n'aurais même pas le temps de les caresser!

Un quart de million! La moitié de ma commission pour la construction de l'hôpital. Je signai le reçu sans commentaire.

Et nous sommes retournés à toute allure à la villa.

Brisé, déchiré, je m'arrachai du taxi dont le moteur fumait! Et je traversai la cour.

Ils avaient tous attendu. Les tapis, les meubles et les domestiques aussi.

Triomphant, je leur jetai le sac de billets.

Ils l'éventrèrent et se mirent à compter.

L'homme du Donneur's Club s'écria:

– Il n'y a qu'un quart de million de dollars là-dedans! (Il se retourna et prit un papier que lui tendait un adjoint.) Voilà mon ordre de saisie! Qu'on appose les scellés sur les serrures!

– Attendez! Attendez! Je paierai!

Par tous les Dieux, à combien se montaient toutes ces factures?

Le moteur du taxi vrombit à nouveau et mes plaies et mes bleus se réveillèrent. Nous étions devant le Centre International de Formation Agricole. Je me précipitai dans le bureau du commandant de la base: Faht Bey.

– Je vous attendais, fit-il en me toisant avec un regard de haine absolue sur son visage bouffi.

– Donnez-moi un million de dollars!

– Ça, je ne peux pas!

Je restai interdit.

– Écoutez, j'ai lancé le projet de l'hôpital. Deux cents gangsters sont venus se faire remodeler le visage. A 100 000 dollars par tête, ça nous fait 20 millions! Ces bâtiments n'ont coûté qu'un million. Ce qui nous laisse 19 millions de dollars! Alors, qu'est-ce que vous venez me raconter que vous ne pouvez pas me donner un pauvre petit million? Avec tous ces bénéfices?

– Qui ont juste suffi à réparer les dégâts que vous avez commis. De plus, la demande de Lombar Hisst en drogue dépasse toutes les prévisions. Nous arrivons à peine à joindre les deux bouts.

– Mais j'ai des ennuis! gémis-je.

– Est-ce que vous n'en avez pas constamment? Mais j'ai une proposition à vous faire. Si vous êtes d'accord sur certains termes, je peux vous remettre un quart de million.

– Quels termes? demandai-je, suppliant.

– Quand les factures des cartes de crédit ont commencé à arriver, j'ai réfléchi et j'ai couché ça par écrit de telle façon que vous n'ayez plus qu'à signer. Voici.

Et je lus:

Moi, Soltan Gris, déclare faire serment de ne plus détourner, emprunter ni m'approprier les fonds du Trésor de la Base Terrienne. Après ce dernier règlement, je n'exigerai plus un cent et je ferai le nécessaire afin de ne plus passer de contrats de construction pour obtenir des commissions des entrepreneurs requis.

Juré, attesté devant témoins et signé.

J'étais atterré. C'était une situation atroce!

– Si vous refusez de signer, reprit Faht Bey, je laisserai les gens des sociétés de crédit vous mettre en pièces.

Il avait un quart de million en liasses à ma disposition.

Je signai! Il appela sa femme ainsi qu'un des hommes de la sécurité comme témoins.

J'empilai les billets dans un sac et regagnai le taxi. Encore une fois, moteur fumant, nous sommes retournés à la villa.

Je sortis, les jambes molles. Je m'avançai jusqu'à l'attroupement des créanciers et jetai le sac sur la pelouse.

Ils plongèrent dessus, le déchirèrent et se mirent à compter.

– Ah! s'exclama enfin l'homme de l'American Oppress. Voilà qui couvre le premier mois de factures!

Ils étaient tous d'accord. On défit les menottes et la chaîne des domestiques qu'on libéra. Meubles et tapis furent remis en place en un instant.

J'étais soulagé. Le patrimoine était sauvé. Mais au prix de quel terrifiant sacrifice! Et, dans quelques semaines, lorsque la suite du train de factures arriverait, je me retrouverais acculé et le patrimoine de nouveau menacé.

Mais ce ne fut pas ça qui me terrassa.

Quand tout eut retrouvé sa place, ils vinrent à moi. Tous. Aimables et serviles.

– Sultan Bey, commença l'homme du Donneur's Club, je parle au nom de tous. Vous avez réglé votre premier mois de factures. Vous avez prouvé la valeur de votre crédit bien au-delà des limites. Nous ne vous imposerons aucune limitation comme nous craignions d'avoir à le faire. Vous êtes désormais libre de dépenser autant que vous le désirez, partout dans le monde entier!

Les autres poussèrent des vivats!

Un sentiment pénible, affreux, m'étreignit.

Je m'évanouis!

3

Je revins à moi là où j'étais tombé. Les domestiques avaient tout rangé. Ils s'activaient encore, et certains me marchaient dessus en passant.

Je finis par craindre qu'ils ne me jettent dans un sac poubelle. J'étais bien trop faible pour leur opposer la moindre résistance.

Tout à coup, je prenais conscience de mon état. Il fallait absolument que j'aille à l'hôpital pendant que je pouvais encore marcher.

Et le chauffeur de taxi avait disparu.

Dans la cour, je repérai un vieux break Chevrolet. Je rampai dans sa direction. D'ordinaire, on dissimulait toujours une clé de contact sous le tapis. Il me fallut un effort immense pour en soulever le coin!

La clé était bien là!

Je me hissai, tel un alpiniste, sur la colonne du volant et je parvins enfin à m'installer.

Je lançai le moteur qui ronfla docilement!

Oh, fassent les Dieux, me dis-je, que je tienne jusqu'à l'hôpital!

Un conducteur de chameaux me vit approcher. Je roulais affreusement lentement. Il me reconnut et, en toute hâte, écarta ses bêtes de la route. Chance! Les chameaux, dans mon état, auraient pu m'agresser en toute impunité!

A dix ou vingt à l'heure, me concentrant sur chaque mètre de la chaussée, j'aperçus enfin le panneau que je guettais:

HOPITAL MONDIAL DE LA PITIÉ
ET DE LA CHARITÉ

Le bâtiment me parut nettement plus important. Les hangars avaient été achevés et on avait ajouté une aile supplémentaire.

Mais je fus totalement déconcentré en découvrant que l'ensemble avait été paysagé! Des paysannes étaient occupées à tailler les rosiers et elles poussèrent des cris lorsque je m'écartai par inadvertance de ma route et mordit dans la pelouse. Ce que je ne pus comprendre, car avec l'automne, l'herbe était devenue rousse.

Ce qui me déconcentra. Du coup, je ne vis pas la petite Fiat qui me doublait brusquement pour s'insérer dans la place de parking que j'avais visée. Elle était rouge vif et ce n'est que dans l'ultime fraction de seconde que je vis la portière s'ouvrir. Trop tard!

CRASH!

Je la heurtai de côté et le virage m'arrêta. J'eus néanmoins la présence d'esprit de couper le contact.

J'entrevis vaguement une silhouette qui surgissait de la Fiat.

– Mais, par Allah! qu'est-ce que vous foutiez, espèce de chameau borgne? Ma voiture, ma pauvre voiture!

Dans le rétroviseur, je vis que quelqu'un se ruait sur ma malheureuse Chevrolet.

– Ma Fiat! Ma Fiat toute neuve! Complètement fichue!

L'infirmière Bildirjin!

Elle me reconnut à cet instant et la fureur déforma son visage.

– Parce que vous êtes revenu, espèce de (bip) de (bip)!

Des paroles qui n'étaient guère accueillantes aux portes de l'Hospitalité et de la Charité, même en tenant compte que sa principale activité consistait à modifier le visage de gangsters.

– Je suis mourant, réussis-je à proférer.
– Vraiment? (Du coup, son attitude changea complètement.) Vous n'essayez pas de m'avoir, hein?... (Elle se retourna et courut comme une caille, car tel était son nom.) Docteur! Docteur! Venez, venez! Sultan est mourant! Là-dehors! Hourra!
Ce qui ne manqua pas de créer une certaine agitation. Des femmes surgirent avec leurs enfants de la salle d'attente et formèrent un cercle autour de nous en bavardant et riant.
Enfin, le docteur Prahd Bittlestiffender fendit les rangs. Il était suivi de deux infirmiers qui poussaient une civière sur laquelle était disposé un sac mortuaire.
– La règle veut que les cadavres soient présentés à l'entrée de la morgue, me dit-il sur un ton de reproche. Est-ce que vous pourriez faire le tour?
– Je suis trop affaibli. Docteur, pour une fois, soyez bon. Il faut que vous m'aidiez. Je suis un survivant de la bataille de New York. J'ai été victime du piment, de la moutarde, de miss Agnes, des taxis, des matraques et des serpents. J'ai regagné mon chez-moi en rampant avec ces ultimes paroles: qu'on annule mes cartes de crédit avant que le corps des Communications de l'US Army retrouve la trace de Trapp!
– Mais qui parle de vous passer à la trappe? Il y a des fosses, ça suffira. Mais à propos de cartes de crédit: quand vais-je commencer à toucher mon salaire?
– Faut-il vraiment parler d'argent en ce moment? dis-je dans un gémissement. Je vous en supplie, docteur, j'agonise!
Prahd et ses deux assistants me fourrèrent dans le sac et, dans les secondes suivantes, nous étions en route pour la salle d'opérations. Il fit évacuer tous les hommes présents avant de verrouiller la porte.
Je réalisai alors avec un frémissement que j'étais seul en compagnie de Prahd et de l'infirmière Bildirjin!
Avec des gestes experts de professionnels, ils me déshabillèrent et me firent étendre. L'infirmière Bildirjin ne perdit pas de temps pour m'attacher les chevilles et les poignets. Ce qui me rappelait trop mes récentes expériences traumatisantes.
– Mais qu'est-ce que vous allez faire? Pas d'anesthésie, surtout! Ne m'endormez pas!
– Du calme! fit Prahd. Nous faisons simplement notre travail. (Il m'examinait.) Bigre, bigre... Quel désastre!
– Qu'est-ce qui vous est arrivé? demanda Bildirjin avec une note d'espoir. Vous étiez en même temps dans un train qui a déraillé et dans un avion qui s'est écrasé? Tout est bleu et noir. Docteur, peut-être qu'il s'est perdu dans une fabrique de saucisses et qu'ils l'ont pris pour un porc. Ce qui est normal.

– Et ces trous sur le ventre, c'est quoi? fit Prahd. Ceux qui sont tout noirs au fond?...

Je baissai la tête.

– Des grains de poudre. De la poudre noire.

– Bien, bien... Très disgracieux. Il va falloir enlever ça. Infirmière Bildirjin: si vous voulez bien...

– Vraiment? fit-elle, ravie. Mais est-ce que ce n'est pas de la chirurgie, docteur?

– Non, non. C'est tout à fait mineur comparé au reste.

Avec des gestes efficaces et précis, elle prit des instruments et un bac et s'attaqua au premier grain de poudre.

YAOUH!

– Oui, le reste est bien plus préoccupant, reprit Prahd. (Il explorait mon corps avec un écran.) Ah! Trois côtes fêlées. L'os pelvien fendillé. Nombreux hématomes...

Il prenait des notes. L'infirmière Bildirjin, elle, brandissait des pinces énormes.

– Je crois que j'irai plus vite avec ça!

Elle se pencha sur moi et referma les pinces.

AIIIEEE!

– Et d'une. A la suivante.

– Il y en a combien? s'inquiéta Prahd.

– Oh, peut-être deux ou trois cents.

– Mais est-ce qu'il est nécessaire de faire d'aussi gros trous? hurlai-je.

– Mais oui. Je pourrais en oublier, autrement. Ils sont très difficiles à voir. (Elle essayait d'arracher l'autre. Mes Dieux, ça faisait plus mal que le coup de pistolet!) Docteur, d'un point de vue professionnel, vous ne trouvez pas que c'est une petite chose mignonne?

Prahd approuva.

– Oui, trois bons centimètres de moins que la moyenne, à mon avis. Voyons voir... Mais qu'est-ce que c'est que ça? Un testicule écrasé!

– Ça m'est arrivé quand j'étais petit garçon! AIIEE! Infirmière Bildirjin, je vous en supplie, pas si fort! Ces grains de poudre sont très petits. C'est un fermier qui m'a donné un coup de pied. Parce que j'avais noyé tout son bétail. C'était un devoir de vacances et j'essayais seulement de savoir si ses bêtes pouvaient nager. Il était très... AAIIIEEE!

– Pour celui-là, il est possible que ça vous soit arrivé dans votre enfance, admit Prahd. Mais l'autre ne me paraît pas en très bon état, lui non plus. New York doit être une ville affreuse. Tout particulièrement pour les testicules.

– Oh, oui, oh, oui! Les indigènes sont vraiment des... AAIIEEEOOUHH! Des (bips) de casse-tout!

– Je crois qu'il vaudrait mieux le placer sous anesthésie, dit Prahd. Tout ça va nous demander des heures et des heures de chirurgie et de manipulation cellulaire. Et il me semble que l'infirmière Bildirjin travaille bien lentement aujourd'hui.

– Si je les brûlais, dit l'infirmière Bildirjin, je crois que j'irais plus vite. Regardez: quand j'en touche un avec la sonde électrique, il explose. (*Pfft*! Un filet de fumée monta du bac.) Je crois que je vais mettre un peu de pop-musique.

Ça, ça me suffit. Je m'évanouis.

4

Je me réveillai.

Je n'y voyais plus!

Et je ne sentais plus le poids de mon corps!

En fait, je ne sentais plus rien du tout!

Peut-être étais-je mort!

Je clignai des yeux. Oui, là, je pouvais sentir mes paupières.

Peut-être qu'il avait jeté le reste de mon corps et que je n'étais plus qu'une tête!

Les Dieux seuls savent ce dont un cytologiste voltarien est capable. Je connais le Dr Crobe et sa passion pour la confection de monstres humains. J'étais peut-être devenu une sorte de monstre. Je ressemblais à un chat, à une pieuvre, ou à miss Pinch.

Il y avait pire: les psychologues et les psychiatres terriens enseignent que nous ne sommes qu'un conglomérat de cellules qui suit la courbe de l'évolution, que l'être n'est que ce que le font ses cellules et son organisme. Impossible de ne pas les croire sous peine d'être fusillé. Si Prahd avait donc modifié ma structure cellulaire, il s'ensuivait, selon les enseignements de la psychologie terrienne, que toute ma personnalité était transformée! Quelle serait-elle? Est-ce que j'allais être doux et gentil? Les Dieux m'en protègent! Ou un pauvre être geignard et soumis, comme Izzy – ce qui, bien entendu, serait encore moins acceptable.

Qu'est-ce qui avait changé en moi? Si je connaissais bien

Prahd et l'infirmière Bildirjin, ils avaient dû me faire un coup sournois dans le genre horrifiant!

Autour de moi, je commençais à discerner une faible clarté. Une lueur sinistre qui filtrait à travers des fentes. Graduellement, je parvins à voir à demi mon environnement immédiat.

J'étais dans une espèce de long tube, entre le sol et le plafond, dont seule ma tête émergeait. Le reste de mon corps était suspendu, probablement par des bobines antigravifiques, dans un fluide. En aucun point mon corps n'entrait en contact avec une surface solide.

Et des lumières luisaient dans ce tube. Elles émettaient probablement des ondes. Elles étaient à l'origine de cette lueur diffuse et verdâtre qui baignait la pièce. Des catalyseurs cellulaires? Je n'en avais pas la moindre idée.

Par hasard, mon regard se porta sur la droite.

Une fenêtre!

Au-delà, je distinguais la mince faucille de la lune hivernale. La lune de la Terre! J'étais toujours sur Blito-P3.

Je me concentrai. Je pouvais peut-être tenter d'estimer le temps qui s'était écoulé depuis que j'avais perdu connaissance.

S'il fallait vraiment quatre heures et demie pour sortir d'anesthésie – ce dont je n'étais pas du tout certain – j'avais dû passer au moins huit ou dix heures sur la table d'opération!

Ce qui faisait beaucoup de temps.

QU'EST-CE QU'ILS AVAIENT BIEN PU ME FAIRE?

Cela confirmait mes soupçons les plus affreux. Un monstre! Est-ce que j'avais des nageoires à la place des pieds? Des tentacules en guise de mains? Et un bec au lieu du nez?

Quelle abomination! Jusqu'où tout cela allait-il changer ma personnalité?

O, Dieux, jamais je n'aurais dû m'abandonner aux mains de ces deux crapules!

Je n'avais pas à me demander si le résultat était effroyable ou non. C'était clair comme le jour. La question était: quelle forme épouvantable avaient-ils choisie? Dracula? Donc j'avais de grandes canines et je ne me nourrissais que de sang? Est-ce que je serais capable d'avoir une existence acceptable avec les impératifs de cette nouvelle personnalité? Je fis bouger mes maxillaires pour m'assurer qu'ils étaient bien prévus pour s'attaquer à la carotide.

J'avais le visage bandé jusqu'aux yeux!

MAIS QU'EST-CE QU'ILS M'AVAIENT FAIT?

Je fulminai, m'angoissai et me rongeai tout au long de cette nuit terrible et obscure.

Après trois siècles de mortelle inquiétude, l'aube pointa. Et un siècle après, sans doute aux alentours de 9 heures à en juger par l'éclat du soleil derrière la fenêtre, le Dr Prahd Bittlestiffender entra.

Je m'aperçus que j'étais capable de tourner la tête et je criai:

– Faites-moi sortir de là!

Il souriait. Très mauvais signe. Il se mit à lire des chiffres sur des cadrans et des jauges tout autour du tube dans lequel j'étais. Il les notait sur une feuille de relevés. Puis il me dit en levant enfin la tête:

– Il fallait que je fasse cela. Même après vous être évanoui, vous avez continué à hurler. Bildirjin n'arrivait plus à entendre son émission préférée à la radio. Les Hoochi-Hoochi Boys et leurs *curas irizvas* électriques. Elle n'a que seize ans, vous comprenez, et elle est complètement fan de ce groupe. Ils passent tous les jours à...

Je connaissais cette tactique: m'écarter du sujet et apaiser mes soupçons.

– Vous avez fait quelque chose d'abominable! grondai-je. Vous autres les cytologistes, vous êtes tous les mêmes!

– Non, non. Le travail a seulement été long et difficile. Vous avez un drôle de métier. Vous ne pouvez pas imaginer à quel point vous étiez détérioré. Tout plein de vieilles cicatrices et de blessures. Plus des fractures mal ressoudées.

» Apparemment, vous n'avez pas l'habitude de soins professionnels. Vous savez que j'ai même trouvé une pièce de monnaie dans un de vos reins.

– Ha! Vous avez fait tout ça pour récupérer un peu d'argent et vous enrichir encore plus!

– Mais non. C'était une pièce de deux cents de la planète Modon. Quelqu'un a dû vous tirer dessus. Je l'ai mise dans votre portefeuille pour que vos comptes soient en règle. Mais à part ça, je dois dire que c'est sans nul doute votre dernière escapade qui aurait pu vous valoir de rester infirme pour le reste de vos jours. J'ai dû remplacer près d'un mètre carré de peau et j'y ai trouvé des choses vraiment bizarres. Dans cette ville que vous appelez New York, dont vous n'arrêtiez pas de crier le nom, il me semble que les gens doivent être du genre brutal.

– Vous n'avez rien fait d'autre?

– Non, seulement vous remettre en état.

Il en aurait fallu plus pour que je commence à croire un mot de ce que peut raconter un cytologiste.

– Vous n'avez rien changé?

– Ma foi... j'ai dû travailler un peu sur vos parties génitales.

– Je le savais! Je savais que vous vous livreriez à des atrocités si vous arriviez à me rendre inconscient!

– Mais non, mais non. J'ai seulement normalisé un peu les choses. Simple travail de routine pour un cytologiste. Bon, je vous dis au revoir pour l'instant. L'un des gangsters dont je me suis occupé n'aime pas son nouveau visage. Il dit qu'il lui rappelle un nommé J. Edgar Hoover. Ce qui n'a rien d'étonnant, vu que je me suis inspiré de son portrait. J'ai besoin de recueils de photos, vous savez. Je m'en procurerai dès que je commencerai à toucher mon salaire.

A cette allusion, je pris un air tellement redoutable qu'il s'éclipsa.

Oh! le tour que prenaient les choses ne me plaisait pas du tout. Je sais toujours quand les gens me dissimulent la vérité. Mais j'étais impuissant. Je ne pouvais qu'ouvrir et fermer les yeux, tourner la tête et parler à travers mes bandages.

Plus que jamais, j'avais la certitude que Prahd m'avait joué un très mauvais tour.

La question était: lequel?

5

Durant toute la matinée, je demeurai suspendu dans ce (bip) de tube, à mijoter et à bouillir.

Dans mon champ de vision, j'avais un arbre turc, devant la fenêtre, et une plaque apposée sur le tube, juste au-dessus de ma tête:

Machine de croissance Zanco à catalyse cellulaire
Modèle 16 Superexpress

L'arbre ne pouvait guère occuper longtemps mes pensées, mais la plaque, par contre, en caractères voltariens, était nettement plus stimulante. Croissance de QUOI? me disais-je. De pattes d'oiseaux?

Je ne pouvais pas voir mon corps. J'avais lu la plaque deux mille fois, mais je n'étais toujours pas plus renseigné.

Dans de tels cas, l'imagination peut déborder.

Je décidai fermement de cesser de spéculer sur ma future

apparence et sur l'effet que cela aurait fatalement sur ma personnalité et mon caractère.

Je me demandai si on allait me nourrir. Je n'avais pas encore faim mais m'acculer à la famine faisait peut-être partie de leur ignoble complot.

L'ombre sur l'arbre me disait qu'on ne devait pas être loin de midi.

La porte s'ouvrit.

L'infirmière Bildirjin! Elle portait sa tenue blanche bien empesée avec la coiffe assortie, mais elle ne m'apportait pas de plateau. Elle ne tenait qu'une feuille de relevés et un calepin. Elle fit le tour du tube en relevant les données et me jeta un ou deux coups d'œil très brefs. Jamais son expression n'avait été aussi sournoise!

Je décidai de parler, quelles que soient les conséquences. Je pourrais peut-être en tirer une information.

– Où est mon repas?

– Oh, mais vous n'avez pas besoin de manger. Vous êtes alimenté en fluides par les tubes.

– Alors donnez-moi un miroir.

– Je suis désolée, mais c'est interdit. Les patients pourraient en souffrir.

– Qu'est-ce que vous m'avez fait, tous les deux? grinçai-je.

Elle affecta un air de surprise absolue.

Je savais qu'elle ne me répondrait pas. Je changeai donc de sujet.

– Mais je vais devenir fou si je continue à flotter comme ça là-dedans.

– Oh, mais je croyais que c'était fait depuis longtemps, Sultan Bey.

Elle accompagna sa plaisanterie d'un ricanement mauvais.

Moi, ça ne me faisait pas rire. Pas du tout.

– Néanmoins, poursuivit-elle, je ne voudrais pas que des rumeurs de mécontentement circulent à propos des soins que nous prodiguons à nos patients.

Elle repartit. Pour revenir trois minutes plus tard avec une radio en bandoulière. Elle l'accrocha au mur, derrière moi, et colla un casque stéréo sur ses oreilles. Et lorsqu'elle alluma la radio, j'entendis de la pop-musique diffusée par une station d'Istanbul.

C'est alors qu'elle mit le casque sur mes oreilles et monta le son presque à fond. Et repartit.

Je n'ai rien contre les pubs pour le bubble gum et les aliments pour chameaux. Mais, apparemment, tout le monde, depuis quelque temps, n'écoutait plus que de la pop en Turquie.

Et j'étais dans l'impossibilité d'arracher le casque ou de changer de station.

Au fil des heures, j'eus l'occasion de constater que les Boucs Boys devaient être très à la mode car, au moins une fois par heure, on passait leur dernier succès. Avec accompagnement de flûtes, batterie, grognements et ronflements:

Tu es mon horreur,
Tu es mon bonheur,
Mon monstre adoré,
Tu me rends cinglée.
Mais pourquoi as-tu dit,
A ta mère aujourd'hui,
D'amener d'la strychnine
Dans une bouteille de gin?

Tout d'abord, je pris cela de façon détachée. Et puis, il me vint à l'idée qu'on jouait ça dans un but précis. Car ça correspondait très précisément à mon cas si l'on y réfléchissait bien. Je m'étais même inventé une espèce de personnalité qui pouvait coller. A chaque bulletin d'information, quand il était question des Arabes aux prises avec des Arabes, j'essayais de mesurer mes réactions au mot *strychnine*.

Étant donné que les cellules et l'organisme sont les seuls éléments qui déterminent la personnalité, et si je parvenais à déceler le moindre changement de réaction en moi au mot *strychnine*, je pourrais déduire avec exactitude ce qu'ils m'avaient fait physiquement. Mais ça ne marcha pas.

Fort heureusement, la station cessait d'émettre pendant plusieurs heures chaque nuit et je pouvais prendre quelques heures de sommeil.

Trois fois par jour à peu près, quelqu'un entrait pour relever les chiffres des cadrans. Mais, comme j'avais toujours mon casque, on devait penser que je n'entendais rien et personne ne faisait le moindre effort pour répondre à mes questions.

Dans les huit jours qui suivirent, le seul véritable changement que je décelai fut une tempête de neige qui blanchit l'arbre durant une journée. Et puis, une par une, les branches, sous le vent, perdirent leur gangue de neige.

6

A en juger par la froide clarté du soleil derrière la fenêtre, il était à peu près 11 heures du matin.

Prahd entra.

Il était suivi de deux infirmiers qui poussaient un chariot avec des masques et des bonbonnes de gaz.

Le ferraillement domina le rythme de «Tu es mon horreur» et la peur monta en moi devant cette invasion soudaine.

Prahd m'ôta le casque des oreilles.

– Je suis venu vous déconnecter, m'annonça-t-il.

Il leva la main droite.

Un infirmier lui posa un masque d'anesthésie dans la paume.

– Mais...! commençai-je.

Le masque était déjà sur mon visage et je perdis connaissance!

Je revins à moi après un laps de temps que j'estimai de deux secondes.

J'étais dans un lit. Dans une chambre. J'avais un drap sur moi et, dessus et dessous ce drap, il y avait des sangles qui me maintenaient. Je ne pouvais bouger ni les bras ni les jambes, encore moins me redresser.

Ils m'avaient fait quelque chose d'autre! J'en étais certain. Mais non, pourtant, en deux secondes c'était impossible.

Je tournai la tête et vis un soleil ténu et bas au-delà de la fenêtre. Ce devait être l'après-midi. Non, ça n'avait pas duré deux secondes. Il était environ 11 heures quand ils étaient arrivés. Et maintenant, on ne devait pas être loin de 3 heures. Ce qui faisait suffisamment de temps pour me jouer un vilain tour!

Je m'aperçus que je pliais quelque chose à l'extrémité de mes bras. Je parvins à voir une de mes mains. Oh, Dieux merci, ce n'étaient pas des nageoires, mais des doigts! Je pouvais les bouger à mon gré. Ils n'étaient pas faux mais bien à moi.

Au bout du lit, je sentis les sangles de toile qui maintenaient mes chevilles. Je bougeai mes pieds et le drap se souleva légèrement. Je me tordis le cou pour distinguer mes orteils. Je les fis bouger. Dieux, pas de sabots! Rien que des orteils ordinaires! Je répétai l'examen avec mon autre pied. Merci mes Dieux!

Un bruit soudain à la porte.

L'infirmière Bildirjin entra, poussant un chariot avec des aliments. Elle était tout sourire dans son impeccable blouse empesée. Tout sourire. Mais est-ce que je ne discernais pas un éclat sournois dans ce sourire?

– Que diriez-vous d'un bon breakfast? fit-elle.

UN BREAKFAST! Mes Dieux, ils avaient travaillé sur moi pendant vingt-quatre heures! Je portai un regard anxieux sur le chariot. Peut-être qu'ils m'avaient donné l'estomac d'une chèvre et qu'ils m'apportaient du foin? Mais non: rien que du *kahve* et deux œufs pochés. Mais ça ne suffit pas à apaiser mes craintes. Je savais qu'ils avaient fait *quelque chose.*

Elle ne me laissa pas me servir de mes mains, ce qui était suspect. Elle me nourrit à la cuiller et me donna une paille pour boire mon *kahve.* Et, pendant ce temps, elle ne cessait de fredonner. Je reconnus l'air. C'était «Tu es mon horreur»! Oh, Dieux, que m'avaient-ils donc fait?

J'essayai de déchiffrer l'expression de son visage. Elle était jolie, bien que très très jeune. Elle avait des cheveux aile-de-corbeau, une peau au teint hâlé, lisse, des dents très blanches et de grands yeux noirs très expressifs. Et des formes très épanouies pour ses seize ans. Mais c'était une femme et on devait s'attendre à tout instant à la trahison. Tout le monde vous dira que la beauté et la traîtrise vont de pair. C'est pour ça qu'on doit tuer les oiseaux chanteurs quand on en rencontre. Mais, en ce qui concerne les femmes, c'est le contraire qui se passe. Pour ce qui est de tuer, elles me prennent toujours pour cible en premier. Survenant après des expériences antérieures, il y avait eu la comtesse Krak et ses hypnocasques, miss Pinch et son cayenne, et même ma douce Utanc avec ses cartes de crédit pour en donner la preuve absolue! J'avais appris la méfiance. Et il était clair que l'infirmière Bildirjin avait une idée derrière la tête!

Elle enleva le plateau et le poussa vers la porte. Elle me souriait toujours. Très très mauvais signe!

C'est alors qu'elle vint au pied du lit.

Elle souleva le drap et regarda dessous.

– Voilà *exactement* ce que je désirais voir, dit-elle.

Mes Dieux! Qu'est-ce qu'elle regardait donc?

Ce qu'ils m'avaient fait?

C'était trop pour mon esprit déjà passablement troublé, et je hurlai:

– PRAHD! PRAHD!

L'infirmière Bildirjin était radieuse.

– Oh, si vous parlez du Dr Muhammed, fit-elle en employant son nom terrien, je vais aller vous le chercher. Oh, c'est magnifique!

En moins d'une minute, le jeune Dr Prahd (alias Dr Muhammed Ataturk) fut là, l'infirmière Bildirjin sur ses talons.

Il vint jusqu'au lit et découvrit mon torse. Je vis deux pansements. Il les arracha d'un geste vif avec quelques poils.

– Vous m'avez endormi pendant vingt-quatre heures! grondai-je. Qu'est-ce que vous m'avez fait que vous n'aviez pas encore fait?

Il tira un peu plus le drap et arracha deux autres pansements sur mon abdomen.

– Les trous des tubes, commenta-t-il. Ils se sont très bien refermés. Quand on sort du Superexpress, il faut que les trous des tubes se referment et cicatrisent.

Rencontrant la sangle qui me maintenait à hauteur du ventre, il rejeta le drap jusqu'à mon menton, passa au pied du lit et, tout comme l'infirmière Bildirjin, souleva le drap et regarda.

– Oh, oui. Vous vous en sortez très bien.

Mes Dieux, qu'est-ce qu'ils regardaient ainsi? Je connaissais Crobe. La terreur me gagna.

– Mais de quoi est-ce que je me sors? hurlai-je.

– Prenez le miroir, dit-il à l'infirmière Bildirjin.

Elle le plaça près de mes genoux et en régla l'orientation tandis que le Dr Prahd soulevait le drap à la façon d'un animateur de cirque présentant une nouvelle attraction.

Je regardai le miroir.

Et je faillis m'évanouir.

Je regardai encore une fois et je hurlai:

– Vous m'avez changé en cheval!

– Non, non, fit Prahd avec un calme tout professionnel. C'est simplement normal. Vous êtes tellement habitué à avoir un testicule manquant et l'autre remonté qu'un scrotum normal avec de vrais testicules vous paraît étrange.

– Mais vous avez vu sa DIMENSION!

– Sultan Bey, vous ne semblez pas me faire confiance. Votre peau est toute neuve, vos anciens os à moitié cassés ont été réparés et vos organes aussi. J'ai dû résister à la tentation de changer votre visage, je l'avoue, et je me suis contenté d'ôter quelques cicatrices et verrues. Vous aurez l'air en meilleure forme, en meilleure santé. Bon, ça n'est pas encore ça, mais il n'y a pas d'inquiétude à avoir.

– Non, non! Je parle de cet ÉNORME SEXE!

Il était toujours là, dans le miroir. J'étais épouvanté!

– Oh, allons, susurra Prahd. Est-ce que vous ne vous douchez jamais en compagnie d'autres hommes? Ou alors, vous n'êtes pas très observateur. Sur votre planète, une tumescence de 25 ou 30 centimètres n'a rien d'exceptionnel. Et c'est très souvent le cas sur Terre. On trouve même plus important. Je vous assure que vos 5 centimètres étaient vraiment trop peu!

– Mais je vous connais, vous autres les cytologistes! Vous n'avez pas pu résister au plaisir de me faire quelque chose d'anormal!

Prahd parut réfléchir posément durant un instant. Puis il rejeta une mèche jaune paille de son front.

– Non, non. Pas vraiment. Bien sûr, vous allez vous sentir plus vigoureux. Et votre tonus musculaire sera amélioré.

– Non, vous ne me tromperez pas! Vous avez fait quelque chose de monstrueux! J'en suis sûr!

Il réfléchit à nouveau. Il parut alors se souvenir de quelque chose et le regard de ses yeux verts devint dépréciatif.

– Ah, oui... Le catalyseur. Ça été une opération très difficile que d'ôter toutes les terminaisons nerveuses du premier testicule que nous avons fait pousser à partir du schème génétique. Et j'ai laissé l'autre un peu trop longtemps sans doute dans l'expéditeur de croissance. Mais je ne crois pas qu'il produira plus d'un quart de litre de semence, à mon avis.

– QUOI? hurlai-je.

– Mais ce n'est guère plus que ce qu'un cheval donne en une éjaculation, fit-il.

– Je le savais! Vous m'avez changé en cheval!

– Non, non, non. (Son ton redevenait apaisant.) Il est complètement humain. Et vous pourrez engendrer des bébés humains. Vraiment, Sultan Bey, vous devriez me faire confiance. Les chevaux ne sont plus du tout à la mode. Non, vous êtes un simple mâle bien équipé. Certes, vous aurez sans doute envie de vous en servir plus souvent qu'auparavant, et peut-être plusieurs fois par nuit. Mais je suis convaincu que vous en serez satisfait.

– Oh, mes Dieux! me lamentai-je. Je suis certain que ça va changer toute ma personnalité!

– Comment? s'exclama-t-il, avec une lueur d'étonnement absolu dans ses yeux verts.

– Mais oui, fis-je entre deux sanglots, demandez donc à n'importe quel psychologue terrien. La personnalité n'est que le produit des cellules. On n'a que des pulsions. Elles proviennent du cerveau reptilien, le censeur et l'id. Et tout ça n'est qu'un ensemble de cellules. Vous avez modifié mes cellules et donc altéré tout mon caractère.

– Dans votre cas, j'aimerais bien que ce soit vrai. Malheureusement, vous n'exprimez que les superstitions d'une croyance ignorante et primitive que vous retrouvez sur de nombreuses planètes retardataires. Ils essaient de faire croire aux hommes que le caractère inhérent est le produit de la chaîne de l'évolution ou quelque absurdité de ce genre. Certaines de ces cultures barbares vont jusqu'à présenter l'homme comme étant le résultat de son héritage cellulaire, ce qui le rend inchangeable. Mais ce n'est qu'une excuse pour justifier leur incapacité à modifier le caractère. Lorsqu'on les rend responsables des sociétés criminelles qu'ils produisent, ils s'entêtent à ânonner que «l'homme est le produit de ses cellules». Ils dissimulent par là le fait qu'ils sont incompétents et trop criminels eux-mêmes pour transformer le caractère et apprendre aux autres à distinguer le bien du mal.

»Non, Sultan Bey, si les glandes et les cellules constituaient l'essentiel de la vie, je serais un dieu, non? Mais je n'en suis pas un. Je ne suis qu'un pauvre cytologiste sans salaire, qui fait pourtant son travail, sans même un remerciement de mon supérieur, avec en plus une méfiance injuste de sa part.

Il rejeta le drap et me regarda.

– C'est d'ailleurs triste qu'on ne puisse changer la personnalité en déplaçant quelques cellules. Particulièrement dans votre cas. Mais (il sourit courageusement) on fait ce qu'on peut pour soulager la douleur de son prochain et lui apporter de la joie. Tout ce que j'espère, c'est que votre potentiel d'activité accru n'aura pas de conséquences violentes sur les autres ni sur ce monde. (Il s'apaisa.) Bien! C'est un succès. Vous pourrez vous lever et vous promener quand vous le voudrez.

Me donnant l'exemple, il se dirigea vers la porte.

7

L'infirmière Bildirjin se mit à balayer la chambre et à mettre de l'ordre. Elle semblait d'humeur légère mais, apparemment, elle ne supportait pas le silence. Elle s'approcha de la radio, ôta le jack du casque et monta le volume.

– Hé, fis-je car je commençais à en avoir assez de «Tu es mon horreur», il a dit que je pouvais me lever! Détachez ces sangles et laissez-moi quitter ce lit. Où sont mes vêtements?

– Vos vêtements?

Elle partit comme un trait et revint avec le genre de sac où on met les bouts de cadavre à la morgue.

GARANTI INODORE était inscrit dessus en voltarien et en très gros caractères. Elle me le lança. Mais j'avais les bras bloqués. Néanmoins, le sac me semblait bien mince pour contenir des vêtements.

– Ce n'est pas ça! protestai-je.

– Oh, mais on a dû jeter votre costume et votre manteau. Ils étaient pleins de sauce ou je ne sais quoi. Et aussi vos chaussures, vos chaussettes et votre chapeau. Là-dedans, il n'y a que votre portefeuille et vos papiers.

Je la regardai. Elle avait peut-être de très beaux yeux noirs mais elle était stupide! Je décidai de faire preuve de patience. J'étais immobilisé.

– Écoutez, infirmière Bildirjin. Il me faut des vêtements pour quitter cet hôpital. Si j'en juge par ce que je vois par cette fenêtre, il fait très froid dehors. Et il y a du vent. Je ne pourrai pas sortir sans vêtements.

Elle avait compris.

– Donc, poursuivis-je, comme vous êtes une jeune fille gentille, douce et innocente, vous allez téléphoner depuis le bureau et demander à mon ami, le chauffeur de taxi, qu'il m'apporte quelques vêtements.

Ça aussi, elle l'avait compris. Elle sortit et revint dix minutes plus tard.

– C'est fait.

Elle avait apporté un peignoir jetable avec des pantoufles.

Bon, elle avait quand même un peu de jugeote.

Elle posa le peignoir et les pantoufles à l'autre bout de la chambre et resta là à me regarder.

Le silence me mit mal à l'aise. Et aussi le regard de ses beaux yeux noirs. Oui, les femmes les plus belles sont les animaux les plus sournois qui puissent exister. Il fallait que je sache ce qu'elle manigançait.

– C'est vous qui l'avez poussé à cette opération, dis-je.

Je m'étais attendu à une protestation farouche. Mais elle s'exclama:

– Bien sûr! Quelqu'un qui interrompt DEUX FOIS une jeune fille alors qu'elle va prendre son plaisir est asexué. Un individu de ce genre ne peut apprécier les meilleures choses de la vie. Dès que je le lui ai suggéré, le Dr Muhammed s'est mis au travail. Mais je ne suis pas encore certaine que nous en ayons fini. (Ses yeux noirs, tout soudain, étaient bien trop brillants!) Je pense que j'ai besoin d'être rassurée.

L'aiguillon de l'angoisse me transperça le cœur. Elle avait exactement l'expression qu'ont toutes les femmes lorsqu'elles s'apprêtent à commettre un acte fourbe et sournois.

– Oui, il n'y a qu'un moyen de savoir.

Elle se précipita vers la porte, la verrouilla et mit la barre en place. Puis elle monta encore un peu plus le volume de la radio. Enfin, elle fit le tour des fenêtres pour s'assurer qu'il n'y avait personne dans les environs.

Mon angoisse atteignait des sommets.

Elle vérifia les bracelets et les sangles qui me clouaient au lit. En constatant qu'elle n'avait pas l'intention de les défaire, ma température passa dans le rouge.

Elle enleva d'abord sa mule droite, puis jeta la gauche au loin d'un coup de pied. Elle me tournait le dos. Elle faisait des gestes à hauteur de sa taille.

Mais qu'est-ce qu'elle comptait faire?

Un tissu soyeux. Elle se redressa, son collant au bout des doigts.

Elle le jeta!

Elle planta sa coiffe d'infirmière sur sa nuque.

Je ne la quittais pas des yeux, fasciné, terrorisé.

– Comme ça, ça ne va pas, fit-elle. Il ne faut pas regarder!

D'un geste rapide, elle disposa le drap de telle sorte que je ne voyais plus que par une étroite fente. Je discernais un coin de la fenêtre, le luminaire du plafond, mais pas l'infirmière Bildirjin!

Je sentis bouger le lit. Dans mon faible champ de vision, le luminaire parut basculer.

Mes Dieux! Qu'est-ce qu'elle mijotait?

Le lit bougea encore une fois.

Frénétiquement, je tentai de me redresser pour voir, mais les sangles étaient bien tendues.

Un souffle d'air froid m'apprit qu'elle venait de soulever l'autre extrémité du drap.

Mes yeux faillirent jaillir de ma tête!

Je devinais enfin ce qu'elle faisait!

Dieux! Elle était mineure!

Son père était le docteur le plus renommé de la province. Si je touchais sa fille, il me tuerait!

Je tentai de me rassurer en me disant que, après tout, c'était ELLE qui me touchait.

J'eus la vision du fusil de son père! C'était le meilleur chasseur de cailles de toute la Turquie! J'étais mort!

Je me vis voletant dans le ciel. Boum! Et je tombais vers la terre, les ailes battantes. Ma vision s'obscurcissait.

Trop tard.

J'eus la brève vision de sa coiffe. Le croissant rouge était comme une lame pointée sur moi.

– Oooh! roucoula-t-elle. Mmmm! C'est bon!

Sa coiffe descendit un peu.

Et le lit commença à se balancer en cadence.

Je voyais tour à tour le luminaire au plafond et la coiffe de l'infirmière Bildirjin.

Mes yeux s'étaient mis en vrille.

Et les Hoochi-Hoochi Boys et leurs *curas irizvas* électriques chantaient.

Elle prit le rythme.

Petit bop dit-dit-dit, doo dah.
Petit bop dit-dit-dit, fais doo-dah tout en moi.
Au diable les tit-tit, doo dah, doo dah,
Fais-moi dit-dit-dit, doo dah tout en moi

Un coup le luminaire. Un coup la coiffe et le croissant.

J'étais envahi par une SENSATION MERVEILLEUSE!

Et je ne percevais plus que par fragments les notes de musique.

Doo dah, doodah tout en moi
Doo dah, dit-dit, encore une fois.

Et encore et encore. L'infirmière Bildirjin dansait sur moi!

Doo dah, doo dah, plus fort tout en moi.

Les minutes passaient.

Et puis: *BbbbbBLAOUUUMM!*

Le chaos des Dieux mêlé à tous les tremblements de terre et tous les ouragans et les tornades n'est rien de comparable!

WAOOOUHH!

Peu à peu, la spirale ralentit et je retrouvai une image floue de la chambre.

J'étais haletant et, en même temps, un profond sentiment d'émerveillement s'insinuait en moi: comment avais-je pu ignorer ça?

J'entendais un autre halètement. Le lit bougea.

J'entraperçus le haut de la coiffe de l'infirmière Bildirjin. Elle devait à présent se trouver à côté du lit.

– Prahd dit que c'est excellent pour la peau, fit-elle comme pour elle-même. Si j'en juge par la quantité, je vais avoir la plus belle peau de toute la Turquie!

J'aperçus soudain ses pieds par ma fente de vision. Elle semblait être assise par terre!

– Mais ce n'est pas une raison pour tout gaspiller, fit-elle. Ma devise c'est: conserver.

Je ne pouvais voir ce qu'elle faisait. Je l'entendis traverser la chambre jusqu'au lavabo.

Un bruit d'eau. Puis un silence.

Elle rejeta brusquement le drap de mon visage. Elle était rhabillée.

– En tout cas, dit-elle avec un sourire professionnel, vous serez heureux d'apprendre que l'équipement a victorieusement passé le test clinique. Bien sûr, vous manquez encore de pratique avec vos nouveaux outils. Prahd, je dois dire, est bien plus doué.

Elle hocha la tête en regardant la partie inférieure de mon corps, que je ne pouvais apercevoir. Puis elle me dévisagea en levant l'index.

– Vous n'êtes encore qu'un petit garçon avec un nouveau jouet. Alors, ne le cassez pas tout de suite.

Elle entreprit enfin de défaire mes sangles.

– Vous n'avez pas très bonne réputation, Soltan Bey. Il fallait bien que je vous attache pour que vous ne me violiez pas dès que vous seriez libre de vos mouvements. Je suis certaine que vous comprenez. Ce n'était que par mesure de précaution. Maintenant, si je défais cette dernière boucle, vous promettez de ne pas me sauter dessus?

Cette ineptie me permit de remettre un peu d'ordre dans le chaos de mes pensées. Je réalisais enfin que je venais de (biper) la maîtresse de Prahd!

– Ne le dites pas à Prahd!

– Ma foi... ça dépend, fit-elle.

Du chantage! Je le savais bien! Mon nez d'officier de l'Appareil pouvait renifler le chantage, même avec le parfum et le remugle du sexe.

– Ça dépend de quoi?

– Ça dépend de deux choses: n'interrompez jamais une fille pendant... Et puis, et puis, surtout, plus jamais d'accrochage avec ma Fiat! Jamais plus! Promis?

Elle avait un regard qui ne me plaisait pas du tout.
– Je promets!
– Moi pas, fit-elle.
Elle défit la dernière boucle et me jeta le peignoir et les pantoufles.
– Passez ça et allez dans le hall jusqu'à ce que vos vêtements arrivent. Il faut que je nettoie toutes ces taches par terre avant que quelqu'un les voie et en tire des conclusions.
Ça, c'était une fille pratique. Je sortis sans perdre une seconde.

8

Je m'aperçus que ma chambre était située dans le bâtiment principal. On avait libéré les salles et les chambres dès que l'énorme quantité de matériel avait pu être rangée dans le magasin. Avec irritation, je constatai que nombre de lits étaient occupés par des Turcs. Des patients non payants! La véritable source de bénéfices se trouvait en fait dans le sous-sol clandestin.
Je me dirigeai lentement vers la salle principale. C'était l'heure des soins. L'endroit était bondé de gens: vieillards, femmes et enfants, qui attendaient leur tour. Quel gaspillage de temps! Rien que de la racaille! De toute manière, c'était grâce à moi qu'ils étaient là. Ils devaient m'en être reconnaissants. Je passai entre les rangs. Ils me reconnurent et rappelèrent leurs enfants avant de reculer.
Qu'ils aillent aux Enfers! Je regagnai le hall. L'un des médecins de la ville, qui travaillait ici à temps partiel pour un salaire confortable, était en grande conversation avec une vieille femme. Il essayait probablement de la convaincre de suivre un traitement coûteux dans son cabinet de spécialiste.
C'était le père de l'infirmière Bildirjin!
Je sursautai et me précipitai vers une porte pour qu'il ne me voie pas. Je jetai un coup d'œil par l'entrebâillement. Il était toujours là.
Je me retournai alors. J'étais dans une chambre privée. Quelqu'un était là, maintenu dans un appareil qui lui couvrait tout le torse comme un soutien-gorge de métal. Le patient était entièrement couvert de bandages et l'on ne voyait que ses yeux.

Mais pourquoi avait-il donc levé les mains en un geste de défense? Quelqu'un qui me connaissait?

Je m'approchai et le regardai plus attentivement.

RAHT!

Par tous les Démons de Modon, qu'est-ce qu'il faisait là? J'étais furieux!

– Espèce de (bip)! Encore en vacances! Je ne peux pas me fier à vous un seul instant, hein? Est-ce que vous réalisez qu'à force de passer votre temps à dormir, je suis complètement aveugle? Vous devriez être à New York! Vous êtes le seul à pouvoir activer le Relais 831! Sans lui, je ne peux pas voir un seul geste de ce que fait ce (bip) d'officier royal! Vous étiez censé ne pas le quitter d'une semelle! Parce que ça ne vous fait rien qu'il ait l'oreille du Grand Conseil et qu'il puisse tous nous faire arrêter! Allez vous faire (biper), Raht! Dans dix secondes, je ne veux plus vous voir dans ce (bip) de lit! Vous allez filer à New York, grimper jusqu'en haut de l'Empire State Building et réactiver le Relais 831!

J'étais tellement en colère que ma voix avait monté de plusieurs degrés. Quelqu'un entra dans la chambre.

C'était Prahd.

– Doucement, doucement, fit-il. Il y a des gens là-dehors et ils pourraient vous entendre hurler en voltarien.

Je balayai d'un geste ses protestations.

– Qu'est-ce qu'il fait ici, CELUI-LÀ?

– Le bureau de New York nous l'a envoyé parce qu'il mourait de pneumonie. Il ne lui restait qu'un poumon. J'ai d'abord dû traiter l'infection avant de régénérer ses poumons. Également, ils avaient mal ressoudé ses mâchoires et il n'arrivait plus à se nourrir. J'ai donc dû refaire complètement les maxillaires. Et je ne parle pas des nombreuses fractures et blessures. Pour clore le tout, il avait les pieds gelés. Il se remet plutôt bien mais il est certain qu'il n'est absolument pas en état de partir!

– C'est à moi d'en juger! grondai-je. Sortez-le de cet appareil et qu'il parte pour New York sur l'heure!

– Ça va le tuer!

– Aux Diables! C'est un tire-au-flanc et vous pourriez être condamné pour complicité!

Raht agitait les mains. Prahd lui tendit un bloc et un stylo. Avec quelque difficulté, Raht se mit à écrire. Quand il eut fini, Prahd me tendit la feuille.

En caractères maladroits, je lus:

Vous m'avez donné l'ordre par l'entremise du bureau de réactiver le Relais 831 avant de faire mon rapport. C'est ce que j'ai fait. C'est pour ça que j'ai eu les pieds gelés. Est-il exact que le grand jeune homme blond aux yeux bleus est un officier royal? de la Flotte voltarienne? Avec des ordres du Grand Conseil?

Ça, c'était la goutte qui faisait déborder le vase. Ils essayaient de me prendre en défaut.

– Bien entendu! Et il aurait pu tous nous faire exécuter! Moi, Prahd, vous, n'importe qui! Alors vous avez intérêt à ne pas le perdre de vue, espèce de (bipard)!

Je froissai le feuillet et le lui jetai.

– Donc, Raht peut demeurer ici jusqu'à la fin de son traitement? risqua Prahd.

– Vous êtes tous les mêmes! Je devrais faire sauter tout ça!

Et je sortis.

9

Dans ma colère, je n'avais pas oublié la prudence. Très habilement, je me débrouillai pour ne pas être abattu sur place par le père de l'infirmière Bildirjin en relevant mon peignoir sur ma tête et en me défilant jusqu'à ma chambre par des couloirs latéraux.

Le sac qui contenait mon portefeuille et mes papiers était toujours posé près du lit, mais on préparait apparemment la chambre pour un nouveau patient. Sur un chariot à quatre roues, au centre, des boîtes en carton étaient empilées. C'est seulement en m'avançant que je découvris le chauffeur de taxi, assis dans un fauteuil.

– On ne peut pas dire que la Laich Bouh se soit beaucoup forcée pour la décoration, me fit-il. Et il y a encore des taches de peinture blanche par terre. Regardez-moi ça. Il y en a une grande traînée qui va du lit au lavabo!

Je me dis qu'il fallait absolument changer de sujet.

– Il y a des heures que je vous attends! Je ne peux pas partir d'ici sans vêtements!

– Oh, des vêtements? Eh bien, jetez seulement un coup d'œil sur ce que je vous ai apporté!

Il se leva et prit une première boîte sur le haut de la pile. Il la jeta sur le lit et l'ouvrit. Je sursautai. Je crus une seconde qu'une bête sauvage allait sauter sur moi!

– Un vrai manteau turkmène en peau d'ours! Touchez-moi ça! Le meilleur tannage, il ne sent presque rien! (Une autre boîte.) Une toque de fourrure qui vient tout droit d'URSS. Regardez-moi cette peau d'agneau comme elle brille. Ce sont des experts qui me l'ont fait passer en contrebande. (Il posa la toque sur ma tête.) Ça vous donne de l'allure! Plus chic qu'un commissaire! (Une autre boîte.) Et maintenant, jetez un coup d'œil sur ces élégantes bottes de neige à bords roulés! Est-ce que ce bleu n'est pas magnifique? Et ça? De vrais oxfords en cuir à votre pointure. Trois paires: bruns, bleus et noirs. Tout est à vos mesures!

Sans se soucier de ce que je pouvais avoir à dire, il sauta sur le chariot et des boîtes dévalèrent en cascade. Il en ouvrit une.

– Une tenue de ski en pure soie, totalement étanche. Est-ce qu'il vous plaît, ce bleu horizon? Le haut de gamme. La dernière mode de Suisse! Visez-moi ce capuchon. Tâtez l'intérieur. Du vison! Est-ce que ça n'est pas superbe?

Il prit d'autres boîtes et encore d'autres.

– Passons aux choses pratiques. Regardez cette veste anglaise en tweed beige! Quel éclat, quelle classe! Et ça, ce sont les culottes jodhpurs pour le steeple-chase qui vont avec. Brun sombre. Admirez le rapport de tons avec la veste. Et les bottes qui vont avec. Un cuir admirable, non? Une marque de prestige. Le top. Et exactement votre pointure.

Il déchirait encore des boîtes.

– Ça, c'est l'ensemble tyrolien complet. Admirez le pompon vert Tyrol. C'est pas coquin? Le short, la veste et les chaussures de montagne. Tout en cuir de première qualité. Et les bretelles, hein, les bretelles? Vous avez vu la broderie? Du fait main! C'est du moins ce qu'on m'a assuré.

Je voulus l'interrompre, mais il ne s'arrêtait pas, ouvrant de plus en plus fiévreusement des boîtes, encore des boîtes.

– Ça, ce sont les tenues de soirée. Des chemises et des foulards pure soie. Admirez ce costume italien gris à rayures tennis. Ce feutre blanc va avec. Mon vieux, ça c'est la classe! Là, nous avons une douzaine de sweaters en soie à col roulé et...

– ATTENDEZ! (J'avais réussi à m'interposer entre lui et le chariot couvert de boîtes.) Tout ça vient d'où?

– Mais du Grand Magasin pour l'Homme Western et Classique. En ville, bien sûr. On les a prévenus depuis des jours que vous alliez revenir et ils ont fait venir le lot complet par avion d'Istanbul. Ils connaissent vos mesures. Non, ne vous inquiétez pas. Tout vous ira parfaitement.

– Mes Dieux! Le message que je vous ai fait parvenir disait de vous rendre à la villa pour me ramener quelques vêtements!

– Non, il disait de vous procurer des vêtements. Mais je suis allé à la villa. Ils m'ont dit qu'ils avaient bien trop de travail pour s'occuper de ça. Il fait très froid et vous sortez de l'hôpital, et tout ça. Je sais que vous êtes un gentleman qui a de la classe et je me suis précipité en ville pour trouver tout ça.

– Ça doit coûter affreusement cher!

– Oh, mais je n'ai pas dépensé un seul dollar. Vous seriez surpris d'apprendre à quel point votre crédit est solide. J'ai tout fait mettre sur le Donneur's Club et la Carte Fissa.

Je sentis que j'allais m'évanouir. Les cartes de crédit! Oh, mes Dieux! Il avait utilisé les cartes de crédit!

L'inspiration vint à mon secours.

– Mais vous n'aviez pas leurs numéros!

– Oh, apparemment, en ville, tout le monde connaît les numéros de vos cartes de crédit. Et à Istanbul aussi! Pas de problème!

Il fallait que mon inspiration trouve une autre inspiration. Non seulement je n'avais plus d'argent, mais je devais encore aux sociétés de cartes de crédit les factures du dernier mois de ce fatal voyage!

– Je refuse de signer les factures!

– Là non plus, pas de problème! Officier Gris, voyons, vous avez oublié que je suis un ex-faussaire de la planète Modon? Je savais que vous seriez affaibli après ces soins et ce séjour à l'hôpital. J'ai tout signé à votre place pour vous éviter des tracas!

– Vous avez fait tout ça pour avoir dix pour cent de commission du magasin!

– Oh, par les Cieux, non, officier Gris! Penser ça de moi! Il fait atrocement froid dehors. Maintenant que vous voilà de retour, je ne puis me permettre que vous preniez froid. Tenez, pourquoi n'allez-vous pas prendre une bonne douche pendant que je vous prépare des sous-vêtements en soie, de bonnes chaussettes de montagne en laine d'alpaga et... disons, ce superbe costume beige en poil de chameau? Avec cette chemise en soie brun sombre, une cravate blanche Christian Dior et ces bottes de cow-boy faites main. Ah, pas trop chaude, la douche! La température est glaciale. Il faudra que vous mettiez le manteau en peau d'ours et la toque de fourrure. Ensuite, je vous reconduirai chez vous.

Que pouvais-je dire? Au moins, il y avait quelqu'un dans l'univers qui se souciait de moi, quelles que fussent ses raisons. Il valait peut-être mieux être abattu en manteau d'ours turkmène que dans un peignoir jetable Zanco. Et 15 000 dollars de plus sur une facture de cartes de crédit qui dépassait le demi-million, quelle différence cela faisait-il? Je sentis mes craintes s'apaiser. Tout cela tomberait un mois après qu'on m'ait liquidé pour non-paiement des dettes précédentes, en fait.

Tout en me savonnant, il me vint à l'esprit que je ne connaissais même pas le nom du chauffeur de taxi. Je criai par-dessus le bruit de la douche:

– Vous savez, personne ne m'a jamais dit comment vous vous appeliez.

– Ahmed!

– Non, non! Je connais ce nom turc. Je veux parler de votre *vrai* nom.

– Oh... Deplor.

Deplor? En modon, ça veut dire «destin».

Plus tard, j'eus quelques motifs de m'en souvenir. Mais, pour l'heure, j'étais entièrement absorbé par ma toilette, malgré ces nouveaux appendices dont j'étais désormais pourvu. J'espérais qu'ils pourraient tenir dans mes nouveaux caleçons!

TRENTE-CINQUIÈME PARTIE

1

En dépit de la sollicitude dont faisait preuve le chauffeur de taxi, je me sentais bien. Je traversai la pelouse de la villa à petits bonds dynamiques, plissant le front comme d'habitude d'un air sévère au cas où un quelconque domestique m'observerait.

Je m'étais dit qu'il n'était pas digne de mon rang de porter mes nouveaux effets à l'intérieur et j'avais laissé cette tâche au chauffeur de taxi. De son côté, il prit l'initiative de faire appel à Karagoz et à plusieurs hommes de la maisonnée qui formèrent une sorte de chaîne. Bientôt, ma chambre ressembla plus à un magasin qu'à autre chose. Ma mort financière serait au moins placée sous le signe prestigieux de la mode.

Le chauffeur de taxi s'arrêta près de moi dans le patio avant de se retirer.

– Ça ira pour la saison froide, me dit-il. Et restez bien au chaud, surtout. Mais, au printemps, il faudra que je retourne au magasin pour vous acheter des choses plus légères.

Je songeai qu'au printemps je serais refroidi depuis longtemps, allongé dans le cimetière réservé aux gens abattus par les services des Contentieux des Sociétés de Cartes de Crédit. Mais je pouvais bien le laisser rêver. Il était tellement convaincu qu'il prenait soin de moi.

– Et n'oubliez pas de mettre ces belles écharpes de laine autour de votre cou, ajouta-t-il. Et ne restez pas les pieds humides.

Sur ce, il partit.

La porte du patio se referma et, comme obéissant à ce signal, celle d'Utanc s'ouvrit. Moi, je me demandais comment pénétrer dans ma chambre. J'entendis un cri étouffé et je me retournai.

Oui, c'était Utanc. Elle regarda ma toque de fourrure, mon manteau d'ours, puis mon visage, qui ne devait être qu'en partie visible derrière les poils du col.

– Oh, fit-elle, soulagée, ce n'est que toi!

– Je reviens de l'hôpital, fis-je.

– Ah, parce que c'était là-bas que tu étais? Mais qu'est-ce que tu fabriques à tourner dans le coin et à faire peur à tout le monde? Je croyais que c'était un commissaire, ou en tout cas quelqu'un d'important.

Quelque chose dans son attitude me fit brusquement monter la moutarde au nez.

– Utanc, lui dis-je, il faut que nous ayons une petite discussion au sujet des cartes de crédit.

– Ha! Tu vas encore me piquer une colère pour de petits détails mesquins, comme toujours!

Elle était merveilleuse dans son négligé en satin blanc de chez Saks Cinquième Avenue, décoré de perles. Oui, je l'aimais. Mais c'était elle qui me poussait vers le cimetière des Contentieux des Sociétés de Cartes de Crédit.

– Utanc, repris-je, est-ce qu'il te serait possible de revendre ou de retourner une partie des bijoux que tu as achetés? Je suis dans une détresse financière extrême.

Je ne sais pas quelle réaction j'attendais de sa part. Qu'elle me claque la porte au nez, je présume. Mais elle resta là à me dévisager. Puis elle porta un doigt à ses lèvres et parut réfléchir.

J'ajoutai:

– Utanc, je t'aime profondément. Mais si tu acceptais l'idée que j'annule tes cartes de crédit et retourne certains de tes achats les plus coûteux, je pourrais sortir en partie de cette difficile période.

– Oh, mon maître, je suis tellement désolée d'apprendre soudain que j'ai été acquise par une personne aux moyens limités. Mais je suis également coupable.

Mon moral remonta. Elle comprenait mes soucis!

– J'aurais dû te laisser regarder dans les soldes de Dunn et Bradstreet avant de monter sur l'estrade des enchères. Je me suis montrée négligente.

J'étais touché. Bien sûr, ce n'était qu'une fille du désert et elle n'était pas faite pour calculer les taux de crédit.

Elle tapotait ses jolies dents du bout du doigt.

– Je ne pense pas, reprit-elle, que les lois capitalistes autorisent une esclave dans le besoin à vendre son maître. Non... elles sont trop décadentes pour ça. (Elle eut un de ses mignons froncements de sourcils et caressa une de ses boucles noires.) Mais il y a certainement quelque chose à faire...

Une inspiration me vint. Je pris conscience que, à propos de contentieux, il y en avait un entre nous: la frustration sexuelle. Elle n'avait jamais été heureuse après nos étreintes. Freud ne s'est jamais trompé. Frustration! Elle était frustrée! Mais maintenant que Prahd avait réalisé son chef-d'œuvre!...

– Utanc, pourquoi ne viendrais-tu pas me rejoindre dans ma chambre ce soir? J'ai une très belle surprise pour toi!

– Une surprise? répéta-t-elle d'un ton soupçonneux.

– Oui. Une très grosse surprise. Et très belle aussi.

– Hmmm... Mon maître, si je viens dans ta chambre ce soir – rien de plus – est-ce que tu me laisseras toutes les choses que j'ai achetées ainsi que mes cartes de crédit?

Je me livrai à un rapide calcul. Je ne doutais pas un instant que dès qu'elle aurait découvert mes nouveaux attributs, elle ne penserait plus aux autres bijoux, ni aux cartes de crédit. Freud avait raison sur toute la ligne. Le sexe est à la base de nos moindres réactions. Tout ne s'explique que par le sexe, en fait. Si je parvenais à la garder une heure dans ma chambre, elle serait ensuite prête à vivre toute sa vie avec moi, même dans la pauvreté absolue.

Je jouai à fond la carte Freud.

– Utanc, si tu viens dans ma chambre ce soir et si tu t'étends sur mon lit pour deux minutes seulement, tu pourras garder tes bijoux et tes cartes de crédit.

Elle acquiesça.

– Neuf heures, donc. Je serai là.

Et elle referma sa porte.

J'esquissai quelques pas de danse.

J'avais résolu mon problème!

En deux minutes, elle aurait chassé toutes ses obsessions à propos de bijoux et de cartes de crédit de sa jolie petite tête. Après ça, je n'aurais plus qu'à retourner tous ces articles de malheur à Tiffany et à déchirer les cartes traîtresses une à une. Et Utanc en rirait elle-même! Oui, la psychologie était une chose merveilleuse! Loué soit Freud!

2

Porté par l'enthousiasme, je me lançai dans le rangement de tous mes nouveaux vêtements et le nettoyage de ma chambre sans perdre un instant.

Problème: je ne disposais pas de suffisamment d'espace. Il fallait que je me débarrasse de quelque chose. Dans un des placards secrets, les hypnocasques dans leurs grandes boîtes occupaient un espace considérable. Je les scellai comme s'ils venaient d'être livrés et, avec quelques menaces bien choisies, je les fis charger à bord du break Ford et donnai l'ordre à Karagoz de les emporter jusqu'à la clinique pour que Prahd les stocke dans les nouveaux entrepôts. Ce qui me libéra une place suffisante pour tout entasser.

Autre problème: il n'était que 4 heures de l'après-midi et il me restait cinq heures à tuer!

Heller! Raht m'avait dit qu'il avait activé le Relais 831. Je ferais tout aussi bien de m'en assurer immédiatement.

Je me rendis dans mon bureau secret et repoussai les faux lingots et les boîtes qui jonchaient encore le sol. Je mis en marche le chauffage électrique mural, me souvenant des conseils bienveillants du chauffeur de taxi et je sortis enfin le récepteur et son écran de mes bagages. Je les posai sur le banc où ils avaient été installés à l'origine et les branchai.

Victoire!

Heller était dans son bureau de l'Empire State Building.

Mais je n'arrivais pas vraiment à définir ce qu'il faisait car je n'obtenais que des images fragmentaires du sol.

Enfin, j'entendis sa voix.

– Là, voilà.

Il récupérait une balle en caoutchouc sous son bureau, dans un recoin sombre. Il se rassit dans son fauteuil et mit la balle sur le buvard.

Le chat bondit sur le bureau, et s'assit à moins d'un mètre de la balle, vigilant.

Heller fit rouler la balle en caoutchouc vers lui, et le chat, d'un coup de patte habile, la lui relança. Et ils continuèrent leur petit jeu.

C'était plutôt pathétique. Là, nous avions vraiment réussi à le freiner: il n'avait rien de mieux à faire que de jouer à la balle avec un chat!

Tout à coup, le chat donna un coup de patte violent et la balle quitta le bureau. Heller la cueillit au vol.

– Chat, tu dois contrôler ta force. N'essaie pas d'en faire trop. Quelqu'un pourrait croire que tu es un extra-terrestre et tu serais bon pour une violation de Code. Allez, vas-y, cherche-la!

Il lança la balle à travers la pièce et le chat bondit comme une fusée à sa poursuite.

Une fraction de seconde avant que la balle n'atteigne le mur, la porte s'ouvrit.

Le chat, oubliant alors la balle, se détourna de la porte.

– Raté, fit Bang-Bang en entrant.

Le chat le reconnut et demanda:

– Miaouh?

Bang-Bang s'avança.

– Tu devrais apprendre à ce chat à mieux tirer. (Le chat lui avait emboîté le pas, les yeux fixés sur le sac qu'il tenait.) Non, non, ça n'est pas de l'ice-cream, dit Bang-Bang.

Il jeta le sac sur le bureau d'Heller.

– Jet, ce sont les photos que tu as prises. Plus une bouteille de ce liquide qui devrait décoller l'émulsion, si on en croit le type.

– Il t'a posé des questions?

– Ma foi, non. Je leur ai expliqué que je suivais les cours de G-2 * et ils m'ont dit qu'ils étaient toujours ravis d'aider les étudiants pour leurs devoirs à la maison.

Le chat, visiblement, ne croyait pas Bang-Bang et il était occupé à vérifier le contenu du sac.

– Jet, reprit Bang-Bang, pendant que j'attendais ce truc, j'ai eu l'idée d'un plan énorme. Il faut que je fasse quelque chose. J'ai trop peur de retourner voir la famille. Je ne peux pas laisser tomber mon boulot, sinon je finirai à Sing-Sing. J'ai tout mis sur pied.

Heller lui fit signe de s'asseoir et le chat se calma un instant pour les écouter.

– Bon, je vois ça comme ça. Je pique toutes les plaques d'immatriculation des directeurs de journaux du pays. Ensuite, j'y fourre des bombes et BANG! ils se retrouvent tous au Purgatoire et pour nous ça baigne!

---

* L'espionnage militaire. Voir Tomes 2 et 3. *(N.d.T.)*

– Ça me semble un peu radical, dit Heller.

– J'en ai un autre. Qu'est-ce que tu en penses? Je place des bombes sous tous les immeubles des principales chaînes de télé, NBC, CBS, ABC. Ce faux Super Wister va tôt ou tard s'y pointer, et BLAM! Il va au Purgatoire et pour nous ça baigne!

– Et les journalistes auront ma peau *à moi!*

– Jet, je commence à croire que tu n'as pas l'étoffe d'un vrai démolisseur.

Ce qui me fit ricaner. Heller, en tant qu'ingénieur de combat de la Flotte, avait sûrement fait sauter plus de forteresses et d'immeubles que Bang-Bang pouvait l'imaginer. A mon grand étonnement, pourtant, Heller répondit:

– Je m'incline devant l'expert que tu es. Pourtant, je ne crois pas que tu aies choisi la bonne cible dans l'un comme dans l'autre plan.

Là, je me sentis glacé de terreur. Car il était évident qu'Heller parlait de MOI! Est-ce qu'il avait tout découvert? Et puis, je me dis qu'il faisait peut-être allusion à Madison. Mieux valait que ce soit Madison, en tout cas. Le souffle suspendu, j'attendais qu'il en dise plus. Mais il ne poursuivit pas sur ce sujet et l'idée me vint tout à coup qu'il n'avait sans doute pas de certitude. Je me détendis un peu.

– En ce cas, fit Bang-Bang, il ne me reste que la solution finale.

– Qui est?

– Boire un coup de scotch. Allez, chat, viens. Tu ne manqueras pas à ton maître avant une heure et j'ai horreur de boire tout seul.

Il prit congé, le chat trottant sur ses talons.

Heller se mit au travail. Tout d'abord, il ouvrit un manuel d'identification G-2 et déversa le contenu d'un sac de photos sur son bureau. Au premier regard, cela ne me parut que des portraits de lui-même mais, à bien les examiner, ils paraissaient avoir été faits à des âges différents. Il prit un bac dans lequel il versa de l'eau puis un peu du fluide qu'avait apporté Bang-Bang. Puis il ouvrit le coffre dans lequel il avait mis les cartes de sécurité sociale, les passeports et les permis de conduire qu'il avait pris sur Silva et tous les autres truands. Il les dispersa pour mieux les examiner. Mes Dieux! Jamais je n'aurais pensé qu'il y en avait autant!

Les dix du garage du circuit de Spreeport. Les deux tireurs que j'avais engagés (Bang-Bang leur avait fait les poches!). Le type du terminal de New York. Cinq autres inscrits à la CIA qu'il avait pris sur Silva.

Plus d'autres encore dont il n'avait pas eu les papiers: les trois du *Gracious Palms,* deux autres du terminal et, bien entendu, Silva.

Je me livrai à une rapide estimation. Heller avait liquidé dix-neuf des hommes de Faustino. Pas étonnant qu'il les terrifie. Dans Van Cortlandt Park, il avait exécuté huit truands. On pouvait ajouter à cette liste Torpedo Fiaccola, qu'il n'avait pas tué, et les deux lutteurs turcs qu'il avait expédiés dès son arrivée. Il avait aussi fait également sauter dix agents de l'IRS, à supposer que, par quelque effort d'imagination, on en arrive à considérer les agents de l'IRS comme des agents humains.

Quarante hommes en tout!

Et toujours en état de légitime défense puisque tous voulaient sa peau. Alors, qu'adviendrait-il s'il se mettait vraiment en chasse?

Oui, il était *vraiment dangereux!*

J'avais vraiment intérêt à ce qu'il n'échappe plus à mon contrôle! Et à me montrer très prudent moi-même, plus que jamais! Il m'arrivait quelquefois d'oublier que j'avais affaire au meilleur ingénieur de combat de la Flotte de Voltar. C'était bien ça le problème. Il trompait tout le monde avec ses airs de gentleman, ses manières, et même son attitude vis-à-vis de la religion.

Mais peu importait. Rockecenter connaissait bien son travail. Et Trapp aussi. Et, les Dieux soient loués, Madison était expert dans le maniement d'une arme absolue – les PR.

Et puis, nous avions réussi à stopper Heller. Il était paralysé.

Pour l'instant, sur mon écran, il manipulait tous les passeports et les permis de conduire qu'il avait rassemblés. Il mit dans le bac une photo de lui-même sur laquelle il semblait plus âgé. Et la fine couche d'émulsion commença à se séparer du support de papier. Il prit une paire de pinces fines et habilement, fit glisser l'émulsion sur la photo du passeport. Ensuite, avec un tampon humide, il la mit en place avec une précision telle que la nouvelle photo correspondait au tampon en relief.

Au bout d'un moment, il eut devant lui dix-huit passeports. Il lui suffisait de changer la couleur de ses cheveux et de tracer quelques rides sur son visage pour correspondre au signalement et à l'âge!...

Il passa aux permis de conduire. Là, c'était plus difficile puisque les photos couleurs étaient plus petites. Et, pour certains permis, il fut obligé d'enlever la pellicule de plastique. Mais il suivait le même processus: il décollait l'émulsion couleur, la faisait glisser, et mettait ensuite son propre portrait à la place. Il termina en passant le tout sous une machine à plastifier qu'il avait fabriquée.

Dix-huit pièces d'identité. Mais en quoi pouvaient-elles lui être utiles? Rien que les noms: Cecchino, Serpente, Laccio, Rapitore... étaient ceux de truands notoires. Ils figuraient tous dans les banques de données des ordinateurs de la police. Et tout le monde devait à présent savoir qu'Inganno John Scroccone, le chef-comptable de Faustino, était mort. Il n'y avait guère que les cinq passeports CIA qu'Heller pouvait utiliser et j'étais prêt à donner ma main à couper qu'ils n'étaient que des couvertures aboutissant toutes à un unique agent opérationnel: Gunsalmo Silva. Un agent mort.

C'est alors que je me mis à rire. Je comprenais brusquement. Ses amis l'appelaient Wister. Le collège l'appelait Wister. Mais Madison l'avait débusqué! Dans le plus miteux des motels, on le reconnaîtrait comme Super Wister! Oui, il était vraiment à notre main! Fini!

Ça me redonnait le moral. Heller était complètement sur la brêche! Il vivait dans une petite pièce à côté de son bureau. Et il allait très probablement perdre ça sous peu. Il était aussi sans doute fauché et il avait perdu le soutien de Babe Corleone et de sa famille. Et bientôt, il perdrait celui d'Izzy.

Quelle merveilleuse perspective! Heller, sans un sou, perdu dans New York, clochard. Au début, tout avait été piloté par l'intelligence de Lombar Hisst. Ensuite, Rockecenter lui avait succédé. Et Madison, à présent, était le bûcheron qui allait abattre l'arbre!

Il n'aurait pas droit à la moindre prière!

Ce qui lui apprendrait à essayer de travailler pour le bien d'une planète!

Les planètes et leurs populations n'existent que pour le profit de l'élite. Si l'on ne comprend pas vraiment ce principe essentiel, on peut effectivement faire des choses stupides, comme d'aider les gens, par exemple.

Les Dieux ont créé la racaille pour être la proie des êtres supérieurs tels que Hisst et Rokecenter. Et, pour quiconque pense autrement, le délai est bien court qui le sépare de la mort.

Je jubilais.

Finalement, je jetai une couverture sur l'écran.

J'avais des choses plus importantes à faire que surveiller ce malheureux (bip) d'officier royal avec ses idées sur les mille et une façons de sauver un monde!

3

A 9 heures, jouissant par avance du plaisir à venir, je m'étendis dans mon lit. J'avais éteint toutes les lumières, exactement comme elle le désirait. Mais il y avait une différence. Une grosse différence. J'avais ôté mes vêtements et jeté un simple drap sur moi, comme sur un présent.

Je savourais déjà sa surprise! Waouh! D'accord, j'en faisais toute une affaire, mais il y a des moments dans l'existence où l'on peut hisser la bannière. Des moments rares.

Je perçus un bruit très léger à la porte. Et, ensuite, une main se posa sur le lit qui trembla doucement.

L'instant d'après, je sentis sa chair ferme et tiède contre la mienne. En même temps que je humais son parfum de jasmin. L'excitation me fit courir des frissons sur tout le corps.

Et je murmurai:

– Chérie...

Je tentai de passer mon bras autour de son corps. Comme toujours dans ces moments-là, elle était habillée. Elle recula légèrement et me demanda:

– Où est la surprise?

A tâtons, je trouvai sa main. Je la guidai sous le drap. Du bout des doigts, je lui fis toucher ma poitrine, puis je l'entraînai un peu plus bas.

– Tu sens? chuchotai-je d'une voix un peu étranglée par la passion. Tu sens ce que j'ai pour toi, là?

J'appuyai jusqu'à ce que ses doigts entrent en contact avec mon intimité.

– Mais qu'est-ce que...? BON SANG!

Je savais bien que c'était une grosse surprise!

Elle retira ses doigts. Puis elle revint, encercla mon membre, et dit:

– Hé! C'est quoi encore ce truc? Une prothèse? Un godemiché? Bon, on va voir!

Du bout des doigts, elle palpa le bord, puis les alentours. Ses ongles étaient très aigus. Elle essayait de découvrir des liens de maintien.

– Non, non, non! protestai-je. C'est du vrai!
– On va essayer! fit-elle d'un ton menaçant.
Elle serra les doigts, durement, et tira d'un coup sec.
– AOOUUHH!
– Mais, par Allah, c'est un VRAI!
Je le savais bien que la surprise lui ferait plaisir!
Elle palpait, essayant de mesurer le diamètre et la longueur.
Et soudain, elle recula et s'assit.
– Sale (bipé)! Espèce de pourriture de (bip) de traître! (Son poing cogna méchamment sur ma mâchoire.) D'abord, tu en as une si (bipement) petite que personne ne pourrait la trouver! Plus petite que celle des garçons! Et maintenant, elle est tellement grosse que tu ne pourrais la fourrer nulle part!
Mais... est-ce que je n'entendais pas le tic-tac d'une montre? Mais oui! Je voyais le cadran lumineux. Elle devait regarder si les deux minutes étaient écoulées!
– Utanc, je t'en prie! la suppliai-je. Je suis persuadé qu'il y a une solution. Utanc, j'ai fait tout ça pour toi. Réfléchis. Donne-moi ta main. Ce n'est pas aussi méchant que ça, non?... C'est juste un peu plus grand que la normale. Et puis, tu sais, il y a d'autres avantages, Utanc...
Clic! fit la montre.
– Deux minutes, fit-elle. Tu es témoin: je suis restée deux minutes dans ton lit.
Elle me montra le cadran vert luminescent. Oui, ça, je ne pouvais pas le nier: elle était restée deux minutes avec moi, dans mon lit.
– Je t'en prie, Utanc, pleurai-je. Tu n'as pas idée de ce que...
– Écoute-moi, espèce de (bipard). J'en ai marre de tes trucs! Tu ne connais que les EXTRÊMES! D'abord tu es tellement mal équipé que tu ne ferais pas jouir une puce, et maintenant tu défoncerais une chamelle! Je vais retourner dans ma chambre et surtout ne viens plus me faire (biper) avant que tu aies décidé d'être plus NORMAL!
Elle quitta le lit et partit en claquant la porte!
Je restai paralysé. La jouissance que je savourais par avance avait atteint un degré explosif et ce soudain renversement des événements me laissait à mi-course. Mon cœur battait violemment sous la pression de la passion réprimée tandis que mon cerveau restait ébranlé par le choc.
Je tentai de m'allonger calmement, avec l'espoir que tout allait s'apaiser. Mais je fus bientôt agité de tics. Je ne pouvais pas rester en place. Je me levai.
Me disant que, peut-être, elle éprouvait du remords, et même

qu'elle pleurait, déchirée par la frustration, je m'approchai du récepteur relié au mouchard que j'avais dissimulé longtemps auparavant dans sa chambre.

J'entendais mieux à présent. Peut-être avait-il été déplacé par inadvertance quand les gens des cartes de crédit avaient tenté d'emporter tous les tapis.

J'entendais couler de l'eau. Puis des claquements, des cliquetis. Et la voix d'Utanc:

– Debout, mes chéris. Pas question de passer votre temps à dormir.

Des «quoi?» et des «qu'est-ce qui se passe?» lui répondirent. Puis:

– Oh... Miam-miam!

Des bruits de verre. Est-ce qu'elle leur donnait leur lait du soir?

Puis de la musique turque. Un disque, sans doute.

Sauvage. Primitive. Des bruits de pieds qui frappaient le tapis en rythme. Un froissement d'étoffe. Et le claquement de deux épées l'une contre l'autre. Malgré moi, mon corps réagit, même si je ne pouvais pas la voir danser.

Les garçons poussaient de petits cris d'excitation.

Puis un changement. Elle plaqua des accords audacieux et sauvages sur son *cura irizva*. Et elle chanta:

Tu es si petit,
Mais tu es si bon.
Je te mangerais
Si je le pouvais.
Oh, ne dis pas non,
Et pourquoi attendre,
Petit cœur bien tendre?
Hop, tu es tout nu!
Je vais te croquer cru.
Cache-toi dans le lit,
Je m'y glisse aussi.
Il te reste ton chapeau
Viens le mettre au chaud!

Avec un claquement, le *cura irizva* tomba sur le tapis.

Des petits cris de surprise.

Des froissements de draps, un grincement de lit.

Des gloussements de plaisir!

Je ne pouvais plus endurer ça. J'éteignis le récepteur. Ma passion menaçait à nouveau d'exploser. Je retournai m'allonger sur le lit.

J'avais les bras vides. Je souffrais jusqu'au tréfond de moi-même. C'était atroce!

Je restai ainsi durant des heures, inerte, déchiré.

Je savais à présent qu'aucune torture ne pouvait se comparer au désir inassouvi! A cette peine concentrée dans un seul endroit si sensible!

4

Au matin, je m'éveillai dans une chambre glaciale. Le fusible du chauffage électrique avait grillé et j'enfilai très vite la tenue de ski bleu ciel. Je réchauffai mes mains sur le pot de *kahve* tout en réfléchissant. Je pris une décision désespérée.

J'allais cesser d'être fidèle à Utanc.

Je téléphonai au chauffeur de taxi et, quand il fut là, je lui demandai de me conduire un peu plus loin sur la route. Il y avait eu là autrefois une villa qui avait été incendiée. Il suffisait de quitter la route et de se garer à l'ombre d'un grand cèdre pour avoir un poste d'observation idéal.

Le chauffeur coupa le moteur. Le bruissement du vent dans les branches du cèdre était funèbre. Il inclina son siège, ramena sa casquette en peau de chèvre sur sa nuque et attendit que je parle. Il voyait bien que j'étais préoccupé.

– Il faut que je fasse quelque chose au sujet d'Utanc, dis-je enfin.

Il digéra lentement mes paroles. Puis alluma une Hisar à bon marché et tira quelques bouffées.

– Un échange est exclu. Le marché s'effondre. Les choses se sont dégradées derrière le Rideau de Fer et des centaines de milliers de filles ont franchi la frontière. Elles étaient menacées d'être violées par toute l'Armée Rouge. C'était l'infection ou la désertion. Je ne peux pas leur en vouloir. Est-ce que vous avez déjà touché la barbe d'un de ces Ruskoffs? Est-ce que vous savez qu'ils sont pleins de poux et de puces? Non, officier Gris, il faut vous faire une raison: gardez-la.

– Je ne veux pas en faire toute une affaire, insistai-je, mais après avoir longuement examiné la situation, j'en suis venu à la conclusion qu'elle n'allait pas se régler toute seule.

– Dans ce domaine, on ne peut jamais vraiment savoir.

– Il faut que vous trouviez quelque chose. (Après tout, il était le seul à sembler se soucier un peu de mon état. Et les criminels de la planète Modon sont réputés pour leur astuce). Je suis ouvert à toutes les suggestions.

Le cèdre soupirait. Trois chameaux chargés d'opium et un âne, menés par un fermier, passèrent sur la route. Ils se dirigeaient vers le Centre Agricole. Le fermier nous jeta un regard curieux.

Deplor, alias Ahmed, attendit qu'ils soient hors de vue, puis il jeta sa cigarette comme s'il venait de prendre une décision.

– Officier Gris, je ne voudrais pas vous mettre dans une position gênante. J'ai vos intérêts à cœur, croyez-moi. Je vais donc vous dire ce que vous devriez faire. Donnez-moi un peu d'argent et je vous ramènerai des femmes.

– Plus d'esclaves! m'exclamai-je.

– Non, non. Avec celle-là, je vous ai mis dans le pétrin. Et vous ne voulez pas non plus de prostituées. Moi, je pense à des filles qui ont besoin d'argent pour leur dot. Qui veulent se marier. Avec celles-là, on peut passer une nuit. Et elles sont plutôt pas mal, en plus. Et dans des genres très variés. Vous pourrez changer toutes les nuits. Et elles ont du tempérament, croyez-moi.

Oui, ça me semblait très séduisant!

– Maintenant, pour que ça se passe bien, il faudrait que vous ayez une grosse voiture. Les femmes aiment ce qui est gros et tout particulièrement les voitures. Vous vous rappelez cette limousine blindée dont je vous ai parlé? Qui avait appartenu à un général? Celui qui s'est fait descendre? Elle est encore en vente à Istanbul.

Il m'apparut tout à coup qu'il y avait une ombre au tableau.

– Une minute. On ne peut pas payer des filles avec une carte de crédit. Et puis, de toute façon, j'essaie de ne plus m'en servir.

– Des femmes? fit-il, étonné.

– Non. Des cartes de crédit. Je hais ces machins.

– Mais vous n'aurez pas à vous en servir. Vous paierez en liquide. Donc, si vous me donnez un peu d'argent...

Il était temps d'être sincère. Après tout, il était mon ami.

– Je suis fauché, lui dis-je. Je n'ai plus un sou.

Il démarra instantanément. Plutôt vite, à mon avis. Il me débarqua à la villa et repartit sans même me dire au revoir.

Je le suivis du regard.

(Bip)!

Il n'était que trop clair qu'il fallait de l'argent pour tout. La vie sans argent, je l'avais toujours su, c'était la mort.

Le cœur brisé, je regagnai ma chambre.

Ce (bip) de Prahd!

Dans cette situation critique, je me dis qu'un peu d'exercice physique me ferait du bien. Je mis le chauffage dans mon bureau secret, je me déshabillai et entrepris de nettoyer mes armes. Puis je jetai mes vieux vêtements et, vers la fin de l'après-midi, je commençai à mettre de l'ordre dans les boîtes pleines de faux or peint en jaune.

J'avais presque fini quand je m'aperçus qu'une des boîtes était tombée sur divers paquets qui contenaient du courrier dont je n'avais pas encore pris connaissance.

Paresseusement, sans la moindre arrière-pensée, je pris quelques lettres. Elles avaient été expédiées par le bureau de la Section 451 sur Voltar et elles étaient arrivées par la dernière navette.

Du courrier de routine. Un avis de radiation de l'Association Académique d'Alumnus pour non-paiement de cotisation. Une facture d'un armurier de Flisten – qui remontait à des années, et, de toute manière, je n'avais pas l'intention de reprendre un poste sur Flisten. Une publicité pour la nouvelle casquette d'officier des Services Généraux, qui «ne souffrira aucun dommage, même sous les coups les plus durs». Une autre pour le dernier enregistrement de «la plus délicieuse des stars du Visionneur, Hightee Heller: ses dernières chansons et son grand succès extrait du show qui triomphe tous les soirs dans les théâtres de Voltar: *Le Brave Prince Caucalsia.*» Un avis me disant que je n'avais pas accusé d'avoir pris connaissance du dernier formulaire de l'Appareil concernant la rédaction des formulaires, lequel stipulait l'ordre correct des formulaires et devait être rempli instamment et joint au formulaire. Une autre publicité pour un nouveau claque-bulle qui «effaçait en une seule fois les émissions gazeuses des troupes». Une offre spéciale – destinée aux seuls officiers de l'Appareil et un cadeau comique garanti pour leurs amis – des bottes explosives. Et aussi un sifflet à oiseau électronique qui émettait divers chants pour attirer les femelles.

Mais qu'est-ce que je voyais là?

Deux cartes postales qui m'étaient adressées personnellement? Du genre que l'on envoie sans enveloppe et que tout le monde peut lire au passage. Mais de qui pouvaient-elles venir? Je n'avais pas d'amis.

Mon regard se porta sur la signature et je ne pus retenir un cri étouffé. La veuve Tayl!

Je lus la première carte:

Soltan Gris
Section 451
Faire suivre

Hello! Où que tu sois. Je me porte à merveille. Quel nom allons-nous lui donner? Pourquoi n'écris-tu pas?

Ta petite femme adorée que tu as abandonnée sans pitié,
Pratia.
Répondre à Pratia Tayl,
Résidence Minx, Les Collines de Pausch.

Oh, mes Dieux! Et c'était arrivé comme ça! Tout le monde avait pu la lire! On peut être arrêté pour avoir couché avec quelqu'un sans l'épouser! Elle avait la loi de son côté.

La deuxième carte était pire!

Soltan Gris

Encore officier de l'Appareil jusqu'à ce que son commandant ne découvre qu'il ne m'a pas épousée ou s'il ne le fait pas la prochaine fois que nous nous reverrons.

Hello! Où que tu sois. Je me porte bien. Je ne le sens pas encore et il ne me donne pas de coups de pied. A quelle école l'enverrons-nous? Que penserais-tu de l'Académie, comme son père? Peut-être que nous pourrions lui acheter une commission dans la Flotte. Je t'en prie, réponds-moi vite afin que je ne perde pas de temps à payer des avocats alors qu'il y a tant de choses plus jolies à faire.

La ravissante fille qui t'adore et que tu as laissée enceinte derrière toi.

Pratia Tayl, Résidence Minx. Tourner à droite sur la route à hauteur de l'Auberge de la Bête en Rut. Les Collines de Pausch.

PS: Les jeunes officiers sont toujours les bienvenus, avec ou sans uniforme. (L'aire d'atterrissage est ouverte jour et nuit.)

Quelle (bip)!

Elle essayait de me faire avoir des ennuis! Dès ma plus tendre enfance, je m'étais fait un seul et unique vœu: ne jamais, jamais, JAMAIS ME MARIER! Qui tient vraiment à entendre siffler des ustensiles de cuisine autour de sa tête? Et à trouver un jour ou l'autre son meilleur camarade dans le lit conjugal avec toutes les sanglantes conséquences que cela entraîne?

Et pour couronner le tout, ce (bipeux) de Prahd avait fait certifier et enregistrer sa grossesse avant de quitter Voltar!

(Bip) de (bip) de ce (BIPARD) de Prahd! C'était une excellente chose qu'il soit considéré légalement comme mort. Autrement, j'aurais été obligé d'aller l'abattre sur-le-champ!

Même dans la plus grave période de manque, je ne voudrais pas de la veuve Tayl! D'abord, elle assassinait ses époux sous les prétextes les plus futiles. Mais, pour être honnête, ça n'était pas la véritable raison de mon rejet.

Jamais, jamais au grand jamais je ne pourrais lui pardonner la fixation qu'elle avait faite sur Heller. Quel culot! Alors que j'étais avec elle, elle avait continué d'avoir des orgasmes automatiques à la seule pensée de ce (bip)! Et elle ne l'avait vu que moins d'une minute! Elle ne lui avait même pas parlé.

Oh, non, la veuve Tayl n'était pas pour moi! Sur ce point, même au plus raide de mon état, je saurais rester ferme!

Qu'elle continue de rêver à Heller si ça lui faisait tellement plaisir. Moi, j'étais en sûreté à plus de vingt-deux années-lumière de distance!

Mais cela eut un résultat positif: mon ardeur sexuelle diminua quelque peu. Je n'avais plus autant mal là où ça fait si mal. Aux Diables la veuve et Heller!

Il me revint alors que j'avais réussi à éloigner Heller du *Gracious Palms*. Quelle punition: le priver de toutes ces femmes! A moi la main! Je me mis à rire.

Et je me dis que le mieux serait que j'enlève la couverture de l'écran pour jouir de sa déconfiture.

5

Il était dans un parc, tout près de l'East River. Des crêtes d'écume blanche couraient sous le vent d'hiver et les mouettes volaient bas.

Comme il se retournait, ses yeux se posèrent un instant sur la Statue de la Paix, puis sur l'esplanade au-dessus de laquelle flottaient les drapeaux de nombreuses nations.

Il était au pied de l'immeuble des Nations Unies!

Un frisson prémonitoire qui n'avait rien à voir avec le vent hivernal me parcourut. Qu'est-ce qu'il pouvait bien fabriquer là?

Il observait la large allée qui débouchait sur la 46e Rue Est. Je connaissais bien cet endroit: il attendait quelqu'un qui devait arriver d'un instant à l'autre.

Un groupe de cinq filles parut retenir son attention. En cape et capuchon de fourrure. Il dut penser qu'il n'était pas assez visible car il s'avança à leur rencontre.

Elles s'arrêtèrent. Un doigt désigna Heller et toutes les têtes se tournèrent. Et elles coururent dans sa direction. Avec des cris de joie. «Oh, joli garçon.» «Oh, chéri!»

Il se précipita dans leurs bras et toutes l'embrassèrent avec effusion.

Sur les joues et même sur les mains.

Des filles du *Gracious Palms*! Je reconnus aussitôt Margie, Minette et la grande asiate!

– Oh, joli garçon! On se sent tellement seules sans toi!

– Tu nous manques!

– Mon joli-joli môme, on dirait que t'es parti depuis mille ans! cria Minette.

Mes Dieux, c'est qu'elles étaient superbes! Avec leurs yeux brillants et leurs joues rosies par le froid. De quel droit avait-il autant de succès auprès d'elles? Et en plus, il n'avait couché avec aucune!

– On ne pensait pas que tu viendrais, dit la grande asiate.

– Et que je manquerais ça? fit Heller.

– Ça, c'est vrai, fit Margie. Après tout, c'était ton idée.

– Non, non. C'est Vantagio qui a pensé à ça. C'est lui l'expert politicien. Et c'est vous, les filles, qui avez fait tout le travail.

– Ça, tu peux le dire, qu'on a travaillé, renchérit Minette. Très, très duuur! Tous ces allers-retours entre le hall et les étages... Les délégués ont eu leur ration, tu peux me croire. S'ils ne votent pas cette résolution, on leur tombe sur le poil! Et on boycotte leurs peintures!

– Je crois qu'ils ont tous compris, dit Margie. Tous les délégués qui ne voteront pas «oui» bien fort sur cette résolution seront mis à l'index au *Gracious Palms* et ils auront droit à des sanctions.

– On a vraiment mis le paquet, intervint la grande asiate. Ils n'ont pas intérêt à se coucher.

– Oh, je crois que la résolution va être votée par l'Assemblée Générale, dit Heller.

J'étais abasourdi. Bien sûr, j'avais entendu deux ou trois des filles, lorsqu'elles rencontraient Heller dans le hall du *Gracious Palms*, certains soirs, lui assurer qu'elles «travaillaient sur quelque chose» avec leurs clients de l'ONU. Mais je ne m'étais jamais douté de ce qui pouvait se tramer dans les chambres de toutes ces prostituées. Et qu'est-ce que c'était que cette histoire de résolution?

– Bon, nous ferions mieux d'entrer, maintenant, dit Heller. Ça va être l'heure du vote final.

Elles se précipitèrent avec lui, excitées et joyeuses, en direction de la porte principale de l'immeuble de l'Assemblée Générale. Une fille les accueillit au comptoir de l'entrée, l'air quelque peu désapprobateur.

– Vous avez des entrées spéciales pour nous, annonça la grande asiate. Le délégué du Maysabongo nous l'a dit.

– Oh, oui... Cinq laissez-passer pour les balcons du public.

– Six, rectifia l'asiate.

L'employée ouvrit l'enveloppe et compta. Il n'y avait que cinq laissez-passer.

– Moi, je m'assiérai sur les genoux de joli garçon, décida Minette.

– Non, moi, protesta Margie d'un ton résolu.

La grande fille jaune se pencha par-dessus le comptoir et prit un laissez-passer supplémentaire.

– Personne, fit-elle.

– Non, vous ne pouvez pas faire ça! protesta l'employée. Ce sont les laissez-passer réservés aux premières visites. Mais cette session est spéciale et nous attendons d'un moment à l'autre la femme du président et toute une délégation du Mouvement de Libération de la Femme...

– Premier arrivé, premier servi, rétorqua l'asiate. C'est exactement le système qu'on met en pratique, nous aussi.

L'employée tendit désespérément la main vers le laissez-passer.

– Vous ne pouvez pas!

– Mais si. Parce que la résolution qui va être votée, *c'est la nôtre!* Mais si vous le prenez comme ça, pourquoi n'appelez-vous pas le président de l'Assemblée Générale pour lui dire que vous empêchez Beulah d'entrer?

Un garde s'approcha.

– Je dois vous prévenir: pas de bruits intempestifs dans le hall. Et si vous devez assister à la session, on ne tolère non plus aucun bruit ni aucun applaudissement dans les balcons réservés au public. Je crois qu'il vaudrait mieux que vous rendiez vos laissez-passer et que...

– Dites ça à votre employée, lâcha la grande asiate d'un ton sec. Et si vous tenez à garder votre boulot, soyez poli. Joli garçon, voilà ton billet. Et maintenant, est-ce qu'on entre?

Je me demandai pourquoi le garde, tout soudain, avait décidé de les escorter vers l'escalier qui accédait aux balcons du public. Et puis je remarquai que Beulah, la grande fille jaune, le tenait fermement serré par le bras, juste au-dessus du coude. Ce (bip) d'Heller! Il avait appris à toutes ces traînées comment neutraliser les hommes! Quel traître!

Ils s'installèrent dans la première rangée de fauteuils, sur le balcon réservé au public, et les filles ôtèrent leur manteau de fourrure. Elles étaient superbement vêtues: satin et soie brocart. Elles sortirent toutes leur trousse et rectifièrent leur maquillage.

L'Assemblée Générale était une salle immense d'une élégance apaisante.

Les délégués commençaient à arriver. Ils prenaient place un à un derrière leurs pupitres avec dignité. Mais que se passait-il? La plupart jetaient un regard timide aux filles et leur faisaient des signes très discrets.

Puis il y eut une soudaine agitation, des accords de fanfare éclatèrent et l'épouse du président des États-Unis fit son entrée. Les délégués parurent l'ignorer.

Autre agitation. Les représentantes du Mouvement de Libération de la Femme pénétraient dans la salle, ruban sur la poitrine. Tout aussi ignorées des délégués.

Mais quelle était donc cette résolution? Je commençais à craindre qu'Heller, que je croyais fini, conserve cependant beaucoup d'influence. Mauvaise nouvelle.

Finalement, la salle fut pleine, de même que les balcons du public. La session allait s'ouvrir.

Heller et les filles avaient coiffé les casques d'écoute disposés devant chaque siège. Les diverses langues étaient inscrites sur un cadran: anglais, français, espagnol, chinois. Minette, qui se trouvait à côté d'Heller, avait apparemment des difficultés entre son casque et sa coiffure. Heller vint à son secours et composa *français* sur son cadran. Puis il régla le sien sur l'anglais tout en observant les traducteurs enfermés dans leurs cages de verre, de part et d'autre du grand emblême des Nations Unies. Les équipes de télé avaient investi la place et leurs commentaires me parvenaient. Apparemment, les médias considéraient cette session comme particulièrement importante.

Mais pourquoi, par tous les Enfers? On allait voter une résolution pour bombarder la base voltarienne? Pour déclarer Soltan Gris ennemi public numéro un? J'étais très inquiet.

Le président monta à la tribune, au centre de l'ovale, et déclara la session ouverte.

– Nous sommes rassemblés aujourd'hui pour le vote final de la résolution 678-546-452 des Nations Unies. Puis-je procéder à l'appel pour toute réserve ou réflexion de dernière minute?

Le délégué de la Hollande, un personnage adipeux, se leva et annonça:

– Nous estimons que cette résolution va ébranler le monde.

Il accompagna ces paroles d'un clin d'œil en direction des filles.

Le délégué de l'Inde se drapa dans sa robe et dit:

– Je crois que nous devons voter cette résolution à cause des émeutes au Pakistan.

Le délégué américain, prototype du style Département d'État, intervint à son tour:

– Notre opinion, que nous souhaiterions voir partagée par les médias, est qu'il est grand temps que nous nous inclinions devant les sources véritables du bonheur.

Il inclina la tête, non sans adresser un sourire furtif aux filles.

Le délégué britannique lissa son impeccable moustache militaire et dit:

– Sa Majesté sera des plus indignées si la résolution n'est pas approuvée.

Il s'éclaircit la gorge par deux fois tout en regardant les filles du *Gracious Palms*.

Le délégué du Maysabongo prit la parole.

– Nous ne pouvons négliger plus longtemps nos membres. Je propose que l'on donne lecture de la résolution une nouvelle fois et que nous passions au vote.

– J'approuve! lança le représentant du Brésil.

Un homme se leva à la tribune et déroula un document d'un geste imposant. Des murmures coururent dans la salle. Il lut d'une voix sonore :

– Résolution 678-546-452 de l'Organisation des Nations Unies. Par laquelle il est exprimé souhait et volonté de la présente Assemblée Générale des Nations Unies, de par ses pouvoirs souverains, à savoir ce qui suit: «*Résolution: Les femmes auront désormais le droit de ne plus être bombardées par des engins thermonucléaires et de n'être plus forcées au silence par les gifles ou la torture.*»

Et le vote commença, dans une ambiance tendue, sous les regards du public silencieux.

Au fil des minutes, tandis que les délégués votaient l'un après l'autre, les têtes se penchèrent un peu plus vers la salle.

Enfin, le président annonça:
– Cent quarante représentants d'État favorables à la résolution! Vingt-six abstentions! Je déclare donc la présente résolution ADOPTÉE!
ET CE FUT LE CATACLYSME!
Bravant les lois sacrées imposant le silence aux balcons du public, des hourras assourdissants s'élevèrent de toutes parts.
Et la femme du président des États-Unis n'était pas la dernière à clamer sa joie!
Les filles s'étaient levées pour applaudir et lancer des baisers aux délégués!
Qui leur répondaient!
L'honorable assemblée sombrait dans le chaos!
Le président tapait en vain avec un marteau pour tenter de rétablir le calme!
Et c'est en vain que les gardes, à l'unisson, faisaient «cchhutt!».
Heller aidait les filles à remettre leurs manteaux de fourrure.
Elles se joignirent à la foule enthousiaste qui s'écoulait vers la sortie.
Les cinq traînées se mirent en cercle autour d'Heller et dansèrent devant la Statue de la Paix!
Elles s'arrêtèrent enfin, haletantes.
– Il faut qu'on rentre pour dire aux filles qu'elles ont gagné! dit Beulah.
– Presque, rectifia Heller. Elles ont presque gagné. Il faut encore que la résolution passe devant le Conseil de Sécurité pour être appliquée à l'échelle mondiale.
– Viens avec nous, le supplia Margie en s'accrochant à son bras.
Il secoua la tête.
– Non, je ne peux pas. Écoutez-moi bien, toutes. Je vous interdis de dire à quiconque au *Gracious Palms* que vous m'avez vu. Je ne tiens pas à ce que vous ayez des ennuis.
– On peut même pas le chuchoter? demanda Minette.
– Pas question. A moins que vous ne teniez à être virées parce que vous me fréquentez. Promis?
– Oh, joli garçon! dit Beulah. Après une victoire pareille! Tu nous manques à toutes. Tu sais que les filles pleurent quand elles parlent de toi?
– Moi aussi vous me manquez. Allez porter la bonne nouvelle. Le monde vous devra beaucoup si la loi est acceptée par le Conseil de Sécurité. Ce sera grâce à vous, et vous seules.
Elles lui donnèrent toutes un baiser sur la joue et lui prirent

la main avec tendresse. Puis elles traversèrent l'Esplanade en courant.

Heller les suivit du regard. Puis, lentement, il se retourna vers le fleuve.

Il vit une mouette à quelques pas de lui et la prit à témoin.

– Tu vois, mouette, avec un peu de chance, le Conseil de Sécurité entérinera la résolution et toi aussi tu en bénéficieras. Et miss Simmons devra réaliser que je suis de son côté.

Là, je fus complètement secoué. Jusqu'à la semelle de mes bottes. Oui, c'était vrai que si la résolution passait, miss Simmons serait de son côté. Et même à ses pieds! Elle irait sans doute jusqu'à L'AIDER À PASSER SON DIPLÔME! Certes, la pensée de perdre une alliée précieuse était très désagréable mais ce n'était pas ce qui me faisait frissonner.

C'était la force absolue, terrassante, de cet homme! Il s'était servi des femmes pour faire passer une résolution de l'Assemblée Générale des Nations Unies! Il pouvait se servir à son gré des femmes pour obtenir ce qu'il voulait! Je comprenais pourquoi il avait autant impressionné la veuve Tayl!

Non, je ne l'avais pas broyé comme j'aurais dû le faire! Il était encore dangereux. Incroyablement dangereux. Quant à ce que les femmes pouvaient lui trouver, je n'arrivais pas à l'imaginer – elles n'étaient que de pauvres marionnettes entre ses mains!

Il avait le monopole des femmes sur toute la planète! Il n'en laissait aucune pour les autres!

Oui, je réalisais cruellement que j'aurais dû frapper bien plus fort! Que faire à présent? Je me mis à ruminer. Qu'est-ce qu'il m'était possible de faire?

Le bourdonneur m'arracha à mes pensées. Je décrochai d'un geste impatient.

C'était Faht Bey.

– J'appelle pour vous rappeler que le *Blixo* arrive cette nuit. Le capitaine Bolz demande toujours à vous voir, bien que je ne voie pas pourquoi. Alors, essayez de ne pas vous éclipser comme d'habitude.

Il raccrocha.

Un immense soulagement se répandit en moi. Le *Blixo*! Mais bien sûr! Par une intuition géniale, je tenais déjà la solution au problème avec lequel j'étais confronté!

Avec un peu de chance, la comtesse Krak serait à bord. Et elle était du genre à exécuter Heller rien que pour avoir regardé une autre femme! Elle l'aurait à sa botte avant peu, comme sur Voltar!

Je me mis à rire tout seul.

Oui, la solution était là!

Malin, comme coup! Mes professeurs de l'Appareil ne s'étaient pas trompés: j'étais un malin! Un vrai!

6

Il fallait que je trouve comment accueillir ces gens qui allaient débarquer et comment convaincre la comtesse Krak afin qu'elle porte les mêmes mouchards que ceux d'Heller.

Ce ne serait pas facile. A dire vrai, tout contact avec la comtesse Krak équivaut, au niveau risque, à une sortie sur la coque d'un astronef en vol! Et sans filin de sécurité!

Je dressai mes plans avec soin et, finalement, avec la certitude qu'ils étaient sans faille, je me préparai à l'arrivée du *Blixo.*

Avant tout, il fallait que j'aie l'air impressionnant. Ce qui me conférerait l'autorité nécessaire pour donner des ordres.

Mon uniforme d'officier des Services Généraux, que j'avais caché dans mon bureau secret, était passablement froissé. Je le lavai dans une baignoire avant de le faire sécher devant un radiateur. C'est alors que je me rappelai que j'avais égaré depuis longtemps mon médaillon d'officier de grade X. Pourtant, je ne pouvais pas me résoudre à passer pour un subalterne.

Je me mis à arpenter ma chambre, plongé dans de profondes réflexions. Puis je sortis dans le patio. La soirée était avancée et la voiture d'Utanc n'était plus là. J'allai frapper à sa porte. Rien. Quel coup de chance! Et les deux garçons étaient partis avec elle, comme souvent ces derniers jours.

Quelques verrous plus tard, j'étais dans la place. La chambre n'avait pas changé, si l'on exceptait deux nouvelles penderies en acajou. Autres serrures mais pas de problème. Dans la première, j'ouvris quelques tiroirs. Exactement ce que j'avais soupçonné. Des bijoux. Les Dieux savaient si elle avait souvent rendu visite à Tiffany!

Le médaillon en émeraude que je l'avais vu porter une fois était là. Ce n'était pas réellement un insigne de grade mais il ferait l'affaire: d'abord, c'était une émeraude et il avait de la classe.

Je ne tenais pas trop à m'attarder, vu les risques. Je ne réussis pas à retrouver le mouchard que j'avais placé sous le tapis. Tant pis. Je m'éclipsai.

Tout allait bien.

De retour dans ma chambre, je pris un ceinturon avec un paralyseur et glissai deux éclateurs dans ma poche. Je dissimulai une lame de la Section Couteau derrière ma nuque. Et j'accrochai l'étoile de contrôle antimanco sur ma poitrine. J'étais prêt. Je m'engageai dans le tunnel qui conduisait au hangar. Mieux valait être sérieusement armé pour accueillir ceux qui allaient débarquer.

Il ne semblait y avoir personne encore.

Il y avait bien longtemps que je n'étais venu là. Les deux vaisseaux-canons étaient à leur place et le remorqueur reposait toujours sous une couche de poussière. Je notai quelques pièces détachées et divers restes de fret.

C'est alors qu'un mouvement attira mon regard. Je découvris un vaisseau très bizarre! En forme de dôme, ou plutôt de cloche. Et le capitaine Stabb, le chef des Antimancos était là, en tenue de travail. Il m'aperçut lui aussi et vint à ma rencontre.

– Alors, vous êtes venu voir cette petite merveille! me dit-il. Le meilleur vaisseau-pirate jamais construit!

C'était le saute-ligne qu'il avait reconstruit. Un drôle de petit engin! Les autres Antimancos, juchés sur des échelles, étaient occupés à tester le revêtement d'Absorbo afin de détecter la moindre zone de réflexion radar.

– Il est prêt, dit Stabb. Depuis deux semaines, en fait, mais on m'a dit que vous étiez occupé. Alors, quand est-ce qu'on se fait une ou deux banques?

Voilà une perspective qui ne m'enchantait guère. Je voyais déjà la une, comme aurait dit Madison: *LES BANQUES S'ENVOLENT. L'AIR FORCE ENQUÊTE.* Mais je me contentai de répondre:

– Bientôt, bientôt... Il y a de grandes choses qui se préparent.

De toute manière, je n'étais pas venu pour entendre des absurdités.

– Je suis heureux de l'apprendre, fit Stabb. Je commençais à penser, en ne vous voyant pas, que vous ne vous intéressiez plus à nos projets de piraterie et que peut-être même vous étiez passé du côté de l'officier royal.

– Lui aussi on va s'en occuper, l'assurai-je.

Je me rendis jusqu'au bureau. Et j'y trouvai ce que je cherchais. Une petite estrade, non loin de l'accès principal du tunnel. Non, je ne monterais pas à bord du *Blixo*. Je demanderais à ce que ses passagers se présentent devant moi. C'est ça l'autorité. Je donnai l'ordre aux gardes de disposer un bureau et une chaise à un endroit précis. Et je me dis que les arrivants n'avaient plus qu'à se présenter devant moi. Ils sauraient qui était le maître. Je fis même promettre aux gardes de me saluer à cette occasion. Ils acceptèrent avec un haussement d'épaules. Je leur promis alors moi-même qu'ils auraient quartier libre le lendemain et, cette fois, ils furent pleinement d'accord.

Le dispositif était en place. Je retournai dans ma chambre et j'appelai le chauffeur de taxi pour lui dire de se trouver à une certaine heure devant la sortie.

Ensuite, j'appelai l'hôpital. Dans le plus grand secret, Raht m'apprit qu'il serait prêt à partir dès le lendemain. Je lui dis d'être à pied d'œuvre à 9 heures du soir afin de monter une opération sans aucun témoin. Il ne trouva rien à répliquer.

Et, parce qu'il s'agissait d'une mission de routine, Faht Bey ne devait soulever aucune objection. Je l'appelai sur la ligne de sécurité de la base pour lui dire de prendre deux billets d'avion séparés pour New York et de prévoir la somme habituelle pour les frais.

– J'aurai également besoin d'un passeport américain, ajoutai-je. Sexe féminin. Age approximatif: vingt ans. Dès que les femelles seront parties, faites les photos nécessaires dans le Département d'Habillement. Que tout soit prêt pour le vol de demain. Aucun problème?

– Non. L'I.G. Barben nous a envoyé des formulaires en blanc pour les passeurs de drogue, mais il faut que je leur renvoie les noms et les dates de naissance pour qu'ils puissent les remplir. Je le mets à quel nom ce passeport?

Je me sentis brusquement d'humeur espiègle.

– Joy Divine Krackett, dis-je. Avec un *K*. De Bluesville, État de New York.

– Vous partez? demanda-t-il, avec une note d'espoir trop évidente.

– Non. Et cette mission est légale. Alors, pas de gaffes. N'oubliez pas de les estampiller avec de vieux tampons de l'immigration. Je vous laisserai l'ordre avec les photos quand j'y aurais apposé mon identoplaque.

– Je peux prendre un billet pour vous aussi, me proposa-t-il.

Je raccrochai.

J'enfilai mon uniforme d'officier et passai à mon cou le bijou qui tiendrait lieu d'insigne de grade, je mis mon manteau de peau d'ours et ma toque. Je glissai divers textes de référence dans la poche de ma tunique, sortis tout le dispositif mouchard et l'empaquetai.

En vérité, j'étais très nerveux. Le seul nom de Krak avait toujours cet effet sur moi. J'avais gardé un souvenir très vif de la façon dont elle avait déchiqueté l'homme jaune avec ses talons rouges. Je n'aurais pas osé affronter ce géant avec des éclateurs, même pour une fortune, et cette pensée n'améliorait pas mon moral. Du coup, cela gâcha mon souper.

Je me promis de l'expédier loin de moi sans délai et de m'employer à ce qu'elle retarde Heller.

C'est avec joie que j'entendis résonner le gong, au bout du tunnel. Le *Blixo* était en approche. Je me dirigeai vers le bureau que j'avais installé.

7

J'étais à mon poste, impérial, lorsque les gardes introduisirent celui que j'avais souhaité voir en premier: Oh Chéri.

Je fus surpris en le voyant. Le petit homo avait sans doute été prévenu par Chochotte et il s'était bien tenu. Il n'était pas enchaîné.

Sous la clarté verte du bureau, son petit minois poudré avait une expression étrange. Il était en tout cas plein de respect, et convenablement effrayé.

– J'ai là quelques papiers pour vous, officier Gris, me dit-il. Le bureau est dans le plus grand désordre. Bawtch n'est pas là et les deux autres ont apparemment disparu. Il y a un nouveau chef de bureau mais il ne connaît pas grand-chose.

Ah! Chochotte avait réussi! Bawtch, moin vieil ennemi, était mort! Et les faussaires aussi! Splendide nouvelle!

– Alors, je n'ai que ces quelques ordres en blanc à vous faire viser en cas d'urgence.

Il n'y avait en effet que quelques livres de papier. Je pris la liasse et sortis mon identoplaque. Il ne me fallut que vingt minutes au lieu de la moitié d'un après-midi, comme jadis. Comme les tâches seraient légères, à présent que Bawtch gisait quelque part dans une tombe inconnue. J'aurais dû penser plus tôt à ce plan!

Je rendis la liasse de paperasses à Oh Chéri.

– Maintenant, Oh Chéri, dis-je, utilisant à dessein son surnom, quelles sont les autres nouvelles?

– Eh bien, d'après ce que j'ai pu apprendre en les écoutant sans qu'ils le sachent, Lombar Hisst fait des progrès remarquables dans l'introduction de la drogue au sein du Grand Conseil. Tous les docteurs de la cour sont intoxiqués. Et une partie de la population également. Ce n'est qu'une question de temps. Il n'y a qu'un petit accroc.

Je fus instantanément sur le qui-vive.

– Il semble que vous ayez un homme ici, sur Blito-P3, un officier de la Flotte, qui serait en mission. Et apparemment, il a adressé des rapports au capitaine Tars Roke qui a la confiance du Grand Conseil et de cet officier. Lombar a remonté la piste. Les messages sont codés chaque mois à l'aide d'une plaque différente. Donc, il sait qu'on ne peut pas les imiter.

Ça, il est difficile de jouer au plus fort avec Lombar.

– Mais, par tous les Dieux, Lombar déteste l'officier dont je vous parle! Il a piqué une crise. Juste avant l'embarquement, on m'a conduit dans son bureau. Il m'a fait peur.

Je voulais bien le croire, avec cette façon qu'il avait de vous soulever par les revers en agitant son cingleur.

– Et il m'a dit qu'il avait découvert que vous aviez une liaison courrier magic avec Voltar. Je pense qu'il a des espions sur tous les vaisseaux. Il m'a donné un message à vous transmettre.

Oh, oh! Un message du Chef lui-même!

– Il m'a dit qu'il était heureux de vous aider en vous expédiant cette traînée et le docteur Crobe ainsi que vous l'aviez demandé. Je crois qu'il est prêt à tout pour foutre en l'air cet officier. Officier Gris, est-ce que c'est réellement une prostituée? Elle est si gentille. Je lui ai parlé pendant le voyage. Elle m'a même appris à nouer correctement ma cravate. Vous voyez?

– Le message! aboyai-je à cet ahuri.

– Où en étais-je? Ah, oui. Il a dit aussi qu'on comptait sur vous. Si cet officier que Lombar hait a cette planète à sa botte, et surtout s'il dérange le pouvoir de l'élite de quelque façon que ce soit, les choses pourraient prendre un vilain tour.

Il essayait de se rappeler le reste, le front plissé.

– Une minute. Tu as parlé à cette femme, dis-tu? Qu'est-ce que tu lui a donc raconté?

Il sursauta, immédiatement sur la défensive.

– Rien. Mais rien, officier Gris. Elle a essayé de me tirer les vers du nez, mais je lui ai dit que je n'étais qu'un messager, que je ne savais rien. Que je vous apportais simplement des paperasses. Après ça, elle s'est désintéressée de moi. Elle n'a plus quitté sa cabine pendant presque tout le voyage. Je crois qu'elle devait étudier une langue, parce que j'ai entendu la machine.

– Tu en es certain?

– Oh, sur ma vie, officier Gris! Lombar Hisst m'a dit qu'il m'assassinerait si je révélais quoi que ce soit à quelqu'un d'autre que vous. Mais, attendez, il y a une suite. Lombar a dit qu'il comptait absolument sur vous pour mettre des bâtons dans les roues à cet officier. Il ne faut pas que les expéditions d'opium, de speed et d'héroïne soient ralenties. Et aucune des organisations contrôlées par Rockecenter ne doit être menacée. Lombar est persuadé que l'acheminement de la drogue serait interrompu si l'I.G. Barben s'effondrait. Mais il a ajouté qu'il avait aussi de bonnes nouvelles pour vous. Il a dressé un plan – il n'a pas précisé lequel – mais il est certain que, dans l'avenir, il sera en mesure de vous donner le feu vert pour liquider cet homme en toute sécurité.

Voilà qui me comblait! Mais une pensée dérangeante me vint. Krak avait parlé à ce petit homo.

– Dis-moi: est-ce qu'elle t'a posé un casque sur la tête?

– La femme? Oh, non. Juste avant que nous quittions Voltar, tout le vaisseau a été fouillé à fond par les gardes de l'Appareil. Ils ont confisqué presque tous nos bagages. Ils ont pris à la femme tout ce qu'elle avait à l'exception de ses vêtements de rechange et de sa machine à langage avec ses bandes. Où aurait-elle pu bien mettre un casque? Mais qui est-elle donc?

– C'est la petite amie de l'homme que Lombar voudrait que l'on tue, dis-je, incapable de résister à ce plaisir.

Oh Chéri s'évanouit dans la seconde!

Je glissai les cartes du courrier magic dans sa poche et je donnai l'ordre qu'on le boucle dans une cellule jusqu'au départ du *Blixo.*

A mon signal, on fit entrer Crobe. Le brave et savant docteur était une vraie loque. Il avait toujours été sale, mais six semaines dans une cabine d'astronef ne l'avaient pas arrangé.

– C'est vous l'(enbipé) qui m'a fait amener ici? attaqua-t-il.

– En tout cas, vous êtes sorti de Répulsos. Et vous voilà sur une belle planète humanoïde dont les indigènes ne connaissent rien de la cytologie et de l'art de faire pousser des tentacules aux bébés.

– Ils m'ont tout confisqué! Je n'ai même pas un couteau électrique!

– Ici, nous avons des tas de bistouris électriques et plus de cinq millions d'êtres qui n'ont encore jamais vu un homme avec deux têtes à la place des jambes.

Cela parut éveiller son intérêt, comme je l'avais prévu. Un soupçon me traversa alors l'esprit.

– Est-ce qu'on vous a donné l'ordre d'apprendre des langues? Et est-ce que vous l'avez fait?

– Oh, oui. Mais les langues sont une perte de temps. Pourquoi parler aux gens quand il y a tant de choses intéressantes à faire sur eux?

– Dites-moi «bonjour» en allemand.

– *Gutten giorno.*

Mes Dieux!

– Demandez-moi «comment ça va?»

– *Ich habe una dog patronymo George.*

(Bip)! Quel crétin de sale (bip)! Il avait dû roupiller pendant tout le voyage! Je ne pouvais même pas prendre le risque de le laisser sortir du hangar.

– Docteur Crobe, je vais vous installer dans une chambre et vous y resterez jusqu'à ce que vous soyez capable de parler une des langues de cette planète.

– Quoi?

– C'est exactement ça. Donc, si vous voulez pouvoir sortir librement, jouir du paysage et vous mettre sérieusement au travail, vous allez prendre cette machine qu'on vous a donnée et plonger le nez dedans. Quand vous saurez parler comme les indigènes, je vous donnerai un emploi très intéressant, mais pas avant.

J'avais attendu une réaction de joie, mais il demeura immobile, l'air furibond.

Il considérait peut-être la Terre comme un endroit barbare et primitif, sans la moindre culture. Ce en quoi il se trompait. La psychologie et la psychiatrie sont des choses absolument merveilleuses, par exemple.

J'ai toujours un ou deux bouquins sur moi, pour les problèmes épineux. Je les sortis de la poche de ma tunique. *La Psychologie courante* et *Jusqu'au fond de la psychiatrie*. Cela lui prouverait qu'il avait intérêt à apprendre les langues. Je les lui tendis.

– Lisez donc ça, et vous comprendrez à quel point les langues peuvent être précieuses!

Il les prit et se mit à les feuilleter. Il tomba sur la coupe d'un crâne et son regard s'illumina.

J'appelai le capitaine des gardes et lui demandai d'accompagner Crobe dans une des meilleures cellules et de ne pas le laisser sortir avant que j'en aie donné l'ordre.

Le moment venu, je le libérerais et je le lancerais sur Heller. Après tout, Heller m'avait bien demandé un cytologiste, non? Je souris.

Jusque-là, j'avais su piloter les choses. L'un des gardes m'avait même salué une fois.

Je dis alors au capitaine qu'il pouvait faire venir la femme qui était à bord.

8

Après tous ces mois, j'avais fini par oublier complètement l'impact de la présence de la comtesse Krak. Ça, on ne pouvait pas l'ignorer.

Elle portait une capote de spatial avec le col relevé et des bottes assorties. Ses cheveux blond doré étaient noués en tresses qui lui faisaient comme une couronne.

Elle posa sur moi le regard grave de ses yeux gris-bleu et me demanda:

– Comment va Jettero?

Je retrouvai rapidement mes facultés. Il fallait que ce soit vite expédié.

– Oh, oui!

– Personne ne s'est attaqué à lui?

Là, je tenais ma chance. Je ne pouvais gagner ce coup qu'en le jouant à la perfection. Je portai la main à mon estomac.

– Non, fis-je rapidement. Mais je ne me sens pas bien tout à coup. Ça doit être ce que j'ai mangé au déjeuner.

Ha, ha! Ça marchait! Elle esquissa un sourire. Elle pensait que son implant hypnotique était toujours en place, cette (bipée)! Elle posa le petit sac qu'elle tenait.

Maintenant, il fallait que je sache au sujet des faux. Je désignai le sac.

– Je vois que vous avez des bagages légers. J'ai appris que le vaisseau avait été fouillé.

Elle soupira.

– Oui. Snelz avait monté ma malle à bord et ils l'ont confisquée. Toute cette histoire à cause de mes ustensiles d'entraînement. Ils auraient pu les laisser. Et puis ils m'ont lu un discours interminable sur l'interdiction de révéler qu'on est extra-terrestre. Des gens tout à fait déraisonnables. Mais là n'est pas le problème. Ils ont pris tous les merveilleux vêtements que Jettero m'avait offerts. Je n'ai plus rien de joli à me mettre pour aller le retrouver. Je ne veux pas qu'il me voie comme ça! Mais vous allez sans doute m'aider, n'est-ce pas, Soltan?...

– Bien sûr. (Mais je pensais qu'à une chose: les faux royaux que je lui avais donnés). Il y avait autre chose de valeur dans cette malle?

– Non.

– Je veux dire... ces documents royaux... vous savez bien...

– Oh, Soltan, ne vous faites pas de souci. Ils sont en sûreté.

Ha, ha! Elle devait les avoir sur elle. Il faudrait que je trouve un moment pour m'occuper de ça au cours de l'opération.

– Vous n'en avez parlé à personne, n'est-ce pas?

– Oh, bien sûr que non, fit-elle d'un ton de reproche. Je vous ai donné ma parole. Je n'ai même pas parlé de sa mission royale à Jettero ni de la promesse de signer mon pardon. Vous ne pensez quand même pas que je renierais ma parole, non?

– Certes non, fis-je d'une voix apaisante. (Je maîtrisais mieux la situation, à présent.) Mais venez. Vous devez être pressée de rejoindre Jettero. Il faut que vous soyez prête dans un instant. Suivez-moi.

Je pris le paquet qui contenait le mouchard, mon manteau et ma toque, et je me dirigeai vers la porte.

Elle récupéra son petit sac et m'emboîta le pas.

Nous nous sommes arrêtés d'abord au Département d'Habillement. Le photographe nous y attendait. Je lui tendis sans perdre un instant l'ordre visé pour les passeports, les billets et l'argent du voyage.

La comtesse Krak avait déjà plongé dans les cintres. Le photographe lui demanda de se placer devant un mur blanc.

Ce qu'il tenait ne ressemblait probablement pas à un appareil photo car elle ne devina ce qu'il s'apprêtait à faire que lorsqu'il braqua l'objectif sur elle.

– Oh, non! Pas de photo! Je suis affreuse à voir!

Trop tard. C'était fait. Le photographe s'éclipsa.

Je pris une robe. Bleue, avec de grosses fleurs blanches.

– Qu'est-ce que c'est que ça? s'exclama la comtesse d'un air horrifié.

– Un vêtement indigène. Il faut que vous ayez l'air d'une indigène. Rappelez-vous le Code Spatial qu'on vous a lu.

Elle examinait la robe avec stupéfaction.

– Vous voulez dire que les indigènes en sont à ce stade pour l'habillement?

Je cachai soigneusement ma joie. Je lui montrai une cabine d'essayage.

– Vite, vite. Des gens attendent. Il faut une demi-journée de vol pour rejoindre Jettero et il faut que vous partiez sans attendre.

Elle prit la robe avec réticence et alla jusqu'à la cabine en ôtant sa capote.

Je trouvai une cape de femme avec capuchon, passablement défraîchie. Brune avec des sortes de pois. Et un voile. Mais ni bas ni chaussures. Elle portait ses bottes spatiales. Ça ferait l'affaire.

Elle ressortit de la cabine. Elle mesurait près de 1,90 m et cette robe était une petite taille. Je lus aussitôt son sentiment sur son visage.

Je lui tendis la cape.

– Ça vous couvrira.

Elle détecta immédiatement quelques trous dans le tissu et me jeta un regard tellement calculateur que je me sentis très mal à l'aise.

– Plus vite vous mettrez ça, plus vite vous partirez, insistai-je.

Elle passa la cape. Je lui donnai le voile mais elle ne savait pas quoi en faire et je dus lui faire la démonstration.

– Les femmes d'ici sont voilées. C'est une coutume religieuse.

– Vous êtes certain que nous sommes sur la bonne planète? me demanda-t-elle. Mais elle mit quand même le voile.

Je récupérai mon manteau et ma toque de fourrure, le mouchard, les vêtements qu'elle avait enlevés, son sac et, à force de persuasion, la poussai vers la sortie jusqu'au taxi.

Maintenant, c'était le moment le plus difficile. Je fermai la glace de séparation afin que le chauffeur ne puisse pas nous entendre.

– Il va vous falloir être très prudente sur ce monde, commençai-je. Ils sont complètement cinglés pour tout ce qui concerne l'identité. Si vous avez des cicatrices ou des traces quelles qu'elles soient sur le corps, ils vous embarquent aussitôt. Par conséquent, il faut les éliminer.

La nuit était noire mais je sentais le poids de son regard.

– Oh, Soltan! fit-elle d'une voix incrédule.

J'allumai le plafonnier.

– Écoutez. Vous voyez cette cicatrice, là, sur le dos de votre main? Mortel.

– Mais c'est juste un petit coup de griffe de léprodonte! On la voit à peine.

– Et ce poignet? La marque des menottes électriques, n'est-ce pas?

– Oh, Soltan! Il faut vraiment beaucoup d'imagination pour les discerner.

– Je veux bien, mais que dites-vous de cette hideuse cicatrice que vous avez au-dessus de l'œil droit?

– Cette pauvre petite égratignure? (Elle y porta le doigt.) Mais elle est cachée par le sourcil.

– Dites plutôt que vous avez pris l'habitude de la voir là. (Et là, je fis dans la ruse absolue.) Vous pensez qu'Heller tient à avoir sous les yeux cette grosse tache le reste de sa vie?

Elle était pensive.

– Oui, je vois ce que vous voulez dire, Soltan. Mais pas d'anesthésie, je vous en prie.

– Écoutez, comtesse, il est de mon devoir d'assurer votre protection. Jettero m'arracherait la tête si je vous laissais partir avec ces marques et que vous soyez arrêtée.

J'avais dû être très convaincant – sans doute parce qu'il était exact qu'Heller me ferait mourir sous la torture s'il arrivait le moindre incident à la comtesse. Elle était abîmée dans de profondes réflexions.

Le moment était venu de plonger tout droit dans le Plan Stratégique A.

– Je ne vous en veux pas de votre méfiance, repris-je. Le monde, que dis-je, tous les mondes sont infestés de loups. Mais je suis l'esclave du devoir. Je vais vous dire ce que je compte faire. J'ai ici des hypnocasques. Je vous autorise à en utiliser un à la fois sur moi et le cytologiste d'abord et je vous donnerai un enregistreur que vous porterez au poignet pendant l'opération. Qu'en dites-vous?

Comme je l'avais espéré, ça la fit céder. Au-dessus du voile, il y avait un nouvel éclat dans ses yeux gris-bleu.

– D'accord.

Je faillis sauter de joie. Gagné! J'avais réussi! Je dus détourner la tête pour qu'elle ne lise pas le triomphe qui devait transparaître sur mon visage. J'avais piégé la redoutable comtesse Krak. Et sans dommages!

9

Il n'était pas encore 9 heures et il n'y avait pas grand monde à l'hôpital.

Je précédai la comtesse dans le hall, puis dans la salle d'examen.

Le Dr Prahd Bittlestiffender avait guetté notre arrivée et il entra derrière nous.

La comtesse s'était installée dans un fauteuil. Elle ne perdit pas une seconde pour ôter son voile. Apparemment, elle ne l'appréciait pas. Puis elle rejeta le capuchon de sa cape.

Prahd s'était arrêté sur place.

Il la contemplait, bouche bée.

Je dis en voltarien:

– Voici votre docteur, comtesse. C'est l'un des plus éminents cytologistes de Voltar. Docteur, je vous présente miss X. Elle vient juste d'arriver par le *Blixo* et, comme d'habitude, il va être nécessaire de lui ôter les cicatrices d'identification.

Prahd, ce singe abruti, ne saisit pas l'allusion. Il restait là, fasciné!

Mais j'avais les choses bien en main, désormais.

– A présent, dis-je à la comtesse, nous allons prendre un hypnocasque au magasin. Si vous voulez nous excuser un instant.

J'arrachai Prahd à sa transe d'un coup de pied discret. Une fois dans le hall, je refermai la porte. Je le poussai en direction de son bureau, portant le sac de la comtesse et le mouchard emballé.

– Par les Enfers! grondai-je, vous avez l'air complètement sonné!

– Cette dame... fit-il, les yeux écarquillés.

– Cette «dame», comme vous dites, fis-je d'un ton aigre, est une criminelle notoire!

– QUOI? Une aussi belle femme! Je ne peux pas le croire. Elle est certainement une des plus grandes beautés de Voltar! Je n'en connais qu'une autre qui puisse lui être comparée, c'est Hightee Heller, la star du Visionneur!

Je le poussai dans un fauteuil afin de le dominer de toute ma taille.

– Écoutez-moi. Cette femme qui vous a mis en orbite a été jadis condamnée à la peine de mort et elle est aujourd'hui une personne non-existante. A ma connaissance, elle a tué quatre hommes. Trois d'entre eux n'essayaient que de lui faire du charme, en toute innocence. Alors, surtout pas d'idées romantiques à propos de cette «dame»! On nous l'a envoyée pour un autre travail. Un meurtre.

Il continuait de me regarder avec des yeux immenses, ses cheveux de paille complètement ébouriffés. Je poussai mon avantage.

– Il faut l'opérer si nous voulons nous protéger. Bien entendu, vous allez effacer ces cicatrices. Mais surtout vous allez implanter ce mouchard audio-vidéo dans son crâne exactement comme vous l'avez fait pour Heller. Elle a une cicatrice juste au-dessus de l'œil droit qui convient parfaitement. Vous allez la mettre sous anesthésie et faire votre boulot. Sous aucun prétexte, elle ne doit se douter de la présence du mouchard.

– Mais si elle le découvre, elle nous tuera!

– Précisément! Mais j'ai tout prévu. Elle se croit des dons d'hypnose. Je vais lui proposer de nous mettre tous les deux sous hypnocasque.

– QUOI?

– Du calme, du calme. J'ai bricolé un casque de telle façon qu'il ne fonctionne pas. Vous devrez simplement faire semblant d'être sous hypnose. Et moi aussi. Nous lui mettrons un enregistreur au poignet. Après, elle sera docile. Je ne fais qu'assurer votre protection, c'est tout. Alors courez jusqu'au magasin, ramenez deux de ces hypnocasques et on se retrouve dans la salle d'examen.

Il prit le paquet qui contenait les éléments du mouchard et sortit.

Aussitôt, j'ouvris le sac de la comtesse et le fouillai méticuleusement. Rien que des objets de toilette et un peu de maquillage. C'était surtout la machine à langage qui occupait la place, avec quelques textes terriens. Je sondai la doublure. Rien.

Je ne fus pas plus avancé en explorant la capote et la combinaison qu'elle avait portées. Je me souvenais qu'à l'origine, quand je lui avais remis les fausses «proclamations», elle les avait cachées sur elle. Et c'est exactement là où elles devaient être. J'imaginai un garde de l'Appareil essayant une fouille corporelle sur la comtesse: elle le tuerait dans la seconde! Et puis, si par malheur on avait déjà trouvé les faux, on avait consulté le registre de la Cité du Palais, découvert leur nature et la comtesse aurait été exécutée.

Bon, j'avais sauvé ma tête pour l'instant. D'accord, Bawtch et les faussaires étaient morts, mais elle pouvait encore m'impliquer dans cette affaire. Mais j'aurais bientôt les faux, dès qu'elle serait sous anesthésie. Je pourrais même parfaire la chose en mettant une liasse de papier à leur place. Oui, c'était la solution. Je me mis à la tâche.

Une porte claqua quelque part et je me dis que Prahd devait être de retour. Je retournai en hâte à la salle d'examen. J'entrai en même temps que Prahd. Les yeux de la comtesse s'illuminèrent.

Prahd portait deux boîtes. Dès qu'il les eut déposées, elle se précipita et l'écarta. Bien entendu, j'avais remis avec le plus grand soin les scellés d'origine – nous sommes des experts en cet art, dans l'Appareil – et les deux boîtes semblaient telles qu'elles étaient sorties de la fabrique.

La comtesse ouvrit la première comme si elle déballait un gâteau d'anniversaire.

– Ooh! roucoula-t-elle. Tout neuf et tout brillant, et le dernier modèle! Regardez! Il y a une prise micro avec le lecteur de bande! Magnifique! Et quelles couleurs ravissantes!

D'un geste expert, elle mit une pile en place et consulta le voyant avant d'enfoncer la fiche du micro.

– Qui est le premier? demanda-t-elle.

Je n'étais pas vraiment convaincue qu'elle n'allait pas sortir un poignard et je poussai Prahd dans le fauteuil. Il était nerveux et resta assis au bord.

– C'est à vous cet hôpital? commença-t-elle sur le ton de la conversation.

– Non, non, fit-il précipitamment en me désignant. C'est à lui. C'est-à-dire que c'est lui le patron. Si vous avez des plaintes à formuler...

– Pas encore, fit-elle avec un sourire suave. (Elle posa le casque sur la touffe de cheveux paille et se retourna vers moi.) Soltan, si vous voulez bien attendre dans le hall.

Elle jouait avec le micro d'une main, l'autre posée sur le contact du casque.

Je sortis. Mais, évidemment, je restai l'oreille pressée contre la porte.

– On dort, on dort gentiment, disait-elle. Est-ce que vous m'entendez?

La voix étouffée de Prahd.

– Oui.

– Vous allez pratiquer une opération. Vous allez la faire de façon experte. Vous n'apporterez aucune déformation physique, aucune altération glandulaire. En d'autres termes, vous ne bricolerez pas mes glandes pas plus que mes membres. Est-ce que c'est clair?

– Oui.

– Vous vous limiterez à effacer quelques taches et cicatrices de telle façon que la guérison soit rapide et sans autres cicatrices ou taches ni la moindre entourloupe. D'accord?

– Oui.

– A présent, si vous, Soltan ou n'importe quel autre homme tentait de m'approcher charnellement ou d'avoir quelque contact sexuel avec moi pendant que je me trouve sous anesthésie, vous devrez vous suicider avec votre couteau électrique. Compris?

– Compris.

– Et vous ne direz rien, pas plus à moi que quiconque pendant que je serai endormie. D'accord?

– Oui.

– Et si vous veniez à violer l'un ou l'autre de ces ordres, vous aurez la sensation que des bombes atomiques vous explosent dans le crâne. D'accord?

– D'accord.

– A présent, vous allez oublier tout ce que je vous ai dit et, quand vous vous réveillerez, vous ne vous rappellerez que les questions que je vous ai posées sur votre qualification professionnelle. Vous êtes bien d'accord?

– D'accord.

Un clic. Elle venait d'éteindre le casque. Moins d'une minute après, Prahd apparut en titubant sur le seuil. Je l'examinai attentivement. Je voulais être bien certain que le casque était effectivement inopérant quand je me trouvais dans un rayon de cinq kilomètres avec l'élément que je portais.

Il s'épongea le visage.

– Dieux! souffla-t-il. Des bombes atomiques dans mon crâne! Je comprends ce que vous vouliez dire!

Il partit à travers le hall, les jambes flageolantes, se dirigeant vers la salle d'opération.

Parfait. S'il avait été sous hypnose, il aurait tout oublié!

– Soltan! appela la comtesse d'une voix douce.

J'entrai comme un petit écolier timide. Je m'efforçais de ne pas sourire. Elle posa le casque sur ma tête et l'alluma. A travers la visière, je la vis vérifier le voyant et les lampes-témoins. Puis elle recula et porta le micro à ses lèvres.

– On dort, on dort gentiment. Vous m'entendez, Soltan?

– Oui, fis-je en prenant une voix molle.

– Il y a quelque temps, je vous ai dit que si jamais il vous venait à l'idée de nuire à Jettero Heller, vous auriez des maux de ventre et autres malaises. Maintenant, dites-moi, Soltan: est-ce encore vrai?

– Oh, oui, mentis-je.

– Et vous n'avez pas médité de lui faire du mal ou de lui jouer de mauvais tours?...

– Oh, non.

– Bien. Ça reste vrai. Je n'ajouterai que ceci: si vous tentez quoi que ce soit de mal contre moi, cela aura le même résultat. Compris?

– Oui, fis-je.

En remerciant les Dieux d'avoir neutralisé ce casque!

– A présent, écoutez-moi attentivement. Vous allez m'aider de tout votre possible à rejoindre Jettero. Vous me laisserez circuler comme je le veux dans cet hôpital et alentour dans la base. Et vous m'autoriserez à prendre ce que je désire. Compris?

– Oui.

– Et aussi, vous me laisserez emporter ce que je veux, quoi que ce soit. Vous me laisserez partir avec. Et vous trouverez en vous-même une justification pour cela. Est-ce clair?

– Oui.

– Bon. Maintenant, vous allez oublier ce que je viens de dire. Quand vous vous réveillerez, vous penserez que je vous ai interrogé sur mon opération. D'accord?

– Oui.

Elle éteignit le casque et me l'ôta.

– Réveillez-vous, Soltan.

Je luttai pour ne pas sourire.

– Maintenant que vous savez tout ce que vous vouliez savoir de l'opération, pouvons-nous commencer?

Joli coup! Si je n'avais pas fait mettre ce rupteur dans les casques et dans mon crâne, où en serions-nous? Les souffrances que j'avais endurées payaient enfin! A côté, les maux de ventre que j'aurais dû avoir n'étaient rien!

10

Prahd fit entrer la comtesse dans une sorte de cabine d'habillage façon salle de bains, et lui donna la robe et la coiffe stériles Zanco. Puis il lui montra une fente près de la porte.

– Jetez vos vêtements là-dedans, s'il vous plaît, avec vos bottes. Ensuite, vous prendrez une douche et vous revêtirez ça. Et vous entrerez dans le bloc opératoire par cette porte.

Elle acquiesça. Elle paraissait bizarrement gaie. Mais c'était certainement parce qu'elle n'avait pas pris de bain durant ces six semaines sur le cargo. Et elle n'allait plus tarder à retrouver Heller, non? Néanmoins, je nourrissais encore quelques soupçons à l'égard d'une comtesse Krak trop souriante.

Avec Prahd, j'entrai dans la salle d'opération. Tout était prêt, professionnel, actinique, lumineux, et les liquides bouillonnaient dans les bechers.

– Dès qu'elle sera endormie, commençai-je, je m'occuperai personnellement de l'exploration dermique.

– QUOI?

– Je dois m'assurer qu'elle ne porte aucune arme dissimulée sur elle, mentis-je. Je vais enlever mes bottes. Tout se passera très discrètement.

– Vous n'avez pas besoin d'être présent. Il y a un hublot de vision à verre polarisé, ici, dans cette paroi. Ça ressemble à un petit miroir.

– Non, ça n'ira pas. Mais je serai très silencieux. Il faut que je prenne absolument cette précaution.

– C'est d'accord, mais faites ça avant que je me mette au travail. Je ne tiens pas à récolter tous les germes que vous portez. Il va falloir que je désinfecte après votre passage.

J'ignorai cette insulte. Je sortis l'enregistreur de ma poche.

– Dites-lui qu'elle peut mettre ça à son poignet et le déclencher.

– Je croyais qu'elle était prête à nous tuer si nous prenions la moindre liberté avec elle, officier Gris... Alors sachez que j'aurai mon couteau électrique prêt.

– Hé, qu'est-ce qui se passe? Elle vous a réellement hypnotisé?

– Non. Mais si elle vient à se réveiller et s'aperçoit de ce que nous avons fait et qu'elle ne voit pas votre cadavre, elle commencera à soupçonner que les hypnocasques n'ont pas fonctionné.

Oui, c'était vrai. Mais la manière dont il exprimait ça ne me plaisait guère.

Elle entra alors, portant la blouse d'opération ouverte dans le dos.

– Ce savon a une odeur affreuse. Quelle horreur!

– Un germicide très puissant, lui assura Prahd. Quant à l'odeur, l'officier Gris va prendre congé. Pour le savon, je vais vous préparer un bon parfum dans la chambre de repos et vous pourrez vous doucher et vous faire un shampooing. Ça va? Bien. Maintenant, si vous voulez bien vous étendre sur la table...

Je sortis. J'allai m'installer derrière le hublot polarisé. Je ne pouvais pas entendre ce qu'ils se disaient. La comtesse était sur la table et lui demandait apparemment comment déclencher l'enregistreur. Je réalisai qu'elle n'était pas encore familiarisée avec les grossiers instruments terriens. Finalement, elle réussit à le mettre en marche et à le fixer à son poignet.

Elle leva ses jambes fuselées et s'allongea. Prahd abaissa le dôme d'anesthésie. Il consulta un témoin cardiaque et respiratoire. Elle dormait.

Il lui ôta sa blouse et me fit signe.

J'entrai après avoir enlevé mes bottes. Plus silencieux qu'un chat, je me glissai jusqu'à la table.

Dieux, qu'elle était belle! Aucun sculpteur grec n'avait jamais eu pareil modèle!

Prahd attendait, le couteau électrique à la main. Je me mis au travail.

Elle n'avait rien sur le devant de son corps ni à la taille. Alors, elle avait collé les documents dans son dos! Je m'apprêtai à la retourner. Et je m'arrêtai. J'avais peur de la toucher. Et pas à cause de Prahd. Je découvrais que la terreur peut être une émotion plus intense que le désir sexuel. Je reculai, la gorge nouée. D'un geste, je demandai à Prahd de la soulever.

Il le fit, très calmement. Je regardai son dos. A droite, puis à gauche. Rien. Elle n'avait absolument rien sur elle!

Je repartis sur la pointe des pieds, avec le sentiment d'avoir sauvé ma peau.

Je fouillai la pièce où elle s'était déshabillée. Rien. J'examinai un à un ses vêtements. Rien. Je regardai si ses bottes n'avaient pas de fausse semelle. Mais non, elles étaient absolument normales.

(BIP)!

Elle était très astucieuse. Non seulement elle entraînait les autres pour la scène, mais elle savait faire mille choses de ses mains. Je ne devrais pas la quitter de l'œil un seul instant. Si je ne récupérais pas ces faux, c'était ma tête qui tombait. Une pensée horrible me vint: Bawtch avait peut-être parlé avant de mourir. Ou alors il avait laissé un message! Oui, je n'avais pas le choix: il fallait retrouver ces faux. Vigilance. Tel était le mot d'ordre.

11

Je revins devant le hublot pour assister à l'opération.

Elle dormait, nue, inconsciente, superbe.

Prahd travaillait avec la rapidité de l'expert. Pour une raison qui m'échappait, il prit tout un tas de mesures avec divers appareils et sondeurs optiques et porta des chiffres sur un tableau. Ensuite, il ouvrit un épais volume et le consulta. Je pouvais voir la page de titre: «Manco». Oui, elle était de la planète Manco. Tout comme Heller.

Il me fit un signe pour me dire de passer dans le hall. Il m'y attendait. Il me montra le livre.

– Cette dame appartient à l'aristocratie d'Atalanta.

Je remarquai avec aigreur qu'il insistait pour l'appeler «dame».

– Exact.

– C'est ce qui explique, alors.

– Explique quoi?

– La perfection. Elle est le produit de milliers d'années d'évolution sélective. Les aristocrates ne s'épousent que selon les canons de la beauté et de l'intelligence. Est-ce que vous réalisez que sa thyroïde...

– Oh, que les Dieux me délivrent des spécialistes qui ne parlent que de leur hobby!

– Est-ce que vous allez procéder à cette opération, oui ou non?

– Je voulais seulement m'assurer que vous saviez le risque que vous prenez. S'attaquer à une aristocrate est passible de la peine de mort.

– Je vous l'ai dit! grinçai-je. C'est une criminelle. Elle n'a plus le statut de personne. Même si vous la tuiez, vous n'encourriez aucune peine.

Il retourna dans la salle d'opération sans faire de commentaire. Et moi je revins à mon poste d'observation. Prahd se pencha sur ses chevilles et les examina attentivement. Il fit de même pour ses poignets. Puis, apparemment convaincu, il me fit un signe de tête.

Je savais ce qu'il avait repéré. Les traces de menottes électriques. Lorsqu'on les porte des semaines durant, elles laissent de petites marques de brûlure. Et la comtesse était restée des mois avec les menottes pendant son emprisonnement, son transfert jusqu'à Voltar et son jugement, avant que l'Appareil ne la prenne en charge. Les cicatrices étaient infimes mais visibles.

Prahd faisait sa «petite cuisine cellulaire», à l'aide de pinces et de vrilles. Il s'attaqua au sourcil droit et, très vite, il stérilisa les deux mouchards et les implanta. Il les glissa sous l'os et les recouvrit de peau avant de passer le champ opératoire sous une lampe à catalyse.

Ensuite, il s'occupa des poignets et des chevilles. Je n'aimais guère la façon dont il travaillait. Avec de grands gestes, un peu comme un peintre. Et il penchait souvent la tête pour admirer son œuvre. Quel (bipard)!

Il braqua une autre lampe sur les chevilles et les poignets et chercha d'autres cicatrices et taches. Sur les côtes, il découvrit de légères estafilades, ainsi que sous les seins. Probablement faites par les griffes d'une des bêtes féroces qu'elle dressait. Il les effaça. Il fit de même pour quelques petites brûlures sur la cuisse gauche. Là, je reconnaissais la signature: le cingleur de Lombar. Finalement, il inspecta minutieusement tout le corps de la comtesse et ne trouva rien d'autre.

Il plaça des pansements sur les différents points où il était intervenu et je me dis qu'il devait avoir fini.

Mais non. Il sortit divers instruments et se mit au travail sur l'extrémité des doigts. Je n'arrivais pas à deviner ce qu'il pouvait bien faire. Et puis je compris: il la manucurait!

Ayant achevé cette phase, il passa aux pieds!

Maintenant, ça devait être fini. Mais non! Il exhiba de nouveaux instruments, ouvrit la bouche de la comtesse et se mit en devoir de lui nettoyer les dents, puis de les polir!

Délivrez-nous de ce genre d'imbécile! Elle avait déjà un sourire suffisamment dangereux sans le rendre encore plus brillant!

Quand ce fut fait, il ôta les pansements de ses mâchoires et recula. Il observa un instant son corps nu avant d'approcher une lampe qu'il promena sur elle de la tête aux pieds. Il répéta l'opération en la retournant.

Il lui offrait une séance de bronzage!

Je dus admettre qu'après deux ou trois ans dans les oubliettes de Répulsos et six semaines à bord d'un vaisseau, on est plutôt pâle. Mais il avait une autre idée derrière la tête car voilà qu'il consultait des tables dans son gros livre. Il sortit un appareil de mesure. Oui, il prenait l'indice de sa pigmentation! Les gens d'Atalanta sont blancs, certes, mais avec un hâle très léger. Qu'il restituait dans son degré d'origine!

Il avait l'air content de lui. Il vérifia la couleur des cheveux et parut satisfait de leur tonalité dorée.

Dieux, c'était fini! Quel (bipailleur)!

Il jeta une couverture sur la comtesse, la prit entre ses bras et l'emporta dans le hall. Je le suivis aussitôt.

Il la déposa dans une chambre privée. Il ramena les draps et les couvertures sur elle et s'assura que l'enregistreur ne pesait pas sur son poignet avant de lui poser doucement la tête sur l'oreiller.

Il quitta la chambre et ferma doucement la porte. Puis il me fixa avec des yeux rêveurs.

– Vous savez, elle était parfaite. Quiconque touche à cette créature mériterait vraiment d'avoir des bombes atomiques sous le crâne.

Il verrouilla la porte et mit la clé dans sa poche.

– A présent, je vais aller dormir. Je vous suggère de rentrer chez vous.

Il s'éloigna. J'étais furieux! Furieux de voir à quel point les gens étaient aveuglés par la comtesse Krak! Elle venait d'ajouter un nouveau membre à sa clique de supporters.

En tout cas, je n'avais pas l'intention de rentrer! Elle pouvait à tout instant s'évader de cette chambre et venir m'attaquer! Elle pouvait même faire sauter toute la base!

Je me procurai une chaise à dossier droit et la disposai devant la porte. Je rassemblai sa capote spatiale, sa combinaison et ses autres effets en un tas que je posai près de la chaise. J'y ajoutai les bottes et m'installai enfin de telle manière que, si on venait à toucher aux bottes, la chaise basculerait en avant, ce qui me réveillerait automatiquement. J'ôtai la sûreté de mon paralyseur et serrai la crosse.

En regardant la porte, pour la première fois depuis l'arrivée de la comtesse, je me surpris à sourire.

Malgré toute sa perfidie, je l'avais eue. J'avais gagné. Ses hypnocasques étaient sans effet sur moi alors qu'elle portait à présent un mouchard qui allait me permettre d'observer tous ses faits et gestes.

Quant à Heller, il perdait du terrain. S'il craignait les colères de Babe Corleone, il n'avait encore rien vu. Le meilleur était à venir.

Je croisai les bras, heureux. Gris, me dis-je, tu les as eus. Envoyer Krak avec ses implants entre les pattes d'Heller et de ses filles, c'est comme de jeter une enclume à un homme qui se noie.

Et lorsque j'aurai le O.K. d'Hisst, je pourrai mettre un terme aux ennuis d'Heller et récupérer les faux, même si je dois en venir à torturer la comtesse (quelle pensée délicieuse!) avant de la revendre sur le marché noir d'Istanbul. Je réglerai mon problème avec Utanc et, tranquillement, je ratisserai la part d'argent qui me revient sur les entreprises.

Dormez bien, comtesse Krak.

Demain m'appartient.

A propos de l'auteur

Né en 1911, fils d'un officier de la Marine des États-Unis, L. Ron Hubbard grandit dans l'Ouest américain et, très tôt, fait le dur apprentissage de la vie dans les grands espaces. Adolescent, il vit dans les plaines et les montagnes du Nevada où il côtoie cow-boys et Indiens, avant de s'embarquer pour l'Asie qu'il visite longuement et dont il découvre les philosophies et les religions. A dix-neuf ans, il a déjà parcouru plus de cinq cent mille kilomètres, sur terre comme sur mer, et rédigé de nombreux journaux de voyage dans lesquels il puisera généreusement quelques années plus tard pour nourrir les intrigues de ses romans.

De retour aux États-Unis, il cherche à assouvir son insatiable appétit d'aventures et de sensations fortes en devenant aviateur et, très vite, acquiert une réputation de virtuose et de casse-cou, mais il est bientôt repris par le démon de la navigation et part pour les Caraïbes sur un quatre-mâts, à la tête d'une expédition.

Puis il rentre au bercail et décide de vivre de sa plume. S'ensuit un flot étonnant de romans et de nouvelles – aventures, westerns, polars, fantastique. Le succès est immédiat. En 1938, il est reconnu comme l'un des plus grands parmi les auteurs de récits populaires.

C'est à cette époque que *Astounding,* le meilleur magazine de science-fiction, lui demande sa collaboration. Il proteste : ses sujets de prédilection ne sont pas les « machines et les robots », mais les gens, les êtres humains. On lui répond : « Ça tombe bien, c'est exactement ce que nous cherchons. »

Suivent alors de nombreux récits où Hubbard élargit l'horizon de la science-fiction, devenant un maître du genre au même titre que A. E. van Vogt et Robert Heinlein. Ils comptent parmi les écrivains marquants de ce qu'on a appelé l'« Age d'Or » et les fondateurs de la science-fiction moderne.

Hubbard écrit une centaine de romans et plus de deux cents nouvelles. Ses œuvres de fiction ont été traduites dans une dizaine de langues et se sont vendues à vingt-deux millions d'exemplaires dans le monde.

En 1982, Hubbard fête son 50e anniversaire d'entrée en littérature avec une impressionnante saga de science-fiction, *TERRE Champ de Bataille*. qui devient rapidement un best-seller international. Critiques et amateurs de S.-F. réservent au livre un accueil enthousiaste. En 1986, les lecteurs français le plébiscitent pour le Prix Gutenberg, dans la catégorie science-fiction.

Après la parution de *TERRE Champ de Bataille*, Hubbard s'attelle à la rédaction de ce que beaucoup considèrent comme son chef-d'œuvre *Mission Terre*, une aventure spatiale sur fond de satire qui compte pas moins de dix tomes – une entreprise dans laquelle peu d'écrivains auraient osé se lancer.

Mission Terre est un récit mené à cent à l'heure qui regorge de coups de théâtre et de retournements de situation spectaculaires au cours desquels bons et méchants s'affrontent en une lutte sans merci dont l'enjeu est notre bonne vieille planète Terre.

Avec *Mission Terre*, Hubbard réussit un pari audacieux : nous raconter notre monde en prenant le point de vue des extraterrestres qui se sont mêlés à la population terrienne, et dénoncer avec un humour féroce certaines de nos institutions, dans la lignée de Voltaire, de Swift ou de l'Orwell de *la Ferme des animaux*.

Un vieux mot grec, *dékalogie*, a été choisi pour désigner cette saga en dix tomes.

Le 24 janvier 1986, ayant livré son manuscrit à son éditeur et ayant atteint tous les buts qu'il s'était fixés, L. Ron Hubbard a quitté son corps. Il laisse derrière lui une œuvre riche et originale qui traversera les âges pour le plus grand bonheur des innombrables générations de lecteurs à venir.

Nous sommes fiers de publier à notre tour le chef-d'œuvre de L. Ron Hubbard, la *dékalogie* intitulée *Mission Terre*.

Que va donc faire la comtesse Krak
en retrouvant Heller
au milieu de toutes ces jolies filles?
Est-ce la fin de la Mission Terre pour lui?

lisez

MISSION
TERRE

TOME 5

L'EMPIRE DE LA PEUR

TERRE Champ de Bataille
de L. RON HUBBARD

Terre : An 3000. Dix siècles après l'invasion de la planète par des êtres cruels et décadents surgis des étoiles, les Psychlos, l'homme n'est plus qu'une espèce en voie d'extinction.

Pourtant un jeune homme surgi des derniers groupes d'hommes survivants, Jonnie Goodboy Tyler, va bouleverser l'histoire en explorant les secrets de cette technologie étrangère qui a décimé les siens. De coups de théâtre en découvertes dramatiques, il va prendre en main le nouveau destin des hommes et entamer une formidable lutte contre les Psychlos. Une tentative désespérée qui va secouer la Galaxie et éveiller une menace encore plus dangereuse pour notre planète.

L. Ron Hubbard nous a donné avec *TERRE Champ de Bataille* une épopée lyrique et furieuse, un hymne à l'aventure et à la liberté qui s'est inscrit sur la liste des plus grands classiques du genre. Ce roman hors du commun a reçu quatre prix littéraires et a été sélectionné par les critiques français pour le prix Gutenberg 1986.

Mer Noire
Bulgarie
Istanbul
Mer de Marmara
BASE DE L'APPAREIL
Ankara
Bursa
Mer
Égée
Afyon
Lac Tuz
Izmir
Lac Aksehir
Antalya
Mer Méditerranée
Chypre
0 10 20 50 100
km

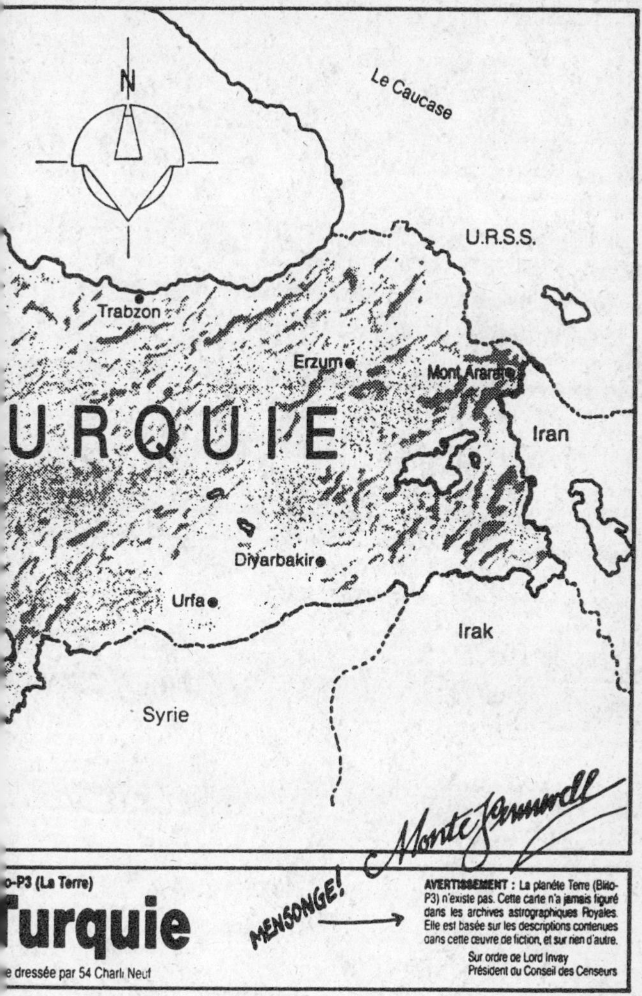
N
Le Caucase
U.R.S.S.
Trabzon
Erzum
Mont Ararat
URQUIE
Iran
Diyarbakir
Urfa
Irak
Syrie
Monte Jamwell
MENSONGE!
o-P3 (La Terre)
Turquie
e dressée par 54 Charli Neuf
AVERTISSEMENT : La planète Terre (Blito-P3) n'existe pas. Cette carte n'a jamais figuré dans les archives astrographiques Royales. Elle est basée sur les descriptions contenues dans cette œuvre de fiction, et sur rien d'autre.
Sur ordre de Lord Invay
Président du Conseil des Censeurs

Achevé d'imprimer en janvier 1992
sur les presses de l'Imprimerie Bussière
à Saint-Amand (Cher)

PRESSES POCKET - 12, avenue d'Italie - 75627 Paris Cedex 13
Tél. : 44-16-05-00

— N° d'imp. 3667. —
Dépôt légal : janvier 1989.

Imprimé en France